W0326245

Michael Lüders

Never Say Anything

Michael Lüders

Never Say Anything

Thriller

C.H.Beck

Die folgende Geschichte ist frei erfunden. Ähnlichkeiten mit tatsächlichen Begebenheiten und realen Personen sind nicht beabsichtigt, ergeben sich aber möglicherweise zwangsläufig.

3. Auflage. 2016

ISBN 978 3 406 68892 8

Umschlaggestaltung: Geviert, Grafik & Typografie, Christian Otto
Satz: Fotosatz Amann, Memmingen
Druck und Bindung: Druckerei Pustet, Regensburg
Gedruckt auf säurefreiem, alterungsbeständigem Papier
(hergestellt aus chlorfrei gebleichtem Zellstoff)
Printed in Germany

www.chbeck.de

ERSTES KAPITEL
MARRAKESCH, MAROKKO

Ihren Blick in die Höhe gerichtet, auf die mit Zinnen bewehrte Lehmarchitektur vergangener Zeiten, sah sie die Katze, die in hohem Bogen über die Brüstung geflogen kam und in die Tiefe rauschte, fast auf sie zu, im Fallen mehrfach um sich selbst kreisend, bis sie auf allen vieren nicht weit vor Sophies Füßen auf dem Bürgersteig landete. Eine fliegende Katze – es passte zu Marrakesch, ging ihr durch den Kopf, wo auf dem Großen Platz, der Djamaa al-Fna, allabendlich Schlangenbeschwörer und Affendompteure ihre Kunststücke feilboten, ohne Rücksicht auf die geschundenen Tiere. Das Fell der Katze war schneeweiß, so makellos weiß wie sie blond, dachte Sophie, beides ungewöhnlich in Marokko. Mag sein, dass sie sich auch deswegen hinunterbeugte und die Hand nach ihr ausstreckte. Doch die Katze ergriff die Flucht, sprang auf die Straße, wo sie augenblicklich erst von den Hufen eines Pferdegespanns, dann von den Rädern der Kutsche erfasst wurde. Sophie glaubte, das leise Knacken von Knochen zu vernehmen, und hielt die Luft an. Ein Passant, der ihr Entsetzen bemerkt haben mochte, sagte nicht ohne Anteilnahme: «C'est la vie, Madame», und sie nickte, der Gruppe Touristen nachblickend, die in der Kutsche nichts mitbekommen hatte von der kleinen Tragödie.

Unwillkürlich schloss Sophie die Augen. Die Bilder

vom Tod der Katze verflogen nicht. Sie berührten die erfahrene Reporterin. Sosehr sie sich auch dagegen wehrte, stiegen Fragen in ihr hoch: Was eigentlich bliebe von dir, solltest du selbst einmal unter die Räder geraten? Wer würde um dich trauern? In ein paar Tagen bist du 35, und du hast weder einen Mann noch ein Kind, die mit dir feiern. Die Uhr tickt, aber du hast niemanden, der auf dich wartet. Was ist gut daran, alleine zu sein?

Sophie verscheuchte die Gedanken und besann sich auf ihren Termin. Nach einigem Suchen fand sie die unscheinbare, in die Stadtmauer eingelassene eiserne Flügeltür, die man ihr beschrieben hatte. Knarrend öffnete sich das Tor, nachdem sie den metallenen Ring zweimal gegen den dazugehörigen stilisierten Stierkopf geschlagen hatte. Ein junger Mann mit Vollbart und traditionellem Berbergewand hieß sie willkommen und führte sie durch einen schmalen Gang, an dessen Ende Hassan Maliki sie mit freundlichem Blick erwartete.

«Wie schön, Sie wiederzusehen», sagte er und reichte ihr die Hand.

«Die Freude ist ganz meinerseits, Herr Maliki.» Er wies ihr den Weg in den Innenhof des Riads, eines traditionellen marokkanischen Hauses, das zur Straßenseite hin wenig mehr zu erkennen gab als eine Öffnung in der Begrenzungsmauer, einer Wand aus Lehm inmitten des Gassengewirrs. Der Innenhof war mit prachtvollen Bodenfliesen ausgestattet und hatte die Anmutung eines weitläufigen Wohnzimmers: Ornamentreiche Sitzmöbel mit Bezügen aus Satin verteilten sich großzügig um den plätschernden Springbrunnen, eine Treppe führte hinauf zu den oberen Etagen, zwei jeweils umlaufende Arkadengänge, von denen die Zimmer abgingen. Zum Schutz vor der Sonne waren drei weiße Leinentücher über den Innenhof gespannt, wie schwebende Segel. Jeder einzelne Quadratmeter Wandfläche war gefliest mit Fayencen, die sich zu größeren Mosaiken fügten, zu Arabesken und geometrischen Mustern, überwiegend in Weiß, Blau, Grün und Rot.

Hassan Maliki geleitete seine Besucherin zu der Sitzgruppe, die dem Springbrunnen am nächsten stand. Darin schwammen Rosenblätter, ebenso in den mit Wasser gefüllten Schalen auf dem Boden, in denen Duftkerzen brannten. Hölzerne Rundbögen umgaben das Atrium, jede Wölbung mit kalligrafischen Schriftzeichen verziert. Die Rundbögen wiederum ruhten auf geweißtem Lehm. Und jetzt entdeckte Sophie auch die sepiafarbenen Fotografien, die gerahmt auf dem Kaminsims standen, offenbar Familienfotos aus dem vorigen Jahrhundert. Vögel flogen zwitschernd über ihren Köpfen, leise ertönte im Hintergrund eine melancholische Melodie.

«Was für ein Haus», staunte Sophie. «Das hätte ich mir niemals vorstellen können, trotz Ihrer Erzählungen.»

«Es freut mich, dass es Ihnen gefällt.»

Seine Körperhaltung zeigte dieselbe Unsicherheit, die auch sie selbst empfand. Sie kannten einander kaum und waren doch vertraute Fremde, seit Sophie ihm vor ein paar Monaten Berlin gezeigt hatte. Er bat sie, Platz zu nehmen, und schenkte Pfefferminztee aus großer Höhe in die bereitstehenden Gläser ein, in denen die Flüssigkeit brodelte und schäumte.

«Ich bin mir natürlich darüber im Klaren, dass ich den Medienpreis in erster Linie Ihnen zu verdanken habe», sagte er in jenem Tonfall, der sich wie eine sanfte Berührung anfühlte und noch Wochen später nachgewirkt hatte, als er längst zurück in Marokko war. Er sah ihr nicht direkt in die Augen, sondern blickte an ihr vorbei. Auf Sophie wirkte diese Zurückhaltung wie ein Versprechen.

«Sie verdanken ihn der Qualität Ihrer Zeitschrift», erwiderte sie, ihre Stimme kam ihr ungewohnt hoch vor, und las in seinem fein ziselierten Gesicht. Es zeigte, obwohl er in ihrem Alter war, kaum Falten, sofern sie nicht von seinem Dreitagebart verschluckt wurden.

Auf dem Boden lagen reihenweise Stapel des Magazins *Outland*, dessen Herausgeber und Chefredakteur Hassan Maliki war.

«Wie sind Sie eigentlich auf die Idee gekommen zu Ihrem Magazin?», fragte Sophie, auf der Suche nach sicherem Grund. Sie roch sein betörendes Parfüm und wünschte fast, er hätte einen erkennbaren Makel. Doch er war schlank, groß gewachsen, sein Gesicht oval und ebenmäßig, von leichter Bräune.

«Gute Frage», erwiderte er. «Ehrlich gesagt hat es sich ergeben, so, wie manchmal die Dinge einfach geschehen, wenn der richtige Zeitpunkt gekommen ist.» Beim Reden zeichneten seine schlanken Hände Figuren in die Luft. «Sagen wir so: Ich mag mich nicht abfinden mit den Verhältnissen, wie sie sind. Nicht ohne Grund heißt *Outland* im Untertitel ‹Ein Magazin der Möglichkeiten›.»

«Ja, so haben Sie es bereits in Ihrer Dankesrede in Berlin formuliert.»

Er deutete ein Lächeln an: «Ich bitte um Verzeihung. Ich wollte Sie nicht langweilen.»

«Das tun Sie nicht», entgegnete Sophie eilig und trank einen Schluck Tee. Einen Moment fürchtete sie, ihr Gegenüber könne ihre Gedanken lesen. «Die Vögel haben aufgehört zu zwitschern», schob sie hinterher, nicht ohne Verlegenheit.

Wieder lächelte er und sah ihr erstmals in die Augen. «Ihre Schönheit verwirrt die armen Tiere», sagte er.

Sophie spürte, wie sie errötete. Sie musste aufpassen, dass die Begegnung nicht aus dem Ruder lief. Rede mit ihm über die Himmelstreppe, riet ihre innere Stimme. Und dann nichts wie raus hier.

* * *

Der Lärm war ohrenbetäubend, und die Rauchschwaden der Grillstände lagen in der Luft wie Nebel. Nachdem die Details der Reise geklärt waren, hatte Sophie vorgeschlagen, an der weltberühmten Djamaa al-Fna essen zu gehen. Abends verwandelte sich dieser Platz der Gaukler und fliegenden Händler zusätzlich in ein weitläufiges Freiluftrestaurant, wo sich eine mobile Garküche an die andere reihte. Hassan Maliki mochte diese Touristenfalle nicht, wie er sagte, Sophie dagegen fühlte sich endlich wieder auf sicherem Grund. Sie hatten auf einer langen Bank an einem Kebab-Grill Platz genommen, und ihr Begleiter winkte den Kellner zu sich heran.

«Wissen Sie eigentlich», fragte er, «was Djamaa al-Fna im Wortsinn bedeutet?»

«Keine Ahnung», gestand sie.

«Platz der Vernichtung. Hier fanden früher die öffentlichen Hinrichtungen statt, entweder mit dem Schwert oder dem Strick.»

Sophie tunkte das Fladenbrot in die scharfe Harissa-Sauce. «Verstehe. Wo die Leute sich am prallen Leben erfreuen, sind einst Menschen gestorben.»

«Alles eine Frage der Perspektive, nicht wahr? In Marokko ist der König vielen verhasst, euch gilt er als zuverlässiger Partner. Also hat er einen Freibrief. Und den nutzt er. Jeder, der das Königshaus kritisiert, muss damit rechnen, im Gefängnis zu landen.»

«Aber Sie kritisieren ihn doch.»

«Ich kenne die Grenzen sehr genau, glauben Sie mir. Ich weiß, wie weit ich gerade noch gehen kann. Und ich genieße die Gnade der rechten Geburt. Mein Nachname, Maliki, bedeutet königlich. Ich gehöre gewissermaßen zur Familie. Das verschafft mir etwas Spielraum.»

Sophie hörte ihm aufmerksam zu. Sie war öfter schon im Orient gewesen, aber ihr Wissen war in erster Linie angelesen. Ohne Hassan Maliki wäre sie niemals auf die Idee gekommen, sich für eine Himmelstreppe in der Wüste zu interessieren, dem Ziel ihrer Reise.

«Wie ist Ihre Geschichte über diese Treppe eigentlich in Marokko aufgenommen worden?», fragte sie.

«So gut wie gar nicht. Dafür ist *Outland* zu klein und zu unbedeutend. Außerdem liest nur die Oberschicht Englisch. Wie Sie wissen, ist unsere Zielgruppe eher das internationale Publikum, sonst würden wir auf Arabisch publizieren. Englisch hat außerdem den Vorteil, dass sich die Zensur für fremdsprachige Texte wenig bis gar nicht interessiert.» Hassan nagte am Knochen seines Lammkoteletts. «Der Ort», so fuhr er fort, «ist aus anderen Gründen in die Schlagzeilen geraten.»

«Gourrama, in die Schlagzeilen geraten? Ein Dorf mit hundert Einwohnern und einer Treppe, am östlichen Ende des Atlasgebirges, am Ende der Welt?»

«Die Regierung behauptet, in der Gegend trieben sich bewaffnete Islamisten herum, die aus Algerien eingesickert seien.»

Sophie runzelte die Stirn. «Ich dachte, in Marokko gäbe es keine gewaltbereiten Dschihadisten.»

«Gibt es auch nicht. Bislang jedenfalls nicht. Das alles ist Unsinn. Die algerische Grenze ist zwar nicht weit weg, wird aber auf beiden Seiten scharf bewacht. Gut, im Zweifel finden diese Leute immer einen Weg. Mein Eindruck ist dennoch, dass die Regierung die Terrorkarte einsetzt, um Washington und Paris zu beeindrucken. Nach dem Motto: Wir sitzen alle in einem Boot, bekämpfen denselben Feind. Oder sie bereitet weitere Zwangsmaßnahmen gegen die Opposition vor, unter dem Deckmantel der Terrorbekämpfung.»

«Dann könnte unser Ausflug ja spannend werden.» Sophie bemühte sich um ein Lächeln.

«Könnte sein», sagte Hassan tonlos. «Könnte durchaus sein.»

* * *

Die Sonne war gerade aufgegangen und tauchte das vor den Toren Marrakeschs liegende Atlasgebirge in ein rostbraunes Licht. Hassan Maliki saß am Steuer des Geländewagens, Sophie auf dem Beifahrersitz. Es roch nach brennenden Abfällen, Jasmin und Orangenblüten. Eine sonderbare Mischung, dieses Nebeneinander von Tod und Leben, von Zerfall und Schönheit; sie kannte sie so oder ähnlich aus vielen ärmeren Ländern. Der Tag erwachte, und vermutlich würde er heiß werden, dem azurblauen Himmel nach zu urteilen. Bauern auf Eselskarren waren auf dem Weg in die Stadt zu den Märkten, noch in Decken gehüllt. Autowerkstätten, Kleingewerbe, hier und da eine Schule oder ein öffentliches Gebäude. Großflächige Plakate warben für Golfplätze und luxuriöse Immobilienprojekte. Palmen säumten die Straße.

Zunächst fuhren sie durch eine oasenähnliche Landschaft, bis der Anstieg zum Tizi-n-Tichka-Pass in 2280 Metern Höhe begann. Immer karger wurde die Landschaft, bestand nur mehr aus Felsen und Kakteen, wie es schien. Die Ausblicke waren spektakulär, hinter jeder Haarnadelkurve offenbarten sich andere, noch grandiosere Facetten einer unendlich anmutenden Weite.

Sophie konnte noch immer nicht glauben, dass ihr Chefredakteur diese Reise tatsächlich genehmigt hatte. Auf den Spuren eines merkwürdigen Heiligen, der mit den Vögeln sprach und Gott gelobt hatte, eine Treppe zu bauen, die zu ihm führe, vom Dunkel ins Licht. Eines Tages war er vor dem Riad Hassan Malikis aufgetaucht, nachdem der im Radio für *Outland* geworben hatte, auf der Suche nach dem Randständigen, nach Menschen mit

Geschichten, nach Stimmen jenseits der großen Worte. Sophie überlegte, Hassan darauf anzusprechen, aber seit ihrer Abfahrt wirkte er in sich gekehrt, und die Kurven verlangten seine volle Aufmerksamkeit. Teilweise waren sie ungesichert, und eine kleine Unachtsamkeit würde genügen, sie in den Abgrund stürzen zu lassen.

Sie liebte diese Freiheit. Unterwegs in einer unbekannten Welt, der Alltag ein ferner Fluch, jeder Augenblick ein bleibender Eindruck. Manchmal trieb sie der Gedanke um, sie könne süchtig sein, süchtig nach der Ferne. Die glücklichsten Momente erlebte sie auf der Flucht, bei ihren Auslandsreisen. In ihrer Wohnung hielt sie es nie lange aus, mit sich allein schon gar nicht. Ein Terminkalender ohne Eintrag der nächsten Abreise konnte sie in Panik versetzen.

«Alles okay?», fragte Hassan Maliki.

Sophie nickte und war froh, abgelenkt zu werden. Warum fuhr er mit ihr, opferte seine Zeit für sie? Weil er nicht so ein Egomane ist wie du, schoss es ihr durch den Kopf, während sie sich mit beiden Händen abstützte. Sie waren von der Hauptstraße auf eine Schlaglochpiste abgebogen, die den Stoßdämpfern einiges abverlangte. Immer tiefer drangen sie in ein spärlich besiedeltes, heißes Hochtal vor. Ab und zu kreuzten Ziegen ihren Weg, auf der Suche nach Sträuchern und Wasser. Nach einiger Zeit hielt Hassan an, um ihr das ausgetrocknete Flussbett zu zeigen, das nur wenige Wochen im Jahr Wasser führte – dann aber in solchen Mengen, dass weiter unten im Wadi Landwirtschaft möglich war. Sophie fiel auf, dass an diesem Ort absolute Stille herrschte. Kein Geräusch drang an ihr Ohr, nicht einmal das Summen einer Fliege oder das Zirpen von Zikaden. Das Einzige, was sie hörte, war das Blut, das an ihre Schläfen pochte. Hassan hielt die Arme über der Brust verschränkt und die Augen geschlossen. Er schien dieses absolute Nichts zu genießen, während Sophie die Hände ineinander legte, als brauche sie die Gewissheit, dass sie tatsächlich existierte.

«Erstaunlich, dass Menschen hier leben können», sagte sie.

«Sie haben keine Wahl», erwiderte er und blickte Sophie prüfend an. «Kommen Sie», sagte er, «ich will Ihnen noch mehr zeigen.»

Nach halbstündiger Fahrt erreichten sie den Flecken Télouet, eine Ansammlung einfacher Häuser. Es war Markttag, Händler und Bauern aus dem Umland standen zu Dutzenden um ihre Ware. Das Blöken von Schafen und Gemecker der Ziegen untermalten deren lautstarkes Feilschen. Kinder spielten inmitten der Tiere. Am Ende des Dorfes erhob sich zur Rechten auf einer Anhöhe eine Kasbah, eine gewaltige Festung. Doch war die einst prachtvolle Burganlage aus Lehm in weiten Teilen verfallen, ebenso die angrenzenden Gebäude; von einigen standen nur noch die Grundmauern. Überall lagen Müll und Schutt. Hassan parkte den Wagen an der Auffahrt zur Kasbah auf dem Parkplatz eines kleinen, weißen Hotels mit meerblauen Fensterläden. Kaum waren sie ausgestiegen, trat ein älterer Herr auf die Straße, ergriff Hassans Hand und tauschte mit ihm in einem Tonfall tiefer Ergebenheit Begrüßungsformeln aus. Der Hotelbesitzer bestand darauf, zu Ehren der Gäste eine Ziege zu schlachten.

Sie liefen Richtung Burgtor, und jetzt erkannte Sophie, dass die Anlage aus mehreren Wohnburgen bestand, die jeweils von eigenen Mauern begrenzt waren. Mehr als tausend Menschen hätten einst in dieser Kleinstadt gelebt, erzählte Hassan. Beamte, Händler, Soldaten, Angestellte der Burgherren aus dem Geschlecht der Glaoui, die von hier aus jahrhundertelang den gesamten Süden Marokkos und die Wüste bis nach Timbuktu beherrscht hatten. Strategisch günstig an der alten Passstraße gelegen, die alle Karawanen und Reisenden nehmen mussten, ob sie von Nord nach Süd oder von Ost nach West zogen. Sie zahlten Steuern und Zölle. Die Glaoui wurden reicher und mächtiger als der König.

Hier, inmitten des Verfalls, war es still. Sie schritten marode Treppen hinauf in die Beletage der Kasbah, zwei gewaltige Säle, die Wände und Böden mit schönen Mosaiken und Kacheln ausgelegt, die geschnitzte und bemalte Holzverkleidung hing in Teilen von der Decke herab. Aus vergitterten Fenstern sah Sophie hinaus auf die schneebedeckten Gipfel des Hochgebirges. Sie spürte den Wind auf ihrem Gesicht. Unwillkürlich kam ihr der grausame Herrscher in Tausendundeiner Nacht in den Sinn. Und Scheherezade, die ihn mit ausschweifenden Erzählungen davon abhielt, sie nach einer Liebesnacht zu töten. Auch sie erzählte Geschichten, dachte Sophie. In ihren Reportagen. Doch die retteten sie nicht.

Hassan schien ein anderer geworden zu sein. Er durchschritt die Kasbah, die Hände hinter dem Rücken verschränkt, und inspizierte das Gebäude mit eingefrorenen Gesichtszügen. «Der letzte Glaoui, Mohammed, hatte sich auf die Seite der französischen Kolonialherren gestellt», sagte er unvermittelt. «Über Jahrzehnte hat er die Nationalbewegung bekämpft. Als Marokko 1956 unabhängig wurde, kam die Quittung. Das Vermögen der Glaoui wurde eingezogen, die Gebäude hier verstaatlicht. Anschließend hat man sie verfallen lassen. Sie sehen ja selbst.»

«Sie sagen das mit Verbitterung?»

«Ja, es macht mich wütend, dass etwas so Schönes dem Untergang geweiht ist.»

«Warum sind wir dann hier? Wir hätten einfach weiterfahren können.»

Hassan nickte. «Das stimmt. Aber ich wollte Ihnen meine Heimat zeigen. Diese Kasbah. Liegt ohnehin auf dem Weg.»

Sophie machte einen Schritt auf ihn zu. «Dann sind Sie …»

«Ein Glaoui, ja», fiel er ihr ins Wort, «aber ich heiße anders, weil mein Vater den Familiennamen ändern ließ. Der Name Glaoui löst in Marokko ähnliche Gefühle aus wie bei Ihnen Hitler oder Himmler.»

«So viele Menschen haben Ihre Vorfahren auf dem Gewissen?»

«Nein, keine Millionen. Aber das Prinzip war dasselbe. Wer sich den Glaouis in den Weg stellte, wurde vernichtet. Ganze Dörfer und Landstriche. Sie haben nur eine Herrschaft akzeptiert, die eigene.»

Sophie dachte seinen Worten hinterher und schlenderte in Richtung einer Treppe, die auf das Dach führte. Sie hörte Hassan noch «Halt!» rufen, aber da brach der morsche Boden unter ihr ein, und sie sackte eine Etage in die

Tiefe. Es ging so schnell, dass sie kaum reagieren konnte. «Oh, mein Gott!», hörte sie sich rufen. Sie war mit Füßen und Gesäß auf einer Bretterverkleidung aufgeschlagen, versuchte aufzustehen, doch da gaben die lose aufliegenden Bretter nach und fielen nach unten, auf einen Felsüberhang zehn, zwölf Meter unter ihr. Sophie gelang es, sich an einem Wandvorsprung festzuhalten. Sie versuchte, sich wieder hochzuziehen, doch es gelang ihr nicht. Sie schrie. Wieder und wieder setzte sie an, doch mit jedem Versuch spürte sie ihre Kräfte schwinden. Ihr Körper pendelte bedrohlich, und die verschwitzten Hände liefen Gefahr, abzurutschen. Ihre Beine ruderten in der Luft, suchten nach Halt – dann fiel sie. Glaubte sie zu fallen, denn in dem Moment hatten sie zwei Hände an den Unterarmen gepackt. Sie hörte nicht auf zu schreien. Bis sie Hassans Stimme vernahm: «Hör auf, verdammt noch mal! Beruhige dich, und sieh mich an! Hörst du?! Du sollst mich ansehen! Hör auf zu strampeln, sonst falle ich mit dir!»

Hassans Hände sprangen ihre Arme entlang bis in Höhe der Achseln, als wäre sie ein Eimer Wasser an einem Strick, dann zog er sie seitlich aus dem Loch. Mit einem Ruck drehte er sich und warf Sophie dabei nach hinten in Sicherheit. Keuchend und stöhnend, bedeckt von Staub, lag sie da. Sie zitterte am ganzen Körper und hatte Mühe, sich zu fassen. Hassan half ihr beim Aufstehen. Sophie wehrte sich nicht, ihr war schlecht. Der Hotelbesitzer, wohl gerufen von ihren Schreien, kam ihnen entgegengelaufen. Als er Sophie erblickte, zog er sein bodenlanges Gewand aus und wickelte sie darin ein. Jetzt steht er da halb nackt, dachte sie und war sich nicht sicher, was sie idiotischer fand, diesen Anblick oder die Tatsache, dass sie sich darüber den Kopf zerbrach.

***

Im Hotel stellte sich Sophie als Erstes unter die Dusche. Sie hätte das Wasser am liebsten überhaupt nicht mehr abgestellt, obwohl das Sünde war in dieser Halbwüste. Es kam ihr vor wie eine rituelle Waschung. Sie empfand Scham und Reue über ihren Leichtsinn, mehr noch aber schämte sie sich für ihren Kontrollverlust, den Verlust ihrer Selbstbeherrschung – vor sich selbst, vor ihrem Lebensretter. Das alles ergab keinen Sinn, und genau das machte ihr zu schaffen. Dieser fehlende Sinn. Abwechselnd dachte sie: Du könntest jetzt tot sein. Und: Dieser Tod hätte etwas Lächerliches. Einfach sterben, ohne Grund, zur falschen Zeit am falschen Ort. Sophie verstärkte noch den Wasserstrahl. Vielleicht wäre es das Beste, ins nächste Flugzeug zu steigen.

Sie beschloss, ihm in die Augen zu blicken und ihm zu danken. Danach würde sie die Sache nie mehr ansprechen. Noch immer zitterten ihre Knie. Sie brauchte lange, sich wieder anzuziehen.

***

Das Hotel war leer. Im Restaurant saßen Hassan und der Hotelbesitzer, die Blicke auf den Fernseher an der Wand gerichtet. Er zeigte Soldaten in khakifarbenen Uniformen, die mit Dorfbewohnern redeten, das Gewehr im Anschlag. Als Hassan Sophie bemerkte, wandte er sich ihr zu: «Hunger?»

«Ja.»

Der Hotelbesitzer, der ihr einen freundlichen Blick zuwarf, klatschte in die Hände. Kurz darauf kamen zwei Frauen ihres Alters aus der Küche und servierten gegrilltes Ziegenfleisch. Sie lächelten Sophie an, die beide aufforderte, Platz zu nehmen, mit ihnen zu essen. Sie schüttelten kichernd den Kopf, eine fasste ihr kurz ins blonde Haar. Dann verschwanden sie wieder, noch immer kichernd.

Kaum hatten sie aufgegessen, verabschiedete sich der Hotelbesitzer. Hassan entließ ihn mit flüchtiger Geste. Die beiden Frauen aus der Küche räumten ab und brachten Tee.

«Wir müssen reden», sagte Hassan.

«Ja, natürlich. Ich weiß gar nicht, wie ich Ihnen danken soll. Es tut mir unendlich leid.»

Hassan legte den Kopf zur Seite und verschränkte die Arme. «Was tut Ihnen leid? Dass die Burg ein Sicherheitsrisiko ist? Dafür ist mein Großvater verantwortlich, nicht Sie.»

«Na ja, aber gerade deswegen war es dumm, Sie und mich in Gefahr zu bringen.»

Er hielt die Teekanne in die Höhe und schenkte ein, ohne einen Tropfen zu vergießen, was ihr noch nie gelungen war.

«Ich weiß nicht, was Sie meinen. Unsere kleine Sportübung?» Hassan stellte die Kanne ab und legte seine Hand kurz auf ihren Unterarm. «Ich wollte Sie doch nur beeindrucken.» Er lachte. «Nein, im Ernst.» Hassan strich sich durch die Haare – ein schöner Anblick. «Es gibt da ein Problem. Sie haben die Fernsehbilder gesehen?»

Sophie bejahte und strich sich ihrerseits durch die Haare. «Ich finde, wir sollten uns duzen», sagte sie und errötete.

Hassan nickte kurz, ohne sie anzusehen. «Das war ein Bericht aus Gourrama.»

«Wo die Himmelstreppe steht?»

«Exakt.»

«Dann sind wir ja zur richtigen Zeit am richtigen Ort.»

«Oder auch nicht. Die Sicherheitskräfte sind überall in der Gegend. Weil da vor ein paar Tagen Kämpfer von Al-Qaida im Maghreb aufgetaucht seien. Sie hätten die Bevölkerung aufgefordert, sich ihrem Kampf anzuschließen. Und anschließend Geld verteilt. Sagen sie im Fernsehen.»

Sophie schürzte die Lippen. «Hältst du das für wahrscheinlich?»

«Keine Ahnung.»

«Dann sollten wir das herausfinden.»

«Und wie?»

«Indem wir hinfahren.»

Hassan seufzte. «Mir ist klar, dass Sie da um jeden Preis hinwollen, pardon, dass du da um jeden Preis hinwillst. Das verstehe ich sehr wohl. Aber … mein Instinkt sagt mir, die Sache ist nicht ungefährlich.»

«Wir sind vorsichtig.» Sophie spürte ihre aufkeimende Ungeduld. Sie konnten die Reise jetzt doch nicht abbrechen.

«Ich werde nachher einige Telefonate führen. Danach entscheiden wir, was wir tun. Weder mit den Sicherheitskräften noch mit Al-Qaida ist zu spaßen.»

* * *

Sophie hatte im Internet recherchiert, aber nichts über den Vorfall in Gourrama gefunden. Die Nacht war hereingebrochen, der Sternenhimmel glasklar. In der Ferne jaulte ein Hund. Sie saß auf der Terrasse, schlürfte kalt gewordenen Pfefferminztee und dachte nach. Tausend Gedanken schwirrten ihr durch den Kopf. Hassans Ausführungen hatten ihr einen Adrenalinstoß versetzt, an Schlaf war nicht zu denken. Du bist doch verrückt, Sophie. Gerade noch dem Tod von der Schippe gesprungen, und jetzt suchst du freiwillig die Gefahr? Opfer eines Unfalls zu werden, war das eine. Vorsätzlicher Leichtsinn ein anderes.

Kaum hatte Hassan seine Hand auf ihre Schulter gelegt, war sie hellwach. Sie musste eingenickt sein. Noch immer saß sie draußen, in eine Decke gehüllt.

«Was gibt's Neues», fragte sie und richtete sich auf.

«Ich habe mit den Leuten im weiteren Umfeld des Dorfes telefoniert. War gar nicht so einfach. Handyempfang gibt es dort nicht, in Gourrama auch kein Festnetz. Erst hundert Kilometer weiter nördlich habe ich jemanden erreicht.»

«Und?»

Er massierte seinen Bart. «Tja. Offenbar sind Bewaffnete in Geländewagen erschienen. Keine Leute aus der

Gegend. Algerier auf der Flucht, heißt es. Vor den Drohnenangriffen der Amerikaner auf der anderen Seite der Grenze.»

Sophie stand auf.

Hassan ergänzte, dass er auch mit dem zuständigen Offizier der Nationalgarde gesprochen habe und aus dessen Sicht keine Einwände bestünden, Gourrama zu besuchen.

«Das ist ja großartig!», jubelte Sophie.

Hassan schnaubte. «Natürlich wird man uns anschließend in Empfang nehmen und gründlich verhören. Verstehst du, was ich meine?»

«Ich denke schon.»

«Nein, ich denke nicht. Die Dorfbewohner haben Angst vor der Gendarmerie und dem Geheimdienst. Denen erzählen sie, was sie glauben, dass die hören wollen, und selbst das nur unter Schlägen und Drohungen. Das wissen die Sicherheitskräfte natürlich und hoffen, dass wir mehr herausfinden.»

«Na ja, dann erzählen wir denen eben irgendwas.»

Hassan lachte höhnisch. «Irgendwas! Du bist naiv. Glaubst du, die lassen sich für dumm verkaufen? Die können sonst was mit uns anstellen – bis sie haben, was sie wollen.»

Mit den Augen suchte Sophie eine Sternengruppe ab, ohne sie zuordnen zu können. Sie fasste einen Entschluss, spontan, ohne weiteres Nachdenken: die Entscheidung Hassan zu überlassen. Er konnte das Risiko einschätzen, sie nicht. Wenn er Nein sagte, fuhren sie nicht. Dann war es eben so.

«Hassan. Fahren wir nach Gourrama oder nicht?»

Er warf beide Hände in die Höhe, als ergebe er sich.

«Ich weiß es nicht», sagte er.

«Was sagt dein Gefühl, Hassan, ja oder nein?»

«Ohne dich würde ich keinen Moment zögern. Nein.»

«Okay. Dann fahren wir nicht.»

Hassan blickte sie erstaunt an, widersprach aber nicht. Sophie konnte kaum glauben, wie leicht ihr diese Worte über die Lippen gekommen waren. Sie sank wieder auf den Stuhl und verschränkte die Arme. Nachdem sie eine Weile schweigend dagesessen hatten, entschuldigte sich Hassan für einen Moment. Er kam mit zwei Flaschen Bier zurück. «Ich wusste doch, dass der alte Gauner seine Vorräte irgendwo versteckt hat», sagte er.

Sie stießen an. «Warum eigentlich warst du bereit, mit mir auf diese Reise zu gehen?», fragte Sophie. «Ich meine, was hast du davon?»

Hassan antwortete nicht sofort. «Gute Frage. Ich habe ein sehr gespaltenes Verhältnis zu Europa. Einerseits das große Freiheitsversprechen, andererseits die Kumpanei mit unseren Königen und Präsidenten. Irgendwie bist du – anders. Du meinst, was du sagst. Das spürt man. Du verkaufst deine Seele nicht. Und irgendwie – fühle ich mich dir verbunden.»

ZWEITES KAPITEL
GOURRAMA, MAROKKO

Der Morgen schleicht blau durch meine Seele, dachte Sophie, als ihr Blick über das weite Land strich, das sie umarmte wie eine Vertraute. Aufmerksam, aber leidenschaftslos steuerte Hassan den Geländewagen durch die steinige Halbwüste, ohne ein Zeichen der Anstrengung oder Anspannung. Er nahm einen anderen Weg als auf der Hinfahrt, Richtung Südosten, und bald schon gewann Sophie den Eindruck, sie führen entlang einer Gletscherspalte. Die Asphaltstraße verlief auf einem Plateau, das zur Rechten weit aufgerissen war und den Blick freigab auf eine tiefer gelegene, grün wuchernde Flusslandschaft. Ein Dorf reihte sich an das nächste, nah und gleichzeitig fern, wie aus einer anderen Welt. Ab und zu führte eine Piste hinunter zum blauweiß schimmernden Fluss.

Hassan bremste, an einer Weggabelung kamen sie zum Stehen. Rechts ging es nach Marrakesch, links nach Gourrama.

«Links oder rechts, Sophie?»

Sie seufzte lang und resigniert. «Marrakesch», sagte sie knapp.

«Okay.» Er blinkte rechts, zögerte einen Moment und zog das Lenkrad nach links.

«Hassan!», rief Sophie, ein sanftes Lächeln im Gesicht.

Sie verließen die Hauptstraße und fuhren über steinige

Staubpisten, Stunde um Stunde. Menschenleer erschien die Gegend, bis sie den ersten Militärfahrzeugen begegneten. Zu ihrer Überraschung ließen die Soldaten sie unbehelligt passieren. Sophie spürte die leise Anspannung, die sie ergriffen hatte. Es lag etwas in der Luft. Ihre Gefühle täuschten sie selten, doch waren sie zu unbestimmt und vage. Und dann, hinter einer Kurve, Gourrama. Gänzlich unspektakulär, eine Ansammlung von schlichten Häusern aus Naturstein oder Lehm. Rechts am Rand eine über zwanzig Meter in die Höhe ragende Säule, ebenfalls aus gemauertem Naturstein, gesichert mit einem hölzernen Gerüst. Bei näherem Hinsehen erwies sich die Säule als Treppe. Kinder rannten auf das Auto zu, verlangten lauthals Kaugummi und Kugelschreiber. Dann zeigten sich die Mütter, schließlich die Männer, die meisten alt. Neugierig umringten sie das Fahrzeug und mehr noch Sophie, deren blonde Haare stets erneut Staunen und Bewunderung auslösten, obwohl sie fast ganz von einem Kopftuch bedeckt waren.

Hassan wurde freundlich begrüßt und bestürmt, hatte er doch den Namen ihres Dorfes in die Welt getragen.

«Gibt es hier eigentlich auch junge Männer?», fragte Sophie ihren Begleiter.

«Die sind in den Slums der Großstädte», erwiderte Hassan ungerührt und entzog sich den Bitten und Einladungen zum Tee. Zunächst wollte er Said Attar seine Aufwartung machen, dem Erbauer der Himmelstreppe, und ihm Sophie vorstellen. Die Dorfbewohner hielten respektvoll vor der Treppe inne und erweckten den Eindruck, nichts in der Welt könne sie da hinaufbekommen. Die Säule ruhte auf einem breiten Fundament und verjüngte sich nach oben, an den Seiten gesichert von einem Seil. Es kostete Sophie einige Überwindung, dem voransteigenden Hassan zu folgen. Sie war nicht ganz schwindelfrei, mochte sich aber keine Blöße geben und starrte auf die Treppenstufen vor sich, ohne einen Blick zur Seite zu werfen. Oh Gott, dachte sie. Auf dem Rückweg würde sie die Augen so weit wie möglich geschlossen halten. Immerhin gab das Gerüst der Treppe zusätzlichen Halt. Selbst wenn sie stolpern sollte, war da immer noch das Seil.

Oben thronte einsam Said Attar und verputzte Fugen. Er summte vor sich hin, besser gesagt hielt er einen einzigen, gleichförmigen Ton, der aus nur einem Buchstaben bestand: Uuuuu. An der Spitze der Treppe war es windig und zugig, während gleichzeitig die Sonne stach. Kein Ort für vernünftige Menschen. Nachdem Hassan den arabischen Friedensgruß entboten hatte, wandte sich Said Attar um. Als er Sophie erblickte, erstarrten seine Gesichtszüge. Die Kelle noch in der Hand richtete er den Zeigefinger auf sie und sagte: «Du bist das Licht, und du wirst brennen.» Auch ohne Hassans Übersetzung beschlich sie eine dunkle Vorahnung. Prediger, Wahnsinnige und Kinder brauchen keinen Dolmetscher.

Während sie die Treppe hinunterstiegen, redete Hassan auf sie ein. Doch Sophie war irritiert, beunruhigt durch die Fantastereien eines Eremiten. Er mochte den Verstand verloren haben, aber seine Botschaft hatte er mit bemerkenswerter Klarheit vorgetragen.

***

Der Dorfälteste bat die Besucher in sein Haus, und sie setzten sich zu ebener Erde auf den Boden, auf Sitzkissen, die entlang der Wände verteilt waren. Durch das Fenster sah Sophie Kinder, die spielten, sie seien Flugzeuge. Dabei machten sie stets dasselbe Geräusch, jenes monotone, lang anhaltende Uuuuu. Pfefferminztee wurde gereicht, und der Dorfälteste erzählte, was sich seit Hassans letztem Besuch im Dorf zugetragen hatte. Nicht viel, im Grunde gar nichts, abgesehen von den Ereignissen der letzten zwei Wochen. Da seien auf einmal Bewaffnete aufgetaucht, mitten in der Nacht. Hätten sie geweckt und sich nach dem Weg erkundigt. Nach Algerien. Drei Geländefahrzeuge, zehn, elf Männer, alle schwarz gekleidet und vermummt. Die verängstigten Nachbarn hätten die Leute zu ihm geführt, dem Dorfältesten. Er habe unwillkürlich ein Gebet gesprochen, weil er damit rechnete, umgebracht zu werden. Doch so Furcht einflößend die Männer auch aussahen, waren sie doch einigermaßen höflich. Ließen sich Brot und Lebensmittel bringen, die sie bezahlten.

«Algerier?», fragte Hassan.

Der Dorfälteste bewegte seinen Kopf nach links, nach rechts und wieder nach links. Eine Geste des Abwägens. Sophie, einzige Frau in dieser Männerrunde, die sich nach und nach eingefunden hatte, überlegte, was das bedeuten mochte.

Sie hätten in marokkanischen Dirham bezahlt. Und keinen algerischen Dialekt gesprochen.

Hassan strich sich über das Kinn. So nachdenklich hatte Sophie ihn noch nicht gesehen. Dann berichtete der Dorfälteste, wie Polizisten und Soldaten in den Tagen darauf Haus für Haus durchkämmt, die Bewohner stundenlang verhört hätten. Als sie erfuhren, dass die Bauern den Terroristen zu essen und zu trinken gegeben hatten, wurden die Männer geschlagen und einige von ihnen verhaftet. Seither seien sie wie vom Erdboden verschluckt. An dieser Stelle fielen dem Dorfältesten die übrigen Anwesenden ins Wort und erzählten durcheinander, was sie bewegte: die Sorge um die Männer, Verwandten, Angehörigen, Nachbarn. Sophie verstand die Sprache nicht, doch ließen Gesten und Erregung wenig Fragen offen. Umso mehr überraschte sie, wie viel Freundlichkeit und Würde sich diese Leute bewahrt hatten, ungeachtet ihrer Beunruhigung. Neben ihr saß ein Mann, der kaum noch Zähne hatte und beim Reden ungewollt Speichel versprühte. Als er merkte, dass ihre Unterarme, mit denen sie ihre hochgezogenen Knie umklammerte, allmählich feucht wurden, zog er ein Taschentuch hervor, das eindeutig bessere Tage gesehen hatte, legte seine rechte Hand aufs Herz, sagte lächelnd «sorry» und beseitigte seine Spuren. Anschließend fiel er zurück in seine Rede. Sophie kam sein Auftritt vor wie eine einzige, durchgehende Bewegung.

Dann hörten sie es. Ein surrendes Geräusch, über ihren Köpfen. Unangenehm, penetrant, die Stille der Natur durchreißend. Ein basstiefes Uuuuu. Sophie eilte nach draußen, sah in den grellblauen Himmel. Nichts zu sehen, außer der Sonne und ein paar Vögeln. Das Geräusch wurde nicht lauter, nicht leiser, es verharrte unsichtbar in der Luft. Die Kinder sprangen auf und spielten erneut Flugzeug, bildeten Flügel mit ihren ausgestreckten Armen und zogen Kreise um Sophie. Hassan gesellte sich zu ihr, ebenso einige der Männer und zwei oder drei Frauen, die ihre Kinder aufforderten, sofort von der Straße zu verschwinden.

«Verdammt!», rief sie. «Was ist das?»

«Unsichtbare Flugzeuge», erwiderte Hassan. «So nennen sie die Dorfbewohner.»

«Drohnen? Warum sehen wir die nicht?»

«Weil sie zu hoch fliegen. Bis zu zehn Kilometern.»

«Wieso das denn? Glaubst du ernsthaft, dass sich die Amerikaner für dieses Kaff interessieren?»

«Tja, Sophie.» Hassan kratzte sich am Kopf. «Wenn wir das wüssten. Ich habe keine Ahnung, was hier los ist.»

Die Amerikaner, überlegte Sophie. Warum kommst du als Erstes auf die? Weil sie als Einzige in der Lage wären, ihre Drohnen ungestraft über Marokko kreisen zu lassen?

Und dann war das Geräusch weg. So plötzlich, wie es gekommen war, hatte es sich auch wieder verflüchtigt. Reine Einbildung, könnte man glauben. Würde auch Sophie denken, hätte sie es nicht selbst vernommen, wüssten die Dorfbewohner nicht zu berichten, dass Drohnen regelmäßig ihre Kreise über der Gegend zogen, seit jener Nacht, als die Vermummten hier aufgetaucht waren.

Wie sie da so standen, inmitten der einzigen Straße aus Staub, die das Dorf in zwei Hälften teilte, umgeben von Unbekannten, deren Blicke voller Sehnsucht und Scheu auf Sophie ruhten, fühlte sie sich nichtig und klein. Das Dorf war ein lebender Organismus, jeder Bewohner Teil des Ganzen. Nur als Gemeinschaft konnten die Menschen existieren, einzeln wären sie in dieser Umgebung dem Untergang geweiht. Doch so karg die Landschaft auch war, reichte das Wasser immerhin für einige Haine und Dattelgärten. Von dem wenigen, was der Boden hergab, lebten die Bewohner. Und von ihren Ziegen, die in Herden von einigen Dutzend Tieren durch die Gegend zogen, bewacht von Hirtenjungen.

Eine Witwe hatte Sophie in ihrem Haus aufgenommen. Angezogen lag sie auf dem Bett, den Kopf zur Seite gewendet, und sah durch das offene Fenster hinaus in das tiefe Dunkel, gelblich schimmernd durchbrochen von Mond und Sternenhimmel. Auf einmal stand Hassan draußen vor dem Fenster.

«Ich bin zu aufgedreht, um zu schlafen», sagte er.

«Geht mir auch so.»

«Ich kann mir einfach keinen Reim auf das hier machen.»

«Ich auch nicht.»

Sie setzte sich auf das Fensterbrett, etwas überrascht von seinem Erscheinen. Es war Vollmond, stellte sie fest.

«Sophie?»

«Ja?»

«Ich möchte mit dir schlafen.»

«Oh, ich … also, äh …» Sie fuhr sich durch die Haare und spürte, wie ihre Hände zu schwitzen begannen. «Nein. Hier? … Nein, ich kann nicht … mir ist… Hassan, ich möchte … es tut mir leid.» Sophie sprang auf, schloss das Fenster und flüchtete auf ihr Bett. Laut schlug ihr Herz, und sie dachte: Wie dämlich bist du eigentlich? Da steht dieser Mann vor dir, der dich anzieht, und was machst du? Gott im Himmel! Geh doch gleich ins Kloster, Sophie Schelling.

***

Ein gellender Schrei riss sie aus dem Tiefschlaf. Sie brauchte einen Moment, sich in Erinnerung zu rufen, wo sie war, suchte schlaftrunken ihre Kleider. Wenig später wieder ein Schrei, der überging in ein Wimmern. Sie hörte Türen, die geschlagen wurden, Stimmen. Trat hinaus ins Freie, sich die Augen reibend. Es war früh am Morgen, die Luft noch kalt. Der wolkenfreie Himmel im Osten rot eingefärbt. Am Ende der Gasse auf dem Platz sah Sophie eine Frau, die ihren Sohn in Armen hielt, umringt von Nachbarn. Die Kleidung des Teenagers war blutbefleckt, er war in heller Aufregung, während er etwas erzählte, was bei den Zuhörern sichtbares Entsetzen hervorrief. Sie schlugen sich mit der flachen Hand mehrfach ins Gesicht und riefen: «Ya Allah!» Dann war auch Hassan da und übersetzte Sophie, sich das Hemd zuknöpfend, was vorgefallen war. Der Junge war mit seinem Vater Ziegen hüten in den Bergen weiter nördlich. Dort hätten sie erst dieses Uuuuu gehört, und dann habe plötzlich die Erde gebebt. Der Junge hockte zu dem Zeitpunkt hinter einem Felsen, «auf Toilette», was ihm wohl das Leben gerettet hatte. Das Beben sei kurz und heftig gewesen, so heftig, dass umliegende Steine aufzuspringen schienen, begleitet von grellen Blitzen. Der Junge sei vor Angst wie gelähmt gewesen. Der Gestank von verbranntem Fleisch drang ihm in die Nase. Als er sich aus seinem Versteck hervortraute, war es bereits dunkel geworden. Er habe seinen Vater gesucht, die Ziegen, aber … Der Junge versuchte zu beschreiben, was er gesehen hatte, doch versagte ihm die Stimme. Er sagte nur noch, dass er hergerannt sei, die ganze Nacht über, unterbrochen von kurzen Pausen. Ein großes Wehklagen hub an, und die Menge begleitete Mutter und Sohn in ihr Haus, dessen rechte Hälfte ein Ziegenstall war.

Der Dorfälteste trat an Hassan heran und bat ihn, zum Ort des Geschehens zu fahren, da abgesehen von seinem Geländewagen kein weiteres Fahrzeug zur Verfügung stand. Hassan hatte keine Wahl. Das ganze Dorf war auf den Beinen, die Straße eingetaucht in eine Wolke aus Staub und Erregung. Um Hassans Wagen hatte sich bereits eine Gruppe Männer versammelt, die den Eindruck erweckte, mitfahren zu wollen.

«Wir hätten nicht kommen sollen», sagte Hassan zu ihr, die Stimme besorgt.

Auch Sophie war das Risiko bewusst. Es brauchte nicht viel Fantasie, um sich vorzustellen, dass der Hirte Opfer eines Drohnenangriffs geworden war. Soweit sie wusste, hatte noch nie ein westlicher Journalist den Schauplatz eines solchen Angriffs aufgesucht. Sie wäre die Erste, und auf diesen Scoop würde sie freiwillig nicht verzichten.

Hassan verlangte, dass nur zwei Männer aus dem Dorf mitfahren sollten. Sie müssten schließlich den Toten und womöglich noch anderes transportieren. Der Dorfälteste willigte ein. Er und sein Cousin würden Hassan und Sophie begleiten. Nachdem sie Wasser und einige Lebensmittel verstaut und ein Leichentuch besorgt hatten, brachen sie auf, begleitet von den stummen Blicken der Bewohner. Sie hatten das Dorf noch nicht verlassen, als auf einmal das Wagendach erbebte. Ein Mann war auf den Gepäckträger gesprungen, ein Jagdgewehr in der Hand. Said Attar.

Anders als der Junge konnten sie nicht den direkten Weg nehmen, sondern mussten den Bergrücken umfahren. Fast zwei Stunden waren sie unterwegs, bis sie zu dem Weideplatz gelangten. Unterwegs entschuldigte sich Hassan für seine Aufdringlichkeit in der Nacht.

«Oh, das musst du nicht. Ich hätte dich nicht so stehen lassen dürfen. Lass uns später darüber reden, das hier ist jetzt wichtiger.»

Dass sie ihr Ziel erreicht hatten, konnte man riechen. Es stank noch immer nach verbranntem Fleisch. Der Anblick, der sie dann traf, fällte sie regelrecht. Als Erstes sah Sophie den Arganbaum, dann, beim Aussteigen, das, was in ihm hing. Ihr Körper reagierte so unvermittelt, wie sie es noch nie erlebt hatte: Sie erbrach sich augenblicklich, ein Schüttelfrost überkam sie, am Ende spuckte sie gelbgrüne Gallenflüssigkeit. In ihrem Kopf hörte es nicht auf zu hämmern: Ein Bild wie von Dalí, surreal, verzerrt, entrückt. Der Oberkörper des Hirten, etwa bis zur Höhe des Gürtels, hing wie hingeworfen rücklings über den Ästen. Seine Arme waren ausgebreitet in Form eines Vs, sein unversehrtes Gesicht wirkte so friedlich, als schliefe er. Die Augen waren geschlossen. Sein Unterkörper lag über mehrere Meter verteilt, unzählige Male zerrissen und zerfetzt. Allein sein rechter Unterschenkel einschließlich des Fußes war erhalten geblieben. Die Gedärme schlangen sich teils um den Baum. Wüstenfüchse und Raubvögel hatten sich offenbar schon bedient. Von vielen Ziegen waren wenig mehr geblieben als verkohlte Reste, in den felsigen Boden eingebrannt. Die übrigen grasten in einiger Entfernung, als wäre nichts geschehen. Zu ihrer Erleichterung stellte Sophie fest, dass auch die Männer mit sich rangen. Sie nahm die Kamera und begann zu fotografieren. So vollständig wie möglich wollte sie Beweise sichern. Ihr Magen revoltierte immer wieder, aber es gab nichts mehr, was sie hätte ausspeien können.

Sie entdeckte ein Raketenteil. Silberfarben, aus Metall, unterarmlang. Auf der Innenseite ein schwarzes Schild, auf dem in grauen Metalliclettern zu lesen war:

Transducer, Air Data
Model 128 1P
S/N 6727
General Dynamics Convair
14170SOCN7628162
NSN
Contract No 49879082854A
US Rosemount FCMSOS

Die Männer waren damit beschäftigt, die Überreste des Körpers auf das Leichentuch zu betten, als sie es wieder hörten.

Uuuuu.

Sofort suchte jeder Deckung unter und hinter den umliegenden Felsvorsprüngen. Sophie blickte angestrengt nach oben, wie auch ihre Begleiter, aber natürlich sahen sie nichts. Ein Kondensstreifen war zu erkennen, doch den hinterließen auch Verkehrsflugzeuge.

Uuuuu. Das Geräusch blieb konstant. Sophie stellte sich vor, wie sie in der Leitzentrale saßen und zu ergründen suchten, was am Boden vor sich ging. Wahrscheinlich kreiste die Drohne direkt über ihren Köpfen und wartete nur darauf, dass sie sich wieder zeigten. Und dann? Sie riefen einander zu, in Deckung zu bleiben, bis die Drohne verschwunden war. Das beruhigte die Nerven ein wenig, obwohl es sicher egal war, ob sie nun ausharrten oder einfach weitermachten. Wenn die da oben entschlossen waren, Zeugen zu beseitigen, hatten sie keine Chance.

Uuuuu.

Sophie brannte vor Durst. Schweigend lagen sie unter den Felsvorsprüngen. Irgendwann sagte Hassan: «Sie sind weg.» Sicherheitshalber warteten sie noch eine Weile, dann stürzten sie wie auf Kommando zum Fahrzeug und tranken begierig, alle fünf. Nachdem sie die Überreste des Hirten im Leichentuch auf dem Dachgepäckträger befestigt hatten, traten sie die Rückfahrt an. Hassan hatte das leisere Automatikgetriebe eingeschaltet und fuhr mit geringem Tempo, als erhöhe das ihre Chancen, heil aus der Sache herauszukommen. Niemand verspürte das Bedürfnis, zu reden. Sophie empfand Ohnmacht und Zorn. Mehr als das. Wut. Hass. Auf diejenigen, die das zu verantworten hatten. Die einfach eine Drohne aufsteigen ließen, ferngesteuert von irgendeiner Basis in den USA, im Nahen Osten, in Europa, um diesen Habenichts kaltblütig zu massakrieren.

Und wenn die Angehörigen des Toten auf die Idee kämen, sich zu rächen? Etwa einen amerikanischen Touristen in Marrakesch niederstachen? Dann hieße es mit Sicherheit, sie wären blutrünstige Terroristen, fanatisiert von ihrer mittelalterlichen Religion. Vielleicht würde die *New York Times* in einem nachdenklichen Leitartikel fragen: Warum hassen sie uns noch immer? Die Antwort würde lauten, darauf wäre Sophie bereit zu wetten: weil sie unsere Werte nicht teilen.

Sophies Herz raste. Um sich zu beruhigen, konzentrierte sie sich ganz auf die Atmung. Das tat sie häufig, wenn sie unter extremer Anspannung stand, und meist half es ihr, sich wieder zu erden. Langsam und bewusst atmete sie ein und ebenso langsam wieder aus. Langsam ein, langsam aus, wieder und wieder, bis ihr Puls sich spürbar zu beruhigen begann. Es gilt die Unschuldsvermutung, ging ihr durch den Kopf. Es gelang ihr einfach nicht, den Verstand abzuschalten. Die gilt auch für die Angreifer. Du hast keine Beweise, dass es Amerikaner waren.

US Rosemount. General Dynamics. Convair. Air Data.

Was immer das bedeuten mochte, es war kein Russisch und kein Chinesisch. Die Indizien sprachen ihre Sprache.

Abrupt brachte Hassan den Wagen zum Halten. Die Männer stiegen aus und entrollten ihre Gebetsteppiche, auch Hassan. Zeit fürs Abendgebet. Sie reinigten Gesicht, Füße und Hände mithilfe der mitgeführten Wasserflaschen. Said Attar übernahm die Rolle des Vorbeters. Sie sanken auf die Knie, dann verneigten sich ihre Oberkörper im Sand. Ein schöner, ein ästhetischer Anblick, insbesondere vor der grandiosen Bergkulisse. Und doch fragte sich Sophie: Wie konnten sie beten, wenn Gott den Tod eines Unschuldigen zuließ? Warum schickte er nicht Blitz und Donner über diejenigen, die dafür verantwortlich waren und in diesem Moment vermutlich ungestraft ihr Abendessen einnahmen, im Kreise ihrer Familie?

Als sie die Fahrt fortsetzten, wandte sich Hassan an Sophie: «Wir sollten so schnell wie möglich von hier verschwinden. Wir laden die Leiche ab, und weiter geht's. Da liegt was in der Luft.»

«Das fürchte ich auch. Aber was?»

«Weiß ich nicht. Gefühl. Ich muss immer an diese Leute denken, die in Gourrama aufgekreuzt sind. Waren das tatsächlich algerische Al-Qaida-Kämpfer?»

«Wer käme denn sonst noch infrage?»

«Keine Ahnung, Sophie. Warum haben sie in Dirham bezahlt? Warum haben sie überhaupt bezahlt? Algerische Terroristen auf der Flucht mit marokkanischem Geld?»

«Worauf willst du hinaus?»

«Ich weiß es nicht. Die ganze Zeit habe ich das Gefühl, dass da irgendwas nicht stimmt. Warum nur haben sie diesen Hirten in Stücke gerissen? Ich würde sagen, entweder haben sie ihn verwechselt, oder aber sein Tod ist Auftakt für eine weitere Inszenierung.»

Sophie gab ihm recht. Sie sollten abfahren.

«Hast du Angst, Hassan?»

«Ja, ich habe Angst – um dich.»

* * *

Die Bewohner Gourramas standen bei ihrer Ankunft Spalier. Obwohl es inzwischen Nacht geworden war, sorgten Mond und Sterne für ein fahles Licht, wie an einem Filmset. Was für eine Armut, dachte Sophie. In diesem Dorf gab es keinen Arzt, keine Schule, kein Geschäft, nicht einmal, wie in fast jedem Weiler in Marokko, eine Moschee. Die Leute ritten auf Eseln, zweimal die Woche fuhr ein Kleinbus in die nächste Kreisstadt zum Markt. Es war schlichtweg undenkbar, dass von diesem Ort, von diesen Menschen eine Gefährdung der Sicherheit ausging, weder für den König noch den Rest der Welt. Sie waren Bauern, Bauern auf einem Schachbrett. Die Männer luden die Leiche ab, und in dem Moment erhob sich ein großes Wehklagen. Die Frau hatte ihr Haar gelöst und streute Sand auf ihr Haupt. Berührte liebevoll den unbedeckten Kopf ihres Mannes und redete auf ihn ein. Die Umstehenden bildeten einen Halbkreis und beteten laut, einige stimmten in einen Totengesang ein. Dann erhob sich die junge Witwe, schweren Schrittes kam sie, gestützt von ihrem Sohn, auf Sophie zu. Sie sagte – Hassan eilte herbei, um zu übersetzen: «Bleib zur Beerdigung, ich bitte dich. Dann gehe zurück in deine Heimat und erzähle deinen Leuten, was hier geschehen ist. Baschir heißt mein Mann. Erzähle deinen Leuten von Baschir, ich bitte dich.»

Sie hatte Sophies Hand ergriffen und drückte sie dermaßen inniglich, dass es schmerzte. Tränen liefen ihr übers Gesicht, und Sophie konnte nicht anders. Sie umarmte sie. Auch sie weinte und sagte: «Es tut mir leid.» Mehrfach, weil das alles so ungerecht und sinnlos war und diejenigen, die allen Anlass hätten, sich zu entschuldigen, es niemals tun würden.

Unterdessen hatte Said Attar begonnen, das Holzgerüst, das die Himmelstreppe einfasste, mit einigen Helfern niederzureißen. Sie lösten die Befestigungen und traten gegen die Latten, bis das Gerüst krachend zur Seite stürzte. Said Attar rief in die Menge: «Dieses Monument sei unseren Ahnen gewidmet, den Toten, die da waren, und denen, die folgen werden. Beerdigen wir Baschir zu Füßen der Säule, denn er soll den kürzesten Weg finden zum ewigen Leben. Der Tag des Gerichts ist nah! Das Licht wird den Irrtum besiegen. Die Erleuchtung weist uns den Weg.» Als er das sagte, traf sein Blick den Sophies.

Sofort machten sich die Männer ans Werk und hoben ein Grab aus, in das der Tote gelegt wurde. Der Dorfälteste sprach ein Gebet, dann betteten sie den Toten hinein und füllten es wieder mit Sand. Einige Frauen verteilten Brot und Datteln und den unentbehrlichen Tee. Die einen standen, die anderen saßen im Schneidersitz auf dem Boden, der Witwe war ein Stuhl gereicht worden. Zikaden zirpten, die Luft war lauwarm. Ein gedämpftes Stimmengewirr lag in der Luft. Gefolgt von einem Geräusch, das Sophie nicht kannte. Ein metallenes Tschopp, Tschopp, Tschopp, wie ein Mähdrescher in großer, in sehr großer Entfernung. Hassan musste es ebenfalls bemerkt haben, denn er bedeutete Sophie mit einer Kopfbewegung: Hauen wir ab.

Als sie in den Wagen stiegen, entdeckten sie den ersten Laserstrahl. Einen grünen Strahl, der gegen das Gebirge schoss. Augenblicke später waren es bereits zwei, drei, ein Gitternetz aus Licht erfasste die Landschaft, weit über das Dorf hinaus. Dann fielen die ersten Schüsse, Schreie gellten durch die Nacht. «Los!», schrie Hassan und gab Gas, während Sophie noch halb in der Tür hing. Sie kamen nicht weit, eine Maschinengewehrsalve traf das Fahrzeug. Kaum waren sie hinausgesprungen, als der Tank explodierte und in Flammen aufging. Sophie stolperte mehr, als sie rannte, in das nächstgelegene Haus und sah den Hubschrauber, der unbeweglich und groß wie eine Barkasse über dem Dorf in der Luft verharrte und für Flutlicht sorgte, während ein zweiter, kleinerer und wendigerer Helikopter die Häuser unter Sperrfeuer nahm. Sie warf sich unter einem Steintisch in Deckung, da die Kugeln Dach und Wände durchschlugen, als wären sie nichts. Sie hörte die Schreie, jeder versuchte, sich in Sicherheit zu bringen, aber es gab keinen sicheren Ort. Ein Mann stürzte in das Zimmer, in dem auch sie lag, und fiel zu Boden. Er zitterte und blutete. Mit bloßer Hand versuchte er, die Blutung am Hals zu stoppen. Sophie zog ihn unter den Tisch und presste ihr Kopftuch auf die Wunde. Sie erkannte, dass es sinnlos war. Das Blut stieß aus seiner Halsschlagader wie aus einer Fontäne. Der Körper des Mannes zuckte spastisch, bis seine Bewegungen erlahmten.

Plötzlich Stille. Schreie und Stöhnen, aber keine Schüsse mehr. Stimmen, Befehle. Die Tür flog auf, ein Soldat in voller Kampfmontur, das Sturmgewehr im Anschlag, entdeckte Sophie und nahm sie ins Visier. «Nicht schießen!», rief sie auf Englisch. «Ich bin aus Deutschland! Ich bin Wissenschaftlerin!» Ihr Instinkt riet ihr, das Wort Journalist zu vermeiden. Der Soldat stutzte und bedeutete ihr mit einer Bewegung des Zeigefingers, unter dem Tisch hervorzukommen. Er ließ sie nicht aus den Augen und hatte noch immer auf sie angelegt. Wie jung der Kerl ist, dachte sie. Zwanzig vielleicht. «Ich bin aus Deutschland, okay. Ich habe nichts getan. Es gibt keinen Grund, mich zu erschießen. Ich trage keine Waffe. Ich bin unbewaffnet. Ich bin keine Gefahr für Sie.»

Der Soldat wusste nicht, was er tun sollte. Er sprach in das Mikrofon, das an seinem Helm befestigt war, unverkennbar mit dem breiten, singenden Dialekt der amerikanischen Südstaaten. Aus dem Nebenzimmer ertönte das Zwitschern eines Singvogels, so klar und hell, dass der verblüffte Soldat den Kopf zur Seite drehte. In dem Moment drückte Said Attar ab. Die Kugel seines Jagdgewehres traf ihn mitten ins Gesicht, der einzigen Stelle, an der er ungeschützt war. Noch während der Soldat zu Boden sackte, nahm ihm Said Attar bereits die Waffe, die Patronentasche und die Handgranaten ab, die er am Gürtel trug. Er bedeutete Sophie, nach ihm durch die Hintertür zu verschwinden und sich Richtung Dattelhain durchzuschlagen.

Sophie, panisch, unfähig, einen klaren Gedanken zu fassen, duckte sich an die Rückseite der Häuser. Laserblitze durchzogen weiterhin die Landschaft, der kleinere der beiden Hubschrauber landete kurz und entlud weitere Soldaten. Sie durchkämmten Haus um Haus. Noch immer schrien Menschen, auf der Straße lagen regungslose Körper. Vereinzelt fielen Schüsse. Sophie robbte auf allen vieren, um nicht ins Blickfeld zu geraten. Bei einem Haus fehlten die Vorder- und Rückwand, die offenbar dem Beschuss nicht standgehalten hatten. Sie hatte keine Wahl und bewegte sich so vorsichtig wie möglich am Haus vorbei. Dabei beobachtete sie, was ihr das Blut in den Adern gefrieren ließ. Auf dem Boden lagen tote Frauen, darüber hatten sich zwei Soldaten gebeugt. Fluchend unternahmen sie, was sich Sophie nicht sofort erschloss. Dann aber verstand sie, was sie taten: Mit einem Messer entfernten sie die Kugeln aus den Leichen. Fast hätte sie aufgeschrien. Mein Gott, das waren Profis! Bäuerinnen, von amerikanischen Kugeln durchsiebt – keine gute Werbung.

Sophie hatte die erste Palme erreicht, hier war niemand. Sie suchte sich eine Stelle, wo sie sich einigermaßen geschützt fühlte. Von dort beobachtete sie das unbeschreibliche Chaos, das im Dorf herrschte. Befehle gellten durch die Nacht, die Rotoren der Hubschrauber wirbelten gewaltige Mengen an Staub und Sand auf und machten einen Höllenlärm. Said Attar nutzte das Durcheinander, um unbemerkt die Himmelstreppe hinaufzusteigen, die erbeuteten Waffen in Händen. Oben angekommen, ging er in Stellung und wartete, bis der kleinere Helikopter in Reichweite kam. Er zielte auf den Piloten, der getroffen zusammenbrach. Der Hubschrauber sackte in die Tiefe, aber der Kopilot bekam ihn wieder unter Kontrolle. Daraufhin richteten beide Kampfhubschrauber ihre Kanonen auf die Himmelstreppe und eröffneten synchron das Feuer. Sophie war gleichermaßen entsetzt und fasziniert von dem Schauspiel, denn nichts anderes war es. Eine grandios inszenierte Hinrichtung, bei der die Treppe Stufe um Stufe, von oben nach unten, sorgfältig und ohne Hast, Stein um Stein pulverisiert wurde.

Wenig später zogen die Angreifer ab. Die Laserstrahlen verschwanden ebenso wie der Lärm der Rotorblätter. Es wurde dunkel und still. Kein Laut. Keine Stimme. Niemand, der um Hilfe rief. Sophie blieb liegen. Sie traute dem Frieden nicht. Am liebsten hätte sie lautstark nach Hassan gerufen. Aber das tat sie nicht. Stattdessen schlief sie ein, und als sie erwachte, die Knochen wie zerschlagen und einen furchtbaren Geschmack im Mund, zeigte sich im Osten ein rotgelbes Lichtband, das sich mit jedem Moment weitete. Unter Mühen erhob sie sich. Die Hoffnung, aus diesem Albtraum zu erwachen, hatte sie nicht. Das hier, das war Wirklichkeit. Kein Traum. Keine Einbildung.

Vorsichtig schlich sie hinunter ins Dorf. Überall lagen Tote, Überlebende entdeckte sie keine. Wo war Hassan, in Gottes Namen? Sie wagte nicht, ihn zu rufen. Sie stolperte über die Leiche von Baschirs Witwe. Die Brust war mit Messern bearbeitet worden. Auch bei ihr hatten sie also die Kugeln entfernt. Sophie lief die Straße hinunter, in Richtung des ausgebrannten Geländewagens. Keine Menschenseele, nirgends. Sie ließ ihre Blicke schweifen, die sich mittlerweile an die Toten gewöhnt hatten, analysierte ihre Lage und fand keinen Ausweg. Hassan! Auch in der Nähe des Wagens fand sie ihn nicht. Fliegen waren überall. Solange es nur Fliegen sind, kam Sophie in den Sinn. Eine Tür knarrte im Wind. Sie warf einen Blick in das Haus. Tod und Zerstörung. Gerade wollte sie sich wieder abwenden, da bemerkte sie die Hand am Boden, die sich in ihre Richtung bewegte. Dann blitzte der Revolver auf. Wie schade, dachte sie und sah das Mündungsfeuer.

DRITTES KAPITEL

DAVIDSON, NORTH CAROLINA, USA

Marc Lindsey flanierte den Parkweg entlang, die Hände hinter dem Rücken verschränkt. Er führte zum Hauptgebäude des Davidson Colleges in North Carolina, einem viktorianisch anmutenden, roten Backsteinbau aus dem frühen 19. Jahrhundert, eingefasst von vier mächtigen Säulen aus hellem Sandstein. Der Landhausstil der Plantagenbesitzer, reich geworden mit Baumwolle, auf dem Rücken ihrer Sklaven, dachte Lindsey. Macht und Reichtum, darum ging es immer. Lieber jedoch beriefen sich die Reichen und Mächtigen auf höhere Werte: Demokratie, Freiheit, Menschenrechte, das ganze Programm. Für die Unglückseligen, die sich auf der falschen Seite der Geschichte wiederfanden, änderte solch Geschwätz nicht das Geringste. Sie lebten unrettbar im Dreck.

Er blieb stehen, schloss kurz die Augen und atmete den Duft der Rhododendren tief ein. Er hörte das freudige, aufgeregte Lachen der Studenten, die noch immer mit Vorliebe ihre Bücher oder Laptops mit sich herumtrugen. Junge Männer und Frauen kamen an ihm vorbei, auf dem Weg in die Seminare und Vorlesungen. Sie musterten ihn kurz, gelegentlich misstrauisch, befanden wahrscheinlich, dass er weder zu ihnen gehörte noch wie ein Dozent aussah. Ganz unrecht hatten sie nicht: Er war übermüdet, der Blick seiner blauen Augen war abgeklärt, etwas melancholisch, sein schlaksiger Gang hatte nichts Dynamisches, er legte weder auf Kleidung wert, noch darauf, sich täglich zu rasieren, rauchte zu viel. Er hatte so viele Feinde, dass es ihm egal sein konnte, was diese Studenten über ihn dachten. Mochten sie ihn ruhig für einen Penner oder Landesverräter halten, was kümmerte es ihn. Allerdings war das hier nicht irgendein College. In Davidson hatte er sein Studium begonnen, und mit jedem Meter, den er auf diesem sorgsam gereinigten Parkweg zurücklegte, kam er sich mehr vor wie Sisyphos. In einer halben Stunde würde er zu diesen Zwanzigjährigen reden und sich daran erinnern, dass er in einem früheren Leben genauso war wie sie. Ein Teil der Menge, die begeistert Flaggen schwenkte und sich für auserwählt hielt. Vor ihm lag ein weiterer Kampf, ein Kampf mit Worten, und es würde ihn überraschen, wäre der Raum nicht erneut zweigeteilt. Hier die wenigen, die ihn verstanden, aber es meist vorzogen, zu schweigen, dort die Mehrheit, die alleine den Gedanken, dass er dieselbe Luft atmete wie sie, schier unerträglich fand.

Das schmerzte ihn am meisten vor dem Portal seines alten Colleges, vor dem er herumirrte wie ein streunender Hund: Er hatte die Wahl gehabt. Er war auf dem besten Weg gewesen, und seine Karriere hätte ihn steil nach oben geführt, wenn er durchgehalten und sich nicht widersetzt hätte. Jetzt war er draußen, das System hatte ihn ausgespuckt, es gab keinen Weg zurück. Was sollte er den Studenten antworten, wenn sie ihn fragten: Würden Sie das wieder tun? Sich mit der Armeeführung der Vereinigten Staaten anlegen? Sind Sie stolz auf sich? Glücklich und zufrieden, mit sich im Reinen?

Sicher nicht, nein. Aber er hatte getan, was er glaubte, tun zu müssen. Hätte er von seiner Mutter nicht gelernt, dass Worte und Taten ineinanderfließen sollten – nun, in dem Fall wäre ich möglicherweise wie ihr, patriotisch und ehrgeizig, im seligen Glauben an den amerikanischen Traum. Und soll ich euch was verraten? Ich würde alles geben, könnte ich die Zeit zurückdrehen. Alles! Gut, das ist die eine Seite der Medaille. Heute allerdings bin ich hier, euch die andere zu zeigen.

«Marc!» Mary Robertsons Stimme würde er unter Tausenden wiedererkennen. Klar, entschlossen, vielleicht einen Hauch zu hochtonal. Ideal für Lehrende und Ehefrauen mit Problemen.

«Mary!» Er drehte sich zu ihr um und wartete, bis sie ihm geradewegs in die ausgebreiteten Arme lief. Sie küsste ihn auf beide Wangen. Er spürte ihren Körper an seinem. Am liebsten hätte er sie ganz anders angefasst, doch schliefen sie nicht mehr miteinander, seit sie ihr zweites Kind bekommen hatte. Beiden war die Entscheidung schwergefallen, aber hatten sie eine Wahl? Mary mit Blick auf ihren patenten, wenngleich zu Depressionen neigenden Ehemann, Marc angesichts seines ohnehin schon miserablen Rufes. Ehebruch war in den Südstaaten ungefähr so beliebt wie ein Schwarzer als Präsident, jedenfalls für den Fall, dass die Sache aufflog.

«Schön, dich wiederzusehen, Marc.»

«Ganz meinerseits, Baby Jane.»

«Hör auf, mich so zu nennen.»

Sie löste sich aus seinen Armen und erzählte von den zahlreichen Telefonaten und E-Mails, die im Dekanat eingegangen waren, um seinen Auftritt zu verhindern. Weil er ein Feind Amerikas sei, die Jugend verderbe, dem Terror das Wort rede, dem Kommunismus. Das geistige Niveau von Neandertalern, kommentierte sie bissig.

«Na, was hast du denn erwartet? Dass sie dir die Hände küssen, weil du mich eingeladen hast?»

«Ich finde, du solltest wissen, was hier los ist.»

«Erzähl mir lieber von dir. Was macht dein Liebesleben?»

Sie warf ihm einen herausfordernden Blick zu, ließ sich aber nicht beirren. «Du solltest davon ausgehen, dass dir auch das FBI zuhören wird. Oder Geheimdienstleute.»

«Davon gehe ich immer aus», erwiderte Marc trocken. «Immerhin spreche ich von Drohnen und illegalen Tötungen im Ausland, von Folter und privatisierten Kriegen. Dass sie mir dafür einen Orden ankleben, diese Hoffnung habe ich nun wirklich nicht mehr.»

Der Vorlesungssaal war ein nussbaumvertäfeltes Halbrund, in das marmorne Büsten von Stiftern und Gründungsdirektoren des Colleges eingelassen waren. Der Saal war brechend voll, zahlreiche Zuhörer standen oder saßen in den Gängen. Ein gedämpftes Gemurmel lag in der Luft, und Marc Lindsey spürte die Nervosität, die in ihm aufstieg. Er war sich seiner lässigen Ausstrahlung bewusst, seiner «diabolischen Präsenz», wie sie ihm seine Widersacher bescheinigten, und er konnte sich auf seine rhetorischen Fähigkeiten verlassen. Doch jeden Auftritt empfand er erneut als Roulette. Die Kugel konnte auf Schwarz oder Rot fallen, je nachdem, ob die Zuhörer bereit waren, Tatsachen zur Kenntnis zu nehmen, sich mit Argumenten auseinanderzusetzen, oder in ihm einen Nestbeschmutzer sehen wollten. Eine missverstandene Geste, ein unbedachtes Wort – sie konnten am Ende den Ausschlag geben. Meist genügte ihm ein kurzer Blick, um intuitiv die Stimmung zu erfassen, und sollte er sich nicht grundlegend täuschen, war dieses Publikum bereit, ihm eine Chance zu geben.

Er atmete tief durch, stieg auf das Podest und dankte dem Davidson College, insbesondere der international renommierten Konfliktforscherin Mary Robertson, an seiner ehemaligen Wirkungsstätte vortragen zu dürfen – allen Widernissen zum Trotz, fügte er hinzu. Nach dieser Einleitung legte er den Schalter um, erzählte einige Anekdoten aus seiner Studienzeit und redete zu seinen Zuhörern, als säßen sie gemeinsam auf einer Veranda oder im Café und hörten einem lange verschollen geglaubten Nachbarn zu, der zwischenzeitlich einiges erlebt hatte, mehr oder weniger gegen seinen Willen.

***

Die Dunkelheit hatte die irakische Wüste überzogen wie Raureif, unerbittlich und kalt. Gegen Mitternacht machte sich ein Mann auf den Weg, lief gut hundert Meter durch den Sand, von einer Baracke zu einem kleinen Gebäude aus Zement und Ziegelsteinen. Er wärmte seine Hände, indem er sie anhauchte, wobei kleine weiße Wolken vor seinen Fingern aufstiegen. Das Gebäude, das er aufsuchte, war ein ehemaliges Schlachthaus. Er öffnete die

Tür, grüßte die Anwesenden, die am Tisch saßen und Karten spielten. Er nahm sich einen Kaffee aus der Thermoskanne, gefüllt für die Nachtschicht. Der Mann gehörte zu einer Sondereinheit der Armee, die in Zusammenarbeit mit einer privaten Sicherheitsfirma Verhörzentren in Falludscha und Abu Ghraib unterhielt. Es war kurz bevor dieser Ort, Abu Ghraib, weltweit Entsetzen auslöste. Insbesondere durch das Bild jenes Gefolterten im schwarzen Gewand, das an einen aufgespießten Schmetterling erinnerte und zur Ikone gerann. Aber noch war es nicht so weit.

Das ehemalige Schlachthaus umfasste acht Räume, von denen nur einer, der größte, für die Verhöre genutzt wurde. Die übrigen dienten als Zellen, einer als Empfangsraum und Büro. In den Zellen saßen jeweils vier bis zehn Gefangene, sie saßen oder hockten tatsächlich, meist auf dem Betonboden, es gab kaum Pritschen und noch weniger Stühle. Um sich hinzulegen, war es zu kalt und zu eng, außerdem diente das Loch in der Mitte als Toilette. Später wurden Behelfsbaracken errichtet, um die wachsende Zahl an Inhaftierten aufzunehmen. Der Mann übernahm in jener Nacht die Schicht von seinem Kollegen Fernandez, einem jovialen Puerto Ricaner. Wie üblich zeigte der ehemalige Ringer grinsend seine Goldzähne, verzichtete aber auf das High Five, das Abklatschen unter Kumpeln, und verbarg seine Hände hinter dem Rücken – solche Details vergisst man nicht; vielleicht, weil sie unbewusst wahrgenommen werden als Vorboten von Unheil. Fernandez sagte, er habe da mal was Neues ausprobiert. Mach einfach weiter, wo ich aufgehört habe, schlug er dem Mann vor. Der allerdings hielt nichts von den üblichen Verhörmethoden, die im Wesentlichen darin bestanden, den Leuten das Gehirn aus dem Schädel zu quetschen und darin zu lesen wie in einem Kaffeesatz. Das war dumm und wenig effektiv, doch abgesehen von ihm sprach niemand Arabisch, und die hier Festgehaltenen verstanden in der Regel kein Englisch.

Dieser Mann, von dem ich erzähle, Sie haben es vermutlich schon erraten, war ich selbst. Es fällt mir leichter, über diese Dinge in der dritten Person zu sprechen. Die Psychologen unter Ihnen mögen daraus ihre Schlüsse ziehen. Wie auch immer. Vielleicht sollte ich noch ein wenig von meinen Anfängen erzählen, um zu verdeutlichen, dass niemand als Monster geboren wird. Ich stamme aus dieser Gegend, aus Charlotte. Meine Eltern waren beide Lehrer. Rechtschaffene Menschen, die jeden Sonntag in die Kirche gingen, zu den Presbyterianern, und die staatliche Autoritäten, soweit ich mich erinnere, nie infrage gestellt haben. Wahrscheinlich verdanke ich ihnen meinen ersten Berufswunsch: Ich wollte Polizist werden. Ich verstehe, dass Sie lachen, aber ich wollte tatsächlich immer zur Polizei. Und noch eines habe ich meinen Eltern zu verdanken, meine Liebe zur Sprache und zu den Worten.

Später erfuhr ich, dass es Polizisten, die vorher in der Armee gedient hatten, viel leichter fiel, in der Karriereleiter aufzusteigen. Also beschloss ich, Mitte der Neunziger, mich für ein paar Jahre bei der Armee zu verpflichten. Ich wollte zur Luftwaffe und musste, wie allgemein üblich, eine ganze Reihe von Tests durchlaufen. Dabei gewannen meine Ausbilder den Eindruck, dass ich über eine überdurchschnittliche Sprachbegabung verfügen würde. Schließlich teilten sie mir mit: «Wir wollen, dass Sie Arabisch lernen.»

Arabisch zählt zu den schwierigsten Sprachen überhaupt. Zwei Jahre habe ich nichts anderes getan, als von morgens bis abends Vokabeln und Grammatik zu pauken. Erst hier am College, in Davidson, dann in Los Angeles, wo ich heute lebe. Von 16 Studenten haben vier die Prüfungen geschafft, also gerade mal ein Viertel. Danach war ich drei Jahre in Fort Bragg und hatte dort die Aufgabe, russische Angriffe auf unsere Atomsilos am Computer abzuwehren. Tagaus, tagein saßen wir in einem überhitzten, viel zu engen Container, der nach dem Schweiß und den Ausdünstungen von zwanzig Männern stank. In jeder Hinsicht eine Zumutung, da niemand ernsthaft an einen russischen Angriff glaubte. Aber: ohne Feind keine Armee.

Eines Tages erhielt ich die Order, mit der 10. Gebirgsdivision nach Ägypten auszurücken. Die rund tausend US-Soldaten, die dort im Sinai stationiert waren, wurden im Zuge der anstehenden Rotation ausgetauscht. Dafür brauchten sie einen Übersetzer, und die Wahl fiel auf mich. Nach der Landung in Kairo wurden wir von den zuständigen ägyptischen Offizieren in einen Nebenraum gebeten. Meine Vorgesetzten sagten nur: «Okay, mach einfach dein Ding.» Einer der Offiziere fragte mich, auf Arabisch: «Sie sind also der angekündigte Mutargim?»

Ich spürte, wie ich rot wurde, und antwortete, ebenfalls auf Arabisch: «Ehrlich gesagt weiß ich nicht, was Mutargim bedeutet.»

Der Offizier war ziemlich entspannt, muss ich zugeben. Um mich nicht zu blamieren, umschrieb er die Bedeutung: «Das ist der, der ein Wort von einer Sprache in die andere trägt.»

Zwei Dinge habe ich in dem Moment verstanden. Erstens: Wir Amerikaner wissen im Grunde nichts über die Araber, ihre Geschichte, ihre Kultur, ihre Religion. Und Alibifiguren wie ich sollen es dann irgendwie richten. Wenn wir uns die Mühe gemacht hätten, uns mehr mit Leuten wie diesem Offizier zu unterhalten, der im Übrigen an der Militärakademie in Austin, Texas, ausgebildet worden war und fließend Englisch sprach, hätten wir uns viele Irrtümer ersparen können. Dann wären viele, sehr viele Menschen noch am Leben. Und zweitens war es für mich eine Übung in Bescheidenheit. Das Arabisch, das ich gelernt hatte, war Hocharabisch. Das ist die Sprache der Literatur und der Medien, auch der Moscheen. Im Alltag aber sprechen die Araber ihre jeweiligen Dialekte, die sich erheblich voneinander unterscheiden und mit Hocharabisch wenig gemein haben. Ich musste während meiner Zeit in Ägypten also noch einmal ganz von vorne anfangen, jeden Tag Vokabeln lernen, um die Leute auch wirklich zu verstehen. Und später, im Irak, noch einmal. Die Einheimischen waren begeistert, dass ich mich für sie interessierte, und haben mir Wörter und Redewendungen aufgeschrieben, die ich ihrer Meinung nach unbedingt kennen sollte. Oft sagten sie mir, und das war nicht einfach Höflichkeit: «Wenn die Amerikaner alle so wären wie du, würden wir sie mit Rosinen empfangen.»

Wenn ich Sie langweile, unterbrechen Sie mich bitte.

Als es im Irak losging, war meine Dienstzeit fast abgelaufen. Dann habe ich den größten Fehler meines Lebens begangen und noch einmal verlängert. Das Angebot war so gut, dass ich glaubte, nicht Nein sagen zu können. Ich habe mich also kaufen lassen, und darauf bin ich, das können Sie mir glauben, alles andere als stolz. Die Armee hatte nach wie vor kaum Dolmetscher zur Verfügung, sie brauchten wirklich jeden, den sie kriegen konnten. Später haben sie auch Amerikaner arabischer Herkunft im Irak eingesetzt, aber von denen sind eine ganze Reihe zum Feind übergelaufen. Wenn ich nicht wüsste, dass bestimmte Leute nur darauf warten, mir das Wort im Mund herumzudrehen, wäre ich fast geneigt zu sagen: Das wundert mich nicht.

In seinen ersten Tagen in Abu Ghraib registrierte der Mann, der vor Ihnen steht, viele kleine, für sich genommen unwichtige Details, die aber in der Summe ein fatales Bild ergaben. Kleinigkeiten, wie gesagt. Soldaten, die T-Shirts trugen statt Armeehemden. Unrasiert waren und ungepflegt aussahen. Eher an Söldner erinnerten als an Marines. Am meisten aber irritierte den Mann, dass niemand wusste, wer eigentlich das Sagen hatte. Irgendjemand nahm ihn in Empfang, zeigte ihm im Schnelldurchgang die Örtlichkeiten: Hier schläfst du, da isst du, da ist die Waffenkammer. Und das war's. Keinerlei Unterweisung in Verhörtechnik, kein Hinweis auf die Informationen, die durch die Verhöre gewonnen werden sollten, keinerlei juristische Klärung der fließenden Grenzen zwischen Verhör und Folter. Der Mann fühlte sich zurückversetzt an jenen Tag, als seine Vorgesetzten ihm am Flughafen von Kairo mitteilten: «Okay, mach einfach dein Ding.» Nur, dass der Einsatz hier ein ganz anderer war. Als Ersten verhörte der Mann einen früheren irakischen Armeegeneral. Soldaten hatten ein halbes Jahr zuvor sein Haus gestürmt, auf der Suche nach seinem Sohn, der sich angeblich den Aufständischen angeschlossen hatte. Da sie ihn nicht finden konnten, hatten sie stattdessen den Vater nach Abu Ghraib gebracht.

«Wo ist dein Sohn?», fragte der Mann.

«Ich weiß es nicht», erwiderte der ehemalige General. «Wenn ich es vor einem halben Jahr schon nicht wusste, wie könnte ich es jetzt wissen, von der Außenwelt abgeschnitten?»

Der Mann nickte. Er hielt die Antwort für überzeugend. Der General verschwand wieder in seiner Zelle, das Verhör war beendet. Die erste Zeit lief es immer so ab. Irgendwelche Leute, meist von der Straße weg verhaftet, wurden ihm zugeführt, und er sollte sie «ausquetschen». Aber die meisten wussten von nichts, es waren einfache Leute, die zur falschen Zeit am falschen Ort gewesen waren und sich nun in Abu Ghraib wiederfanden, manchmal für Wochen, manchmal für Monate. Was sollte der Mann sie fragen? Manchmal lieferten die Jungs ganze Großfamilien bei ihm ab und verlangten, dass er sie verhöre.

«In welcher Angelegenheit?», fragte er.

«Finde es heraus», lautete meist die Antwort.

Niemand hat von ihm jemals ausdrücklich verlangt, bei den Verhören Gewalt anzuwenden oder die Häftlinge systematisch zu foltern. Weder von ihm noch von den anderen. Aber das Fehlen einer klaren Hierarchie und klarer Vorgaben öffnete der Willkür Tür und Tor. Es war nur eine Frage der Zeit, bis es zu Übergriffen kommen würde. Mit den Kämpfen um Falludscha, einer Hochburg der Aufständischen unweit von Bagdad, war es schließlich so weit. Diese Kämpfe haben 120 Marines das Leben gekostet. Der Vollständigkeit halber will ich erwähnen, dass auch mehr als 4000 Iraker getötet wurden und die Stadt nach dem wochenlangen Beschuss aussah wie die Zwillingstürme am Tag danach. Von nun an hatten die Verhöre nur noch ein Ziel: alles in Erfahrung zu bringen, um Falludscha besser in Stücke hauen zu können. Der Mann verhörte nunmehr gefangene Kämpfer, in deren Körpern noch Kugeln steckten, deren Wunden bluteten, die im Sterben lagen. Aber auch Zivilisten, die ins Visier geraten waren, und immer wieder Großfamilien. Nur hatte der Mann noch immer keine Ahnung, was er sie eigentlich fragen sollte, was sie verbrochen hatten. Die meisten versuchten, einfach nur zu überleben, und besaßen schlichtweg keine Informationen, ganz gleich, welche. Schläge und Gewalt waren da längst Routine. Doch selbst wenn die Leute sonst was erzählt hätten, es hätte sie niemand verstanden. Das war ja die böse Ironie dabei. Unsere GIs können Krieg führen, aber sich kaum vorstellen, dass irgendjemand da draußen nicht in der Lage wäre, sich gut und verständlich in unserer Sprache auszudrücken. Fernandez, der Puerto Ricaner, sagte mir, er habe Englisch mithilfe von *Tom & Jerry* gelernt. Und *Tom & Jerry* seien mit Sicherheit auch im irakischen Fernsehen gelaufen.

Kommen wir also zurück zu jener Nacht, als der Mann die Verhörschicht von Fernandez übernommen hatte. Der war auf die Idee gekommen, den Häftling durch Schlafentzug gefügig zu machen. Zu diesem Zweck hatte er dessen Hände oberhalb eines Leitungsrohres mit Handschellen gefesselt, wodurch der Gefangene gezwungen war, auf Zehenspitzen zu stehen. Fernandez hatte die nackte Glühbirne ausgeschaltet, die an einem Kabel von der Decke hing. Der Mann schaltete sie wieder ein, wenn sie auch nur ein fahles Licht warf. Der Kopf des Gefangenen steckte unter einer Kapuze. Der Anblick erinnerte an eine abgehangene Schweinehälfte, nur, dass er sich unablässig bewegte und leise stöhnte. In dem Raum stank es nach Fäkalien, Blut und Urin. Um ihn von seinen Handschellen zu befreien, musste der Mann auf einen Stuhl steigen. Dabei hielt er die Luft an, die Ausdünstungen des Gefangenen waren schier unerträglich. Der sackte zu Boden, und der Mann zog ihm die Kapuze vom Kopf. Er war kahl rasiert, das Gesicht aufgequollen und überzogen mit einer Kruste getrockneten Blutes. Die Augen waren fast vollständig verschwunden unter Schwellungen und Blutergüssen. Jetzt erst registrierte der Mann, dass der Gefangene einen Pelzmantel trug. Verdreckt und zerschlissen, aber es war tatsächlich ein ehemals hellgrauer Pelzmantel mit schwarzen Streifen. Wie ich später erfuhr, hatte man ihn genötigt, ständig diesen Pelzmantel zu tragen. Können Sie sich vorstellen, was das bedeutet?

Bei Tagestemperaturen von bis zu vierzig Grad? In der Nacht kann es in der Wüste bitterkalt werden. Tagsüber jedoch verwandelt sie sich in einen Backofen.

Der Mann – ich – forderte den Gefangenen auf, den Mantel auszuziehen. Er sah mich an, soweit er noch sehen konnte, und atmete schwer. Ich sagte ihm, er solle keine Angst haben, ich würde ihm nichts tun. Dennoch zögerte er. Da verstand ich auch, warum. Unter dem Mantel hatte er nichts an. Er war nackt, seine Haut gelb und schrundig. Er schien nur noch aus Haut und Knochen zu bestehen, und er zitterte am ganzen Leib. Er war der erbarmungswürdigste Mensch, den ich je gesehen habe. Wahrscheinlich wird mich dieser Anblick noch auf dem Totenbett heimsuchen. Da im Verhörraum früher Tiere geschlachtet wurden, gab es einen Wasseranschluss und einen Schlauch. Ich drehte das Wasser auf und reichte ihm den Schlauch. Ungläubig nahm er ihn entgegen und reinigte sich. Dabei weinte er. Er versuchte, seine Tränen vor mir zu verbergen, und ich tat so, als würde ich sie nicht bemerken. Wahrscheinlich war es seine erste Dusche seit Wochen, wenn nicht Monaten. Anschließend streifte er den Mantel über und setzte sich auf den Verhörstuhl. Er bat mich um eine Zigarette. Ich reichte ihm eine und gab ihm Feuer. Schweigsam rauchte er und ließ den Blick nicht mehr von mir ab. Noch am Stummel sog er, bevor er ihn wegschnippte. Dann griffen seine knochigen Hände nach meinen. Er sagte: «Schukran, Amrikani». Danke, Amerikaner. Ich merkte, wie er langsam zur Seite kippte. Ich versuchte, ihn aufzurichten. Vergebens. Wieder und wieder sackte er zur Seite.

Bis ich begriff, dass er nicht mehr lebte. Und da, in dem Moment, ist bei mir innerlich etwas zerbrochen. Es fällt mir schwer, genau zu beschreiben, was ich damit meine. Manchmal reichen Worte nicht, Gefühlen Ausdruck zu verleihen. Aber ich hatte den Eindruck, dass jede Faser meines Körpers revoltierte und mein Gewissen in mir schrie: Nie wieder! Nie – wieder!

Am nächsten Morgen sprach ich mit meinen Vorgesetzten in der nahe gelegenen Garnison und teilte ihnen mit, dass ich für weitere Verhöre nicht mehr zur Verfügung stünde. Zu meinem Erstaunen akzeptierten sie meine Entscheidung, ohne mich unter Druck zu setzen. Einer fragte, warum, und ich antwortete: «Weil das, was wir tun, falsch ist.» Er zuckte nur mit den Schultern und sagte: «Wir sind im Krieg, Sohn.» Bis zu meiner Rückkehr nach Fort Bragg arbeitete ich für die Armeezeitung und veröffentlichte Artikel über die Iraker, und wie sie so ticken. Und ich schrieb die Geschichten auf, die mir die GIs von ihren Fronteinsätzen erzählten. Die wurden natürlich nicht gedruckt, weil sie angeblich Moral und Kampfkraft untergruben. Immerhin konnte ich auf diese Weise Material sammeln, das mir später als Grundlage für mein erstes Buch dienen sollte.

Ich bin mir darüber im Klaren, dass meine Art, die Dinge zu sehen, bei vielen auf Widerstand oder Ablehnung stößt. Was ich zu sagen habe, entspricht leider nicht unserem Selbstbild, das uns lieb und teuer ist. Aber das Leben ist nun mal nicht schwarz oder weiß. Hier die Guten, da die Bösen, hier die Freiheit, da der Terror – das klingt gut, ist aber Selbstbetrug. Was also tun, sollten Sie sich selbst eines Tages in einer Situation wiederfinden, die Ihren inneren Überzeugungen zuwiderläuft? Die Antwort kann Ihnen niemand abnehmen. Aber ich hoffe für Sie, dass Sie nicht meinen Fehler wiederholen und falsche Kompromisse eingehen. Auch wenn der Preis dafür hoch sein mag. Der Preis für den Verrat an sich selbst ist unendlich viel höher.

Ich danke denen, die mir applaudieren, ebenso wie jenen, die mich ausbuhen. Ich verstehe auch meine Gegner, weil ich mir aufrichtig wünschte, die Welt wäre tatsächlich so, wie diese sie gerne hätten. Die Fronten geklärt, übersichtlich, geordnet, Amerika ein wärmendes Zuhause. Aber das ist sie nicht, weil es immer Menschen geben wird, die ihre Macht, ihren Reichtum und ihre Privilegien über alles andere stellen. Vielleicht würde ich heute nicht vor Ihnen stehen, nicht durchs Land reisen, Vorträge halten und Enthüllungsartikel schreiben, wenn die da oben nicht gar so unverschämt lügen würden. Es vergeht kein Tag, an dem mich nicht dieser Mann im Schlachthaus verfolgt. Der sterben musste aus einem einzigen Grund: weil er Iraker war. Ich kenne nicht mal seinen Namen. Eine jüdische Wendung besagt: Wer einen Menschen rettet, rettet die ganze Welt. Ich habe diesem Menschen nicht mehr helfen können. Aber ich bin nicht bereit, die Welt verloren zu geben.

Am 7. Mai 2004 sah ich zufällig im Fernsehen, wie der Verteidigungsminister als Zeuge vor dem Kongress aussagte. Er behauptete, die USA würden im Irak die Genfer Konvention achten und streng nach Recht und Gesetz vorgehen. Nichts von seinen Ausführungen entsprach dem, was ich mit eigenen Augen gesehen hatte. Also fing ich an, nach Antworten zu suchen. Ich wollte herausfinden, welche Regeln für die Behandlung von Gefangenen gelten. Dazu habe ich Kongressmitglieder beider Parteien angeschrieben, meinen Bataillonskommandeur befragt, mich bei Juristen erkundigt, wurde im Büro des Generalinspekteurs in Fort Bragg vorstellig, nahm Kontakt mit dem zuständigen Staatssekretär auf, mit mehreren Generälen und einem professionellen Vernehmer in Guantanamo, besuchte den stellvertretenden Chef der in West Point zuständigen Abteilung für Untersuchungen zum gerechten Krieg und sonstige Fachleute. Um es kurz zu machen: Klare, widerspruchsfreie Aussagen habe ich von niemandem gehört oder gelesen. Die Verantwortlichen wissen genau, dass sie in einer Grauzone operieren, und sie haben keinerlei Interesse, daran etwas zu ändern. Übergriffe und Misshandlungen werden toleriert, solange die Medien nichts davon erfahren, wie später im Falle Abu Ghraibs; da wurden dann ein paar einfache Soldaten als «bedauerliche Einzelfälle» vor Gericht gestellt und verurteilt. Ende der Geschichte.

Durch meine Fragen hatte ich mich alles andere als beliebt gemacht. Die letzten Monate meiner Dienstzeit in Fort Bragg wurde ich unter Arrest gestellt. Obwohl ich zu einer Anhörung vor dem Kongress geladen war, durfte ich die Kaserne nicht verlassen. Ich habe die Tage gezählt bis zu meiner Entlassung. Meine Laufbahn bei der Polizei war somit beendet, bevor sie angefangen hatte. Stattdessen ging ich in den Journalismus und versuche seither, dem einen oder anderen in den Hintern zu treten.

Ich glaube nicht, dass ich damit irgendetwas verändere. Aber ich möchte, dass auf meinem Grabstein steht: Er hat es versucht. Im Augenblick befasse ich mich vor allem mit dem Thema Drohnenangriffe und gezielte Tötungen. Beide sind ein fester Bestandteil unserer Sicherheitspolitik geworden – mit schwerwiegenden Folgen für die Menschen in zahlreichen Ländern.

Danke, dass Sie mir Ihre Zeit und Aufmerksamkeit geschenkt haben. Sollten Sie Fragen haben, stehe ich Ihnen selbstverständlich zur Verfügung.

VIERTES KAPITEL
IRGENDWO IM SÜDEN MAROKKOS

Wo ist Hassan? Langsam, ganz allmählich gelangte Sophie wieder zu Bewusstsein, inmitten eines trüben Nebels aus Erinnerungsfetzen und einer diffusen Angst, die sie anzuspringen schien. Ihr Brustkorb stieß beim Atmen an einen viel zu eng geschnürten Verband. Sie hatte Mühe, sich zu bewegen, der Körper schmerzte, in ihrem Kopf verspürte sie ein unablässiges Hämmern. Ihre Umgebung nahm sie wie aus weiter Ferne wahr. Ein kleines Zimmer ohne Fenster, das Bett, auf dem sie lag, eine Frau auf einem Schemel, die in einer Sprache, die sie nicht verstand, auf sie einredete und ihr einen Löffel mit Suppe reichte. Ihre Hände waren hennabraun gefärbt.

Marokko. Die Bilder in ihrem Kopf fügten sich allmählich zu einem Film, der nach Gourrama führte, bis zum Angriff der Hubschrauber. Dem Revolver, der sich auf sie gerichtet hatte. Wo ist Hassan? Die Frau reichte ihr einen weiteren Löffel mit Suppe. Sie bestand aus Kichererbsen und einer würzigen Brühe, die ihr vermutlich zu neuen Kräften verhelfen würde. Jetzt erst bemerkte Sophie, dass sie eine Windel trug. Wer hatte ihr eine Windel angelegt? Diese Bäuerin mit der Berber-Tätowierung im Gesicht? Sie musste für einige Zeit bewusstlos gewesen sein. Wie lange? Tage? Wochen? Wo war sie?

Die Suppe tat ihr gut. Willig ließ sie sich füttern, während ihr Verstand die Lage einzuschätzen versuchte. In jede Richtung kreisten ihre Gedanken, bis sie schließlich resigniert aufgab. Ihr fehlten die entscheidenden Informationen. Immerhin schien sie hier in guten Händen zu sein.

Die Bäuerin, eine Frau mittleren Alters, die Gesichtszüge verhärmt, verabschiedete sich mit einem Nicken. Kurz darauf kam sie wieder und reichte ihr das Notizheft, das sie an jenem Tag in ihrer linken Brusttasche getragen hatte. Seit Jahren leistete sich Sophie den Luxus, mit in Leder eingebundenen Notizheften zu arbeiten, die bei intensivem Gebrauch nicht gleich auseinanderfielen. Die Kugel hatte das Heft durchschlagen, die Rückseite war eingefärbt von Blut. Ihrem Blut, kein Zweifel. Die Kugel war in sie eingedrungen, aber offenbar so stark abgebremst worden, dass sie zwischen zwei Rippen stecken geblieben war. Genau da, wo sie am meisten Schmerzen verspürte. Die leicht zusammengestauchte Kugel übergab ihr die Bäuerin in einem Plastikbeutel. Wo aber waren ihre Kamera, ihre Papiere?

Sophie spürte eine wohlige Müdigkeit. Notizbuch und Kugel in der Hand, musste sie eingeschlafen sein. Es war schwarz um sie herum, als sie erwachte. Allein durch die Spalte unter der Tür drang Licht ins Dunkel. Sie versuchte aufzustehen, was ihr unter großen Mühen gelang. Die Wand entlang hangelte sie sich zur geschlossenen Tür. Von der anderen Seite drangen gedämpfte Stimmen an ihr Ohr. Männerstimmen. Eine lebhafte Unterhaltung, wie ihr schien. Sie überlegte, die Tür zu öffnen, tat es aber nicht. Wahrscheinlich hatten diese Leute ihre Gründe, leise zu reden. Also kehrte sie zurück auf ihre

Liegestatt. Morgen würde sie darauf drängen, ihr eine Toilette zu zeigen. Sie befühlte ihr Gesicht, entdeckte zu ihrer Erleichterung aber keinen Verband, kein Pflaster, keine Verletzung.

Es dauerte nicht lange, bis sie wieder einschlief. Sie träumte wirres Zeug, bat Hassan, ihr zu verzeihen. Weil sie ihn nicht auf ihr Zimmer gelassen, stattdessen uniformierten Soldaten die Tür geöffnet hatte, die sie jedoch für eine Ziege hielten und mit dem Messer auf sie losgingen. Sie musste im Schlaf geredet oder geschrien haben, unvermittelt sah sie zwei Frauengesichter über sich. Warme Hände suchten ihren zuckenden Körper einzufangen und wischten ihr den Schweiß aus dem Gesicht. Die beiden redeten in einem Tonfall, als wäre sie ein Kleinkind. Dann halfen sie Sophie auf die Beine und geleiteten sie zu einer Toilette, die sich neben der Küche befand. Jenem Ort, wo sie gestern Nacht, wann auch immer, die Männerstimmen gehört hatte. Die Einrichtung war einfach, selbst gezimmerte Möbel und eine Kochnische mit Gaskocher. Die beiden zeigten ihr den Eimer in der Ecke und deuteten auf ihre Windel. Dorthin also sollte die entsorgt werden, nahm Sophie an. Sie drehten den Duschknopf auf und prüften, ob es warmes Wasser gab. Zeigten auf frische, saubere Kleidung auf einer Ablage. Sophie dankte ihnen auf Deutsch, die Sprache spielte ohnehin keine Rolle, und entledigte sich als Erstes ihrer Windel, was ihr denkbar unangenehm war. Allein der Gedanke, dass das vorher andere gemacht hatten, war ihr unendlich peinlich. Sie zog ihr durchlöchertes T-Shirt aus und stand nackt vor dem halb blinden Spiegel, der wenig mehr als Konturen erkennen ließ. Abgesehen von der Kugel, die sie getroffen hatte, war sie unversehrt geblieben.

Ihr Verband war blutig, und sie war unschlüssig, ob sie ihn vor dem Duschen ablegen sollte oder nicht. Die Entscheidung wurde ihr von den beiden Frauen abgenommen. Sie dirigierten sie auf einen Stuhl, nackt, wie sie war, und lösten den Verband. Die Einschussstelle war genäht worden, soweit Sophie das beurteilen konnte. Die Ränder blutig, aber nicht geeitert. Eine der beiden stellte den Gaskocher an und brachte ein langes, spitz zulaufendes Messer zum Glühen. Sophie verstand erst, als die Frau damit vor ihr stand und auf die Fäden zeigte. Bevor Sophie flüchten konnte, hielt die andere sie von hinten fest und ihr den Mund zu, während die kleine, an sich harmlose Operation begann, die keine zwei Minuten dauerte. Selbst die Schmerzen beim Ziehen der Fäden hielten sich in Grenzen, es waren eher die Umstände selbst, die Sophie für einen Moment die Fassung verlieren ließen. Die Frauen wussten genau, was sie taten. Reinigten die Wunde mit sauberem Wasser und einer rötlichen Flüssigkeit, wahrscheinlich ein Antiseptikum. Dann geleiteten sie Sophie unter die Dusche und bedeuteten ihr, die Hände hohl über der Wunde zu falten. Eine der beiden zog sich ebenfalls aus und stieg mit unter die Dusche. Sie wusch erst Sophies Haare, dann ihren Körper mit einer gut riechenden Olivenseife und trocknete sie anschließend ab. Schön die Wunde bedeckt halten, sagten ihre Augen. Sophie wurde eingecremt, man half ihr in die Kleider, blauer Rock und gelbe Bluse, modisch um

Jahrzehnte veraltet, aber irgendwie europäisch. Jenes bestickte Gewand, wie es die Berberfrauen trugen, mochte man ihr wohl nicht zumuten. Fast hätte Sophie darüber gelächelt. Abschließend wurde sie mit einem Wundpflaster versorgt und ihr signalisiert: fertig. Sie bedankte sich und wollte spontan vor die Tür treten, an die frische Luft, was ihr energisch verwehrt wurde.

Sie werden schon wissen, was sie tun, dachte Sophie.

Da sie noch immer müde und erschöpft war, verbrachte sie die nächsten zwei Tage, sofern ihr Zeitgefühl sie nicht täuschte, schlafend und ruhend auf dem Bett. Wenn sie wach war, dachte sie unablässig nach. Was hatte die Amerikaner geritten, Gourrama in Schutt und Asche zu legen? Und wo war Hassan? Lebte er noch? Gab es überhaupt Überlebende, von ihr abgesehen? Wenn nicht, war sie die einzige Zeugin. Was aber folgte daraus?

Schließlich klopfte es an der Tür. Zwei Männer traten ein, beide vermummt. Sie sagten: «N'ayez pas peur», haben Sie keine Angst, und bevor sie reagieren konnte, hatten sie ihr bereits eine Augenbinde angelegt. Sie spürte eine Hand auf ihrem Kopf, die sie durch die Tür und in ein Fahrzeug dirigierte und dafür sorgte, dass sie sich nicht stieß. Der Motor wurde angelassen, sie fuhren los. Gerne hätte sie sich von ihren beiden Wohltäterinnen verabschiedet, aber das war offenbar nicht vorgesehen. Neben ihr saß wohl eine Frau auf der Rückbank. Sie roch stark nach Henna, wie nach einer Haarfärbung, und berührte sanft Sophies Hand, um sie zu beruhigen. Niemand sprach ein Wort, obwohl die Fahrt Stunden dauerte. Draußen war es Nacht, der Kälte nach zu urteilen.

Sie mussten über Nebenstraßen fahren, jedenfalls hörte Sophie keine Verkehrsgeräusche. Stille ringsherum, abgesehen vom Motor und gelegentlich kläffenden Hunden. Angst verspürte sie nicht. Diese Unbekannten hatten ihr das Leben gerettet, warum sollten sie es ihr nun nehmen? Einmal hielten sie kurz an, und die Henna-Frau führte sie hinter einen Busch, den Sophies Hände ertasteten. Sie ging in die Hocke, und nachdem sie fertig war, führte die Frau sie am Ärmel zurück ins Auto.

Irgendwann musste Sophie eingenickt sein. Als sie aufwachte, fuhren sie auf einer stark befahrenen Straße. Mit dem Kopf lag sie auf dem Schoß der Henna-Frau, die sie daran hinderte, sich aufzurichten. Der Wagen bog ab, der Verkehrslärm wurde geringer. Nach ein paar Minuten hielten sie an. Türen wurden geöffnet, wieder spürte sie die Männerhand über ihrem Kopf, die sie aus dem Fahrzeug lotste und gleich darauf in ein anderes. Kein Wort wurde dabei gewechselt. Der erste Fahrer entfernte sich umgehend, dem abnehmenden Motorengeräusch nach zu urteilen. Der zweite ließ den Motor an. Eine Hand griff nach Sophie und zog ihr die Augenbinde ab. Sie saß hinten rechts auf dem Rücksitz. Der Fahrer machte keinerlei Anstalten, mit ihr zu sprechen; Sophie versuchte es gar nicht erst. Die hügelige Vorortsiedlung, in der sie sich befanden, war durchzogen von Pinien. In der Ferne glaubte Sophie, Wasser zu sehen, das Meer. Kurz nachdem sie die Autobahn erreicht hatten, las sie auf einem Straßenschild: Rabat 52 Kilometer.

Dorthin also ging die Reise, in die Hauptstadt? Sophie sah den Fahrer nur im Halbprofil, doch irgendwie kam ihr der Mann mit dem Vollbart bekannt vor. Sie war sich fast sicher, ihm schon mal begegnet zu sein, wusste ihn aber beim besten Willen nicht einzuordnen. In der Regel konnte sie sich Gesichter gut merken, im Gegensatz zu Namen. Oder sah sie mittlerweile Gespenster?

Rabat, eine Stadt aus weißen Häusern. Die Wohnviertel, in die sie gelangten, zeugten von Reichtum und Wohlstand. Als der Fahrer eine Polizeisperre entdeckte, bog er rechts in eine Seitengasse ab und fuhr einen Umweg. Er verlangsamte die Fahrt und zeigte auf ein Gebäude, vor dem die deutsche und die EU-Flagge wehten. Hinter der nächsten Kurve hielt er an und gebot ihr mit einer Handbewegung auszusteigen, ohne den Kopf zu wenden. Sophie hatte kaum die Tür geschlossen, als der Fahrer bereits Vollgas gab. Er war so schnell verschwunden, dass sie sich unmöglich das Autokennzeichen hätte merken können.

Wo hatte sie diesen Mann schon mal gesehen, überlegte sie auf dem kurzen Weg zur Botschaft.

FÜNFTES KAPITEL
DAVIDSON, NORTH CAROLINA, USA

Marc Lindsey war das fünfte Rad am Wagen, was ihn allerdings nicht störte. Er genoss den Blick auf Lake Norman und überlegte, sich eine Zigarre anzuzünden, aus purer Freude an der Provokation. Der North Harbor Club war ein Refugium der Arrivierten, und dieses Milieu verlockte ihn stets, zu zündeln. Fünf Kollegen und die Rechtsreferentin des Dekans waren der Einladung Mary Robertsons zu einem gemeinsamen Lunch gefolgt, zu Ehren Marc Lindseys, im Anschluss an seinen Vortrag im Davidson College. Allein die abgewandte Körperhaltung, ihr mit Händen zu greifendes Unwohlsein in Gegenwart dieses Unruhestifters, ließen keinen Zweifel daran, dass die Wissenschaftler nicht seinetwegen gekommen waren. Unverblümt wandten sie sich der Gastgeberin zu, die kürzlich nach Harvard berufen worden war, und bedrängten sie mit Fragen, die Respekt und Bewunderung ebenso erkennen ließen wie den Wunsch nach einer Gebrauchsanleitung, um es ihr gleichzutun. Vergebens suchte Mary dem Gespräch eine andere Wendung zu geben, bis Marc sich nach einer gewissen Karenzzeit zu Wort meldete. Er verwies darauf, dass auch der US-Präsident in Harvard gelehrt habe, an der juristischen Fakultät. Was ihn nicht daran hindere, Staatsbürger anderer Länder nach Belieben hinrichten und töten zu lassen, vorzugsweise mithilfe von Drohnenangriffen oder CIA-Operationen, im Namen der nationalen Sicherheit. Oder das Internet auszuspionieren – weltweit, schrankenlos und jenseits der Grenze zur Paranoia. «Anders gesagt», fuhr Marc nach einem Schluck von dem vorzüglichen Chablis fort, «Harvard an sich ist kein Garant, dass intelligente Menschen nicht der totalitären Versuchung erliegen.»

Sogleich entglitten die Gesichtszüge, wurde die Stimmung frostig. Mary sprang in die Bresche: «Ich versichere dir, dass ich mich auch in Harvard an Recht und Gesetz halten werde.»

Inmitten des zustimmenden Gelächters erlaubte sich Marc den Hinweis, dass er daran nicht den geringsten Zweifel hege, sie freilich «ein Solitär» sei. Aber es sei doch immerhin bemerkenswert, mit welcher Leichtigkeit eine Demokratie grundlegende Werte über Bord werfe, ohne nennenswerten Widerspruch zu ernten. Die wenigsten würden offenbar die dunklen Mächte durchschauen, die sie manipulierten.

«Was genau wollen Sie uns eigentlich unterstellen?», erkundigte sich Mike Edwards und warf Marc einen arroganten Blick zu, der unterdrückte Wut erkennen ließ. Sein rotes Haar glänzte, die rechte Hand umklammerte das Glas Cola, als hielte er sich daran fest.

«Nichts, Herr Edwards. Ich kenne und schätze Ihr Standardwerk über den amerikanischen Bürgerkrieg. Es ist ausgezeichnet recherchiert und geschrieben wie von einem Zeitzeugen.»

Der Zugriff auf das Cola-Glas lockerte sich.

«Und natürlich teile ich Ihre Würdigung der Rede Lincolns in Gettysburg, in der er die Demokratie als ‹Regierung des Volkes durch das Volk und für das Volk› beschrieben hat.»

«Diese Würdigung teilen bekanntlich die meisten Amerikaner.»

«Nicht notwendigerweise die politische Klasse.»

«Ihre Wortwahl entlarvt sie.»

«Als Aufklärer, will ich hoffen.»

Edwards' Augen verkürzten sich zu zwei schmalen Schlitzen. «Ihre Berichte haben dazu beigetragen, den verdienten General Scott McKinley als Oberbefehlshaber in Afghanistan abzulösen», sagte er in einem Tonfall, der einem Fauchen nahekam.

«Er ist gefeuert worden, weil er den Präsidenten kritisiert hat.»

«Weil Sie ihn aufgehetzt und in eine bestimmte Richtung gedrängt haben. Ein seriöser Journalist hätte das niemals getan.»

«Das sehe ich anders, Herr Edwards. Mich wundert umgekehrt, wieso ihm vor mir noch niemand die ebenso naheliegende wie grundlegende Frage gestellt hat. Noch nie in der Geschichte Afghanistans, seit Alexander dem Großen, ist es einer ausländischen Interventionsmacht gelungen, das Land zu unterwerfen. Die Letzten vor uns, die daran gescheitert sind, waren die Sowjets. Woher nehmen wir die Hybris, 2500 Jahre Geschichte einfach zu ignorieren?»

Edwards' Gesicht war mittlerweile krebsrot angelaufen. «Sie wagen es, die sowjetische Soldateska in einem Atemzug mit unseren Marines zu nennen?»

«Ich nehme mir die Freiheit, Dummheit und Größenwahn als solche zu bezeichnen.»

«Größenwahnsinnig sind Sie!» Edwards schlug mit der Faust auf den Tisch. «Sie haben McKinley geopfert für eine billige Geschichte!»

«Der Präsident hat McKinley entlassen, nicht ich. Im Übrigen leitet er mittlerweile eine Denkfabrik, die von der Regierung finanziert wird. McKinley ist nicht fallen gelassen worden, Herr Edwards. Er ist lediglich versetzt worden, so sieht er es selbst.»

«Ihre Lust, auf politische Großwildjagd zu gehen, nur um sich selbst zu profilieren, wird Sie noch teuer zu stehen kommen!», presste Edwards hervor.

«Ich hoffe nicht, dass Sie recht behalten.» Marc leerte sein Glas. «Eines ist allerdings bemerkenswert: Sobald ich über Typen schreibe, deren Job es war zu töten, erhalte ich Drohungen aus deren Umfeld, mich umzubringen.»

* * *

Mary war verärgert. Etwas abrupt fuhr sie den Wagen in die Garage und würdigte Marc beim Aussteigen keines Blickes. Er folgte ihr in die angrenzende Küche und stellte dort die Lebensmitteltüten ab.

«Du bist immer so extrem, Marc», sagte sie beim Einräumen der Milch in den Kühlschrank. «Mit deiner Art stößt du jeden vor den Kopf.»

«Edwards ist auch nicht gerade ein Feingeist.»

«Was hat er dir denn getan? Wir sitzen nett in der Runde, und auf einmal schlägst du um dich.»

«Ich wollte einfach nicht länger Dekoration spielen. Ich hatte Lust, die Runde ein bisschen aufzumischen und die Leute zu zwingen, Farbe zu bekennen.»

Mary entledigte sich im Stehen ihrer hochhackigen Schuhe und warf sie in die Ecke. «Du bist intelligent und mutig, Marc. Aber überhaupt nicht diplomatisch.»

«Na ja, sagen wir, nicht sehr. Ich bin eben nicht geschaffen für Kompromisse. Du weißt schon, für Vernetzung und Karriere.»

Sie sah ihn eindringlich an. «Ach, Marc. Du bist ein großes Kind. Lern endlich, erwachsen zu werden. Du schadest deiner Arbeit, wenn du die Leute so überfährst. Die wenigsten teilen deinen missionarischen Eifer, deinen fanatischen Sinn für Gerechtigkeit. Du machst ihnen Angst, und entsprechend reagieren sie.»

Mary stellte ihm ein Holzbrett hin und reichte ihm ein Schneidemesser. «Hier», sagte sie und zeigte auf die Zwiebeln. «Damit fängst du an, danach sind die Paprika dran und der Ingwer. Heute Abend gibt es Lammragout.»

«Denkst du schon wieder ans Essen?»

«Nein, ich will dich zum Kochen erziehen. Wie ich dich kenne, lebst du in L. A. von Fertiggerichten.»

Da konnte er ihr schlecht widersprechen. Schuld und Sühne, dachte er bei sich. Sie hatte ja recht, ihm fehlten Takt und Feingefühl. Er sortierte die Menschen danach, ob er sie für ehrlich hielt oder für verlogen. In stillen Momenten sah er sich wie aus weiter Ferne. Wenn er Kette rauchte, mitten in der Nacht bei Freunden oder Interviewpartnern anrief, dabei so schnell redete, dass die Wörter übereinanderfielen. Mary hatte ihm mal gesagt, er sei wie eine Kerze, die von beiden Seiten brenne, eine lodernde Flamme aus Wut und Traurigkeit, wahrscheinlich wegen all der Heuchelei, die er erlebt habe.

Mit niemandem verstand er sich so gut wie mit ihr. Sie waren Freunde seit High-School-Zeiten, obwohl ihre Eltern ihn nie sonderlich mochten. Er kam aus einfachen Verhältnissen, sie war mit Hauspersonal aufgewachsen. Im Bett waren sie das erste Mal gelandet, als sie in Berkeley Internationale Beziehungen und Völkerrecht studierte. Sie stand kurz vor einer wichtigen Klausur, war aufgeregt und fahrig, war sicher, durch die Prüfung zu fallen, und klagte in einem fort. Bis er es nicht mehr hören konnte und sie unterbrach, indem er sie küsste. Sie bestand die Klausur als Zweitbeste und folgte bereitwillig seiner Auffassung, die wirksamste Therapie gegen Prüfungsängste bestünde in ausdauerndem Sex.

Die Küche gefiel ihm. Eine Wohnküche, großzügig angelegt, in der Mitte des Raumes der Herd, ausgestattet mit einer überdimensionalen Dunstabzugshaube, einem Lagerfeuer nachempfunden. Anthrazit und Edelstahl setzten Akzente. Kaum vorstellbar, in diesem Ambiente keine Weinflasche zu entkorken. Die Küche ging über in einen offenen Salon, das Wohnzimmer, an dessen Stirnseite ein Kamin darauf wartete, in Betrieb genommen zu werden: Die Holzscheite lagen gestapelt auf dem Rost. Die beigefarbene Sofagarnitur in L-Form lud zum Entspannen und Nachdenken ein, wie er Mary kannte bei Klassik oder Folk Rock. Bis auf die herumliegenden Spielsachen der Kinder, die sich selbst noch im Kühlschrank fanden, war der Bungalow ein gediegenes Refugium.

Je länger er die Zwiebeln und das Gemüse schnitt, umso melancholischer wurde er. Mary hatte ihn gewollt. Er hätte sie haben können. Seine Rastlosigkeit, seine Angst vor Nähe jedoch ließen ihn so lange zögern, bis sie die Konsequenzen zog. Sich für einen ehemaligen Kommilitonen entschied, der mittlerweile ein Staranwalt war. Hochintelligent, praktisch veranlagt und, wie Mary erst nach der Geburt des ersten Kindes aufging, manisch depressiv. Es folgten eine Zeit der Zerrüttung, gegenseitige Beteuerungen, dann der zweite Sohn. Marc hatte nicht den Eindruck, dass die Ehe Bestand haben würde, aber das hatte er vor fünf Jahren auch schon geglaubt.

«Marc! Dir stehen ja die Tränen in den Augen. Liegt das an den Zwiebeln, oder denkst du über dich nach?»

Mary hatte sich umgezogen, trug jetzt Jeans und T-Shirt, hielt einen Apfel in der Hand.

«Glaubst du, wir wären ein glückliches Paar geworden?» Die Frage war ihm herausgerutscht.

«Du bist nicht alltagstauglich, mein Lieber. Die Kinder wären längst verhungert, und ich müsste dich im Gefängnis besuchen, weil sie dich wegen Falschparkens zu dreimal lebenslänglich verurteilt hätten. Damit du endlich lernst, dich zu mäßigen.»

Marc grinste innerlich. Er mochte ihre Art. Eine ganz besondere Form der Zärtlichkeit, allein ihm vorbehalten, wie er sich einbildete.

«Wo ist eigentlich dein Mann?»

«Mit den Kindern in New York, bei seinen Eltern.»

Jonathan war eine Liga für sich. Ultrakonservativ, aber trotz seines beruflichen Erfolges kein Opportunist. Er leistete sich den Luxus einer eigenen Meinung, in seinen Kreisen nicht selbstverständlich. Obwohl er vielleicht ahnte, dass zwischen Mary und Marc längere Zeit parallel was gelaufen war, ließ sich Jonathan nichts anmerken. Das beeindruckte Marc durchaus. Im umgekehrten Fall hätte er ihn in seine Einzelteile zerlegt.

Mary nahm das Lammragout aus dem Kühlschrank, den Apfel zwischen die Zähne geklemmt. Sie wirkte ungemein sexy auf ihn, und seine Augen folgten ihr. Nicht zuletzt wegen ihrer dichten, roten Locken, die ihr so ungestüm über den Rücken fielen, dass er an einen Wasserfall denken musste. Der leichte Silberblick störte ihn dabei ebenso wenig wie die breiten Konturen ihres Beckens. Obwohl sie ihre Karriere zielsicher verfolgte, war ihr in privaten Momenten dieses kindliche Staunen geblieben. Wenn sie ihm mit leicht geöffnetem Mund und ihren großen bernsteinfarbenen Augen zuhörte, lief er stets Gefahr, sich erneut in sie zu verlieben.

Er schaltete das Radio ein, drehte am Knopf und blieb auf ihren Wunsch bei Dire Straits hängen.

«Was meintest du eigentlich mit deiner Bemerkung, dass man dir damit droht, dich umzubringen?», fragte Mary.

«Genau das. Irgendwelche Klugscheißer, die glauben, ich stünde auf solche Sprüche.»

«Na ja, aber so eine Drohung nimmt man doch nicht einfach zur Kenntnis und geht zur Tagesordnung über.»

«Was sollte ich denn sonst tun?»

«Dir ein Limit setzen, wie weit du gehen willst.»

Marc war dankbar, dass sie ihm nicht empfahl, zur Polizei zu gehen.

Seite an Seite standen sie am Herd. Sie schmeckte ab, würzte nach und fragte: «Woran arbeitest du denn gerade?»

«An einer Story über das JSOC, das Gemeinsame Kommando für Spezialeinsätze. Mit anderen Worten, die Sondereinheit für Terrorbekämpfung, die in islamischen Ländern Drohnenangriffe fliegt und gezielt Einheimische tötet, weil sie angeblich Al-Qaida angehören oder unterstützen. Das ist übrigens die Truppe, die Osama bin Laden erledigt hat. Es ist leider sehr schwierig, diese Helden für ihre Taten zur Verantwortung zu ziehen. In ihren Reihen finden sich außerdem viele Söldner, Angestellte von Sicherheitsfirmen, was die Sache noch komplizierter macht. Das Gemeinsame Kommando ist ein großer Unbekannter, der seine schmutzigen Kriege am liebsten im Dunkeln führt.»

«Was verstehst du unter ‹schmutzige Kriege›?»

«Ich schicke dir den fertigen Text zum Gegenlesen, okay? Im Augenblick ist mir mehr nach leichter Muse. Nach deinem Hintern, zum Beispiel.»

Sie trat ihm auf den Fuß. Nach dem Dinner lümmelten sie auf der Couch und erzählten sich Geschichten über Gott und die Welt, wie sie es schon als Jugendliche getan hatten. Marc interessierte sich für den Werdegang ihrer früheren Mitschüler, und Mary gab bereitwillig Auskunft, da sie bestens informiert war. Sie hätte das Zeug zur Klatschreporterin gehabt.

Marc lag im Gästezimmer und war schon fast eingeschlafen, als sie zu ihm unter die Bettdecke kroch. Mit beiden Händen griff sie nach seiner Hüfte und flüsterte ihm ins Ohr: «Das ist das allerletzte Mal, damit wir uns da nicht missverstehen.»

SECHSTES KAPITEL
BERLIN, DEUTSCHLAND

Das Flugzeug setzte zur Landung in Berlin an. Sophie aber war mit ihren Gedanken woanders. Was sie erlebt hatte, war aufregend genug gewesen, aber nun stand sie vor einer ganz anderen Herausforderung: Für das, was geschehen war, sich zugetragen hatte, gab es vielleicht keine Beweise mehr. Dutzende Menschen waren tot, von Hassan keine Spur, sie selbst angeschossen – aber niemand würde ihr glauben. Allein der Gedanke ließ sie verzagen. Ihr war nichts als die eigene Schusswunde geblieben. Keine Fotos, keine Belege. Möglicherweise war sie die einzige Überlebende des Angriffs. Wer waren bloß ihre Helfer? Und warum hatten sie ihr das Leben gerettet? Mit der Redaktion von *Outland* oder Hassans Familie in Marrakesch Kontakt aufzunehmen, erschien ihr unter den gegebenen Umständen wenig ratsam. Vielleicht standen sie unter Beobachtung, wurden deren Telefone und E-Mails überwacht. Zurückkehren nach Marokko konnte sie nicht. Damit würde sie sich und andere gefährden.

Zunächst hatte sie angenommen, der deutsche Botschafter erlaube sich einen schlechten Scherz oder wolle sie auf die Probe stellen. Das Wort «Gourrama» schien auf ihn wie eine geheime Losung zu wirken, ein Jungbrunnen, in den der Mittsechziger nur allzu bereitwillig eintauchte. Viel Zeit verwendete er darauf, seine Anteilnahme zu bekunden. Zu viel Zeit, in Sophies Augen. Wahrscheinlich prüften die zuständigen Stellen unterdessen, ob sie tatsächlich diejenige war, für die sie sich ausgab; immerhin besaß sie keine Papiere mehr. Er bat um eine detaillierte Schilderung der tragischen Ereignisse, denen so viele Unschuldige zum Opfer gefallen waren. Er selbst sei vor seinem jetzigen Posten im Jemen gewesen und dort auf einer Überlandfahrt von Rebellen entführt worden. Drei Tage habe er in deren Gewalt verbracht, allerdings seien Entführungen dort nicht zu vergleichen mit dem, was sie, Sophie, zweifelsohne durchlitten habe. Die Stammesleute im Jemen hätten mit ihrer Tat die Zentralregierung in Sanaa unter Druck setzen wollen, die lange schon zugesagte Straße durch ihr Gebiet endlich zu bauen. Insofern habe er als Faustpfand gedient, und tatsächlich hätten die Verantwortlichen schließlich reagiert und ihre Zusage erneuert, sodass er nach allerlei Aufregung und vielem Hin und Her schließlich freigekommen sei – weniger Geisel als Gast wider Willen.

«Aber zu Ihnen, Frau Schelling. Wie ist Ihnen die Flucht aus der Hölle gelungen?»

Sophie überlegte, entschied sich spontan für eine ehrliche Antwort: «Ich weiß es nicht.»

Ihr Gegenüber faltete die Hände wie zum Gebet. «Sie wissen nicht, wie Sie da rausgekommen sind?»

«Ich wurde angeschossen und habe das Bewusstsein verloren.»

«Oh Gott. Sollen wir Ihnen einen Arzt rufen?»

«Nein, danke, mir geht es gut so weit.»

«Das freut mich zu hören, Frau Schelling. Und – was

ist dann geschehen? Nachdem Sie das Bewusstsein verloren hatten?»

Sophie entging nicht der auf ihr ruhende Blick, der zu sagen schien: Ich mag dich, Mädchen. Aber versuche besser nicht, mich zu verschaukeln.

«Ich bin – einige Zeit später wieder aufgewacht. Bei Unbekannten.»

Der Botschafter nahm einen Schluck Kaffee und studierte anschließend die Tasse in seiner Hand.

«Sie sind also wieder aufgewacht. Bei Unbekannten.»

Sophie begann sich unwohl zu fühlen.

«In der Tat, so war es.»

Der Mann mit dem vierkantigen Kopf, die Haare in der Mitte gescheitelt, sah durch sie hindurch.

«Da haben Sie sehr viel Glück gehabt, würde ich sagen. Wissen Sie, wo Sie wieder zu sich gekommen sind? In welchem Dorf, in welcher Gegend?»

Sie räusperte sich. «Offen gestanden nicht, nein.»

«Nun», sagte er nach kurzer Pause, «Hauptsache, Sie sind gesund. Hier sind Sie in Sicherheit.»

Er stand im Begriff, aufzustehen, änderte aber wohl seine Meinung. Beide Hände auf die Tischplatte gestützt, die Ellbogen seitlich abstehend wie Flügel, fragte er in einem Tonfall, der an Verschwörung grenzte: «Mal ganz unter uns, Frau Schelling – wie fühlt sich das an, dem leibhaftig Bösen zu begegnen?»

«Ich würde, offen gestanden, nicht so weit gehen, unsere amerikanischen Freunde als das ‹leibhaftig Böse› zu bezeichnen.»

Er zeigte sich irritiert. Wie das gemeint sei?

Na ja, wörtlich.

Wo, bitte, sei der Zusammenhang zwischen dem Angriff auf Gourrama und den von ihr so benannten «amerikanischen Freunden»?

Jetzt war es an Sophie, ihr Erstaunen zu bekunden.

Der Botschafter beugte sich so weit vor, dass er Gefahr lief, den Tisch umzuwerfen. «Verstehe ich Sie richtig, dass Sie einen Bezug herzustellen versuchen zwischen dem besagten Terroranschlag und den Amerikanern?»

«Was denn sonst», lautete ihre fast schon widerborstige Antwort.

«Was denn sonst, natürlich.» Die Gesichtszüge angespannt, als wolle er damit Nüsse knacken, sprach er in ein Tischmikrofon und bat um die relevanten Presseunterlagen im Fall Gourrama. Die Wartezeit überbrückte er, indem er Sophie mehr fixierte als ansah, um schließlich anzumerken, dass traumatische Erfahrungen geeignet seien, die Wirklichkeitswahrnehmung grundlegend zu verändern. Da wurde die Tür geöffnet, und der Botschafter half seiner Mitarbeiterin, die Unterlagen vor Sophie auszubreiten. Ein Querschnitt der Weltpresse. Die Überschriften variierten, die Aussagen nicht. «Blutiger Angriff von Al-Qaida auf Dorf in Marokko». «Islam-Terror in der Wüste». «Al-Qaida metzelt marokkanische Moslems». «Dschihadisten auf dem Vormarsch nach Europa?». «Frauen, Kinder, Greise: Al-Qaida verübt Massaker an algerischer Grenze». «Washington und Brüssel unterstützen Marokko im Kampf gegen den Terror».

***

Geh ans Telefon, bitte nimm ab! Kaum war sie am Flughafen ins Taxi gestiegen, rief sie den einzigen Menschen an, den sie nach diesem Erlebnis mit dem Botschafter sehen wollte. Dem sie vertraute, mit dem sie reden konnte. Sie brauchte Rat, moralische Unterstützung, einen Plan. Morgen, spätestens übermorgen hatte sie ihrer Redaktion Rede und Antwort zu stehen, wahrscheinlich würden sich die Medien auf sie stürzen, möglicherweise die Geheimdienste. Nun mach schon!

«Ja, bitte?», hörte sie endlich.

Wenig später hielt das Taxi am Paul-Lincke-Ufer. Sie nahm den Fahrstuhl in die oberste Etage, wo sie schon erwartet wurde.

«Günther!» Sie fiel ihm um den Hals, als wäre der eine Rettungsboje.

«Na, das ist ja eine Überraschung! Die gute Sophie! Wie lange haben wir uns nicht mehr gesehen? Ein halbes Jahr?»

Geduldig hielt er sie in den Armen. «Sophie? Ist was passiert? Bist du schwanger? Komm erst mal rein.»

Sie folgte ihm ins Wohnzimmer, das einen weitläufigen Panoramablick über die Dächer Berlins erlaubte. Entlang der Wände verteilten sich Bücherregale, die bis an die Decke reichten. Prägend jedoch war ein anderes Möbelstück: die lange Eichenholztafel, an die Günther regelmäßig Freunde zum Essen und Gedankenaustausch einlud. Es sah aus, als habe gerade ein Kindergeburtstag stattgefunden. Auf dem Tisch verteilten sich Teller und Kuchenreste, Luftballons, Buntstifte, Luftschlangen, Pappfiguren, kleine Flaschen für Seifenblasen.

«Du musst entschuldigen, Sophie. Meine Haushälterin kommt erst morgen zum Aufräumen.»

«Bist du immer noch Lesepate?»

«Ich kann mich kaum retten vor Nachfragen. Ich bin jetzt an zwei Grundschulen fast täglich im Einsatz. Die Kinder sind großartig, und diese kleinen Türkenbälger sind so wahnsinnig glücklich und dankbar, wenn man ihnen vorliest oder sie auffordert, selbst was vorzulesen. Die sind ganz närrisch nach ihrem Räuber Hotzenplotz oder Pippi Langstrumpf, einfach unglaublich!»

«Und heute war Party?»

«Layla ist sieben geworden, Kevin acht und Hassan ebenfalls. Ein kleiner Geburtstagskuchen ist da doch wohl das Mindeste.»

Als der Name Hassan fiel, ging ihr ein Stich durchs Herz.

«Ach, Kindchen! Warum hast du dich so lange nicht gemeldet?» Er sah sie ebenso vorwurfsvoll wie liebevoll durch seine schwarz geränderte Retro-Brille an, während er spontan ihre Hände ergriff. «Ja, ja, ja, ich bin auch nicht gerade ein Ausbund an Aufmerksamkeit. Wir haben so tolle Essen hier gehabt, und ich Dussel habe dich nicht angerufen.»

Sophie spürte auf einmal, wie ihr die Tränen kamen. Sie suchte Günthers Brust und fing an zu schluchzen. Ihre Finger krallten sich in seinen Rücken.

«Sophie! Was ist denn los, Süße!»

Er führte sie in sein Arbeitszimmer, das ihm gleichzeitig als Privatissimum diente. Ein stilvoller Sekretär am Fenster, eine Ledercouch und zwei Sessel, über denen bunte Decken lagen, Mitbringsel aus aller Welt. An den Wänden Fotos, die Günther mit Prominenten und Politikern zeigten. Mit Vorliebe trug er pastellfarbene Leinensakkos, sein unverkennbares Markenzeichen. Und weiße Hemden, häufig kombiniert mit Halstüchern in diversen Blautönen. Die handgeknüpften Teppiche mit Rautenmustern in Rot, Schwarz und Weiß stammten aus Afghanistan und waren Erbstücke, auf die er sehr stolz war. Oft schon hatten sie hier Platz genommen, angefangen mit den Interviews, die sie mit ihm geführt hatte – für ihre erste große Reportage. Über den Banker, der ausgestiegen war. Der ein Vermögen mit Hedgefonds verdient hatte, das er nun, in Form einer Stiftung, «von oben nach unten weiterreichte». Der angegraute Lebemann mit dem schmalen Oberlippenbart, dessen stahlblaue Augen beinahe übernatürlich wirkten, hatte sich wiederholt schon neu erfunden – nicht zuletzt durch sein fulminantes Outing, das in seiner Branche einem Erdbeben glich. In einer Hinsicht aber war er sich stets treu geblieben: Wen er einmal in sein Herz geschlossen hatte, wurde Teil der Familie. Seiner ideellen Großfamilie.

Sie erzählte, was geschehen war. Zwischendurch entkorkte Günther eine Flasche Bordeaux, Jahrgang 1982, ein erlesenes Elixier, das ihr half, wieder zu sich zu finden. Jeder Schluck vermittelte ihr das Gefühl, von innen heraus gestreichelt zu werden. Es war immer noch alles schlimm genug, aber hier endlich fühlte sie sich geborgen.

Ihr Gastgeber hörte ergriffen zu, dann aber brach es

aus ihm hervor: «Mein Gott, diese Amerikaner. Ein furchtbares Volk, unsensibel und verroht. Überwiegend von hinten gezeugt, wenn du mich fragst.»

Sophie musste lachen und brauchte einige Zeit, um sich wieder zu beruhigen.

«Ich dachte, dein Freund Jeffrey kommt aus Chicago.»

«Ach, das ist doch auch so ein tumber Tor. Lässt mich nach einem halben Jahr fallen wie eine heiße Kartoffel.»

«Tut mir leid, das zu hören. Immerhin, ein halbes Jahr – das kommt ja in euren Kreisen fast schon einer goldenen Hochzeit gleich.»

«Kindchen, jetzt wirst du ungezogen. Sei bitte wieder artig und nimm mir nicht alle Illusionen. Ich hoffe immer noch, dass du mir eines Tages als Leihmutter zur Verfügung stehst.»

«Was hättest du denn gerne. Junge oder Mädchen?»

«Du dummes Ding! Das ist doch vollkommen egal. Hauptsache, der Junge ist gesund.»

Das war Günther, derber Humor, gepaart mit einem glockenhellen Tonfall. Genau das, was sie im Augenblick brauchte.

Sie musste in ihrem Sessel eingeschlafen sein, zu später Stunde, nach einer angebrochenen dritten Flasche. Als sie wieder zu sich kam, war es still und dunkel. Die Couch war zwischenzeitlich bezogen, eine Bettdecke lag für sie bereit. Am Vormittag weckte Günther sie, indem er ihr über die Wange strich und ihren Namen flüsterte. Der Frühstückstisch war bereits gedeckt, frisch gepresster Orangensaft wartete auf sie, Brötchen, Schinken und Käse, Marmelade. Günther saß kerzengerade auf dem

Stuhl und strich einige Schuppen von seinem vanillefarbenen Sakko, bevor er ausholte.

«Ich habe die ganze Nacht nicht geschlafen und nachgedacht, Sophie. Wenn ich dich nicht kennen würde, hätte ich Schwierigkeiten, die Geschichte zu glauben. Niemand wird dir einfach glauben. Deswegen musst du vorsichtig sein. Mein Vorschlag ist folgender: Du gehst heute nicht in die Redaktion, sondern kündigst deine Rückkehr für morgen an. Damit steigerst du die Spannung. Dein einziger Programmpunkt heute: Du besorgst einen schönen Kuchen, den du den Kollegen mitbringst. Das wirkt gelassen und erlaubt dir, eine spontane Pressekonferenz abzuhalten, hausintern und informell. Du beschreibst deine Gefühle, wie furchtbar das war. Zeige dich dabei ruhig emotional. Aber nicht übertreiben, sonst halten sie dich für schwach. Danach werden sie dir tausend Fragen stellen, die du überlegt und sachlich beantwortest. Kein Wort über die Amerikaner! Du verwendest neutrale Formulierungen, sagst etwa: Die Angreifer haben rücksichtslos die Himmelstreppe zerstört. Dann denken die: Al-Qaida, aber du weißt es besser. Du wirst dafür sorgen, dass ihr aneinander vorbeiredet, ohne dass deine Kollegen und vor allem deine Chefs das merken. Natürlich werden sie dich auffordern, deine Geschichte aufzuschreiben. Das wirst du auch tun. Im selben Stil. Du bist durch die Hölle gegangen, den Mächten der Finsternis begegnet, hast mehr tot als lebendig überlebt. Gib ihnen Futter, zeige dich verletzlich und nachdenklich. Doch schreibst du keine Zeile, die sie später gegen dich verwenden können, hörst du? Sonst stehst du da als Lügnerin und bist erledigt. Al-Qaida erwähnst du mit keinem Wort. Das kommt in die Überschrift, die bitte sehr ein Kollege verfasst. Natürlich könntest du ebenso gut ganz allgemein von Terroristen reden. Damit liegst du ja nicht falsch, auch wenn die Leser darunter etwas anderes verstehen als du.»

Er biss in sein Croissant. «So, wie ich das sehe, hast du zwei Möglichkeiten. Du gehst den einfachen Weg und heulst mit den Wölfen. Das garantiert dir Geld, Ruhm, Journalistenpreise und ein bequemes Leben. Trink deinen Kaffee, sonst wird er kalt.»

Sie wusste, was jetzt kam.

«Oder aber du tust genau das nicht. Gibst ihnen vordergründig, was sie haben wollen, und machst gleichzeitig still und leise deine Hausaufgaben. Findest heraus, was da abgelaufen ist. Und bringst diesen unglaublichen Skandal ans Licht.»

Sophie seufzte. «Daran hatte ich auch schon gedacht.»

«Dann hoffe ich, dass du die Sache auch zu Ende gedacht hast. Denn in dem Fall setzt du deine Zukunft aufs Spiel. Diejenigen, die das zu verantworten haben – mit denen ist keineswegs zu spaßen, Sophie. Das sind die mächtigsten Leute. Die sitzen ganz oben. Ungestraft vorführen lassen die sich nicht.»

* * *

Kaum war sie in ihrer Wohnung angekommen, zog Sophie sämtliche Vorhänge zu. Es fiel ihr jedes Mal schwer, nach einer Auslandsreise wieder zu Hause anzukommen. Diese Heimkehr jedoch war unvergleichlich. Sie wusste gar nicht, wo sie anfangen sollte. Nach langem Zögern schrieb sie ihrer Redaktion eine E-Mail, derzufolge sie morgen wieder im Büro sein würde. Besser wäre es gewesen, anzurufen, aber dazu fehlte ihr die Kraft. Einen Teil der gewonnenen Zeit musste sie darauf verwenden, ihre Sprache zu präparieren. Darauf zu achten, Weiß zu sagen, wenn sie Schwarz meinte. Vor allem durfte sie nicht erröten, wenn sie Begriffe verwendete wie «Terroristen» oder «Angreifer». Gut im Lügen war sie nicht.

Gott, was mache ich nur! Sophie lief im Wohnzimmer auf und ab, Gedankenblitze schossen ihr durch den Kopf. Said Attar: Du bist das Licht, und du wirst brennen. Nach einer Erfolgsgeschichte hörte sich das nicht an. Glücklicherweise war es noch ein weiter Weg, bevor sie auch nur daran denken konnte, sich mit Washington anzulegen. Und ob sie ihn tatsächlich beschreiten würde, war eine ganz andere Frage. Noch hatte sie nichts in der Hand. Sie legte ihr durchschossenes, blutiges Notizbuch auf den Tisch. Daneben die Kugel, die sie getroffen hatte. Studierte beide mit Inbrunst, als wären sie ein Orakel. Wer immer auf sie geschossen hatte, mit Sicherheit war es kein Soldat gewesen. Die Amerikaner hätten keinen Kameraden zurückgelassen. Also ein Dorfbewohner, möglicherweise im Sterben liegend, der sie für einen der Angreifer hielt?

Sophie begab sich in die Küche und machte sich einen Kaffee. Im Kopf war sie klar, trotz des vielen Weins am Abend zuvor. Sie setzte sich an den Computer und gab «Gourrama» in die Suchmaske ein. Die Verweise führten zu den entsprechenden Zeitungsartikeln. Je mehr sie las, umso wütender wurde sie. Abgesehen von einem französischen und einigen marokkanischen Journalisten, die in Begleitung von Militärs den Ort des Geschehens aufgesucht hatten, waren sämtliche Artikel am Schreibtisch entstanden. Zusammengetragen aus drei oder vier Agenturmeldungen, die sich auf Angaben des Verteidigungsministeriums in Rabat stützten. Dort machte man die Regierung in Algerien dafür verantwortlich, den Überfall nicht verhindert zu haben, trotz entsprechender Warnungen. Die Reporter hatten in Gourrama mit aufgewühlten Einheimischen gesprochen, die ihnen bestätigten, dass «algerische Terroristen» stundenlang im Dorf gewütet hätten und es, von ihnen abgesehen, keine weiteren Überlebenden gäbe. Die Fotos zeigten die Zerstörung und auf der Straße liegende Tote, die Gesichter von schwarzen Balken unkenntlich gemacht. Hassan entdeckte sie darunter nicht.

Die naheliegende Frage, warum es Al-Qaida ausgerechnet auf dieses Dorf abgesehen haben sollte, war offenbar niemandem in den Sinn gekommen. Hatte überhaupt jemand irgendwelche Fragen gestellt? Die Artikel erweckten den Eindruck, ihre Autoren hätten blind der Auskunft staatlicher Stellen vertraut oder voneinander abgeschrieben. Fehlendes Nachdenken machten sie wett durch möglichst häufige Verwendung des Begriffs «Al-Qaida», als beinhalte der bereits hinreichend Erklärung.

Sophie nahm einen tiefen Schluck aus der Kaffeetasse. Versuchte, ihre Gedanken zu ordnen. Wer hatte sie gerettet, und warum? Aus Menschlichkeit? Oder verlangten ihre Retter von ihr, die Wahrheit zu verkünden? Zu erzählen, was wirklich geschehen war? Das konnte sie nicht. Ohne Beweise.

Plötzlich fiel es Sophie wie Schuppen von den Augen. Sie öffnete ihre E-Mails, scrollte über die Adressen und Betreffzeilen, erst hektisch, im zweiten Durchgang deutlich langsamer. Heiß und kalt wurde ihr, als sie tatsächlich fand, was sie vermutet hatte. Oh Gott, dachte sie. Oh Gott. Lass diesen Kelch an mir vorüberziehen.

***

Sophie betrat das Redaktionsgebäude, grüßte den Pförtner und begab sich festen Schrittes in Richtung Großraumbüro. Ein Kollege kam ihr freudestrahlend entgegen, nahm ihr den Kuchen ab, den sie ihm entgegenstreckte, und rief in die Runde: «Sie ist wieder da!» Spontan erhoben sich die Anwesenden von den Stühlen, einige klatschten Beifall, andere gingen auf sie zu, umarmten sie. Sophie bedankte sich, sie stand ungern im Rampenlicht, erinnerte sich aber an Günthers Worte.

Nachdem sie sich alle um den Konferenztisch versammelt hatten, verteilte sie großzügig den Kuchen, jemand hatte Kaffee geholt. Sie fragte nach den Schwerpunkten der nächsten Ausgabe. Der Chefredakteur gesellte sich dazu, legte ihr die Hand auf die Schulter und sagte: «Willkommen zurück.» Ohne sich weiter mit Förmlichkeiten aufzuhalten, fragte er, ob sie ihren Artikel schon geschrieben habe. Sophie verneinte und schlug vor, ihre persönlichen Erfahrungen in den Mittelpunkt zu rücken. Thorsten Mehring nickte, genau so habe er sich das vorgestellt, sie exklusiv auf Seite drei, daneben Analysen rund um Al-Qaida und natürlich sein Leitartikel. Wunderbar, erwiderte Sophie, und besten Dank an alle für den herzlichen Empfang. Es sei prima, wieder da zu sein.

Sie hoffte, einigermaßen überzeugend zu sein. Wie jeder Machtmensch besaß auch Thorsten Mehring ein feines Gespür für Unstimmigkeiten. Glaubte er, auf Widerspruch zu stoßen oder Ironie herauszuhören, parierte er mit einem nasalen Tonfall, der sich unangenehm auf die Haut legte. Sein legeres Äußeres, gerne trug er Strickjacken, und seine kumpelhaften Allüren hatten schon manchen verleitet, ihn zu unterschätzen. Großen Wert legte er auf seine vollen, halb langen Haare und die runde Nickelbrille, die beide an John Lennon erinnerten – wer den Mittvierziger darauf ansprach, hatte einen Bonus sicher.

Bald schon löste sich die Stehrunde auf. Die Kollegen hatten einen engen Zeitplan, und Sophie musste schreiben. Der Chefredakteur belobigte ihre Entscheidung, keine Interviews gegeben zu haben und alles, was sie in Marokko erlebt hatte, exklusiv der eigenen Zeitung vorzubehalten. Auf dem Weg zur Toilette schaute sie beim Ressortleiter vorbei. Er besaß ein eigenes kleines Büro und telefonierte meist gleichzeitig auf Handy und Festnetz. Der Glatzkopf hatte zwei Herzinfarkte hinter sich, schaffte es aber nicht, sich von seiner Abhängigkeit zu lösen. Leben war für ihn gleichbedeutend mit Kommunikation, doch anders als der Chefredakteur war Andreas Merck nicht allein an Wachstum und Zahlen, an Lifestyle und Meinungsmache interessiert, sondern auch an Inhalten. Der Endfünfziger war ein Fossil, und der einzige

Grund, warum der Chefredakteur ihn auf seinem Posten beließ, war wohl die Sorge, er könne im Falle einer Kündigung oder Versetzung tot umfallen.

«Hallo, Andreas», grüßte Sophie.

Der Angesprochene legte den Hörer auf und erhob sich.

«Schön, dass du wieder da bist», sagte er und reichte ihr die Hand. «Entschuldige, dass ich bei deinem Empfang eben nicht dabei war, aber …» Er zeigte auf die Telefone. Sophie nickte und gab ihm eine Kurzfassung ihrer Erlebnisse. Sie betonte, dass sie ihren Artikel sehr persönlich halten werde. Die politische Bewertung der Ereignisse überlasse sie Thorsten Mehring. Ihr entging nicht das leise Zucken seiner Augenwinkel. «Okay», sagte er nur.

«Sag mal – darf ich dir eine persönliche Frage stellen?»

«Natürlich», erwiderte der Ressortleiter und verschränkte die Arme.

«Seit ich dich kenne, hast du dich immer an Thorsten gerieben. Er hat deine Texte bis zur Unkenntlichkeit redigiert, aber du hast den nächsten Artikel genauso kenntnisreich und ausgewogen geschrieben wie den davor. Bis Thorsten ihn wieder glattbügelte.»

Sie zögerte.

«Nur zu, Sophie. Mittlerweile schreibe ich überhaupt nicht mehr, wie du weißt.»

«Ich bin mir nicht sicher, ob ich das könnte.»

«Was könntest?»

«Mir so viel Eigensinn zu leisten. Ich glaube, ich wäre irgendwann eingeknickt.»

«Wir alle sind Menschen, Frau Kollegin. Letztendlich

habe ich dann ja auch die Verhältnisse zur Kenntnis genommen, wie sie sind.»

Sophie schüttelte den Kopf. «Ich würde sagen, du hast die Akzente deiner Arbeit verschoben.»

«Nun, es lässt sich immer eine nette Formulierung finden, nicht wahr. Aber warum fragst du? Du hast doch nichts zu befürchten. Thorsten respektiert dich, du hast Preise gewonnen und mehr Freiheiten als die meisten von uns.»

«Ja. Da hast du natürlich recht. Entschuldige bitte.» Sie wandte sich zum Gehen.

«Was wolltest du denn fragen?»

«Ach – schon gut. Tut einfach gut, mit dir zu reden.»

Andreas Mercks Gesicht verriet Skepsis. «Na ja, wenn das so ist ... Sag mal: Hast du Fotos mitgebracht aus diesem Dorf in Marokko?»

Sophie lächelte. «Oh ja, das habe ich. Eine ganze Reihe. Ich hoffe, die Qualität ist gut genug. Gebe ich dir gleich.»

Gestern hatte sie per E-Mail die Fotos erhalten, die sie geschossen hatte, einschließlich jener, die Baschirs Überreste im Arganbaum zeigten. Mehr noch, ihre unbekannten Helfer hatten das Dorf nach dem Angriff fotografiert. Mit ihrer Kamera, der Nummerierung der Bilder nach zu urteilen. Das bewies allerdings noch gar nichts, keinerlei Urheberschaft, abgesehen von dem amerikanischen Raketenteil, das sie aufgenommen hatte.

Obwohl sie keine Revolution plante, hatte sie das Gefühl, auf Treibsand zu laufen. Sie musste eine ganze Zeitungsseite füllen, ohne Ross und Reiter zu benennen. Das entsprach nicht ihrem Naturell, es kam ihr unredlich vor, unprofessionell. Sie setzte sich an ihren Schreibtisch, den bewundernden Blicken der Kollegen ausgesetzt, auch den neidvollen. Kam die Wahrheit am Ende doch ans Licht, riskierte sie den Vorwurf arglistiger Täuschung – ganz gleich, welche Gründe sie dafür anführte.

Sophie steckte sich das Haar hoch, schaltete den Computer ein und stellte sich vor, sie wäre mit Hassan in der Wüste und blickte mit ihm gemeinsam in den Sternenhimmel. Pfefferminztee schlürfend, während Sophie seine Gunst zu gewinnen suchte. Indem sie ihm eine Geschichte erzählte, erst eine und dann wieder eine, Nacht für Nacht, bis Hassan sich am Ende erhob und sagte: Ich war nie tot.

SIEBTES KAPITEL
LOS ANGELES, USA

Marc Lindsey war nervös. Den ganzen Tag über hatte er geraucht, eine nach der anderen, und obwohl die Fenster weit geöffnet waren, hing der Zigarettenqualm wie Nebel in seiner Wohnung. Mehrfach hatte er Mary aus wechselnden Telefonzellen zu erreichen versucht, vergebens. Er wollte ihr nicht auf den Anrufbeantworter sprechen, andererseits brauchte er jemanden zum Reden: «Hey, Mary, ruf mich an. Das FBI verhört gerade meine besten Freunde. Ich hoffe, sie waren noch nicht bei dir.»

Von seinem Wohnzimmer sah er hinaus auf den Santa Monica Pier, im Westen von Los Angeles. Es war schwülheiß und noch früh am Abend, eine endlose Prozession von Sonnensuchern und Surfern pilgerte den Strand entlang. Er überlegte, in der Menge unterzutauchen, würde es vielleicht noch tun. Er hatte keine Ahnung, wie er sich am besten verhalten sollte. Abwarten, verschwinden? Seit Stunden hörte er die Hubschrauber, wie sie über der Gegend kreisten. An sich nichts Ungewöhnliches, Touristen etwa ließen sich gerne über die Hügel Hollywoods fliegen und erhofften sich Einblicke in die Luxusanwesen der Stars. Dieses Mal aber war alles anders. Er wusste, dass sie hinter ihm her waren. Vielleicht auch mithilfe von Helikoptern. Sobald er vors Haus trat, wurde er verfolgt. Kaum ließ er den Motor seines Wagens an, setzte sich eine schwarze Limousine hinter ihm in Bewegung.

Der Fahrer bemühte sich gar nicht erst, den Anschein von Diskretion zu wahren. Einmal war Marc wutentbrannt an einer Ampel ausgestiegen und hatte an das Seitenfenster der Limousine geklopft. Der Fahrer öffnete es einen Spalt und sah ihn grinsend an. Marc fragte, was sie von ihm wollten. Der Kerl hatte daraufhin sein Kaugummi aufgeblasen, bis die Kugel platzte, und die Fensterscheibe wieder hochgefahren.

Der Kaugummikauer und sein Beifahrer, äußerlich Klone. Bullige Oberkörper, am Hals ein Tattoo, die Schädel rasiert. Schlecht sitzende graue Anzüge. Schwarze, gut sichtbare, am linken Ohr befestigte Handy-Headsets, die sie durch die Gegend fuhren wie Trophäen. Sogar im Supermarkt ließen sie ihn nicht in Ruhe. Diese oder andere Typen, die sich offenbar darin gefielen, alle gleich auszusehen. Im Starbucks auf der Straßenseite gegenüber hatte auch einer Stellung bezogen. Nippte ab und zu an seinem Kaffee und tat so, als wäre er mit seinem Laptop beschäftigt.

Seine letzte Geschichte auf *Buzzfeed*, dem Webportal investigativer Journalisten, hatte hohe Wellen geschlagen. Namhafte Meinungsmacher und Kommentatoren warfen ihm vor, die Sicherheit amerikanischer Soldaten zu gefährden, weil diese sich nunmehr Racheakten ausgesetzt sehen könnten. Marc konnte nur den Kopf schütteln über diese Logik. Er setzte sich auf die Couch und las zum tausendsten Mal den eigenen Text, den er längst auswendig kannte. Doch half ihm das Ritual, in der Spur zu bleiben.

* * *

Am 12. Februar hatte Mohammed Kalibaf allen Grund, zu feiern. Der erfahrene Polizeikommandant war soeben zum Leiter des Geheimdienstes in der Provinz Paktia im Südosten Afghanistans ernannt worden. Und seine Frau hatte ihm in der Woche zuvor einen weiteren Sohn geboren. Am Abend versammelten sich rund fünfzig Freunde, Kollegen und Nachbarn auf seinem Hof im Dorf Lawdar unweit der Provinzhauptstadt Gardez, um ein großes Fest zu feiern. «Wir hatten auch mehrere Musiker eingeladen», erzählte mir Mohammeds Schwager Tahir, als ich die Familie besuchte. Die Überlebenden der Familie, besser gesagt. Der Clan der Kalibaf gehört nicht zur Volksgruppe der Paschtunen, aus denen sich die Taliban fast ausschließlich rekrutieren. Ursprünglich sind sie Perser. Ihre Muttersprache ist dementsprechend nicht Paschtu, sondern Dari, die afghanische Variante des Persischen. Anders als die Taliban tragen die Männer des Clans keine Vollbärte. Sie sind glatt rasiert oder bevorzugen Schnurrbärte. Die Kalibaf sind erbitterte Gegner der Taliban. Mohammed, der Polizeikommandant, hatte mehrere US-Ausbildungsprogramme in Afghanistan durchlaufen und arbeitete eng mit NATO und ISAF zusammen, der Internationalen Schutztruppe. Im Wohnzimmer der Familie hingen Fotos, die Mohammed mit amerikanischen Ausbildern und Soldaten zeigten. Einer seiner Onkel, Daoud, war Staatsanwalt einer Provinzregierung, die von Washington unterstützt wurde. Ein anderer Verwandter Rektor der Universität von Gardez. Unweit des Dorfes befand sich ein Stützpunkt der Taliban, von wo aus wiederholt afghanische und NATO-Truppen angegriffen worden waren.

Als die Feiernden an jenem Abend ungewohnte Geräusche hörten, dachten sie zunächst an einen Angriff der Taliban.

Kurz darauf, gegen vier Uhr morgens, fiel auf dem Anwesen der Strom aus. Einer der Musiker befand sich zu dem Zeitpunkt auf dem Toilettenhäuschen. Er rannte zurück ins Haus und berichtete, dass der Hof von Laserstrahlen erfasst worden sei. Mohammed beschloss, draußen nachzusehen, was los war. Die Familie beschwor ihn, das nicht zu tun. Aber er sagte, vor den Taliban habe er keine Angst. Kaum war er vor die Tür getreten, begleitet von seinem Ältesten, dem zweiundzwanzigjährigen Zahir, da wurden beide von Scharfschützen niedergestreckt. Die Anwesenden hörten Stimmen der Angreifer. Sie redeten Englisch und Paschtu.

Im Haus brach Panik aus.

«Als ich begriff, was geschehen war, schrie ich, wir sollten auf keinen Fall nach draußen gehen. Die Angreifer seien Amerikaner, sie würden uns töten», erzählte mir der zwanzigjährige Taha, der Zweitälteste. Aber Daoud, der Staatsanwalt, war der Meinung, es liege ein tragisches Missverständnis vor. Er wolle mit ihnen reden. Seine Frau Saleha, 47, seine Töchter Schirin, 25, und Roksana, 23, beschworen ihn, das nicht zu tun, und versuchten, ihn an seinem Gewand festzuhalten. Dennoch öffnete er die Tür und rief auf Englisch: «Nicht schießen! Wir arbeiten für die Regierung!» Alle vier wurden umgehend von Scharfschützen getötet.

Kurz darauf stürmten die Amerikaner das Haus. Zwei Männer, die in Panik zu fliehen versuchten, wurden ebenfalls erschossen. Innerhalb weniger Minuten war eine fröhliche Familienfeier umgeschlagen in ein Massaker. Nach Angaben der Familie kamen bei dem Angriff acht Menschen ums Leben. Schirin und Roksana waren beide schwanger. Mohammed und Zahir hatten die Kugeln zunächst überlebt, verbluteten aber, da die maskierten Soldaten Zimmer um Zimmer auf den Kopf stellten und nicht erlaubten, dass die Verletzten in ein Krankenhaus gebracht wurden. Sie behaupteten, ein Hubschrauber werde kommen und sie ärztlich versorgen, was aber nicht geschah.

Die Durchsuchung des Hauses war noch in vollem Gang, als Taha und ein weiterer Onkel, Kalamuddin, die Toten für die Bestattung vorbereiteten. Nach afghanischem Brauch wird ihnen ein Tuch um den Kopf gebunden, damit der Mund geschlossen bleibt. Auch die Füße der Toten werden zusammengebunden. Kaum waren sie damit fertig, fesselten ihnen die Amerikaner Hände und Füße und trennten die Männer von den Frauen. Und dann geschah, was ihnen allen einen Schock versetzte: Mit Messern bohrten die Soldaten in den Schusswunden der Frauen und holten die Kugeln wieder heraus, die sie getötet hatten. Taha erzählte mir das als Erster. Ich fragte ihn: «Hast du gesehen, wie sie die Kugeln aus den Frauenleichen entfernt haben?» Ohne zu zögern, sagte er «Ja». Die übrigen Anwesenden, die ich ebenfalls befragt habe, bestätigten seine Aussage. «Sie entfernten die Beweise ihrer Verbrechen», sagten sie.

Nach der Durchsuchung mussten die Anwesenden im staubigen Innenhof zum Rapport antreten. Sie wurden gezwungen, niederzuknien und den Blick zu senken. «Erst habe ich mich geweigert», sagte Taha. «Da haben sie mich geschlagen und mir vor die Füße geschossen. Sie warfen mich zu Boden und versetzten mir Fußtritte, mehrere Male. Sobald ich aufzustehen versuchte, traten sie mir in den Leib. Unsere Leute riefen: ‹Wir arbeiten für die Regierung!›, aber das änderte nichts.»

Kalamuddin, der Onkel Tahas, berichtete: «Die Soldaten

brachten uns an einen unbekannten Ort, wo sie uns tagelang verhörten. Wir durften uns nicht waschen und bekamen kaum etwas zu essen oder zu trinken. Die amerikanischen Vernehmer hatten lange Bärte und trugen keine Uniformen. Wir nannten sie amerikanische Taliban. Einer sagte, sie hätten Informationen, dass wir in unserem Haus Selbstmordattentäter verstecken würden. Ich erwiderte, dass wir wohl kaum gefeiert hätten, wenn unter uns ein Selbstmordattentäter gewesen wäre. Außerdem erlaubten die Taliban keine Musik, und allein die Anwesenheit von Musikanten sei schon Hinweis genug, dass unter den Feiernden keine radikalen Islamisten gewesen sein konnten. Ganz abgesehen davon, dass die meisten Festteilnehmer für die Regierung tätig waren.»

Schließlich ließen die Amerikaner Kalamuddin, Taha und die übrigen Gefangenen frei. «Sie sagten, wir seien unschuldig und es tue ihnen sehr leid, was geschehen ist», sagte Kalamuddin.

Der westlichen Öffentlichkeit allerdings präsentierten die offiziellen Stellen eine ganz andere Version der Ereignisse. Wenige Stunden nach der tödlichen Razzia gaben die ISAF und das afghanische Innenministerium eine gemeinsame Presseerklärung heraus. Darin hieß es, ein afghanisch-internationales «Sicherheitsteam» habe in der Nacht zuvor eine «grausige Entdeckung» gemacht. Unterwegs auf einem Routineeinsatz unweit des Dorfes Lawdar hätte man «eindeutige Hinweise» erhalten, dass es auf dem Anwesen eines lokalen Taliban-Kommandanten «militante Aktivitäten» gegeben habe. Als die Soldaten die Lage klären wollten, seien sie von «mehreren Aufständischen» unter Beschuss genommen worden. Das «Sicherheitsteam» habe die Terroristen getötet und bei der an-

schließenden Sicherung des Geländes besagte «grausige Entdeckung» gemacht: drei Frauen, die zuvor «gefesselt», «geknebelt» und «hingerichtet» worden waren.

Der kanadische Pressesprecher Eric Richardson ergänzte, dass deren Tötung offenbar «aus kulturellen Gründen» erfolgt sei: «Die Sache sieht ganz nach einem traditionellen Ehrenmord aus», erklärte er.

Als ich von der Geschichte hörte, beschloss ich, nach Afghanistan zu reisen. Die Recherche würde sich auf jeden Fall lohnen, sagte ich mir. Ein Ehrenmord, begangen von Taliban, die daraufhin von «unseren» Soldaten getötet werden: Das allein war eine gute Story. Ich habe mit den Überlebenden der Razzia gesprochen, mit Vertretern der Provinzregierung, Polizeibeamten und religiösen Führern, außerdem mit Angehörigen von Nichtregierungsorganisationen. Schnell wurde mir klar, dass nicht die Taliban, sondern ein US-geführtes Einsatzkommando für den Angriff verantwortlich sein musste. Ein Spezialkommando, wohlgemerkt, nicht die reguläre Armee. Die in der Gegend um Gardez stationierten US-Soldaten bestritten, am 12. Februar in Lawdar im Einsatz gewesen zu sein. Afghanische Amtsträger, die laut NATO-Vorschrift über eine militärische Operation in ihrem Zuständigkeitsbereich hätten informiert werden müssen, wussten von nichts. «Niemand hat uns informiert», sagte mir der stellvertretende Provinzgouverneur Abdallah Hakim. «Dieser Angriff war ein furchtbarer Irrtum.»

Daraufhin setzte ich mich mit Konteradmiral Michael Lane in Verbindung, dem Chef der ISAF-Öffentlichkeitsarbeit. Er räumte mir gegenüber ein, dass die erste Presseerklärung auf Fehlinformationen der afghanischen Seite beruhe. Die getöteten Frauen seien vermutlich nicht gefesselt worden, um sie hinzurichten, sondern um sie für ihre Bestattung vorzubereiten. Dennoch habe für das Einsatzteam Alarmstufe Rot gegolten, da die Zielpersonen der Razzia «bewaffnet und feindselig» gewesen seien. «Man muss nicht beschossen werden, um das Feuer zu eröffnen», erklärte er. Gleichwohl würden NATO und ISAF ihre Darstellung im Lichte «neuer Erkenntnisse» korrigieren.

Was für ein Spezialkommando aber war in Lawdar zum Einsatz gekommen? In den letzten Jahren führten die USA sage und schreibe tausend nächtliche Razzien in Afghanistan durch – pro Monat! Die Wut der Afghanen angesichts der vielen zivilen Toten hatte solche Ausmaße erreicht, dass innerhalb der NATO heftige Debatten geführt wurden, wie damit am besten umzugehen sei. Also beschlossen sie, dass Oberbefehlshaber Ronald Salinger nach Lawdar reisen sollte, um sich öffentlich zu entschuldigen. Im letzten Moment aber wurde der Plan geändert, und nicht Salinger, sondern der für den Einsatz verantwortliche Kommandeur machte sich auf den Weg, ein paar tröstende Worte zu übermitteln.

Es war purer Zufall, dass ich mich auf dem Hof der Kalibafs befand, als die Show begann. Wie aus dem Nichts tauchte plötzlich eine Armada gepanzerter Fahrzeuge auf, eine riesige Staubwolke hinter sich herziehend. Der Lärm war ohrenbetäubend, und die Familienangehörigen begannen zu schreien. Sie glaubten, jetzt werde man sie endgültig umbringen. Ich versuchte, sie zu beruhigen, und erklärte ihnen, wenn diese Leute töten wollten, kämen sie nachts, und es sei noch nicht mal Mittag. Abrupt kamen die Fahrzeuge zum Stehen, Türen flogen auf, afghanische und amerikanische Soldaten bildeten ein Spalier, dann folgte ein Tross Journalisten, die Kameras im

Anschlag. Niemand sagte etwas, einen kurzen Moment herrschte Stille, bis ein Hubschrauber einschwebte und neben der Truppe landete. Ein Mann in Uniform und mit zahlreichen Auszeichnungen auf der Brust entstieg ihm und hielt geradewegs, begleitet von zwei Männern, das Gewehr im Anschlag, auf den Hof zu. Ich erkannte ihn ebenso schnell wie er mich. General Gallagher, der Chef der JSOC in Afghanistan, des Gemeinsamen Kommandos für Spezialeinsätze.

Als er an mir vorbeiging, hielt er kurz inne. «Was machen Sie hier?», herrschte er mich an.

«Sir, ich bin hier, Ihre Leistung zu würdigen. Werden Sie sich auch bei den Opfern der übrigen 999 Razzien in den letzten vier Wochen entschuldigen?»

Er spuckte aus und sagte: «Soweit ich weiß, haben Sie keine Verwandten, denen wir unser Beileid bekunden müssten.»

Dazu ist anzumerken, dass Gallagher zu den engsten Vertrauten McKinleys gehört – des vormaligen NATO-Oberbefehlshabers in Kabul, der abgelöst wurde, nachdem er im Interview mit mir den Präsidenten für dessen fehlendes Afghanistan-Konzept kritisiert hatte.

Gallagher also, der Verantwortliche für das Massaker an acht Afghanen, besaß die Chuzpe, den Überlebenden der von ihm befehligten Mordaktion die folgende Botschaft zu verkünden, unter dem Klicken Dutzender Fotoapparate und eines Fernsehteams von Fox News: «Sie sind eine Familie mit vielen Kindern und vielen Freunden. Ich bin Soldat. Ich bin die meiste Zeit in fremden Ländern, weit entfernt von meiner Familie. Auch ich habe Kinder, und mein Herz trauert mit ihnen. Aber wir haben eines gemeinsam: Wir glauben an denselben Gott, den Gott des Mitleids und der Liebe.»

Kaum hatte er geendet, zerrten afghanische Soldaten ein blökendes Schaf heran, dem sie an der Schwelle des Hofes die Kehle durchschnitten. Ein Schaf zu opfern, ist unter Afghanen ein Zeichen der Versöhnung. Dieses Schaf aber wurde eher hingerichtet, als geopfert. Kaum hatte es aufgehört, zu zucken, machte der Tross kehrt. Gallagher war keine zehn Minuten vor Ort. Fox News berichtete noch am selben Abend, amerikanische Sicherheitskräfte, vertreten von General Patrick Gallagher III., hätten sich für einen fehlgeleiteten Angriff afghanischer Soldaten bei den Dorfältesten entschuldigt. Die Einheimischen hätten die Entschuldigung angenommen und die Amerikaner gebeten, sie im Kampf gegen die Taliban nicht im Stich zu lassen.

Kalamuddin sagte mir anschließend: «Zunächst dachten wir, die Amerikaner wären die Freunde der Afghanen, aber jetzt halten wir sie selbst für Terroristen. Die Amerikaner sind unsere Feinde. Sie haben unsere Familie zerstört, uns ihre Spezialkräfte auf den Hals gehetzt, die entsetzliche Verbrechen begangen haben. Wir akzeptieren ihre Entschuldigung nicht. Uns liegt nichts mehr am Leben. Einige von uns werden Selbstmordanschläge verüben, und das ganze Land wird auf ihrer Seite sein.»

ACHTES KAPITEL
BERLIN, DEUTSCHLAND

Sophie schrieb ihren Artikel wie im Rausch. Anschaulich, mit vielen Details, schilderte sie den Angriff auf Gourrama, ihre Flucht in den Palmenhain. Ihr Entsetzen, als sie mitansehen musste, wie die Angreifer die Kugeln aus den Körpern der getöteten Frauen entfernten. Die systematische Zerstörung der Himmelstreppe. Hassan erwähnte sie, die Beerdigung Baschirs, ausführlich schilderte sie Said Attars mutigen Widerstand. Die Himmelstreppe war kein Phallus-Symbol, wie ihre Kollegen mutmaßten, die ihr beim Schreiben gelegentlich über die Schulter lugten.

«Hör mal, Sophie, das sieht doch ein Blinder mit Krückstock», kommentierte Sabine, ihre Sitznachbarin. Sie war 37, aufgewachsen größtenteils im Ausland, flocht gerne englische Wörter und Redewendungen mit indischem Akzent in ihre Monologe ein. Groß gewachsen, hager, ein knöchernes Gesicht. Sehr penibel und korrekt in den Details, wobei ihr leicht der Überblick abhandenkam. Ihre Fachgebiete waren Rüstungsfragen und Verteidigungspolitik. Zu den Kollegen gehörte auch Josef, 49 Jahre, studierter Theologe, obsessiv der katholischen Kirche zugewandt, deren Untergang er in mehreren Büchern wortgewaltig prophezeit hatte. Äußerlich unscheinbar und überaus meinungsstark, sobald er sicher war, sein Publikum gefunden zu haben. Engagierter Islamkritiker:

Er forderte von den Muslimen in Deutschland und Europa, sich entweder anzupassen oder ihr Glück in Anatolien zu suchen. Geschieden, zwei erwachsene Kinder. Hatte im Dunstkreis seiner Dienstreisen eine neunzehnjährige Deutsch-Türkin verführt, die nunmehr Nachwuchs erwartete. Dietmar, 40 Jahre, Generalist und Tausendsassa. Übergroße Hornbrille, eingefallenes Gesicht und eine Hautfarbe, als litte er unter Gelbsucht. Hatte ein feines Gespür für Themen, die empörten und polarisierten. Und ein noch feineres Gespür für die Bedürfnisse der Chefredaktion. Das einzige mögliche Hindernis auf seinem weiteren Karriereweg war eine Verurteilung wegen Steuerhinterziehung.

«Eine Treppe in der Wüste – natürlich ist das ein Phallus-Symbol», wiederholte Sabine unbeirrt.

Den Traum des Said Attar, endete Sophie, *träumen auch bei uns viele. Den eigenen Weg zu finden, der inneren Stimme zu folgen, keine falschen Kompromisse mehr einzugehen. Dieser Traum wurde gewaltsam zerstört. Von Verbrechern, denen der Tod anderer nichts bedeutet. Said Attar und die Bewohner Gourramas, ihr sinnloses Sterben ist Menetekel und Warnung zugleich – nicht einmal das Ende der Welt bietet Zuflucht vor Terror und Gewalt. Dennoch darf man sich die Helden von Gourrama als glückliche Menschen vorstellen. Denn ihr Vermächtnis wird fortbestehen, als Mahnung, dem Unrecht zu widerstehen.*

Ich bin als Reporterin nach Marokko gereist und kehre zurück als Kämpferin. Nie hätte ich für möglich gehalten, Augenzeugin eines Massakers zu werden und nur dank eines gütigen Schicksals zu überleben. Ich wünschte, ich könnte ungeschehen machen, was geschehen ist. Ich wünschte, ich könnte das Erlebte aus meinem Gedächtnis streichen. Ich kann es aber nicht. Das könnte niemand. Ich fühle mich verpflichtet, die Hintergründe aufzuklären. Das bin ich mir, das bin ich den Opfern von Gourrama schuldig.

Die Klarheit ihres Bekenntnisses überraschte auch Sophie. Thorsten Mehring, wie üblich zögernd und zaudernd, wollte den Text nicht drucken. Er bezeichnete ihn als Pamphlet, einer Wochenzeitung nicht angemessen, als ein vor Pathos triefendes Bekenntnis, hart an der Grenze zum Kitsch. Der haarlose Ressortleiter widersprach. Ein so einschneidendes Erlebnis verlange nach einem eigenen, persönlichen Stil, sonst wirke der Text unentschlossen, farblos. Hin und her wogte die Diskussion, die Zeit bis zum Redaktionsschluss wurde knapp. Nachdem Dietmar, der Generalist, eine Lanze für Sophie gebrochen und Sabine angeboten hatte, die Seite um einen Kasten zu ergänzen und die tödlichsten Anschläge von Al-Qaida im Überblick festzuhalten, knüpfte Mehring seine Strickjacke zu, und der Beitrag war im Blatt.

Sophie blieb von der Kontroverse merkwürdig unberührt. Sie sagte nichts, hörte nur zu. Hoffte sie insgeheim, der Chefredakteur würde den Artikel kippen?

NEUNTES KAPITEL

LOS ANGELES, USA

Der warme Händedruck der Moderatorin genügte, um Marc Lindsey eine Blitzerektion zu bescheren. Obwohl sie nicht einmal besonders ansehnlich war, eine Taille ebenso wenig erkennen ließ wie Oberweite. Megans Gesicht ließ auf eine langjährige Aknebehandlung schließen, ihre Haut war schneeweiß. Die braunen Augen verhießen Warmherzigkeit ebenso wie Bewunderung, als sie ihn ins Sendestudio führte. Marc wusste nicht, was mit ihm los war, und wusste es doch. Er stand so sehr unter Anspannung, dass er ein Ventil brauchte.

Er nahm Platz auf dem ihm zugewiesenen Stuhl und setzte die Kopfhörer auf. Seine Hände waren feucht, die Augen klebten an Megans Körper. Das war es, schoss es ihm durch den Kopf. Sie wirkte vollkommen unscheinbar, gewöhnlich. Wie für den Alltag geschaffen. Jemand zum Reden, nach dem Sex. Nicht so anstrengend wie Mary. Und niemand, der Pirouetten drehte wie er selbst, am Ende aber doch nur ein armes Würstchen war.

«Hallo, da draußen, wo immer ihr sein mögt an diesem viel zu schwülen Abend, es ist 19 Uhr fünf, und am Mikrofon begrüßt euch wie immer zu dieser Zeit Megan Mersheimer von KUSC 91,5 FM National Public Radio in Los Angeles. Zeit, zu reden: Heute mit unserem Gast Marc Lindsey, auf den die Regierung in Washington im Augenblick nicht gerade gut zu sprechen ist. Hi, Marc.»

«Hi, Megan.»

Ihre Stimme breitete sich sanft im Raum aus, fast hatte er das Gefühl, sie massiere seinen Nacken. Beim Sprechen spielte sie mit ihren glatten, bis zum Hemdkragen reichenden braunschwarzen Haaren, die sie ab und zu hinter ihr rechtes Ohr zu schieben suchte. Ihre Nägel waren rot lackiert, die Hände kräftig, die Finger weder schlank noch dick. Der Anblick machte es ihm schwer, seine Schwellkörper zu bändigen.

Ausführlich sprachen sie über seine jüngsten Enthüllungen in Afghanistan. Die *New York Times* hatte in ihrer heutigen Ausgabe nachgelegt und einen Korrespondentenbericht über die Kollateralschäden von NATO und ISAF am Hindukusch veröffentlicht. Amerikanische Spezialkommandos, so das Fazit, hätten in Afghanistan in den letzten zehn Jahren deutlich mehr Zivilisten getötet als die Taliban. Das sei eine erschreckende Bilanz.

«Die Spezialkommandos sind nur ein Teil der Gleichung», erklärte Marc. «Dazu gehören auch Drohnenangriffe, Marschflugkörper, Raketen, gezielte Tötungen. Und der Cyber-Krieg natürlich. Die klassische Armee hat zunehmend ausgedient. Künftig führen wir verdeckte Kriege auf Guerilla-Basis. So, wie es jetzt schon in Afghanistan und Pakistan, im Jemen und in Somalia, im Nahen Osten passiert. Die Liste der Länder wird immer länger. Und alles geschieht ohne Rechtsgrundlage.»

Marc erzählte, geschickt moderiert von klugen, Anteil nehmenden Fragen, dass er sich seines Dilemmas wohl bewusst sei. Er spiele die Rolle des polternden Reporters, um die Öffentlichkeit zu erreichen, müsse sich aber gleichzeitig von dieser Rolle lösen, wenn er ernst genommen werden wolle. Ein ständiger Spagat am Rande der Schizophrenie. Letztendlich sei er ein Kriegsjunkie, der den Adrenalinstoß brauche. Und dennoch der Meinung, «dass wir im großartigsten Land der Welt leben, mal abgesehen vom politisch-militärischen Bereich und den Meinungssöldnern in den Medien».

Megan Mersheimer fragte, ob er sich bedroht fühle. In seinem Blog habe er ausführlich berichtet, dass er auf Schritt und Tritt überwacht werde.

«Natürlich fühle ich mich bedroht. Wer würde das nicht, wenn ihm ständig eine schwarze Limousine folgt? Deren Nummernschild übrigens auf eine Eigentümerin verweist, die vor sieben Jahren verstorben ist. Also kann ich mir aussuchen, mit wem ich die Ehre habe. CIA? FBI? NSA? Drogenfahndung? Polizei? Hinweise nehme ich jederzeit dankbar entgegen. Meine Freunde und Kollegen sind, von ein paar Ausnahmen abgesehen, vom FBI verhört worden. Und die Fragen zielten alle in dieselbe Richtung: Ob sie den Eindruck hätten, dass ich seelisch und psychisch stabil sei. Was also führen diese Leute im Schilde? Mich als Psychopathen hinzustellen? Mich in eine geschlossene Abteilung einzuweisen?»

Megan nickte. Während er redete, ruhte ihr Blick auf ihm. Das beruhigte ihn. «Wissen Sie», fuhr er fort, «im Grunde mache ich doch nichts weiter als meinen Job. Ich recherchiere, ich schreibe, ich versuche, Hintergründe zu beleuchten. Und allein das ist offenbar einigen schon zu viel.»

«Der Präsident», ergänzte die Moderatorin, «bezeichnete Sie kürzlich als ‹Landesverräter›.»

«Und ich danke ihm für diesen Ritterschlag. Natürlich weiß ich, dass ich provoziere. Die Lügen der Macht haben es mir nun mal angetan, und ich halte es für meine Pflicht als Demokrat und Amerikaner, der allgemeinen Verdummung etwas entgegenzusetzen. Das macht mich in den Augen der Mächtigen zum Störenfried, zum Staatsfeind. Mit anderen Worten, sie nehmen meine Arbeit ernst. Mehr kann ich kaum erwarten. Und, wenn ich das noch kurz ergänzen darf, ich sehe mich nicht als Radikalen. In erster Linie bin ich amerikanischer Patriot. Ich bin der Meinung, der Präsident sollte mich als Berater einstellen, anstatt mich zu denunzieren. Mehr Offenheit, weniger Heuchelei würden der Politik guttun.»

Die Zuwendung, die Megan ihm zuteilwerden ließ, fast berührten ihre Hände seine, war Marc ein Zeichen, dass er so falsch nicht liegen konnte. Megans verhaltene Erotik beflügelte ihn, er schwang sich empor zu jenem «Weltgeist», dem er sich in seinen besten, glücklichsten Momenten zugehörig fühlte. Dann hatte er den Eindruck, der Sehnsucht so vieler Menschen nach einem Sinn, nach Tiefe, nach Ehrlichkeit Ausdruck zu verleihen. Ein Idol zu sein. Ein American hero.

Gleichzeitig spürte er seine Angst, die ihn nachts kaum noch schlafen ließ. Im Visier anonymer Ermittler zu stehen, die auftraten wie Gangster, war schlimm genug. Was aber sollte erst werden nach seinem nächsten Scoop? Damit würde er zwangsläufig eine internationale Krise auslösen. Wie konnten sie nur so dumm sein, ein ganzes

Dorf in Marokko auszulöschen! Wohin sollte das führen, welches Land stand als nächstes auf ihrer Liste? Auf dem Weg ins Studio hatte er eine Kopie seiner Unterlagen vorsichtshalber an Mary Robertson in Harvard geschickt, bewusst altmodisch auf dem Postweg. Man konnte nie wissen.

«Marc, wie gelingt es Ihnen, immer wieder an brisante Informationen heranzukommen? Haben Sie da ein besonderes Gen?» Megans Lächeln wirkte geradezu schüchtern.

Marc lachte. «Ich fürchte, nein. Aber wie Sie wissen, war ich früher selbst Soldat. Das macht mich glaubwürdig in den Augen derer, die ihren Dienst an der Waffe versehen. Glauben Sie mir, viele GIs sind angewidert von dem, was im Namen Amerikas überall auf der Welt geschieht, von Marokko bis Vietnam. Leider können sie sich nicht selbst an die Öffentlichkeit wenden. In dem Fall drohen ihnen Jahre im Gefängnis. Also gehen sie Umwege. Über mich, zum Beispiel.»

«Marokko? Was meinen Sie mit Marokko?»

Marc errötete. «Das habe ich nur so gesagt. Als Sinnbild. Ich hätte auch sagen können: vom Nord- bis zum Südpol.»

Verflucht, das hätte ihm nicht passieren dürfen. Wie angewurzelt hockte er da und versuchte, seinen Fauxpas wegzuplaudern. Aber er war ihm unterlaufen, und eine Rücklauftaste gab es bei Livesendungen nun mal nicht.

Um sich abzulenken, nahm er Megans Einladung auf einen Drink nach der Sendung an. Sie fuhren mit seinem Wagen, ihrer befand sich in der Werkstatt, aber die beiden Bars, die Megan vorgeschlagen hatte, waren dermaßen überfüllt, dass sie beschlossen weiterzuziehen. Im Rückspiegel entdeckte Marc keine schwarze Limousine. Er war unschlüssig, ob das ein gutes oder schlechtes Zeichen war. Wenig später landeten sie in ihrer Wohnung in Inglewood, einem studentisch wirkenden Appartement, das aus zwei Zimmern bestand. Sie machte einen Salat, er half ihr dabei, hörte aber nur halb, was sie ihm erzählte. Noch immer machte er sich Sorgen wegen seiner unbedachten Äußerung. Der Hai wittert die Beute, sagte er sich, und er war fette Beute. Er hatte seine Gegner geradezu eingeladen, ihren nächsten Zug zu planen. So dumm hatte ihn seine Mutter nicht geboren.

Sie aßen den Salat, tranken dazu einen Weißwein, der in erster Linie kalt war, während draußen der Verkehr tosend an Megans kleinem Eiland vorüberzog. Wenn er sich nicht irrte, trug sie ihm gerade ihre Lebensgeschichte vor, aber er hatte kein Ohr für sie. Was ihm leidtat, denn er mochte sie.

Sie stand auf und sagte: «Warte einen Moment.»

«Ja, klar.»

Er war völlig abwesend und beschloss, zu gehen, sich zu entschuldigen und sie auf ein Dinner einzuladen, gerne schon morgen. Im Augenblick hatte er einfach den Kopf nicht frei.

Als sie in die Küche zurückkehrte, war sie nackt. Setzte sich ohne Umschweife auf seinen Schoß und begann, ihn zu küssen. Er tat ihr den Gefallen, kam aber nicht in Stimmung. Wenig später tanzten ihre kleinen Brüste aufgeregt vor seinem Mund, die Spitzen ausgefahren, mit dem Hintern massierte sie seinen liebsten Freund. Normalerweise ein perfekter Auftakt, doch selbst wenn Mary jetzt Hand an ihn legte, würde er keinen hochbekommen. Mit dem Unterschied, dass er ihr das offen sagen könnte und sie ihm das nicht übel nähme. Bei Megan war er sich da weniger sicher. Also machte er gute Miene, klopfte ihr aufs Gesäß, massierte ihren schmalen Vorbau mit Daumen und Zeigefinger, während seine Zunge in ihrem Mund wühlte. Bis sie von ihm runterrutschte, seine Hose öffnete, vor ihm niederkniete und gierig verschlang, was schlaff vor ihr hing.

Sie gab sich wirklich alle Mühe, und auch er tat sein Bestes, damit es endlich aufwärtsging. Doch ließ ihn sein Gehänge schmählich im Stich, so peinlich das auch war. Er griff Megan unter die Arme und versuchte, sie hochzuziehen. Doch sie ließ nicht locker, bis er sich fast gewaltsam von ihr löste und zu ihr niederkniete. Sagte, dass es ihm leidtue. Er gerade nicht in Stimmung sei, was nichts mit ihr zu tun habe. Im Gegenteil, er finde sie total sexy, und vielleicht könnten sie es später ja noch mal versuchen.

Megan sackte regelrecht in sich zusammen. Sie krümmte ihren Körper, bis er kurz in einer embryonalen Stellung verharrte. Dann floh sie ins Schlafzimmer, die Blöße bedeckend. Marc räumte den Küchentisch leer und lächelte sie freundlich an, als sie angezogen wieder vor ihm stand.

«Weißt du, Marc, normalerweise vögeln mich die Typen wenigstens. Geben mir wenigstens das Gefühl, begehrenswert zu sein. Für dich bin ich offenbar nicht mal dafür gut genug.»

Scheiße, dachte Marc. Scheiße. Da laufen gerade zwei vollkommen unterschiedliche Filme ab. «Nein, nein, ganz und gar nicht, Megan. Da täuschst du dich. Ich finde dich überaus sinnlich und erotisch. Es ist nur nicht mein Tag heute, wenn du verstehst, was ich meine.»

«Nein, verstehe ich nicht. Will ich auch nicht verstehen.»

«Möchtest du mit mir in den Urlaub fahren, Megan? Wollen wir die nächste Enthüllungsgeschichte gemeinsam schreiben?»

Sie lachte und schüttelte den Kopf. «Du bist ein toller Typ, Marc. Verarschen kann ich mich allerdings alleine.»

«Ich meine es ernst. Ich meine es wirklich ernst.» Er griff nach ihrer Hand.

«Geh jetzt, Marc. Ich ertrage das nicht.»

«Aber ich meine es wirklich ernst, Megan.»

«Geh – jetzt! Geh!»

Ihr Gesicht war rot vor Zorn, und Marc erkannte, dass er wirklich besser ging.

Als er die Fahrertür seines Autos schloss, fühlte er sich unsagbar einsam.

ZEHNTES KAPITEL
BERLIN, DEUTSCHLAND

Zu den Ritualen, die Robert McMullen schätzen gelernt hatte, gehörte sein täglicher, spätmorgendlicher Kaffee, den er vorzugsweise in der Lobby des Hotels Adlon einnahm. Von der amerikanischen Botschaft am Pariser Platz waren es dorthin nur ein paar Schritte, in eine gänzlich andere Umgebung, die ihm half, seine Gedanken zu ordnen und Entscheidungen zu treffen. Nichts war gefährlicher, als dem eigenen Stallgeruch zu erliegen. Er wäre heute nicht da, wo er beruflich stand, würde er nicht laufend die Perspektive wechseln, seinen Instinkten vertrauen. Übertriebene Hast war ihm fremd. Er arbeitete wie ein Profiler. Studierte alles, was er über den Gegner in Erfahrung bringen konnte, machte sich ein umfassendes Bild, versetzte sich in dessen Lage. Bis er ihn am Ende besser kannte als der sich selbst. Dann erst schlug er zu.

Nicht alle in Langley schätzten seine Methoden. In der Zentrale ging es nicht anders zu als in jeder anderen Behörde. Der Mehrheit genügte es, den Vorschriften zu folgen. Früher hatte er sich darüber aufgeregt. Heute wusste er, dass deren Mittelmaß den Glanz der wenigen, die wirklich etwas bewegten, umso heller erstrahlen ließ.

Er setzte sich neben den Springbrunnen in der Lobby, bestellte einen Cappuccino mit Gebäck sowie ein Mineralwasser und begann mit der Lektüre. Seine Mitarbeiter hatten ihn auf den Artikel in der *Woche* aufmerksam gemacht, der Übersetzerdienst ihn ins Englische übertragen. Er las ihn zweimal, um nichts zu übersehen.

Nachdenklich nippte er an seinem Kaffee und beobachtete eine Gruppe Golf-Araber, die an der Rezeption eincheckten.

Sophie Schelling. Nie gehört.

Er bestellte die Rechnung und führte noch im Hotel die ersten Telefonate, von seinem abhörsicheren Krypto-Handy.

* * *

Sophie eilte in die Seniorenresidenz, die hell und freundlich wirkte und bei ihr dennoch jedes Mal Beklemmungen auslöste. Sie lief den Flur entlang, und wie gewohnt stand die Tür zum Zimmer ihres Vaters, der heute seinen achtzigsten Geburtstag feierte, weit offen. Seit er im Rollstuhl saß, vermied er geschlossene Räume. Sprach er, krächzte er wie ein Rabe. Meist hörte sich seine Stimme jedoch wie ein fortgesetztes Aufstoßen an. Als wäre sein Kehlkopfkrebs nicht Unglück genug, hing eine Flasche mit Kochsalzlösung an einem Galgen zu seiner Rechten. Sie half, die hohen Nierenwerte zu senken. Wolfgang und Evelyn, ihr Bruder und seine Frau, warteten bereits mit den zwölfjährigen Zwillingen auf sie.

Die Kinder liefen freudig auf ihre Tante zu und fielen ihr in die Arme. Sophie strich beiden über den Kopf und blickte in Richtung des Bettes, in dem ihr Vater vor sich hin dämmerte.

«Dann sind wir ja endlich vollzählig», stellte Wolfgang fest. «Komm, schneide die Geburtstagstorte an», forderte er seine Schwester auf.

Sophie verteilte die Stücke auf die bereitstehenden Teller, als Lisa, zwei Stunden jünger als ihre Schwester Hanna, eine Tasche hervorholte und ihr den ganzen Stolz der beiden vorstellte: eine kleine, schneeweiße Katze mit smaragdgrünen Augen, die leise miaute.

«Oh Gott», entfuhr es Sophie. Das Stück Kuchen auf dem Heber fiel auf den Tisch.

«Magst du keine Katzen?», fragte Lisa erstaunt.

«Doch, doch … es ist nur … pass gut auf sie auf, hörst du? Nicht, dass sie euch wegfliegt.»

Die Kinder lachten und sagten synchron: «Aber Katzen können doch gar nicht fliegen.»

«Ja … da habt ihr recht, natürlich.»

«Eure Tante kommt viel herum in der Welt», bemerkte Wolfgang. «Und in anderen Ländern – wer weiß. Vielleicht gibt es da ja fliegende Katzen oder sprechende Delfine.»

«Stimmt das?», fragte Lisa.

«Gute Frage, ich …»

Ihr Vater röchelte. Die Katze irritierte Sophie noch immer. Hoffentlich war das kein Omen. Immerhin, ihr Bruder wusste mit Waffen umzugehen, als Hauptkommissar im Morddezernat. Im Gegensatz zu seinen Fernsehkollegen achtete er sorgfältig darauf, dass sein Privatleben nicht zu kurz kam. Mehr noch, er war überaus bodenständig, wie auch seine Frau. Die Freizeit verbrachten sie mit Vorliebe in ihrem kleinen Wochenendhaus am See, unweit von Berlin. Manchmal wünschte Sophie, sie wäre geerdet wie die beiden. Aber so gerne sie sich auch mit ihnen traf – sie brauchte das Reisen, den Blick auf die Welt. Umgekehrt spürte Sophie oft genug die sehnsuchtsvollen Blicke, die auf ihr ruhten, vor allem von Evelyn.

Der Senior erging sich in basstonalem Gemurmel, die Kinder spielten mit der Katze. Wolfgang fragte Sophie, ob sie Marokko als Reiseland empfehlen würde. Einen Kollegen ziehe es dorthin. Der Jubilar bekam einen Hustenanfall. Die ganze Familie wusste, dass er nicht mehr lange zu leben hatte. Er litt unter starken Schmerzen, und die vielen Medikamente, die er einnahm, machten ihn lethargisch. Bei aller Anteilnahme empfanden aber weder Sophie noch ihr Bruder eine große innere Nähe zu ihrem Vater. Höflich, korrekt, distanziert – so war er dem Leben und seinen Kindern begegnet, seit sie sich erinnern konnten, noch verstärkt nach dem frühen Unfalltod der Mutter.

«Marokko als Reiseland?», griff Sophie den Faden wieder auf. «Also, für mich nicht mehr.»

Wolfgang nickte. Wenn er lächelte, sah er ihr sehr ähnlich, trotz seiner grüngrauen Augen und schwarzen Haare. Evelyn meinte, spätestens die Grube am Kinn verrate die Verwandtschaft.

«Dein Artikel ist wirklich unglaublich», sagte er. «Du kannst von Glück reden, dass du noch lebst.»

«Allerdings», bestätigte Evelyn. «Und wir haben dich noch nicht mal ordentlich umarmt.» Sie nahm Sophie so fest in die Arme, dass ihr die Stelle, wo sie die Kugel getroffen hatte, wehtat. «Schreib doch mal Geschichten über Deutschland oder Europa», empfahl ihre Schwägerin. «Du musst dich doch nicht immer in Gegenden rumtreiben, wo es so gefährlich ist.»

«Sag mal», warf ihr Bruder ein, «du bist wirklich diesen Terroristen begegnet? Von Al-Qaida?»

«Das steht doch in der Zeitung», bemerkte Evelyn.

Sophie lächelte nervös. Wolfgang hatte ein gutes Gespür für Menschen. Lügen oder Widersprüche, die ihm bei Verhören aufgetischt wurden, durchschaute er mit bemerkenswertem Scharfsinn.

«Du hast so merkwürdig distanziert geschrieben. Als wüsstest du in Wirklichkeit noch viel mehr.»

«Wolfgang! Was soll das denn», kommentierte seine Frau.

«Ich will nur sagen – ich hatte irgendwie das Gefühl, du erzählst nicht alles, was du da erlebt hast. Ich bin beim Lesen den Eindruck nicht losgeworden, dass du mit angezogener Handbremse fährst.»

* * *

In der Redaktion war Sophies Ansehen noch gestiegen. Ihr Artikel hatte große Resonanz erzielt, zahlreiche Interviewanfragen und Einladungen zu Talkshows erreichten sie. Der Chefredakteur ermutigte sie, in der nächsten Ausgabe nachzulegen. Am Thema dranzubleiben. Sophie nickte, ohne zu wissen, wie sie das anstellen sollte. Sie hatte nichts in der Hand. Die Fotos, die ihr von ihren Helfern zugespielt worden waren, bewiesen gar nichts. Marokkanische Zeitungen erhoben unterdessen schwere

Vorwürfe gegenüber der algerischen Regierung, die angeblich von dem Angriff Al-Qaidas auf Gourrama gewusst habe.

Bis sie eine weitere E-Mail unbekannter Herkunft erhielt. Dort hieß es, auf Französisch: «15 Uhr S-Bahnhof Grunewald. Gehen Sie in Richtung Wald.» Sie sah auf die Uhr, ihr blieb weniger als eine Stunde.

* * *

Leer und verlassen wirkte der S-Bahnhof Grunewald, beliebter Anlaufpunkt für Ausflüge an Wochenenden. Nur wenige Fahrgäste stiegen mit Sophie aus. Sie ging bewusst langsam, um niemanden hinter sich zu lassen. Die Treppe vom Bahnsteig endete in einem Tunnel, der rechts in eine belebte Straße mündete, links in den Wald. Sie war die Einzige, die nach links abbog. Sophie kannte den Waldweg und seine Gabelungen gut. Ohne sich groß umzusehen, versuchte sie, im Augenwinkel jede Bewegung zu registrieren. An einer Hinweistafel, die Flora und Fauna zwischen Avus und Wannsee beschrieb, bezog sie Stellung. Keine Menschenseele. Aus der Ferne erklangen Geräusche, die ein Fußballspiel nahelegten.

Würde sie rauchen, wäre jetzt der richtige Zeitpunkt.

«Bonjour, Madame.»

Sophie drehte sich um. Hinter ihr stand ein eleganter, hagerer Herr mit zerfurchten Gesichtszügen in einem beigefarbenen Trenchcoat. Unwillkürlich musste sie an einen Falken denken, einen Raubvogel.

«Bonjour», erwiderte sie.

«Wie ich sehe, sind Sie bei guter Gesundheit», sagte der Fremde.

«Ich hoffe, Sie haben damit keine Probleme», erwiderte Sophie.

Der Mann lächelte. «Ganz im Gegenteil. Ich freue mich, dass Ihre Schussverletzung gut verheilt ist.» Er redete wie ein Schauspieler. Gesetzt, präzise, die Abstände zwischen den Wörtern exakt gleich bemessen. Seine Stimme rasselte leicht, als entweiche beim Sprechen überschüssige Luft aus den Lungen.

«Sie sind gut informiert. Lassen Sie mich raten: Sie kommen aus Marokko?»

«Aus Marrakesch, um genau zu sein.»

Bevor Sophie zur nächsten Frage ansetzen konnte, schlug der Fremde einen kleinen Spaziergang vor. Solange sie sich bewegten, sei ihr kleines Rendezvous unverfänglicher.

«Werden Sie denn verfolgt?»

«Im Augenblick nicht, nein. Haben Sie ein Mobiltelefon dabei?»

«Ja, natürlich», entgegnete Sophie.

«Gut. In dem Fall darf ich Sie bitten», er zog eine Tüte aus der Seitentasche seines Mantels, «Ihr Handy in diese Alufolie zu wickeln.»

«Warum?»

«Nun, Madame, ich nehme doch an, dass wir beide nicht übermäßig erfreut wären, abgehört zu werden, nicht wahr? Vielleicht werden wir das ja auch gar nicht, aber können wir das ausschließen?»

Sophie spürte die innere Anspannung, die von ihr Besitz ergriff, während sie das Telefon einwickelte und wegsteckte.

«Haben Sie mir die Fotos zukommen lassen, die ich in Gourrama gemacht habe?»

Der Mann, die Arme hinter dem Rücken verschränkt, blickte vor sich auf den Weg.

«Sie sind sehr direkt», sagte er. «Vergeuden keine Zeit mit Höflichkeiten.»

«Ich bin Journalistin. Ich bin Augenzeugin eines Massakers geworden. Mir steht der Sinn nicht nach Konversation.»

«Dennoch sollten Sie eine gewisse Vorsicht walten lassen, glauben Sie nicht? Ich habe mich noch nicht einmal vorgestellt.»

Was er nunmehr tat, ihr errötendes Gesicht höflich übersehend: «Moulay Maliki. Ich bin der Vater von Hassan.» Er machte eine Pause. «Vermutlich möchten Sie erfahren, was... meinem Sohn widerfahren ist. Ich fasse mich kurz, weil es für mich zu schmerzhaft ist. Seine Überreste konnten wir nur teilweise ... lokalisieren.»

Sophie schluckte.

«Es scheint, als habe ein ebenso grausames wie unberechenbares Schicksal unsere Wege gekreuzt», fuhr er fort. «Obwohl wir uns nicht weiter kennen, dürften wir doch beide daran interessiert sein, die Hintergründe dieser Affäre aufzuklären.» Er sei nach Berlin gereist, weil er Sophie für vertrauenswürdig halte. Hassan habe sie vor der Abreise nach Gourrama in den wärmsten Tönen beschrieben.

Fast redete er mechanisch, hielt durchgängig eine konstante Tonlage, frei von Emotionen. Obwohl er zu ihr sprach, suchte er selten ihren Blick. Die Botschaft selbst schien ihm zu genügen. War er professionell, überlegte Sophie, abgebrüht?

«Der Artikel, den Sie geschrieben haben, war clever. Sie haben weder die Unwahrheit gesagt noch Anschuldigungen erhoben, die Sie nicht beweisen können.»

Er blieb stehen und berührte mit der Hand kurz ihre Schulter. «Was würden Sie davon halten, wenn ich Sie mit Dokumenten versorge, die den amerikanischen Angriff auf das Dorf belegen?»

«Warum sollten Sie das tun?», fragte Sophie.

«Wäre es Ihnen lieber, der Tod Hassans und der Dorfbewohner bliebe ungesühnt?»

«Diejenigen, die dafür verantwortlich sind, werden sich weder von Ihnen noch von mir beeindrucken lassen.»

«Die Beweise, die ich Ihnen zukommen lassen werde, sind eindeutig. Die Verantwortlichen werden sich, wenn Sie sich weiterhin so klug verhalten, nicht so einfach aus der Affäre ziehen können.»

«In dem Fall werden die sich anderweitig revanchieren. Oder glauben Sie ernsthaft, eine Weltmacht ließe sich in die Enge treiben?»

Moulay Maliki nickte bedächtig. «Ich verstehe, dass Sie Angst haben.» Er erinnerte sie an ihre wunderbare Errettung aus größter Not. Sie hätte immenses Glück gehabt, vor allem jedoch aus einem Netzwerk Nutzen gezogen, das sich dem Renommee seiner und damit Hassans Familie verdanke, nicht zuletzt dem ihrer Ahnen.

«Wer waren denn die Dorfbewohner, die mich gerettet haben?»

«Es ist besser, Madame Schelling, wenn Sie nicht alle Einzelheiten kennen. Ihre Helfer haben gute Gründe, sich bedeckt zu halten.»

Sophie überlegte. «Sie erwarten also von mir, dass ich mich auf ein gefährliches Spiel mit hohem persönlichen Risiko und ungewissem Ausgang einlasse, die damit verbundene Gefahr ausblende und mich im Zweifel Ihrem – wie haben Sie es formuliert: ‹Netzwerk› anvertraue? Dessen Angehörige es allerdings vorziehen, unerkannt zu bleiben?»

«Schlecht sind Sie damit nicht gefahren. Allerdings sollten Sie keineswegs ohne Eigennutz handeln. Geld spielt keine Rolle. Nennen Sie mir Ihre Vorstellungen.»

Was glaubt er denn, wer ich bin, dachte Sophie und war hin- und hergerissen. Da spazierte sie mit einer offenbar erstklassigen Quelle durch den Grunewald, doch hielt sich ihre Begeisterung in Grenzen. Gewiss hatte der Mann ein starkes Motiv – Rache für seinen ermordeten Sohn. Aber was wusste sie schon von ihm.

«Sie sprachen von eindeutigen Beweisen. Was heißt das genau? Woher haben Sie diese Beweise? Mit wem arbeiten Sie zusammen?

«Sagen wir so: Ich habe Zugang zu höchsten Stellen.»

«Das reicht mir nicht.»

«Ich fürchte, mehr darf ich Ihnen nicht verraten.»

Sie verstand, dass sie eine Entscheidung treffen musste. Kooperation, ja oder nein – offenbaren würde er sich nicht.

«Also gut», sagte sie. «Wann darf ich mit Ihren – Beweisen rechnen?»

«Sobald Sie wieder in Ihrem Büro sind.»

«Ich sehe mir Ihre Unterlagen in aller Ruhe an. Danach sage ich Ihnen, was wir machen.»

«Einverstanden.» Moulay Maliki reichte ihr eine Liste mit mehreren E-Mail-Adressen. Wenn sie mit ihm Kontakt aufnehmen wolle, dann ausschließlich über diese Adressen, die sie bitte von wechselnden Internet-Cafés aus anschreibe und jeweils nur einmal verwende.

Als Sophie zur S-Bahn-Station zurückkehrte, dachte sie an Hassan. Was hatte er ihr von seiner Familie erzählt, seiner Herkunft, seinem Vater? Hassan könnte noch leben, wäre er nicht ihr zuliebe nach Guarrama zurückgekehrt. Sich diese Verstrickung einzugestehen, gelang ihr selten. Der Bärtige! Plötzlich ging ihr auf, wo sie dem Mann schon mal begegnet war, der sie zur Botschaft in Rabat gefahren hatte. Ja, er musste es sein. Der Concierge im Berbergewand, der ihr das Eingangstor zum Riad geöffnet hatte. Bei ihrem Wiedersehen mit Hassan in Marrakesch.

ELFTES KAPITEL

BOSTON, USA

Die Stille weckte Mary Robertson. Normalerweise waren die Kinder um diese Zeit, früh am Morgen, längst nicht mehr ruhig. Wahrscheinlich hatten sie ein schlechtes Gewissen und machten keinen Lärm, weil wieder was kaputtgegangen, schmutzig oder nass geworden war. Sie stand auf und ging zur Toilette. Warf einen Blick durch die Tür vom Kinderzimmer. Zu ihrer Überraschung schliefen die Kleinen noch. Merkwürdig. Sie hätte schwören können, dass da irgendwas nicht stimmte. War sie überreizt? Ihre neue Wohnung in Boston war noch nicht eingerichtet, überall standen Umzugskisten. Die Kinder quengelten jeden Tag und wollten zurück nach Davidson. Ihr Mann hatte beschlossen, vorerst in New York zu bleiben, aus beruflichen Gründen. Ihr war es egal, weshalb er sie in Ruhe ließ. Hauptsache er tat es.

Unschlüssig stand sie im Badezimmer und musterte ihr ungeschminktes Gesicht. Sie wurde älter. Sie sah auf die Uhr und stellte fest, dass es sich nicht lohnte, wieder ins Bett zu gehen. Sie duschte und machte sich fertig für Harvard. Bereitete den Kleinen das Frühstück und fand Teller und Tassen nicht. Der Alltag war anstrengend, solange die Dinge ihren Platz noch nicht gefunden hatten. Sie schaltete das Frühstücksfernsehen ein, ein kurzer Blick auf die Nachrichtenlage, dann würde sie Jeremy und Jonathan wecken. Die Namen hatten sie ihrem Vater zu verdanken. Sie ärgerte sich noch heute, ihm nicht deutlich genug widersprochen zu haben.

... Nach Angaben der Polizei raste der silberfarbene Mercedes gestern Abend über den Grünstreifen des Lincoln Boulevard in Santa Monica, krachte gegen eine Palme und explodierte. Die verkohlte Leiche des Insassen wurde anhand der Fingerabdrücke identifiziert. Bei dem Toten handelt es sich um den bekannten Enthüllungsjournalisten Marc Lindsey, wie von offizieller Seite bestätigt wurde. Als wahrscheinliche Unfallursache gilt demzufolge überhöhte Geschwindigkeit. Mittlerweile haben sich trotz der frühen Stunde zahlreiche Freunde und Fans am Unfallort versammelt. Sie haben amerikanische Flaggen in den Boden gesteckt und Kerzen angezündet. Für die nächste Zeit wollen sie dort eine Mahnwache abhalten. Sie glauben nicht an einen Unfall. Ein Mercedes explodiere nicht, sagen sie und fragen, warum der Motor des Wagens dreißig Meter entfernt von der Unfallstelle gefunden wurde, was in ihren Worten «auf eine Autobombe hinweist». Unterdessen zitiert die Los Angeles Times eine Polizeisprecherin, derzufolge es keine Hinweise auf eine Manipulation des Fahrzeugs gibt. Der Leiter der Ermittlungen sagte hingegen in diesem Programm, man könne zum jetzigen Zeitpunkt nichts ausschließen.

Mary Robertson kam zu sich. Die Kinder hockten weinend bei ihr und flehten sie an, bitte, bitte, endlich wach zu werden. Sie lag seitlich auf dem Boden, etwas verrenkt. Sie wusste nicht, wie lange sie ohnmächtig gewesen war.

ZWÖLFTES KAPITEL
BERLIN, DEUTSCHLAND

Sophie beeilte sich, in die Redaktion zurückzukehren, wo eine Kuriersendung auf sie wartete. Aufgeregt öffnete sie den Umschlag und entnahm ihm seitenlange Protokolle. Sie waren auf Arabisch verfasst und ins Englische übersetzt worden. Sollten sie echt sein, dokumentierten sie eine Sitzung des informellen «Sicherheitskabinetts» in Marokko unter Führung des Königs. Jede einzelne Seite war mit dem Hinweis «geheim» versehen. Verschiedene Minister und Generäle, deren Namen Sophie nicht kannte, tauschten sich über die Vorfälle in Gourrama aus. Ihnen zufolge hatte die Auswertung der Flug- und Radarüberwachung ergeben, dass zwei Kampfhubschrauber von Algerien aus in den marokkanischen Luftraum eingedrungen waren. Bevor «Gegenmaßnahmen» eingeleitet werden konnten, habe die US-Botschaft in Rabat das Verteidigungsministerium über einen «zeitlich und räumlich begrenzten Antiterroreinsatz amerikanischer Kräfte» in Kenntnis gesetzt. Man bedaure, die marokkanische Seite aufgrund der «hohen Dringlichkeit» erst im Verlauf der Operation informiert zu haben.

Der König kritisierte den Verteidigungsminister, weil der den Drohnenangriff tags zuvor in derselben Gegend nicht rechtzeitig dem Sicherheitskabinett gemeldet hatte. In dem Fall hätte man den Amerikanern unmissverständlich signalisiert, dass weitere «Übergriffe» nicht erwünscht seien und ernsthafte Konsequenzen nach sich zögen. Die Runde beschloss, an der offiziellen Version eines Al-Qaida-Angriffs festzuhalten und die algerische Führung für ihre «Passivität» in der Terrorbekämpfung entlang der Grenze an den Pranger zu stellen.

Die Kaltschnäuzigkeit des Dokuments traf Sophie mit voller Wucht. Dutzende Menschen ausgelöscht – es spielte keine Rolle. Kein Wort des Bedauerns, des Mitleids, der Anklage. Ein Text wie eine unheilbare Krankheit.

Früh am Abend waren die meisten Redakteure bereits gegangen. Unruhig lief Sophie im Flur auf und ab. Dieses Protokoll kam ihr echt vor, aus verschiedenen Gründen. Welche Rolle spielte Moulay Maliki? Würde ihre Zeitung das drucken? Wäre dann sein Leben in Gefahr? Mehr noch aber trieb sie ein ganz anderer Gedanke um: *Warum* hatten die Amerikaner Gourrama ins Visier genommen?

«Hi, Andreas.» Sophie betrat das Büro des Ressortleiters, der im Begriff stand, zu gehen.

«Hallo, Sophie. Was macht die Kunst?»

«Deswegen komme ich zu dir. Wir müssen reden.»

«Kann das nicht warten bis morgen?»

«Nein.» Sie zögerte. «Es wird ein längeres Gespräch.»

Der Glatzkopf sah sie an und gab nach. Sophie hatte vorgesorgt und hielt eine Flasche Wein sowie zwei Gläser hinter ihrem Rücken verborgen. Nachdem sie sich für ihren Überfall entschuldigt hatte, erzählte sie, was in Gourrama vorgefallen war, was sie wirklich erlebt hatte.

Andreas Merck unterbrach sie kein einziges Mal. Doch weiteten sich seine Augen bedenklich, bis ihr Ausmaß an kleine Flachbildschirme denken ließ. Nachdem sie geendet hatte, nickte er mehrfach, als gehe er eine innere Checkliste durch. Er bescheinigte ihr Mut, Professionalität und Selbstverleugnung. «Allerdings wirst du Probleme bekommen mit Thorsten und einigen Kollegen. Aus deren Sicht ist dein Artikel natürlich eine Provokation. Vor allem, weil du die Redaktion nicht eingeweiht hast.» Er nahm einen großen Schluck Rotwein. «Die vielen Toten, der blödsinnige Angriff – Thorsten wird das gar nicht gefallen, er ist ja oft genug in Washington und macht auf transatlantisch. Wie glaubwürdig ist Moulay Maliki?»

«Ich habe ihn heute zum ersten Mal gesehen.»

«Ich kann verstehen, dass er vorsichtig ist. Aber ein Treffen im Park reicht nicht. Vielleicht haben wir Glück, und er ist noch in Berlin. Wir müssen dafür sorgen, dass sich auch der Chefredakteur ein Bild von deinem Informanten machen kann. Wir müssen Thorsten einbeziehen. Sonst macht er dicht.»

«Du bist also dafür?»

«Ich bin für gut recherchierte Geschichten. Und das hier, das gibt es alle zehn Jahre einmal. Wenn überhaupt.»

Zum Abschied reichte er ihr die Hand. «Und geh zum Arzt, Sophie. Er soll einen Blick auf deine Schussverletzung werfen. Ob sie gut verheilt ist. Du wirst noch einiges aushalten müssen.»

* * *

Thorsten Mehring saß zurückgelehnt auf seinem Stuhl. Musterte abwechselnd Sophie und seinen Ressortleiter. Ungläubiges Staunen mischte sich mit verletztem Stolz.

Sophie hatte ihre Geschichte in weichen, hellen Tönen erzählt, in Watte verpackt.

Der Chefredakteur erhob sich und stellte sich ans Fenster, die Hände in den Taschen. Den Blick auf die Straße gerichtet, sagte er: «Du hast deine Kollegen und die Zeitung für dumm verkauft. Ich verstehe deine Gründe, kann sie aber nicht billigen. Es wäre deine verdammte Pflicht und Schuldigkeit gewesen, uns reinen Wein einzuschenken.»

«Die Auflage der letzten Ausgabe war die höchste in diesem Jahr», kommentierte Andreas Merck.

«Das ändert nichts an den Tatsachen.» Thorsten Mehring wandte sich an Sophie: «Du wirst nicht dafür bezahlt, dein Leben aufs Spiel zu setzen.»

«Das war auch nicht meine Absicht. Hätte ich gewusst, was mich erwartet, wäre ich gar nicht erst gefahren.»

«Ich kann deine Rachegefühle gut nachvollziehen», fuhr der Chefredakteur fort.

«Um Rache geht es hier nicht», widersprach Sophie.

«Sondern?»

Sie überlegte. Was hatte sie davon, diese Geschichte zu veröffentlichen? Wollte sie den Tod Hassans und der Dorfbewohner gesühnt sehen? Folgte sie ihrem Gerechtigkeitssinn? Die Bilder stiegen wieder in ihr auf. Diese einfachen, hilflosen Bauern und Ziegenhirten irgendwo am Fuß des Atlasgebirges, die keine Lobby hatten. Sie einfach verraten?

«Die Geschichte könnte ja nun exklusiver nicht sein», sprang ihr der Ressortleiter zur Seite. «Wir haben eine Augenzeugin, und wir haben Beweise.»

«Beweise?», fauchte Thorsten Mehring. «Dieser arabische Text beweist doch nichts. Das könnten auch Kochrezepte sein, oder kannst du das lesen? Was, wenn sich da irgendein Spinner einen Scherz erlaubt?»

Als Sophie das Büro betreten hatte, war ein Vogel gegen die Scheibe geflogen. Auf das Fensterbrett gefallen, wo er benommen eine ganze Weile verharrte. Bis er weiterflog, als wäre nichts geschehen. Obwohl sie nicht zu sagen wusste, warum, fühlte sie sich dem Vogel verbunden.

«Sophie? Magst du dich an unserem Gespräch beteiligen?» Die Stimmlage des Chefredakteurs war bedrohlich hochtonal.

«Ja, natürlich. Thorsten, hinterher ist man immer schlauer. Ich hätte mit dir reden sollen, gleich nach meiner Rückkehr. Tut mir leid.» Tat es nicht, weil Offenheit keine Tugend war, die er zu schätzen wusste. «Natürlich müssen wir alles überprüfen und sehr vorsichtig sein. Aber wir könnten uns als Enthüllungsforum profilieren. Irgendwelche Meinungen hat jeder. Wir aber liefern Hintergründe. Das macht diese Geschichte einzigartig.»

«Du meinst, du erfindest diese Zeitung neu? Weil du zur falschen Zeit am falschen Ort warst, glaubst du, jetzt mit dem Finger auf Amerika zeigen zu können?»

«Thorsten, bitte», warf Andreas Merck ein.

«Darf ich dich darauf aufmerksam machen», entgegnete der Angesprochene, «dass die angeblichen Fakten, von denen Sophie redet, zur Folge hatten, dass ihr letzter Artikel unter der Überschrift ‹Al-Qaida› lief? Und in der nächsten Ausgabe präsentieren wir zur Abwechslung dann die Amerikaner als die großen Schurken? Wegen der Ausgewogenheit? Und in der übernächsten Ausgabe? Wen knüpfen wir uns dann vor?»

Bevor Sophie auch nur anheben konnte, etwas zu sagen, fiel ihr der Chefredakteur ins ungesagte Wort. «Du kannst von Glück reden, wenn die Sache für dich ohne Abmahnung ausgeht. Du warst dabei, als die Zeitung produziert wurde. Du hast neben mir gestanden, als wir das Layout mit den Überschriften durchgegangen sind. Und du hast kein Wort gesagt, obwohl du wusstest, dass es mit Al-Qaida nicht so weit her sein kann, wenn doch eigentlich die Amerikaner wieder mal die Oberschurken sind. Wer von denen genau, by the way? Ein klein wenig Präzisierung kann da sicher nicht schaden. Oder siehst du das anders?»

Er ist auf Krawall gebürstet, sagte sich Sophie und schenkte ihm ein charmantes Lächeln. Die Bilder der toten Frauen kamen ihr in den Sinn, die Soldaten, die aus ihren Leibern die Kugeln entfernten. Vielleicht hatte das alles tatsächlich keine Bedeutung, aus dem einfachen Grund, weil irgendwo auf der Welt immer Menschen den Preis dafür bezahlten, dass es anderen gut ging. Doch wie der Chefredakteur so dastand, dieses John-Lennon-Imitat, in seiner karierten Strickjacke, die Arme über der Brust verschränkt, bemüht, Autorität und Entschlossenheit zu vermitteln, ein Mann, der einen sicheren Instinkt für die Schwächen anderer ebenso besaß wie für die Prioritäten der Geschäftsführung, der mühelos heute Ansichten vertrat, die er gestern noch verworfen hatte, brach es aus ihr heraus: «Du hast vollkommen recht, Thorsten.

Wir sollten so präzise sein wie möglich. Ich schlage vor, dass wir uns gemeinsam mit Moulay Maliki treffen. Dann wissen wir auch, welche Kochrezepte ihm am meisten zusagen.»

Andreas Merck fuhr sich mit der flachen Hand über den Mund, um sein Grinsen zu verbergen. Der Chefredakteur warf ihr einen messerscharfen Blick zu und betonte, dass er aus zeitlichen Gründen leider nicht zur Verfügung stehe.

***

Moulay Maliki erwartete sie im Hotel Westin Grand in der Friedrichstraße. Auf dem Weg dorthin, den sie mit der Straßenbahn zurücklegten, zeigte sich der Ressortleiter besorgt: «Du darfst den Bogen nicht überspannen, Sophie. Immerhin ist er der Chef. Und Vorgesetzte mögen keine Aufsässigkeit.»

«Du zeigst Thorsten regelmäßig klare Kante, oder?»

Die Straßenbahn bremste abrupt, einige stehende Fahrgäste fluchten.

«Ich gehöre zum alten Eisen, Sophie. Du bist noch jung, dich werfen sie im Zweifel raus. Thorsten ist anstrengend, aber bei seiner Eitelkeit kannst du ihn immer packen.»

«Danke für deine Fürsorge.»

«Und dann ist da noch was.» Er beugte sich leicht nach vorne und sah sie von der Seite an. «Du darfst nicht unterschätzen, dass viele von Amerika-Bashing nichts halten, Thorsten zum Beispiel. Kritik an Washington in Maßen, das geht in Ordnung. Du aber willst ein offenkundig von Amerikanern begangenes Massaker dokumentieren. Wenn wir das tatsächlich machen, hat er bei seinen Freunden und Förderern nichts gewonnen, im Gegenteil.»

«Ich glaube, dass der Tod von Dutzenden Menschen schwerer wiegt als eine mögliche Delle im Karriereverlauf des Großen Vorsitzenden.»

«Da wäre ich mir an deiner Stelle nicht so sicher. Sollte diese Geschichte tatsächlich eines Tages hochkochen, wäre es in Washington ein Leichtes, zu behaupten, in dem Dorf hätten sich Terroristen verschanzt. Gerade noch rechtzeitig habe man eingegriffen, um weitere Anschläge zu verhindern. Thorsten wäre der Erste, der dir das unter die Nase reiben würde.»

Sophie schwieg.

«Abgesehen davon, bewegen wir uns hier im Dunstkreis der Geheimdienste und des Militärs. Wer weiß, wer da alles wo die Fäden zieht. Nicht einmal die Regierung in Marokko macht Washington Vorwürfe. Warum sollten wir es dann tun? Diese Frage wirst du Thorsten überzeugend beantworten müssen.»

Verabredet waren sie in der Lobby. Nachdem Sophie Moulay Maliki wie gewünscht eine E-Mail aus einem Internet-Café hatte zukommen lassen, erhielt sie per Kurier die Mitteilung, wo sie sich treffen würden. Sie warteten eine Viertelstunde in der Lounge, vergebens. Sophie begab sich an die Rezeption und bat darum, Abdallah Badawi anzurufen. Unter dem Namen hatte er eingecheckt. Beflissen griff der Mitarbeiter zum Hörer, doch niemand antwortete. Sie bat um die Zimmernummer, die er zunächst nicht mitteilen mochte, bis er ihrem Lächeln erlag. Andreas Merck begleitete sie in die dritte Etage, nach kurzem Suchen fanden sie sein Zimmer. Zu ihrer Überraschung war die Tür angelehnt. Sophie klopfte, rief: »Herr Badawi?» Keine Reaktion. Ihr Begleiter schlug vor, es dabei bewenden zu lassen. «Einen Moment noch», sagte Sophie und betrat den Raum. Wieder rief sie, dann fiel ihr Blick auf den Mann, der hinter dem Bett auf dem Boden lag. Nicht der Gesuchte, stellte sie fest. Der Unbekannte trug einen grauen Anzug, hatte eine Tätowierung an Hals und Glatze. Er war etwa in ihrem Alter, sicher nicht älter als vierzig. Vor allem aber zeigte sich auf seiner Stirn, etwa in der Mitte, ein kreisrundes, blutig eingefärbtes Loch.

«Oh, mein Gott», entfuhr es Andreas Merck, der sich die Hand vor den Mund hielt und auf den Flur flüchtete. Sofern sie die Geräusche, die er von sich gab, richtig deutete, übergab er sich soeben auf den Teppichboden. Sophie selbst verspürte keinerlei Regung, und während sie die Nummer ihres Bruders im Handy aufrief, fragte sie sich, ob sie mittlerweile schon abgestumpft war, im Angesicht des Todes.

Das Einsatzkommando der Polizei war sichtlich bemüht, seiner Arbeit so diskret wie möglich nachzugehen. Ein Mordfall im Hotel – für jedes Management ein Albtraum. Sophie wartete in der Lobby auf ihren Bruder. Andreas Merck hatte sich verabschiedet, nachdem seine Personalien aufgenommen worden waren. Weit über eine Stunde saß sie nun schon da, doch ließ sie sich gerne Zeit. In der Redaktion erwarteten sie wenig mehr als unangenehme Gespräche. Überwiegend Männer kamen und gingen, die Treppen hinauf und wieder hinunter, sofern sie nicht den Fahrstuhl nahmen. Erstaunlich, wie viele Ermittler im Einsatz waren. Ein Auftrieb wie auf einer Bühne.

Wolfgang Schelling kam mit einem kleinen Trupp auf sie zu, stellte seine Schwester vor und teilte mit, dass er noch einen Moment bei ihr zu bleiben gedenke. Seine Kollegen verabschiedeten sich mit lässigen Handbewegungen.

«Tja, Sophie», sagte er und setzte sich neben sie. «In was für eine Geschichte bist du da geraten?»

«Sag du es mir.»

Er bestellte einen Kaffee. «Nun, ich denke, du kannst mir mehr erzählen als ich dir. Fest steht, dass besagter Abdallah Badawi nicht der Tote ist.»

«Das hatte ich dir bereits gesagt.»

«Richtig. Aber jetzt hör gut zu. Dieser angebliche Badawi hat eingecheckt mit einem französischen Pass. Wir haben der zuständigen Dienststelle in Paris die Daten des Mannes übermittelt: Anschrift, Geburtsdatum, wie auf dem Meldeschein angegeben. Soeben haben wir erfahren, dass es diesen Badawi tatsächlich gibt, oder besser gesagt gab. Vor zwei Jahren ist er bei einem Verkehrsunfall ums Leben gekommen. Der Mann, der hier eingecheckt hat, war folglich mit falscher Identität unterwegs.»

«Darfst du mir das überhaupt erzählen?»

«Das bleibt unter uns. Und du wirst mir im Gegenzug mitteilen, was du von diesem – wie hieß er gleich – Maliki wolltest.»

Sophie lehnte sich zurück. Es gab keinen Grund, ihren Bruder nicht einzuweihen. Wieder erzählte sie, was ihr in Marokko widerfahren war, in aller Kürze, prägnant. Mittlerweile hatte sie darin schon eine gewisse Routine. Ihr Bruder reagierte mit jenem herablassend-ungläubigen Blick, der sie seit ihrer Jugend auf die Palme bringen konnte. Als sie geendet hatte, ergriff er spontan ihre Hand und bat sie, «so eine Nummer nicht noch mal abzuziehen», was sie ihm guten Gewissens versprach.

«Ich hatte also recht», hielt er fest. «Du hast dich beim Schreiben deines Artikels selbst zensiert.» Er sah auf seine Armbanduhr. «Was uns betrifft, die Mordkommission – wir sind raus aus dem Fall.»

«Wie meinst du das?»

«Das Bundeskriminalamt hat die Ermittlungen übernommen. Damit sind wir nicht mehr zuständig.»

Sophie sah ihn fragend an.

«Wenn sich das BKA einschaltet, hat der Vorgang eine größere Dimension. Eine politische? Möglicherweise geht es darum, die Identität dieses Maliki zu schützen.»

«Oder aber die des Toten.» Sophie massierte ihren Hals. «Wie habe ich mir das vorzustellen … Jemand klopft an Malikis Tür oder verschafft sich Zugang zu seinem Zimmer. Er glaubt, leichtes Spiel zu haben, ihn überrumpeln und – ja, was – umlegen zu können. Aber der Unbekannte hat Maliki unterschätzt. Der ist vorbereitet und verpasst ihm eine Kugel.»

«Der Tote trug keine Papiere bei sich», ergänzte ihr Bruder. «Die Labels seines Anzugs und seiner Unterwäsche sind sorgsam entfernt worden. Das weist hin auf …»

«… Geheimdienste?», fiel ihm Sophie ins Wort.

«Zum Beispiel.»

Sie überlegte. «Also macht sich da jemand Sorgen, Maliki könnte auspacken. Spontan fallen mir zwei Geheimdienste ein, die daran kein Interesse haben.»

«Der amerikanische und der marokkanische?»

Sophie lächelte. «War die richtige Entscheidung, dir damals bei den Hausaufgaben zu helfen.»

Ihr Bruder überhörte die kleine Spitze. «Dann bist du dir hoffentlich darüber im Klaren, dass jeder, der Malikis Wissen teilt oder zu verbreiten sucht, ebenfalls in Gefahr ist.»

Sophie nippte an ihrer Tasse. «Mein Chefredakteur sorgt schon dafür, dass ich keine unnötigen Risiken eingehe. Er kann sehr fürsorglich sein, wenn ihm danach ist.»

«Der Tote hat ein Loch in der Mitte der Stirn. Das bedeutet, dass Maliki bestens mit einer Schusswaffe umzugehen versteht. Er ist ein Profi, der selbst ins Visier geraten ist. Das solltest du nicht auf die leichte Schulter nehmen.»

***

Die Stimmung in der Redaktion war angespannt. Offenbar hatte Thorsten Mehring ganze Arbeit geleistet – die Blicke der Kollegen trafen sie stumm und vorwurfsvoll. Die Planungskonferenz für die nächste Ausgabe eröffnete der Chefredakteur mit einem Paukenschlag. Er kündigte an, Sophies Artikel «geradezurücken». Der habe den Eindruck erweckt, Al-Qaida sei verantwortlich für den Terrorangriff in der Sahara. Die Hintergründe seien allerdings noch unklar – dieses nicht angemessen vermittelt zu haben, sei ein Versäumnis der Redaktion, für das er sich bei der Leserschaft zu entschuldigen gedenke.

Andreas Merck, seinem Gesichtsausdruck nach zu urteilen, über den Vorstoß nicht informiert, widersprach: «Ich verstehe dein Anliegen, Thorsten. Allerdings enthält Sophies Beitrag keinerlei sachliche Fehler, die nach einer Korrektur verlangen würden.»

Wie üblich standen sie um den runden Konferenztisch, fast auf Tuchfühlung.

Dietmar sprang dem Chefredakteur bei: «Al-Qaida war der Aufmacher, obwohl Al-Qaida mit dem Angriff nichts zu tun hat, wenn man Sophie glauben darf.»

«Da irrst du dich», sagte Sophie. «Al-Qaida steht ausschließlich in der Überschrift, nicht im Text.»

«Aber du hast sie nicht korrigiert», wandte Sabine ein. «Das ist, gelinde gesagt, unkollegial. Du setzt dich auf einer ganzen Seite in Szene, und hinterher sagst du: War alles ganz anders?»

Dietmar schob seine Hornbrille mit dem Zeigefinger zurück. «Jedenfalls hast du uns ganz schön an der Nase herumgeführt.»

«Der Meinung bin ich nicht», entgegnete Sophie. «Alles, was ich geschrieben habe, entspricht der Wahrheit. Nichts davon ist erfunden. Nur Ross und Reiter konnte ich nicht ohne Weiteres benennen.»

Sabine schlug mit der Faust auf den Tisch: «Die Amerikaner sollen den Ort bombardiert haben? Come on! Give me a break.»

«Nun», warf Andreas Merck ein, «es ist ja nicht so, dass

unsere Freunde in Washington Hemmungen hätten, Gewalt einzusetzen. Das haben sie im Irak oder in Afghanistan hinlänglich bewiesen.»

«Gott sei Dank haben sie dort eingegriffen», meldete sich der Chefredakteur zu Wort. «Sonst wäre die Welt heute eine andere. Aber das ist jetzt nicht unser Thema. Es geht darum, dass wir die Öffentlichkeit in die Irre geführt haben. Aufgrund eines fragwürdigen Beitrags, den einzig und allein Sophie zu verantworten hat. Niemand sonst.»

«Ich finde, wir sollten offen und ehrlich miteinander umgehen. Ohne hidden agenda», verlangte Sabine. «Meiner Meinung nach sollte sich nicht Thorsten bei den Lesern entschuldigen, sondern Sophie.»

«Und ich bin der Meinung», sagte Andreas Merck, «dass wir die Kirche im Dorf lassen und nach vorne denken sollten. Wenn es stimmt, dass in Marokko eine amerikanische Militäraktion stattgefunden hat, mit zahllosen zivilen Opfern, dann ist das ein Skandal, an dem wir dranbleiben sollten.»

«Wie denn?», entgegnete Thorsten Mehring. «Was für Beweise haben wir denn? Und komm mir jetzt nicht mit diesen Kochrezepten. Selbst wenn sich herausstellen sollte, dass der arabische Text und seine englische Übersetzung identisch sind, sagt das noch nichts über die Urheberschaft aus. Nichts ist leichter, als angebliche Gesprächsprotokolle zu erfinden.»

«In dem Fall», ergänzte Dietmar, «sollte Sophie ihre Hausaufgaben machen und gründlich recherchieren.»

«Apropos Recherche.» Sabine zeigte ein maliziöses Lächeln. «Erzählt doch mal von eurem gemeinsamen Ausflug gestern. Muss ja entsetzlich gewesen sein. Andreas?»

Der Glatzkopf besaß genügend Menschenkenntnis, um nicht auf einer Fliegenfalle Platz zu nehmen. Sachlich und präzise schilderte er die Vorkommnisse im Hotel, die Leiche auf dem Boden, den Polizeieinsatz.

«Demzufolge ist der marokkanische Informant tot», sagte der Chefredakteur tonlos.

«Der Informant lebt. Tot ist derjenige, der ihm offenbar nach dem Leben trachtete», entgegnete Sophie ebenso tonlos.

Der Tod so vieler Menschen, ihre Erlebnisse – was zählten Tatsachen, wo Meinung gefragt war. Und sie hatte immer noch nichts in der Hand. Keinen schlagenden Beweis. Schlimmer noch, Moulay Maliki hatte ihr per Kurier eine weitere Botschaft zukommen lassen. *Ich danke Ihnen für die schönen Spätsommertage in Berlin. Überraschende Entwicklungen zwangen mich, vorzeitig in die Heimat zurückzukehren. Mein Rat an Sie: Bleiben Sie zu Hause. Meiden Sie den Herbst und seine Stürme.* Empfahl er ihr allen Ernstes, Gourrama auf sich beruhen zu lassen? Wie Sophie ihre Kollegen da stehen sah, Schulter an Schulter, lachend, scherzend, selbstgewiss, da spürte sie den Riss, der sie voneinander trennte, beinahe körperlich.

* * *

Robert McMullens Büro in der US-Botschaft am Pariser Platz ähnelte einer Hightech-Werkstatt. Kernstück waren zwei schrankgroße, leistungsstarke Rechner, deren Spionagesoftware vor allem dazu diente, die Kommunikation und den Datenfluss von Entscheidungsträgern in Berlin abzufangen. Die Auswertung überließ er den Mitarbeitern von NSA und CIA, die der Kulturabteilung der Botschaft zugeordnet waren. Für die Feinarbeit, die Routine, die Aktenordner fühlte er sich nicht zuständig. Lieber sah er sich als Spinne im Netz, die regungslos verharrte, bis sie im richtigen Augenblick zuschlug. Ihm gefiel es, unterschätzt zu werden, nicht im Rampenlicht zu stehen. Im steten Bewusstsein seines Privilegs, Sondermaßnahmen befehlen zu können, ohne Rücksicht auf bestehende Gesetze. Die Fälle, um die er sich selbst kümmerte, waren wenige. Sie mussten ihn persönlich interessieren, von grundlegender Bedeutung sein oder aber Einblicke in menschliche Abgründe erlauben. So wie bei Sophie Schelling. Einer jungen, selbstbewussten, attraktiven Frau, die sich wider jede Vernunft auf einen Weg begab, der ihr nur schaden konnte. Nicht einmal in der eigenen Redaktion hatte sie Rückhalt. Dennoch passte sie ihr Verhalten den gegebenen Umständen nicht an, im Gegenteil. Seit Tagen bombardierte sie das Internet mit Suchanfragen, recherchierte über Firmen, die Drohnen herstellten, über Drohnenkriege, Drohnenangriffe, Drohnenopfer. Befasste sich mit den geheimen und weniger geheimen Kriegen der USA, von Afghanistan und Pakistan über Irak und Syrien bis nach Somalia, Jemen, Nordafrika. Machte sich vertraut mit der Rolle des JSOC, des Gemeinsamen Kommandos für Spezialeinsätze, das für einen Großteil der halb legalen Einsätze verantwortlich war.

Nicht ohne Anerkennung stellte Robert McMullen fest, dass diese Frau systematisch dachte und Stück für Stück ihr Puzzle zusammenfügte. In seinen Augen ein Phänomen: Beinahe jede Information über das Weltgeschehen war online einzusehen, einschließlich der maßgeblichen politischen Akteure und ihrer geschäftlichen Interessen, Allianzen, Verbindungen. Aber kaum jemand machte sich die Mühe, den Dingen auf den Grund zu gehen, die großen Linien zu ziehen. Das machte Leute wie Sophie Schelling oder den verdammten Hurensohn Marc Lindsey so unberechenbar. Sie griffen vermeintliche Skandale auf und gefährdeten mit ihrem Sendungsbewusstsein die nationale Sicherheit. Warum stimmten sie nicht ein in den großen Chorgesang derer, die das Hohelied der Werte, der Demokratie, der Freiheit sangen und damit weiß Gott nicht schlecht fuhren? Wieso mochten diese notorischen Gutmenschen einfach nicht verstehen, dass Amerika umgeben war von Feinden? Sahen, hörten, lasen sie keine Nachrichten?

Schelling verstand ihr Handwerk. Hatte sich weitgehend eingelesen in ihren Marc Lindsey, den Hohepriester der Bewegung. Sein letztes Interview gehört, in dem das Wort «Marokko» gefallen war. Die Moderatorin in Los Angeles angerufen, was er damit gemeint haben könnte. Fehlanzeige. Weiter, die Nachrufe studiert. Auf Mary Robertson gestoßen, in Harvard. Erneutes Telefonat. Freundliche Worte. Vorsichtiges Kennenlernen, ein Abtasten. Hin und her flog der Small Talk, sie wogen sich gegenseitig und befanden sich offenbar für schwer genug. Und doch kein Wort zu viel, vor allem kein falsches Wort, das in die Fahndungsraster fiel. Deutlich zu spüren: zwei Gleichgesinnte. Und verabredet in Hamburg, für nächste Woche. Die Robertson hielt dort einen Vortrag über Drohnenkrieg und Völkerrecht.

Robert McMullen schnaubte verächtlich. Bitch talk. Er würde hinfahren.

DREIZEHNTES KAPITEL
HAMBURG, DEUTSCHLAND

Mary Robertson wirkte unkonzentriert und fahrig. Das Auditorium der Universität Hamburg war gut gefüllt, aber der Funke im Verlauf ihres Vortrags nicht übergesprungen. Die Ersten verließen bereits wieder den Saal, andere beschäftigten sich mit ihren Laptops oder unterhielten sich. Sophie empfand Mitleid und wäre am liebsten auf die Bühne geeilt, um ihr beizustehen. Sie hatte den Eindruck, die Amerikanerin sei aus der Spur geraten und finde nicht mehr zurück. Die Erleichterung war ihr anzusehen, als sie das Manuskript endlich zusammenlegen konnte und die Moderatorin das Publikum aufforderte, Fragen zu stellen. Noch eine weitere halbe Stunde schleppte sich die Veranstaltung dahin, zäh flossen Meinung und Gegenmeinung. Sophie fühlte sich daran erinnert, warum sie sich für eine akademische Laufbahn nie hatte begeistern können.

Als die Letzten im Begriff standen, zu gehen, und der in grauem Kittel werkelnde Hausmeister sich anschickte, die Türen des Auditoriums zu verschließen, hielt Sophie den rechten Zeitpunkt für gekommen. Stellte sich vor, reichte Mary Robertson die Hand, die sie ergriff wie einen Rettungsring.

«Oh Gott», seufzte die aus Harvard Angereiste. «Ich hoffe, Sie haben den Vortrag nicht gehört.»

«Doch, habe ich. Und ich fand ihn gut. Sehr informativ.»

Das Lächeln, das sie Sophie zuwarf, hieß übersetzt: Ich weiß Ihre gute Erziehung zu schätzen. Sie sagte: «Ich brauche jetzt dringend einen Tapetenwechsel. Einen schönen Ort, am liebsten einen, der an das gute, alte Europa erinnert.»

Mit dem Taxi fuhren sie zum Literaturcafé an der Alster. Mary Robertson zeigte sich begeistert von dem barocken Ambiente und den gewaltigen Kandelabern und bestellte als Erstes ein Stück Sachertorte. Nur wenige Gäste verteilten sich in dem geräumigen Saal, die Amerikanerin wählte einen Tisch in der hintersten Ecke. Von dort habe man den gesamten Raum im Blick, betonte sie, und könne sich ein Bild machen von den Besuchern. Anschließend fragte sie Sophie, ob sie ein Handy dabeihabe. Als sie bejahte, holte die Professorin ein Stück Alufolie aus ihrer Handtasche und forderte Sophie auf, es darin einzuwickeln.

«Das hat schon mal jemand von mir verlangt», sagte sie.

«Er wird seine Gründe gehabt haben.»

«Ja, die hatte er mit Sicherheit.»

«Es ist die einfachste und wirkungsvollste Methode, Lauschangriffe abzuwehren. Aber wem sage ich das.»

«Bei allem Respekt, Mrs Robertson …»

«Mary.»

«Sehr gerne. Sophie. Aber ist das nicht doch ein bisschen – paranoid?»

«Ich an Ihrer Stelle würde davon ausgehen, dass Ihre gesamte Kommunikation, ob Telefon oder Internet, vollständig überwacht wird. Danke, dass Sie mir Ihren Artikel übersetzt haben. Sie sind Augenzeugin des Massakers in Marokko. Und Sie sind Europäerin. Glaubwürdig, mit anderen Worten. Keine Araberin mit Kopftuch. Dann schreiben Sie einen Text, aus dem zweifelsfrei hervorgeht, dass Sie gar nicht anders können, als zu wissen, wer die Angreifer waren. Halten die Information aber zurück, aus gutem Grund. Glauben Sie mir: Alle zuständigen Geheimdienste führen Sie in der Kategorie red alert. Aus deren Sicht sind Sie eine tickende Zeitbombe.»

Sophie biss sich auf die Unterlippe. «Wissen Sie, was? Sie haben vollkommen recht. Herr Ober! Noch ein Stück Sachertorte, bitte.»

Mary lachte und bestellte ihrerseits ein weiteres Stück. Obwohl sie sich kaum kannten, stimmte die Chemie zwischen ihnen, stellte Sophie fest. Recherche war nichts anderes als ein ständiges Klopfen an fremde Türen, die oft genug verschlossen blieben, meist nur einen Spaltbreit geöffnet wurden und in seltenen Glücksfällen Gleichgesinnte zusammenführte. Ihr Gegenüber weidete sich noch immer an der geschichtsmächtigen Inneneinrichtung, die wahrscheinlich auch Abraham Lincoln gefallen hätte. Gleichzeitig filmte ihr inneres Auge unablässig die Gäste und die Bedienung, diskret, aber für Sophie deutlich genug.

«Mary, seien Sie mir bitte nicht böse, wenn ich mit der Tür ins Haus falle oder Ihnen zu nahe trete, aber: Wovor genau haben Sie Angst?»

Sie musterte Sophie mit einem langen, nachdenklichen Blick. «Gut», sagte sie. «Wir haben nicht unbegrenzt Zeit, und wir treffen uns nicht ohne Grund. Ich …» Ohne jede Vorwarnung brach es aus ihr hervor, ein heftiges Schluchzen, das ihren ganzen Körper erfasste. Sie versuchte, sich wieder in den Griff zu bekommen, es gelang ihr aber nicht sofort. Das Gesicht hielt sie hinter ihren Händen verborgen, sodass sie nicht an die Papiertaschentücher herankam, die neben dem Teller lagen. Vorsichtig reichte ihr Sophie eines.

«Danke», sagte Mary. «Tut mir leid, ich wollte nicht …»

«Ist alles gut, ich bitte Sie.»

Die Amerikanerin trocknete ihr Gesicht. Griff nach ihrer Handtasche und holte einen Spiegel hervor. «Gott, ich sehe furchtbar aus», murmelte sie.

«Ganz und gar nicht. Vielleicht sollten Sie nur ein bisschen – also, wenn Sie einen Kajalstift dabeihätten …»

«Warten Sie … Einen Moment.» Mary drehte sich zur Seite, zog mithilfe eines Taschenspiegels ihren Lidstrich nach und trug etwas Puder auf. «Geht das so?», fragte sie.

«Perfekt.»

«Na ja, ich weiß nicht. Bei Ihnen habe ich das Gefühl, dass Sie überhaupt kein Make-up brauchen.»

«Vor zehn Jahren war ich auch noch der Meinung.»

Mary machte ein Geräusch, das angesiedelt war zwischen Lachen und Schnauben.

«Tja, zur Feier des Tages … noch ein Stück Kuchen?», fragte Sophie.

«Nope – jetzt ist es genug.»

Sie saßen da und sahen sich an. Zwei Augenpaare, die Blicke einander suchend.

«Ist es wegen Marc Lindsey?», fragte Sophie.

«Ist was wegen Marc?»

«Ist nicht zu übersehen, dass Sie neben sich stehen.»

Sophie hörte ein tiefes Seufzen.

«Sie waren gute Freunde, nicht wahr?»

«Sehr gute», bestätigte Mary. «Wir kannten uns seit unserer Kindheit. Seit er tot ist, kommt es mir vor, als fehle mir die rechte Hälfte. Wenn Sie verstehen, was ich meine.»

Sophie glaubte zu verstehen. Sie selbst hatte noch keinen Menschen so nahe an sich herangelassen. Wie wichtig Mary der Enthüllungsjournalist war, ging schon aus ihrem Nachruf hervor; er war eine Liebeserklärung.

«Laut Polizeibericht stand Marc Lindsey unter Drogen, zum Zeitpunkt des Unfalls.»

«Marc war Kettenraucher. Das war seine Droge. Ab und zu ein Joint. Keine harten Sachen. Er legte großen Wert auf einen klaren Kopf.»

«Was halten Sie für die Unfallursache?»

«Es gibt keinerlei Belege für ein Fremdeinwirken. Trotzdem kenne ich niemanden aus Marcs Umfeld, der an einen Unfall glaubt.»

«Okay. Was dann?»

Mary verzog das Gesicht zu einer nachdenklichen Grimasse. «Wie gesagt, es gibt keine Beweise, aber ich gehe davon aus, dass sein Auto manipuliert worden ist. Mithilfe eines Cyber-Angriffs.»

Sophie runzelte die Stirn. «Wie habe ich mir das vorzustellen?»

«Als Ihren schlimmsten Albtraum. Sie setzen sich in Ihren Wagen, der vollgestopft ist mit Elektronik. Sie schnallen sich an und fahren los. Auf einmal merken Sie, wie das Auto schneller und schneller wird, und Sie können nichts dagegen tun. Jemand hat von außen die Elektronik gekapert und macht mit Ihnen, was er will. Sie bremsen, nichts passiert. Sie wollen die Tür öffnen, das Fenster, um Hilfe rufen – es geht nicht. Blockiert. Sie versuchen zu lenken und stellen fest: Das Lenkrad bewegt sich ohne Ihr Zutun. Das Radio schaltet sich ein oder aus, ganz nach Belieben. Sollte den Burschen, die den Joystick führen, der Sinn nach einem gestreckten Mittelfinger stehen, lesen Sie im Display möglicherweise noch: Game over. Und das war's dann.»

«Das wäre der perfekte Mord.» Sophie fühlte ein Kribbeln, das in ihren Beinen begann und sich schnell seinen Weg nach oben bahnte, in Richtung Kopf. Ihre Finger krallten sich in die Oberschenkel, am liebsten hätte sie laut aufgeschrien. Stattdessen rief sie die Bedienung und bestellte zwei Glas Champagner.

«Champagner?», fragte Mary erstaunt. «Gibt es was zu feiern?»

«Ja, ich meine schon. Wir feiern das Leben. Und die Erinnerung an Ihren Freund Marc Lindsey.»

Die Besucherin aus Harvard schüttelte den Kopf und grinste: «Das hätte original so auch von Marc kommen können.»

Sophie fasste sich ans Kinn und stützte dabei ihren Ellenbogen auf den Tisch. «Manchmal denke ich, es wäre so viel einfacher, mit dem Strom zu schwimmen.»

«Ich weiß, was Sie meinen. Aber auch dabei kann man ertrinken.»

Nachdem der Kellner den Champagner serviert hatte, stießen sie an. Sophie, in Gedanken noch immer bei dem tödlichen Unfall, fragte: «Und – was machen Sie jetzt in Sachen Marc Lindsey? Ich meine, lassen Sie den Vorgang auf sich beruhen? Werden Sie die Polizeiermittlungen anzweifeln?»

«Selbst wenn ich das täte, was würde es ändern?»

«Ich kann mir nicht vorstellen, dass Sie die Hände einfach in den Schoß legen und den Fall abschließen.»

Mary verschränkte ihre Arme vor der Brust. «Was sollte ich denn tun, Ihrer Ansicht nach.»

«Ich kann Ihnen keine Ratschläge geben. Das wäre anmaßend.»

«Okay, aber wenn ich Sie ausdrücklich um Ihre Meinung bitte.»

Sophie zögerte. «Nun ... Vielleicht gäbe es ja die Möglichkeit, eine Art Stiftung zu gründen. Sein Vermächtnis fortzuführen.»

«Gute Idee. Würden Sie mir dabei helfen?»

Sophie war verblüfft. Das ging jetzt doch ein bisschen schnell. Mary ließ sich aber nicht beirren und stellte Frage um Frage. Sophie kam sich vor wie in einem Interview, doch war sie dieses Mal nicht die treibende Kraft. Sie gab höfliche, neutrale Antworten und ließ ihr Gegenüber mehrfach ins Leere laufen. Worauf wollte die Amerikanerin hinaus?

«Ich könnte Ihnen Material zukommen lassen, das Ihnen die entscheidenden Beweise liefert.»

«Wofür?»

«Für den Angriff auf Gourrama.»

Sophie bemühte sich um Contenance. «Wie bitte?» Die eigene Stimme klang in ihren Ohren wie ein Reibeisen.

«Marc ist kurz vor seinem Tod eine CD zugespielt worden. Dazu muss man wissen, dass die Einsätze von Kampfhubschraubern grundsätzlich gefilmt werden, aus der Perspektive der Piloten. Die Kamera …»

«Moment, Moment», unterbrach sie Sophie. Die schwarzen Linien, die dem karmesinroten Tweed-Kostüm Mary Robertsons Konturen verliehen, schienen sich zu verselbstständigen und schwebten als unsichtbares Netz auf Sophie zu. Von einem Moment auf den anderen fühlte sie sich körperlich unwohl, ja bedroht. Eine falsche Bewegung, den Eindruck hatte sie, und aus dem Netz würde eine Schlinge, die sich ihr um den Hals legte.

«Was wollen Sie eigentlich von mir?» Sophie sprach langsam, ihr Atem ging flach.

Die Hochschullehrerin sah sie forschend an. «So, wie Sie sich jetzt fühlen, habe ich mich in den Tagen nach Marcs Tod gefühlt. Ganz genau so. Verunsichert, fassungslos.»

Eine Fliege stieß immer wieder gegen die Fensterscheibe, machte eine Kehrtwendung, flog wie von Sinnen auf Sophie zu, die sie mit der Hand verscheuchte.

«Ich will Sie nicht bedrängen und zu nichts überreden», fuhr Mary fort. «Lassen Sie mich zu Ende führen, was ich Ihnen zu sagen habe, und danach können sich unsere Wege trennen. Wir sind uns nichts schuldig, zu nichts verpflichtet. Wäre das für Sie okay? Können wir uns darauf verständigen?»

Sophie nickte stumm.

«Wo war ich stehen geblieben? Bei den Einsätzen der Kampfhubschrauber, nicht wahr? Die also werden aus der Perspektive der Piloten gefilmt. Die Kamera befindet sich unterhalb des Cockpits und arbeitet vollautomatisch. Die Aufnahmen werden zeitgleich an die Zentrale übermittelt und dienen der Lageeinschätzung.»

«Und dann? Was geschieht danach?», fragte Sophie.

«Mit den Aufnahmen? Teils werden sie gelöscht, teils archiviert. Hängt ab vom Einsatzleiter und der politischen Brisanz.»

«In diesem Fall aber wurde die Aufnahme auf eine CD gebrannt und Marc Lindsey zugespielt.»

«So sieht es aus, ja.»

«Und kurz darauf war er tot.»

Mary schwieg.

«Gehe ich recht in der Annahme, dass Sie mir diese CD anbieten wollen?»

«Zumindest wissen Sie jetzt, dass es eindeutige Beweise für den Angriff gibt, den Sie als Einzige überlebt haben.»

«Was hindert Sie daran, diese Beweise selbst zu veröffentlichen.»

«Ich war in Gourrama nicht dabei. Und ich bin keine Journalistin.»

«Ich nehme doch an, dass es Ihnen in erster Linie darum geht, nicht wie Marc Lindsey zu enden.»

«Natürlich will ich das nicht. Niemand würde das wollen. Ich habe zwei Kinder. Und, ja, ich habe Angst. Eine Heidenangst sogar. Ich bin nicht wie Marc. Er kannte die Risiken, die er einging, sehr genau. Deswegen hat er mir auch die CD geschickt. Als seine Versicherung, wenn Sie so wollen. Sein Vermächtnis. Ich bin aber keine Heldin, Sophie. Ich wünschte fast, ich hätte sie nie bekommen.»

«Sie haben sie dabei und würden sie mir überlassen?»

Marys bejahende Kopfbewegung war kaum sichtbar.

«Und das alles sagen Sie mir mal eben so, hier im Café?»

«Kein schlechter Ort. Es ist deutlich schwieriger, uns hier abzuhören. Aufgrund der dicken, massiven Wände. Was meinen Sie wohl, warum ich Wert gelegt habe auf ein historisches Ambiente. Ich hätte ja schlecht sagen können: Suchen Sie uns doch bitte einen soliden Altbau aus Ziegeln ohne Sperrholzwände.»

Sophie musste einräumen, dass die Frau nicht unbedacht handelte.

«Gut», sagte sie. «Ich verspreche Ihnen nichts, aber ich schaue mir das an.»

Sie beschlossen, nur postalisch miteinander zu verkehren, auf Umwegen. Sophie gab ihr die Anschrift ihres Vaters im Altersheim.

VIERZEHNTES KAPITEL
BERLIN, DEUTSCHLAND

Außer Atem stürmte Sophie in das Büro ihres Ressortleiters. Während sie von ihrer Begegnung mit «einer gut informierten Amerikanerin» erzählte, ohne sie namentlich zu nennen, schob sie die CD in seinen Computer. Sie hatte kaum geschlafen, in einer Endlosschleife die Aufnahmen angesehen, dutzendfach. Andreas Merck gab ihr zu verstehen, dass er wenig Zeit habe. Auch gehe ihm die Geschichte im Hotel noch immer nach. Die Hintergründe ließen sich vermutlich nie mehr aufklären, und als Quelle sei ihr marokkanischer Informant verbrannt. Damit könne man nicht an die Öffentlichkeit treten.

«Okay. Das hier ist eine andere Dimension. Schau es dir erst mal an. Darf ich?» Sophie sah ihn fragend an, ob sie den Film starten durfte. Er nickte und erhob sich schwerfällig, stellte sich neben seine Kollegin. Das Bildmaterial war schwarz-weiß, die Aufnahmen ruckten manchmal, wirkten verzerrt. Die Welt aus der Perspektive des Cockpits erschien gefiltert, nicht real. Die erste Minute zeigte wenig mehr als eine abendliche Wüstenlandschaft durch die Linse eines Nachtsichtgeräts. Ab und zu Wortmeldungen der Piloten, die sich auf Höhenangaben und Entfernungen bezogen.

Dann Gourrama, im Visier der gespenstischen Laserstrahlen.

Pilot A: «Wooh! Wir sind da.»

Pilot B: «Wie heißt das Kaff?»

Pilot A: «Keine Ahnung. Ist das wichtig?»

Pilot B: «Nicht, dass wir aus Versehen die Falschen plattmachen.»

Pilot A: «Heli zwei auf Linie? Over.»

Pilot C (über Funkgerät, schlechtere Tonqualität): «Fliegen direkt hinter euch. Over.»

Pilot B: «Sobald ihr zur Landung ansetzt, geben wir euch Feuerschutz. Over.»

Pilot C: «Verstanden. Over.»

Pilot A: «Viel Spaß, Jungs. Over and out.»

Während der eine Hubschrauber landet und ihm mehrere Soldaten entsteigen, eröffnet der andere das Feuer. Die Kamera zoomt die Häuser und Gourramas einzige Straße heran. Menschen fallen um, rennen um ihr Leben. Panik macht sich breit, Schreie sind zu hören. Und dann, am Bildrand links unten – Sophie drückte auf die Pausentaste.

«Unser Geländewagen. Hassans, besser gesagt. Ich springe vom Beifahrersitz aus auf die Straße, Hassan vom Fahrersitz aus.» Kurz löste sie die Stopptaste. Der Wagen wird von mehreren Salven getroffen und zerfetzt. Pausentaste.

«Das ist für mich der härteste Teil. Ich kann das kaum ansehen. Augenblicke später dürfte Hassan tot gewesen sein. Ich habe schon so viel geheult in der letzten Nacht, dass ich jetzt einigermaßen klarkomme. Okay, ich lasse es wieder laufen.»

Geräusche eines Maschinengewehres im Sperrfeuer.

Pilot A: «Die linke Bordkanone ist im Arsch. Kriege die Automatik nicht in den Griff.»

Pilot B: «Lass laufen. Irgendwann ist die Munition alle.»

Die Kamerabilder zeigen zentimetergroße Menschen, die von den Kugeln regelrecht zerlegt oder in Stücke gerissen werden, auch solche, die bereits tot im Staub liegen. Die außer Kontrolle geratene Bordkanone erfasst auch zwei Soldaten, die in sich zusammensacken.

Pilot A: «Wir drehen ab nach rechts! Schickt die Sanis raus, verdammte Scheiße! Over.»

Pilot C: «Verstanden. Wir klären das. Over and out.»

Hubschrauber schwenkt seitwärts und feuert zwei Minuten und 39 Sekunden lang in die Wüste, bis offenbar der defekten Bordkanone die Munition ausgegangen ist. Danach bezieht er wieder Position über Gourrama, schießt aber nicht.

Pilot C: «Feindliches Feuer auf zwei Uhr! Werden beschossen vom Glockenturm … heilige Scheiße … von einem Hochstand aus. Einer freistehenden Treppe, ich fasse es nicht! Over.»

Pilot A: «Fliegen feindliche Position von hinten an. Over and out.»

Briefmarkengroß Said Attar. Er zielt auf den zweiten Kampfhubschrauber.

Pilot C: «Scheiße, Scheiße, Scheiße! Jeff hat es erwischt! Der Kopf, alles voller Blut! Over!»

Pilot B: «Zieh den Hubschrauber wieder hoch! Bleib ruhig! Wir stellen uns neben dich und erledigen die Scheißkerle. Danach Abflug! Over and out!»

Und dann einer der schlimmsten Momente für Sophie. Erneut verfolgte sie, wie die Himmelstreppe zerschossen und pulverisiert wurde, von oben nach unten, ohne jede Hast. Aus beinahe der gleichen Perspektive wie am Tag des Angriffs, allerdings erhöht und in Schwarz-Weiß.

Ende.

Andreas Merck lehnte an der Wand, die Hände verschränkt. «Meine Güte! Ich weiß nicht, was ich sagen soll, Sophie.»

«Dieser Moment, als ich aus dem Geländewagen springe: Da bin ich deutlich zu erkennen.»

«Ich glaube trotzdem nicht, dass Hollywood dich anruft.»

«Nur für den Fall, dass Thorsten behauptet, die CD beweise gar nichts.»

Der Ressortleiter kratzte sich am Kopf. «Mein Bauchgefühl sagt mir, dass du dir die Finger verbrennst. Die Geschichte ist eine Nummer zu groß für dich. Für uns. Für die Zeitung.»

«Es ist meine letzte Recherche mit so vielen Toten, darauf kannst du dich verlassen.»

Der Angesprochene setzte sich und trommelte mit den Fingern auf den Tisch. «Irgendwie habe ich das Gefühl, dass ich diese Aufnahmen schon mal gesehen habe. Nicht dieselben, aber so ähnlich.»

«Du meinst wahrscheinlich den Luftangriff mit Apache-Helikoptern in Bagdad, am 12. Juli 2007. Hat Wikileaks ins Netz gestellt. Minutenlanges Massaker an Zivilisten, sind auch Journalisten dabei getötet worden. Die

Schützen finden sich wahnsinnig cool und kommentieren ihre Treffer in einer Sprache, die im Wesentlichen aus fuckin' shit und motherfucker besteht. So gesehen gehören die Piloten von Gourrama zum Bildungsbürgertum.»

***

Thorsten Mehring starrte auf den Bildschirm. Dermaßen angewidert war sein Gesichtsausdruck, dass man glauben konnte, er verfolge ein mittelalterliches Hexengericht. Sophie beschlich das ungute Gefühl, nicht der Massenmord an Dutzenden Zivilisten in Marokko treibe ihn um. Vielmehr schien sein Innenleben gegen das Sichtbare, die Wirklichkeit, das Unwiderlegbare zu revoltieren. Was er sah, entsprach nicht seinem Weltbild. Was ihm, überlegte sie, zwei Möglichkeiten ließ. Entweder die eigene Haltung zu überdenken, oder aber um sich zu schlagen, die Teufel und Dämonen zu verjagen.

«Nun, Sophie, was du da erlebt hast, nötigt mir den größten Respekt ab», sagte er, «die Art und Weise, wie du damit umgehst. Ich wünsche das niemandem. Ich bedaure, dass unser Haus der Fürsorgepflicht den eigenen Mitarbeitern gegenüber in diesem Fall nicht hinlänglich nachgekommen ist und eine Dienstreise genehmigt hat, die tödlich hätte enden können.»

«Geendet hat», korrigierte ihn Sophie. «Für mindestens sechzig, siebzig Marokkaner.»

«Siehst du», räusperte sich der Chefredakteur. «Da fangen die Ungereimtheiten schon an. Was die genaue Zahl der Toten betrifft.»

«Ich bin der Meinung, dass jeder einzelne Tote einer zu viel ist. Oder sehe ich das falsch?»

«Natürlich ist der Tod jedes Einzelnen zu beklagen. Vor allem von Zivilisten, im Krieg.»

«Von welchem Krieg redest du. In Marokko gibt es keinen Krieg.»

«Nun, Sophie, wir wollen doch jetzt nicht unser Licht unter den Scheffel stellen. Wir führen einen weltweiten Krieg gegen den Terror, der unsere Werte bedroht.»

«Wir führen den? Wer ist ‹wir›? Setzt dieser Krieg, wie du ihn nennst, sämtliche Rechtsnormen außer Kraft?»

«Das tut er natürlich nicht. Herrgott noch mal! Wir kennen doch die Hintergründe gar nicht. Möglicherweise hatten die Amerikaner Erkenntnisse, dass in diesem Dorf terroristische Umtriebe stattfinden. Immerhin sind die Piloten beschossen worden und haben das Feuer erwidert. Was hättest du gemacht, an deren Stelle? Dich abknallen lassen?»

«Und was hättest du getan an Stelle der Dorfbewohner?»

Andreas Merck, der den Schlagabtausch ebenso mürrisch wie schweigend verfolgt hatte, hob den Arm. «Freunde! So kommen wir nicht weiter. Bleiben wir doch bei den Fakten. Sophie ist die einzige Überlebende eines amerikanischen Angriffs auf ein Dorf in Marokko und hat ihre Erlebnisse bereits im Blatt wiedergegeben. Sie hat die Urheber in ihrem Beitrag nicht benannt und auch dem Eindruck nicht widersprochen, Al-Qaida könne dahinterstehen. Nun haben wir den bislang fehlenden Beweis, dass ein US-Kommando dafür verantwortlich ist.

Stellt sich die Frage: Was machen wir daraus. Wie gehen wir mit dieser Information um?»

«Verantwortungsbewusst», erwiderte der Chefredakteur. Sein Office war ein durchsichtiger Kubus, auf eigenen Wunsch transparent angelegt. Er ragte in das Großraumbüro der Redakteure. An der weiß gekalkten Wand hinter ihm hing ein gerahmtes Poster, eine Replik von Matisse, *Der Tanz*, in der Höhe so angebracht, dass die in abstrakten Formen dargestellten nackten Tänzer seinen Kopf umrahmten, wenn er am Schreibtisch saß. Aus der Ferne hatte das die Anmutung eines rotbraunen Heiligenscheins. Er lehnte sich zurück in seinem Stuhl und legte die Hände zu einer Kirchturmspitze aneinander. Das machte er gerne, wenn er grundsätzlich wurde. Sophie schwante nichts Gutes. Der kurze Moment seiner Verunsicherung war offenbar neu gefundener Tatkraft gewichen.

Er kündigte an, den Vorgang gründlich aufzuarbeiten. Nachdem Sophie «wichtige Anstöße» geliefert habe, sei nunmehr Teamarbeit gefragt. Was ihn am meisten irritiere, sei Folgendes: Abgesehen von Sophie … okay, er wolle das anders formulieren, um Missverständnisse zu vermeiden. Die Regierung in Marokko jedenfalls mache Washington keine Vorwürfe wegen dieser Geschichte. So habe er Sophie verstanden, und er habe auch nichts Gegenteiliges gelesen. Mehr noch, Rabat weise mit dem Finger auf Al-Qaida. Sei denn tatsächlich auszuschließen, dass Washington den Marokkanern lediglich einen Gefallen getan und ein Terrornest ausgeräuchert habe, bei allem Respekt, Sophie? Und was nun diese Aufnahmen betreffe: Wenn, wie von ihr dargelegt, Einsätze solcher Art gefilmt würden – warum enthalte die CD dann ausschließlich Bilder aus der Perspektive eines der beiden Hubschrauber, nicht auch solche aus der des anderen? Sei hier möglicherweise manipuliert worden? Von wem? Aus welchem Grund? Wer habe hier was zu verbergen?

«Wenn ich dich richtig verstehe, Thorsten, und, ehrlich gesagt, gibt es da wenig falsch zu verstehen, umgehst du die Frage nach dem großen Ganzen und flüchtest ins Detail.»

Der Blick, den er ihr zuwarf, grenzte an Körperverletzung. «Das große Ganze werden wir im Team zu ergründen suchen», betonte er. «Ich verstehe deine Haltung. Du bist unmittelbar betroffen, du hast Furchtbares erlebt. Gerade deswegen erscheint es mir dringend geboten, dich vor dir selbst zu schützen. Emotionalität ersetzt nicht den klaren Kopf, den kühlen Sachverstand. Das große Ganze setzt sich übrigens grundsätzlich aus vielen kleinen Einzelheiten zusammen.»

«Ich bin der Meinung», entgegnete Sophie, «dass jedes Verbrechen, egal, wo auf der Welt und von wem begangen, laut und deutlich beim Namen zu nennen ist. Zwei US-Hubschrauber haben ein Dorf in Marokko beschossen und reihenweise Unschuldige massakriert.» Vom Drohnenangriff ganz zu schweigen – doch schien es Sophie nicht angeraten, ein weiteres Fass zu öffnen. «Ich habe mit eigenen Augen gesehen, wie den getöteten Frauen die Kugeln aus der Brust entfernt wurden. Macht sich wohl nicht so gut, wenn die good guys Mütter und

Mädchen umlegen. Alles eine Frage der Inszenierung, nicht wahr? Der rechten Überschrift.»

«Und du glaubst, indem du Überschriften verfälschst, hilfst du der Wahrheit auf die Sprünge?» Thorsten Mehring zeigte sich eher amüsiert als streitlustig.

«Wer hier was verfälscht, wird sich zeigen», sagte Sophie und wusste, dass sie bereits verloren hatte.

* * *

Von einem Tag auf den anderen stand Sophie im Mittelpunkt einer Kontroverse, die nicht von ihr gesteuert wurde. Den Anfang machte Sabine, während einer der Stehkonferenzen. «Zunächst einmal sollten wir prüfen», sagte sie, «ob die Verwendung der CD, um die es hier geht, juristisch überhaupt zulässig ist. Dürfen wir Informationen verwenden, die mit Sicherheit der Geheimhaltung unterliegen? Deren Beschaffung als illegal anzusehen ist? Begehen wir möglicherweise einen Rechtsbruch, der uns unter Umständen sogar schadensersatzpflichtig macht?»

Thorsten Mehring räumte ein, dass er sich darüber noch keine Gedanken gemacht habe, und dankte für den Hinweis. Über Handy rief er im Justitiariat an, kurz darauf erschien ein erprobter Anwalt des Hauses. Er ließ sich das Problem schildern, nickte misstrauisch und erklärte, unter Vorbehalt der Prüfung im Detail, dass es hier zwei Rechtsgüter abzuwägen gelte. Auf der einen Seite die Pressefreiheit und die damit verbundene Rolle der Medien als vierte Staatsgewalt, die der Information und der Aufklärung verpflichtet sei. Auf der anderen Seite stünden übergeordnete Rechtsgüter, in diesem Fall nicht zuletzt die Staatsraison, Grenzen des Anstands, der Vernunft, allgemein rote Linien, die der Interessensabwägung bedürften. Ohne sich hier und jetzt endgültig festlegen zu wollen, könne die Weitergabe militärischen Insiderwissens durchaus als Geheimnisverrat mit allen daraus erwachsenden Konsequenzen angesehen werden, einschließlich der strafbewehrten Forderung nach Unterlassung oder substanzieller Geldstrafen, möglicherweise angeordnet von einem US-Gericht. Ein solches Verfahren wäre mit an Sicherheit grenzender Wahrscheinlichkeit langwierig, kostenintensiv und für die Zeitung in jeder Beziehung unerfreulich.

Sophies Augen hatten sich verengt. Mit ihren Blicken scannte sie den Mittvierziger, registrierte seine welligen, nach hinten gekämmten, vollen schwarzen Haare, die braune, im Bügel leitplankengerade Retro-Brille, das schmale Gesicht, ernst und traurig und nach vorne gerichtet. Blickkontakt suchte er allein zum Chefredakteur.

«Wenn ich Sie also richtig verstehe, Herr … ?», fragte Sophie.

«Berger», warf er ein weiteres Mal in die Runde. Ihr seid alle meine Freunde, signalisierte seine zeitlupenhafte Kopfbewegung erst nach rechts, dann nach links.

«Herr Berger. Entschuldigen Sie bitte. Nehmen wir einmal an, Sie wären juristischer Berater gewesen, damals im Vietnamkrieg. Was hätten Sie den für das Massaker im Dorf My Lai 1968 verantwortlichen Militärs empfohlen – die Sache zu vertuschen, im Namen der Staatsraison?»

«Auf theoretische Fragen lassen sich schwer konkrete Antworten finden.»

«Konkret waren 504 Vietnamesen tot, alles Zivilisten. Wäre ein Reporter dieser Zeitung dabei gewesen, hätte er besser nichts darüber geschrieben – Ihrer Ansicht nach?»

«Das habe ich nicht gesagt.»

«Dann sagen Sie doch einfach mal was. Am besten was Konkretes.»

«Was soll das hier werden», warf Dietmar ein. «Ein Tribunal?»

«Lassen Sie nur», sagte der Anwalt. «Ich verstehe ja den Standpunkt Ihrer Frau Kollegin. Leider sind die Dinge nicht immer so einfach zu beurteilen. Was ist richtig, was ist falsch? Der Teufel steckt vielfach im Detail.»

Sophie holte tief Luft. «Über Gourrama zu schreiben oder nicht zu schreiben, ist keine juristische Frage. Sondern eine professionelle. Eine ethische. Sie lautet: Sind wir an der Wahrheit interessiert, ja oder nein? Nehmen wir unseren Job ernst, oder begnügen wir uns mit der Rolle eines bloßen Resonanzbodens öffentlicher Erregung, je nachdem, welche Sau gerade medienwirksam durchs Dorf läuft? Reicht es uns, die jeweils aktuellsten Sprechblasen von Entscheidungsträgern zu kommentieren, oder haben wir inhaltlich noch etwas mitzuteilen?»

Andreas Merck machte eine Handbewegung, die besagte: einen Gang runterschalten.

«Mag ja sein, dass du dich für was Besseres hältst», kommentierte Sabine. «Aber das hilft uns nicht, die nächste Ausgabe mit Inhalt zu füllen. Ein bisschen mehr

Engagement von deiner Seite wäre da sicher hilfreich, meinst du nicht?»

«Hätten Russen oder Chinesen den Angriff in Marokko geflogen, wären wir alle miteinander rechtschaffen empört. Den Leitartikel sehe ich vor mir. Nun sind es aber leider die Amerikaner. Und schon wird das Ganze zum Problem. Warum eigentlich?»

Der Chefredakteur beendete die Debatte. Sie hätten nicht die Zeit, endlos zu diskutieren. Die Entscheidung, wie mit der CD zu verfahren sei, werde nicht auf dem Basar gefällt, sondern in Absprache mit der Rechtsabteilung.

«Das Massaker in My Lay», fuhr Sophie unbeirrt fort, «wurde übrigens von der Armee zunächst geleugnet. Erst durch die Recherchen des Enthüllungsjournalisten Seymour Hersh kam die Sache ans Licht. Dennoch fand sich ein Jahr lang keine einzige Zeitung in den USA, die bereit gewesen wäre, seine Reportage zu veröffentlichen. Noch ein Jahr später allerdings, 1970, bekam er dafür den Pulitzer-Preis.»

«Du bist nicht Seymour Hersh, Sophie. Du hast schon Schwierigkeiten genug mit den Überschriften», sagte der Chefredakteur und ging, gefolgt von dem Juristen Berger und den übrigen Redakteuren, als Letztem Andreas Merck.

***

Sophie war sich darüber im Klaren, dass sie aufpassen musste. Keine Gemeinschaft duldete auf Dauer Außenseiter und Störenfriede. Vielleicht hatte sie die unsichtbare Grenze schon überschritten. Wünschte sie etwa einen guten Morgen, erhielt sie wenig mehr als ein wortloses Nicken oder kaum hörbares Gemurmel zur Antwort. Im Fahrstuhl erstarben die Gespräche, sobald sie hinzutrat. Einige sahen an ihr vorbei, wenn sich ihre Blicke zufällig mit denen Sophies trafen. Als wäre sie Luft, verabredeten sich ihre Sitznachbarn zum Mittagessen, ohne sie einzubeziehen. Gab es redaktionelle Aufgaben zu verteilen, wurde sie übergangen. Nicht ohne ihr anschließend vorzuhalten, es fehle ihr an Teamgeist. Äußerlich blieb Sophie ruhig und freundlich, innerlich verspürte sie eine stetig anwachsende Wut. Sie war sich keiner Schuld bewusst. Je mehr sie den Druck spürte, dem sie ausgesetzt war, umso mehr begann sie, Marc Lindsey zu bewundern. Diesen Einzelgänger, der, sollte er nicht einem tragischen Unfall zum Opfer gefallen sein, die eigenen Überzeugungen mit dem Leben bezahlt hatte. Auch wenn sie nicht mit dem Gedanken spielte, ihm darin nachzufolgen, fragte sie sich, warum es Mut erforderte, die Wahrheit auszusprechen, manchmal sogar nur eine missliebige Meinung zu vertreten. Immerhin lebte sie in einem Land, das nach allen Maßstäben als frei und demokratisch zu gelten hatte.

Gourrama rammte einen Pflock mitten hinein in wachsweiche Gesinnungen, jagte wohlfeile Weltbilder in die Luft. Nicht die Toten waren der eigentliche Schrecken, sondern die Wucht ihrer Anklage, die Haltung verlangte. Die Folgen hatte Sophie unterschätzt, die Rechnung wurde gerade geschrieben. Einstweilen tanzten die Mäuse auf dem Tisch, redeten die Kollegen über ihren

Kopf hinweg, aufgedreht, um sich kreisend, amüsierten sich laut genug über «Sophie Hersh».

«Okay, Leute, hört mal her», rief Sophie. «Von wegen Hersh, ein übrigens ehrenwerter Vergleich. Unser Chefredakteur hat mir gegenüber vor Kurzem erst betont, dass sich das große Ganze aus vielen kleinen Teilen zusammensetzt. Dieser Einsicht folgend, habe ich mich auf die Suche nach ein paar Informationen begeben, und zwar das JSOC betreffend, das Gemeinsame Kommando für Spezialeinsätze.»

Eine Truppe aus Elitesoldaten, mit eigenen Flugzeugen und Hubschraubern, Waffen jeder Art, Aufklärungsspezialisten. Gegründet 1980. Offiziell wurde ihre Existenz weder vom Weißen Haus noch vom Militär je bestätigt. Zunächst allein dem Präsidenten unterstellt und gedacht als seine kleine Privatarmee. Spezialisiert auf Einsätze in Hochrisikogebieten mit dem Auftrag, zu töten. Ihr Motto: finden, festnageln, fertigmachen. Find, fix, finish. Das sogenannte 3F-Prinzip. Verfügt über zahlreiche Untereinheiten, darunter das Navy-SEAL-Team 6, das Osama bin Laden tötete. Hauptquartier auf der Pope Air Force Base und in Fort Bragg, beide in North Carolina. Erstmals in Aktion getreten in den schmutzigen Kriegen der USA in Lateinamerika: Panama, Grenada, Nikaragua, Honduras. Während der Neunzigerjahre geheime Kampfaufträge auf dem Balkan, in Somalia, Tschetschenien, Iran, Syrien, Afrika und Zentralasien. Auch in den USA eingesetzt, etwa 1993 bei der verhängnisvollen Erstürmung einer Siedlung der Davidianer-Sekte im texanischen Waco mit 75 Toten.

«Eine Einheit wie ein Ass im Ärmel eines Pokerspielers, das er zu gegebener Zeit hervorziehen kann.» Zitat aus einem Interview Marc Lindseys mit dem Generalstabschef unter Clinton. «Das JSOC ist gewissermaßen die Einheit für chirurgische Eingriffe. Wenn Leute gebraucht werden, die in fünfzig Kilometern Entfernung mit dem Fallschirm abspringen, durch den Kamin in die Festung einsteigen und sie von innen in die Luft jagen – dann sind das genau die richtigen Jungs.» Zumal sie «schweigsame Profis sind. Sie erledigen ihren Job, und zwar gut, gehen damit aber nicht hausieren.»

Nach dem 11. September 2001 lautete die Devise: Amerikas beste Killer töten Amerikas Feinde, wo auch immer sie sich aufhalten. Gleichzeitig übernahmen Pentagon und CIA das Kommando über das JSOC, um den Präsidenten politisch zu entlasten. Zu den möglichen Zielen rechneten Freunde und Verbündete ebenso wie die Feinde Amerikas. Wo auch immer es galt, die Vorhaben Washingtons wirkungsvoll umzusetzen, war das JSOC nicht weit.

Sabine, Josef, Dietmar. Aufgereiht wie die Erdmännchen standen sie vor Sophies Schreibtisch und schnüffelten. Sabine fragte, ob es Beweise gäbe. Für die Beteiligung des JSOC an der Sache in Marokko.

«Dem Massaker in Gourrama, meinst du?», fragte Sophie. «Nein, die gibt es bislang nicht.»

«Warum hast du dich dann so festgebissen an dieser Truppe?» Dietmar zupfte ein Haar von seinem Sakko.

«Ich halte Recherche für nichts Unanständiges. In unserem Beruf zumal. Aber – Josef, was meinst du? Wie sollten wir das Thema fortschreiben?»

Der studierte Theologe schüttelte irritiert den Kopf. Eigene Ideen zu haben, war seine Sache nicht.

«Hör mal, Sophie», sagte Sabine. «Ohne dir zu nahe treten zu wollen: Das Thema ist durch. Es ist alles gesagt.»

«Im Gegenteil, Sabine. Jetzt geht es erst richtig los.»

* * *

Je mehr Zeit verstrich, umso weniger schienen sich ihre Kollegen daran zu erinnern, dass Sophie doch eigentlich eine Querulantin war. Sie bei der redaktionellen Aufgabenverteilung zu übergehen, hatte immerhin zur Folge, selbst mehr arbeiten zu müssen. Den Toten von Gourrama drohte unterdessen ein zweiter, der endgültige Tod: der Vergessenheit anheimzufallen. Sophie war hin- und hergerissen zwischen ihrem Wunsch, dazuzugehören, und dem Drang, mit der Faust auf den Tisch zu schlagen. Wiederholt unterbreitete sie dem Chefredakteur Vorschläge, die CD in einen größeren Kontext einzuordnen, auch unter Einbeziehung des Korrespondenten in Washington. Seine Reaktionen gingen über Höflichkeiten selten hinaus, und am letzten Freitag im September, der sich Sophie eingeprägt hatte, weil er stürmisch und kühl den Herbst einleitete, gab sie auf. Sie hatte angeregt, die CD auf den Internet-Seiten der Zeitung zu veröffentlichen, was Thorsten Mehring mit den Worten ablehnte, Bedeutung entstehe erst im Kontext, Bilder an sich bewiesen nichts.

Sophie räumte ihren Schreibtisch leer, sah sich im Großraumbüro um, ließ die Geräuschkulisse auf sich wirken und fällte eine Entscheidung. Spontan, aus dem

Bauch heraus, doch wann, wenn nicht jetzt. Zu Fuß machte sie sich auf den Heimweg, atmete begierig die frische Luft. In ihrem Viertel angekommen, kehrte sie ein bei ihrer Lieblingskonditorei und bestellte Strudel mit Sahne. Umgeben von Müttern, die Mühe hatten, ihre kleinen Kinder zu bändigen, klappte sie ihren Laptop auf und machte sich an die Arbeit. Detailliert beschrieb sie den Angriff auf Gourrama, auf Deutsch und auf Englisch, wobei sie wesentlich auf ihren bereits veröffentlichten Text zurückgriff. Diesmal allerdings benannte sie die Verantwortlichen, als Beleg diente ihr die CD. Sie war die letzte Kundin und ging erst, als die Konditorei schloss. Kaum war sie auf der Straße, spürte sie die Einsamkeit, die nach ihr griff. Zu Hause öffnete sie eine Flasche Wein und leerte sie zu den Klängen von Tracy Chapman. Die Nacht verbrachte sie auf der Couch, während der Fernseher lief. Sie brauchte Unterhaltung, Stimmfetzen, egal, was, nur nicht mit sich allein sein. Früh am Morgen duschte sie, machte sich ein kleines Frühstück und hörte die Nachrichten. Putzte die Zähne und betrachtete sich im Spiegel. «Just do it», hörte sie sich sagen. Ein letztes Mal hielt sie inne und wägte ab. Dann stellte sie Text und CD ins Netz, auf Facebook, nicht, ohne sich entsprechend zu verlinken, allen voran mit *Buzzfeed*, jenem Internet-Portal, auf dem Marc Lindsey zahlreiche seiner Enthüllungsgeschichten veröffentlicht hatte. Anschließend ging sie joggen, in Erwartung der Bombe, die nun platzen würde.

* * *

Zu ihrem eigenen Erstaunen geschah nichts, rein gar nichts. Sophie wusste nicht zu sagen, was genau sie eigentlich erwartet hatte. Aber eine wie auch immer geartete Reaktion, wenigstens in Form einer Welle, die an den Rand des Beckens klatschte und für leise Erschütterungen sorgte, hatte sie natürlich erhofft. Ein paar Likes auf Facebook, irgendwelche Spinner, die ihr unscharfe Bilder von Ufos zukommen ließen oder ihr rieten, nächstes Mal nach Spanien oder Portugal zu reisen, wo das Klima dem in Marokko vergleichbar sei, aber niemand einfach so durch die Gegend ballere. Ansonsten keine Resonanz, auch aus Marrakesch nicht. Aus den USA ebenso wenig. Ein Schweigen, das ihr vorkam wie Hohn. Ein breites Grinsen, das sie spöttisch zu verfolgen schien.

Sophie begann, an sich selbst zu zweifeln. So sehr, dass sie am Montag reumütig ihren Schreibtisch wieder in Besitz nahm, ihr Tagwerk verrichtete, nach Möglichkeit unsichtbar blieb. Vielleicht hätte sie es dabei tatsächlich belassen, auf lange, auf sehr lange Zeit.

Wenige Tage später sprach sie im Hausflur ihre Nachbarin an. Sagte, dass sie es sehr schade fände.

Was denn schade fände, erkundigte sich Sophie.

Na ja, dass sie vorhabe auszuziehen.

Sophie bekam den Mund nicht wieder zu.

Da seien doch ihre beiden Nachmieterinnen hier gewesen, erklärte die Nachbarin auf Nachfrage. Die von der Hausverwaltung den Schlüssel bekommen und ihre Wohnung vermessen hätten.

Sophie stellte die Einkaufstüte ab. Weder besaß die Hausverwaltung einen Schlüssel ihrer Wohnung, noch wäre sie berechtigt, ihn an Dritte weiterzugeben, noch hatte sie die Absicht, umzuziehen.

Ihre Nachbarin hatte die zwei Frauen angesprochen, als die gerade die Wohnung verließen. Ob sie Freundinnen oder Verwandte von Sophie seien. Und da hätten die das erzählt.

Sophie dankte für ihre Aufmerksamkeit und schloss vorsichtig die Wohnungstür auf. Trat ein, sah sich in alle Richtungen um. Im Flur war die Welt noch in Ordnung. Dann aber traf sie der Schlag: Schlafzimmer, Küche und Wohnzimmer waren auf den Kopf gestellt. Schubladen geöffnet und durchwühlt, der Inhalt auf dem Boden verteilt. Ihr Computer eingeschaltet, die Festplatte vermutlich durchstöbert, vielleicht kopiert. Möbel waren umgeworfen, das Bett zerlegt, sogar der Kühlschrank durchsucht worden. Man konnte glauben, eine Horde Wildschweine wäre durch die Wohnung gezogen.

Die ruhige und sachliche Art, mit der sie wenig später der herbeigerufenen Polizei Rede und Antwort stand, überraschte sie selbst. Sie tat es vor allem wegen der Versicherung, weniger in der Annahme, die Beamten könnten etwas bewirken. Nachdem die abgezogen waren, telefonierte sie mit ihrem Bruder. Der zeigte sich deutlich alarmierter als sie selbst. Einbrüche würden in der Tat selten aufgeklärt, und die Eindringlinge seien mit Sicherheit nicht so dumm gewesen, Fingerabdrücke zu hinterlassen.

«Wie fühlst du dich denn?», fragte er seine Schwester.

«Weiß nicht recht … Kommt mir irgendwie unwirklich vor. Wie im Kino.»

Er werde gleich morgen früh mit einem Kumpel von

der Technik bei ihr vorbeischauen und Minikameras in der Wohnung installieren.

«Und die beobachten mich dann rund um die Uhr?»

«Sie passen auf, während du nicht da bist. Du kannst sie ausschalten, wenn du wieder nach Hause kommst.»

«Vielleicht haben die Einbrecher ja schon Kameras installiert.»

«Das glaube ich kaum», erwiderte ihr Bruder. «In dem Fall hätten sie nicht so ein Durcheinander angerichtet. Abgesehen davon, wäre es ein Leichtes, deinen Computer von außen zu manipulieren. Die müssten nicht einbrechen, um zu erfahren, was du so treibst. Nein, die wollen dich nicht bespitzeln. Die haben was gesucht.»

«Wahrscheinlich wollten sie herausfinden, ob ich noch andere Quellen habe als die CD.»

«Hm», machte ihr Bruder, der manchmal zeitverzögert dachte, und stimmte ihr zu. Jedenfalls solle sie ihre Wohnung sorgsam verriegeln und abschließen. Oder sie übernachte bei ihm und Evelyn, falls ihr das lieber sei.

«Glaubst du, die kommen wieder?», fragte sie.

«Erst mal nicht», versicherte ihr Bruder, aber seinem Tonfall nach zu urteilen, würde er kein Vermögen darauf wetten.

Die folgende Nacht verbrachte Sophie bei ihrer Nachbarin.

* * *

Nicht lange nach dem Einbruch veröffentlichte Mary Robertson auf *Buzzfeed* eine ausführliche Würdigung von

Sophies Artikel, der dem Vermächtnis Marc Lindseys umfassend Rechnung trage. Nunmehr quollen Sophies Facebook-, Twitter- und E-Mail-Accounts über vor Danksagungen, Nachfragen, Zustimmung und auch Hass. Araberschlampe und dergleichen. Sophie versank kurz in Schockstarre, musste aber reagieren. Die Telefone in der Redaktion begannen zu glühen. Von der Anarchisten-Plattform in Cleveland, Ohio, bis zu Nachrichtensendern meldeten sich amerikanische Medienvertreter, die Sophie sprechen wollten. Thorsten Mehring war hin- und hergerissen. Er gab sich empört, weil sie «redaktionelles Eigentum», die CD, privat veröffentlicht hatte. Beim Reden ging ihm dann offenbar selber auf, dass die Eigentumsverhältnisse so eindeutig nicht lagen und er immerhin eine Veröffentlichung in der *Woche* abgelehnt hatte. Wie sehr er in diesem Augenblick leiden musste, war ihr durchaus bewusst. CNN wollte Sophie Schelling interviewen, nicht Thorsten Mehring, obwohl sie, im Gegensatz zu ihrem Vorgesetzten, kein Mitglied war in einem der maßgeblichen deutsch-amerikanischen Freundeskreise und nie an einer Bilderberg-Konferenz teilgenommen hatte.

«Lass uns gemeinsam vor die Kamera treten», schlug sie ihm vor.

Thorsten Mehring blickte seitlich an ihr vorbei, seine Gesichtsmuskeln führten einen regelrechten Tanz auf, in Gestalt eines sehenswerten Zuckens und Grimassierens. Was gäbe er wohl darum, eine Grundsatzrede an das amerikanische Brudervolk zu halten. Doch wie sich auf CNN präsentieren, in dieser misslichen Angelegenheit, ohne als transatlantischer Verräter gebrandmarkt zu werden?

«Wir brauchen eine klare Linie», erwiderte er.

«Du könntest erzählen, dass wir seit Wochen an dem Thema dran sind.» Sophie blickte ihm in die Augen.

«Okay», sagte er schließlich, um Entschlossenheit bemüht. Kerzengerade saß er auf seinem Stuhl. «Du trittst auf unter deinem Namen.»

«Gut, Thorsten. Das mache ich.»

«Erzähl einfach noch mal alles, was du in Marokko erlebt hast.»

«Auf jeden Fall.»

«Was nun den Angriff selbst betrifft …» Er räusperte sich.

«Ja?»

«Keine Spekulationen. Nur Fakten.»

«Worauf du einen … worauf du dich verlassen kannst.»

Er beugte sich nach vorne, fast sein gesamter Oberkörper lag auf dem Schreibtisch. «Die Veröffentlichung der CD geht allein auf deine Kappe. Für den Fall, dass sich daraus eine Rechtsstreitigkeit ergibt.»

«Ich weiß deine konsequente Haltung zu schätzen, Thorsten.»

Mit der flachen Hand schlug er auf den Tisch. «Spar dir deine dämlichen Kommentare! Ich rede Klartext, damit du die Spielregeln verstehst.»

«Dann mache ich mich jetzt mal an die Arbeit.»

«Ich bitte darum. Und lass andere ihre machen.»

Sie hatte die Türklinke schon in der Hand, als sie sich noch einmal zu ihm umdrehte. Aber er sah nicht mehr auf.

* * *

Der CNN-Reporter erwies sich als junger, gut aussehender Mann in Sophies Alter, Mitte dreißig. Er trug Jeans, ein weißes Hemd ohne Krawatte und ein gestreiftes Sakko, das verschiedene Grautöne kombinierte. Die Igelfrisur setzte sich fort in seinem sorgfältig gestutzten Dreitagebart, der sein kantiges Gesicht betonte. Mit sanftem Druck schüttelte er Sophies Hand und stellte sich vor als Steve. Ein gebürtiger Deutscher, in den USA aufgewachsen, Korrespondent in Berlin. Er redete, als wäre er auf Sendung, in kurzen, prägnanten Sätzen, der Tonfall leicht erhöht und die Körperhaltung wie unter Strom, die Hände unaufhörlich in Bewegung. Thorsten Mehring hatte sein Büro für das Interview zur Verfügung gestellt, war selbst aber nicht im Haus. Die Kollegen beobachteten verstohlen, wie der Kameramann und der Toningenieur routiniert ihre Gerätschaften in Stellung brachten.

Zum Auftakt fragte der Reporter, ob Sophie schon einmal eine vergleichbar gefährliche Situation wie in Marokko erlebt habe. Sie schüttelte den Kopf. Ein ganzes Dorf unter Feuer, das sei unglaublich. Mit Blick auf die Zahl der Opfer hoffe sie inbrünstig, dass sich ein solcher Vorfall niemals wiederhole. Steve warf seine Arme in die Höhe, als wolle er sagen: Gott bewahre, das dürfe in der Tat nie wieder geschehen. Ein Fünfjähriger würde erkennen, dass seine Theatralik keinerlei Mitgefühl entsprang. Er forderte sie auf, ihre Empfindungen zu beschreiben: «Was haben Sie gedacht, als die Kugeln neben Ihnen einschlugen, in dem Moment.» Kaum hatte sie zwei, drei Sätze wiedergegeben, als bereits die nächste Frage auf sie niederging. Es folgten Schlag auf Schlag, offenbar wollte er sie überwältigen, in eine bestimmte Richtung lenken, wie der Jäger das Wild. Hielt er sie tatsächlich für so unbedarft, ihm darin zu folgen? Wie das gewesen sei, im Staub zu liegen, die Todesangst! Ob sie gebetet habe? Zunehmend hirnrissig wurde sein Stakkato.

«Steve. Können wir über das reden, was da passiert ist?»

Einen kurzen Moment zeigte er sich verblüfft, doch fasste er sich und änderte die Tonspur.

«Okay. Wie Sie wünschen.» Mit der Linken fuhr er sich über seinen Bürstenhaarschnitt. Sophie kam es vor, als hole er dabei Pfeile aus dem Köcher. «Was wissen Sie über Said Attar?», fragte er.

Sophie runzelte die Stirn. «Wie kommen Sie denn jetzt auf den?»

«Sie kannten ihn gut, offenbar», setzte er nach.

«Nein. Er war einer der Dorfbewohner.»

«Wenn ich Ihren Artikel richtig gelesen habe, sind Sie seinetwegen in das Dorf gefahren.»

«Nach Gourrama. Ja, wegen seines Projektes.»

«Dabei ging es, wenn ich mich nicht irre, um eine – Himmelstreppe?»

«Ganz genau. Said Attar hat eine Himmelstreppe gebaut, darüber hatte eine marokkanische Zeitschrift berichtet, das hat mich neugierig gemacht.»

«Eine Himmelstreppe. Verstehe. Sind Sie empfänglich für esoterische Themen?»

Seine Körperhaltung erinnerte an einen Tiger auf dem Sprung.

Sophie war hellwach. «Nein.»

«Interessieren Sie sich für Architektur?»

«Am Rande.»

«Sie reisen mehrere tausend Kilometer bis in den Süden Marokkos auf der Suche nach einer Himmelstreppe, einfach so?»

«Für eine Reisereportage. Können Sie damit leben?»

Er öffnete seine schmale Aktentasche. «Said Attar soll einem amerikanischen Soldaten ins Gesicht geschossen und ihn getötet haben.»

«Amerikanische Soldaten haben sämtliche Dorfbewohner erschossen.»

Steve sah ihr starr in die Augen. «Wussten Sie, dass Said Attar der Anführer Al-Qaidas im Süden Marokkos war?»

Daher also wehte der Wind. «Nein, das höre ich zum ersten Mal. Woher haben Sie diesen Unsinn?»

«Unsinn?» Den rechten Mundwinkel zu einem angedeuteten Lächeln ausgefahren, holte er ein Schreiben aus seiner Tasche. Den Ausdruck einer Vorabmeldung der *Washington Post.* Darin bestätigte der marokkanische Botschafter in den USA, dass es sich bei Said Attar um den seit Jahren gesuchten Al-Qaida-Chef im Süden Marokkos handele. Es sei überaus bedauerlich, dass er sich seiner Festnahme durch ein beispielloses Blutbad entzogen habe.

«Was sagen Sie dazu?», fragte Steve und machte mit den gespreizten Fingern der linken Hand eine Bewegung, als drehe er eine Glühbirne aus der Fassung.

«Ich denke, dass der Botschafter zu dieser Aussage veranlasst wurde.»

«Soll heißen?»

«Als Wikileaks Aufnahmen ins Netz stellte, die einen amerikanischen Hubschrauberangriff auf Zivilisten in Bagdad zeigten, 2007, gab es keinerlei offizielle Stellungnahmen. Jetzt gibt es eine, und möglicherweise werden ihr weitere folgen. Welche Schlüsse ziehen Sie daraus, Steve?»

Der Kameramann fragte mittels Handzeichen, ob er die Kamera nunmehr auf den Angesprochenen richten sollte, der aber wiegelte unwirsch ab.

«Welche Schlüsse sollte ich denn daraus ziehen, Sophie?»

«Keine Ahnung, Steve. Dass da jemand nervös geworden ist?»

«Und wer könnte das sein?»

«Sagen Sie es mir, Steve. Diejenigen, die für das Massaker in Gourrama verantwortlich sind?»

«Sie meinen, Al-Qaida?»

Sophie lächelte freundlich in die Kamera. «Ich kann mir offen gestanden nicht vorstellen, Steve, dass die US-Armee ihre Hubschrauber Al-Qaida ausleiht.»

Seinen fiebrigen Blicken nach zu urteilen, war ihm mittlerweile aufgegangen, dass er sie unterschätzt hatte. «Nicht einmal die von Ihnen ins Netz gestellte CD lässt auf den Vorsatz schließen, Dorfbewohner zu töten. Eskaliert ist die Lage durch den Beschuss der Hubschrauber und eine defekte Bordkanone», sagte er.

Sophie überlegte. «Und weil das alles nur ein dummes Missgeschick war, führen Sie dieses Interview mit mir?»

Steve lehnte sich zurück und verschränkte die Arme hinter seinem Kopf. Er saß einfach nur da und grinste, als habe er noch Pfeile im Köcher.

FÜNFZEHNTES KAPITEL
BERLIN, PRENZLAUER BERG

Sophie kam es vor, als liefe sie über moorigen Boden. Sie empfand ein diffuses, unbestimmtes Gefühl, ähnlich dem Stimmengewirr im Internet. Die meisten Blogger und Kommentatoren interessierten sich in erster Linie für ihr Idol Marc Lindsey, weniger für den Angriff selbst. Einige sahen in Gourrama einen Beleg für das wahre Gesicht westlicher und amerikanischer Politik, wieder andere einen Weckruf, dass der Terror noch lange nicht besiegt sei. Man konnte glauben, das zerstörte Dorf sei eine Art Label, ein Warenzeichen oder Menetekel, jedenfalls ein provokantes Ausrufezeichen, das jeder nach eigenem Belieben deutete und für sich vereinnahmte. Schlimmer noch, die großen Medienhäuser übernahmen, in kurzen Meldungen unter ferner liefen, die offizielle Sichtweise der *Washington Post*. Es dauerte nur wenige Tage, bis die Geschichte mehr oder weniger im Sand verlaufen war.

Das alles gehörte zu ihrem Metier und würde Sophie nicht weiter umtreiben, empfände sie ihre Innenwelt nicht als ein weitgehend getreues Spiegelbild dieser Außenwelt. Lose Enden, die nicht zusammenfanden. Keinen Sinn ergaben. Alles erschien beliebig, die Ereignisse selbst ohne nennenswerte Bedeutung. Als sie ihre verwüstete Wohnung aufräumte, kam es ihr vor, als wäre sie ein Floß, das auf offener See trieb. Sie war zuversichtlich, wieder auf Festland zu stoßen. Allerdings wäre die Anlegestelle ein gänzlich anderer Ort, weit entfernt vom Ausgangspunkt. Sosehr sie sich auch mühte, die Dinge wieder an ihren alten Platz zu rücken: Es war vorbei. Sie spürte, dass es vorbei war. Ihr altes, ihr bisheriges Leben.

Sophie wohnte vorübergehend bei ihrer Nachbarin Helga. Seit diese die beiden Einbrecherinnen zur Rede gestellt hatte, sah Sophie in ihr eine Gleichgesinnte. Wie selbstverständlich hatte sie Sophie nach dem Einbruch angeboten, doch bei ihr zu übernachten; sie habe genügend Platz. Am nächsten Morgen überließ sie ihr die Wohnungsschlüssel. Sie könne bleiben, solange sie wolle, sagte sie, und da es ehrlich gemeint war, bezog Sophie vorübergehend das ungenutzte Kinderzimmer. Kam sie abends von der Arbeit, werkelte Helga meist in der Küche und probierte Rezepte aus. Sie kochte leidenschaftlich gerne, und Sophies Aufgabe, sobald sie die Wohnung betreten und abgelegt hatte, bestand darin, ihre Gerichte zu kommentieren und auf fehlende Zutaten hin abzuschmecken. Bei allem, was Helga tat, wirkte sie vollkommen authentisch und verströmte eine wohltuende Leichtigkeit. Manchmal erinnerte sie Sophie an einen Troll. Die Mittvierzigerin war schmächtig und klein, ihr Gesicht durchzogen von tiefen Furchen, und ihre braun gefärbten Haare standen wie elektrisch geladen meist wirr in alle Richtungen. Sie arbeitete in einem Café mit vielen Stammkunden, die in erster Linie ihretwegen kamen, obwohl sie das vermutlich nicht zugeben würden. Helga beherrschte die Kunst, mit jedermann verbindlich zu reden, ohne aufdringlich oder oberflächlich zu erscheinen. Sie kannte die Marotten und Probleme vieler Gäste und fand stets die richtigen Worte, um sie wieder «auf Spur zu setzen», wie sie es nannte. Ob Kind, Eltern, Single oder Sophie – sie traf den richtigen Ton. Sophie war darüber ebenso erstaunt wie über Helgas Tatkraft und Energie.

Erst mit der Zeit ging ihr auf, dass Helga selbst neben der Spur lief.

«Weißt du, als ich Horst kennenlernte, war er ein ganz anderer Mensch.»

Mit Horst lebte sie in Scheidung. Er war nach einer steilen Karriere Controller bei Siemens geworden, hatte zahlreiche Affären und zwei Kinder mit Helga.

«Er erpresst mich mit den Kindern.»

Horst hatte das Sorgerecht erstritten, mithilfe teurer Anwälte.

«Erst wenn ich die Scheidung zurückziehe, darf ich sie wieder sehen, sagt er.»

Eigentlich sei sie, Helga, ihm «scheißegal». Doch fühle er sich gekränkt, weil sie die Scheidung eingereicht habe, nicht er.

«Wenn ich nicht koche, explodiere ich. Ich würde eine Axt nehmen und ihn erschlagen.»

Während Sophie Zanderfilet mit Kapern und Serranoschinken zusammen mit einem badischen Grauburgunder verkostete, ging ihr auf, dass die Heimsuchungen, die ihnen beiden zusetzten, durchaus Ähnlichkeiten aufwiesen. Helga litt unter einem privaten Unglück, Sophie unter einem öffentlichen. In beiden Fällen verschwand das eigene Leben hinter einem Vorhang. Vor allem aber erkannte Sophie, dass sie auf andere angewiesen war. Auf Menschen wie Helga, die ähnlich dachten. Ich gegen den

Rest der Welt – das sei viel zu lange ihr Motto gewesen, gestand sie Helga. Die wiederum hielt das für ganz normal: «Soll ich dir mal sagen, was die letzten Worte meiner Mutter an mich waren, bevor sie starb? ‹Du bist nicht hübsch, aber du hast ein gutes Herz.› Genau das, was eine Tochter hören will, nicht wahr? Ich habe mir überlegt, wie ich darauf am besten reagiere, und habe sie einäschern lassen. Obwohl ich wusste, dass sie das nicht wollte.»

Eines Abends erzählte Sophie ausführlich von Gourrama, den Schrecken des Angriffs, Hassans Tod und ihren Ängsten. Helga reagierte überaus emotional, die Augen geweitet, mehrfach ergriff sie Sophies Unterarm. Schließlich brach sie in Tränen aus. Sie könne das gar nicht fassen, eine solche Tragödie. Beeindruckt zeigte sie sich von Sophies unbekannten Helfern, die ihr das Leben gerettet hatten.

«Hast du dir mal überlegt, ihnen irgendwie zu danken?», fragte Helga.

«Ich weiß ja nicht mal, wer sie sind.»

«Okay, aber … vielleicht könntest du trotzdem ein Zeichen setzen.»

Sophie gab zu bedenken, dass ihnen eine öffentliche Würdigung möglicherweise gar nicht recht wäre, weil sie ihre Anonymität gefährden würde. Das leuchtete Helga ein. «Wie wäre es denn, wenn man stattdessen der Opfer gedenken würde?»

Sophie fuhr sich mit dem Zeigefinger über die Nasenspitze. «Das wäre schön. … Allerdings setzen die Offiziellen Gourrama mit Terror in Verbindung. Das macht die

Sache schwierig. Für die marokkanische Regierung ist die Zerstörung des Dorfes kein Ruhmesblatt. Im Zweifel wird sie versuchen, die Sache herunterzuspielen.»

Ein Wort gab das andere, bis weit nach Mitternacht tauschten sie Ideen aus. Am Ende hatte Helga einen Gedanken, der beiden gefiel: eine Handvoll Fotos der Getöteten, Frauen, Kinder, Alte. Übertragen auf überdimensionale Stoffbahnen, Fußballfeld-Größe, irgendwo zwischen Marrakesch und Gourrama in der Landschaft ausgerollt. Aus jedem Flugzeug zu sehen, ob zivil oder militärisch. Anklage und Mahnung zugleich, versehen mit der Aussage «Gegen Terror und Gewalt». Das dürfte eigentlich auch im Sinne der marokkanischen Behörden sein.

***

Aus Sicherheitsgründen war Sophies Handy dauerhaft in Alufolie eingewickelt. Ins Netz ging sie ausschließlich im Büro, manchmal von einem Internet-Café aus. Moulay Maliki und die Redaktion von *Outland* in Marrakesch allerdings kontaktierte sie bedenkenlos auch von der Arbeit aus. Brachte sich mit unverfänglichen Zeilen in Erinnerung und schlug vor, der Opfer von Gourrama zu gedenken, ganz in Helgas Sinn. Die Antwort ließ nicht lange auf sich warten: Man halte die Idee für interessant und werde sie prüfen.

Noch einmal blätterte sie durch ihre Notizen. Said Attar als Terrorchef, das war bloße Ablenkung. Warum aber hatten die Amerikaner Gourrama angegriffen? Belege für einen Einsatz des JSOC, des Gemeinsamen Kommandos für Spezialkräfte, gab es bisher nicht. Rein theoretisch könnten die Angreifer technisch gut ausgerüstete Söldner bis hin zu Soldaten der regulären Armee gewesen sein. Rein praktisch sprach vieles für das JSOC. Es war darauf angelegt, in Grauzonen zu operieren. Wieso aber in Marokko? Das Land war prowestlich, die Beziehungen zu Washington konnten besser kaum sein. Politisch ergab Gourrama keinen Sinn. Militärisch ebenso wenig.

Wirtschaftliche Motive? Sie gab den Suchbegriff «economy» in die Maske ein, in Verbindung mit Marokko, und erhielt ein Füllhorn an Informationen. Vollkommen wertlos, solange sie nicht wusste, wonach sie suchte. Ihre Gedanken schweiften ab, ihre Blicke verjüngten sich zu einem Teleskop. Aus den Augenwinkeln verfolgte sie das Treiben der Kollegen, überlagert von Bildern aus ihrer Erinnerung.

«He, Sophie!», rief Josef da. «Hassprediger aus Ägypten will siebzehnjährige Berlinerin heiraten. Läuft gerade über die Agenturen. Kümmerst du dich darum?»

* * *

Robert McMullen liebte Figurinen aus Porzellan, vornehmlich aus dem Biedermeier, die in Nachlässen oder gut sortierten Antiquitätenläden aufzustöbern die große Leidenschaft des Agenten war. Prag, Budapest und Berlin waren die ergiebigsten Reviere seiner Passion, und er durfte für sich in Anspruch nehmen, mit jedem Händler und Verkäufer von Rang persönlich in Kontakt zu stehen. Seine handschriftlich geführte Datei umfasste rund zwei

Dutzend Namen, überwiegend Männer seines Alters, um die sechzig, die wie er Verschwiegenheit und Diskretion zu ihren wesentlichen Charaktereigenschaften zählten. Das hatte zu tun mit dem Gegenstand ihrer Passion, einer Welt aus Puppen und Kindheitserinnerungen, angesiedelt in einer fernen Epoche, in die einzutauchen nur wenigen gegeben war. Aber auch mit den prohibitiv hohen Kosten ihrer Leidenschaft. Der Geheimbund der Figurinensammler war überschaubar, darin aufgenommen zu werden, das Ergebnis eines langen Prozesses vorsichtiger Annäherung. Feinsinnige Rituale ohne Absprache bestimmten die Begegnungen. Allein der informelle Dresscode auf den seltenen Auktionen unterschied den Eingeweihten, vorzugsweise im schwarzen Dreireiher, vom Parvenü. Zu dieser verschworenen Gemeinschaft zu gehören, empfand Robert McMullen als Ritterschlag, dem er weitaus mehr Herzblut beimaß als seinen beruflichen Erfolgen.

Dennoch, oder gerade deswegen, schmerzte ihn – in der Hand die Miniaturskulptur eines sitzenden Elefanten mit Dompteur, Meißner Fertigung von 1838, naturfarben noch in den Details, unbezahlbar und im Tresor eines Kunstfreundes bislang gut verwahrt, wären da nicht finanzielle Engpässe, die einen Verkauf zwingend erscheinen ließen –, dass er versagt hatte, und sein ungutes Gefühl wurde noch bestärkt durch die gediegene Zeitlosigkeit dieses großbürgerlichen Salons eines Charlottenburger Antiquars, der ihn regungslos beobachtete, einer wächsernen Statue gleich. Nicht einmal diese göttliche Figurine, die in den Fingern zu wiegen einen kaum mehr zu steigernden Genuss bot, vermochte daran etwas zu ändern. Seine Vorgesetzten hatten ihn regelrecht vorgeführt, ihm die Veröffentlichung der CD persönlich angekreidet: Es sei doch wohl die Unberechenbarkeit dieser Person, einer Journalistin zumal, zu erwarten gewesen. Er hatte wenig Zweifel, dass ihr die CD von Mary Robertson zugespielt worden war, vermutlich bei ihrem Besuch in Hamburg. Eine Einsicht, die ihn umso mehr schmerzte, als er im Speisewagen der Bahn, auf dem Rückweg nach Berlin, schräg gegenüber der Schelling gesessen hatte und es ein Leichtes gewesen wäre, ihr die Handtasche zu entwenden. Doch auch in dem Fall, beruhigte er sich, hätte sie immer noch eine Kopie besitzen oder anfordern können. Die Robertson allerdings war koscher, sehr zu seiner Überraschung. Alle ihre Daten und Dateien waren überprüft worden, brachten aber keine neuen Erkenntnisse in Sachen Marc Lindsey, keinerlei verdächtige Querverbindungen, obwohl sie doch seine Geliebte war.

So oder so, die von böswilligen Mäulern in Umlauf gebrachten Gerüchte, er verbringe seine Zeit vorwiegend in Luxushotels und trinke dort Kaffee, waren kaum geeignet, die wachsenden Vorbehalte gegen seine als überholt angesehenen Methoden auszuräumen. In Langley hatte er es gerade noch geschafft, seinen Kopf aus der Schlinge zu ziehen, indem er seine Fähigkeiten auf einem Gebiet anbot, das für den britischen Geheimdienst GCHQ zwar längst zur Routine gehörte, in der eigenen Behörde aber noch in den Anfängen steckte: die Zersetzung, die Sabotage der öffentlichen Meinung, Rufmord, die Zerstörung der Reputation der Zielperson.

«Nennen Sie mir Ihren Preis», forderte Robert McMullen den Antiquar auf.

***

Auf ihrem Handy erhielt Sophie einen Anruf aus Marrakesch. Die Dame stellte sich als Mitarbeiterin von *Outland* vor und erzählte, dass es leider keine geeigneten Fotos der ehemaligen Bewohner von Gourrama gäbe. Es sei unter der ländlichen Bevölkerung nicht üblich, sich zu fotografieren. Fast war Sophie geneigt zu empfehlen, einfach irgendwelche Fotos zu nehmen, ob von Einheimischen oder nicht, doch besann sie sich eines Besseren. Sie sagte, sie melde sich wieder, und ging noch einmal die eigenen Aufnahmen durch, die sie vor dem Massaker im Dorf gemacht hatte. Das beste Bild war eindeutig das von Baschir, dem Hirten. Es zeigte ein ruhiges, entspanntes Gesicht, Mund und Augen geschlossen, wie schlafend, das Frieden und Zuversicht verströmte. Brust und Bauch waren zerschunden, der Unterleib fehlte, was der Betrachter aber nicht sehen konnte. Gleichzeitig vermittelten Baschirs Gesichtszüge Ursprünglichkeit, Ehrlichkeit, Bodenständigkeit. Baschir würde man das eigene Kind anvertrauen, seinen Geschichten lauschen, an seine in mythischen Tiefen wurzelnde Weisheit glauben.

Kurzum, Baschir war das Gesicht schlechthin, der Traum jeder Werbeagentur, eine Ikone. An seiner Seite bedurfte es keiner weiteren Porträts, was Moulay Maliki und die Redaktion von *Outland* ebenso sahen. Hassans Vater griff mittlerweile selbst zum Telefon, um mit Sophie zu sprechen. Offenbar hatte er verstanden, dass sie die Spielregeln beherrschte. Kein Wort über seine Reise nach Berlin unter falschem Namen, kein Wort über den Toten in seinem Hotelzimmer. Er war ein erprobter Causeur, der, so schien es Sophie, mit seinen charmanten Plaudereien den Bund besiegelte, der unausgesprochen zwischen ihnen bestand. Vermutlich würdigte er auf diese Weise auch Sophies Einsatz, der den Marokkanern zugutekam, baute die Idee mit dem überdimensionalen Porträtbild doch eine Brücke zwischen dem, was tatsächlich geschehen und dem, was öffentlich mitzuteilen erlaubt war.

Erneut stellte sich Sophie die Frage, warum die Amerikaner diesen unglückseligen Hirten ins Visier genommen hatten. Wieso ausgerechnet Baschir? Und in welchem Zusammenhang stand sein Tod mit dem Angriff auf Gourrama am darauffolgenden Tag?

Gerade hatte sie ihre abendliche Dusche beendet, als sie ein weiterer Anruf ereilte. Günther war am Apparat. Sie warf sich ein Handtuch um und setzte sich auf den Badewannenrand. Nachdem sie sich beide erneut ausgiebig entschuldigt hatten, sich schon wieder so lange nicht beim anderen gemeldet zu haben, kam Günther zur Sache.

Diese E-Mail. Also, er fühle sich ja durchaus geehrt. Ihre lebhafte Fantasie, ihre Erotomanie, ganz fantastisch das, die pikanten Schilderungen bis ins kleinste Detail, was alles sie ihm an interessanten Stellungen angedeihen lassen wolle, unter Auslassung kaum einer Körperöffnung.

«Unter uns, Sophie, wäre meine Orientierung eine andere, ich säße längst schon auf deinem Schoß. Du bist ja nun mal unverschämt anziehend, und ich hoffe natürlich noch immer, dass du dir das alles wohlwollend überlegst, von wegen Leihmutter, nicht wahr.»

«Und weiter?»

«Na ja, Süße, ich kenne dich gut genug, um zu wissen, dass du erstens nicht solche E-Mails verschicken würdest, und zweitens nicht an mich. Ich gehöre ja nur bedingt zur angedachten Zielgruppe deiner so überaus wohlwollenden Ausschweifungen. Könnte es sein, dass dein Computer von einem Virus befallen ist und da jemand in deinem Namen vorstellig wird?»

Als Erstes löschte Sophie ihren Facebook-Auftritt. Sie fand darauf zahlreiche Kommentare, die unter ihrem Namen um Verständnis warben für Regierungen, die in Europa und Nordamerika in keinem guten Ruf standen. Die Beiträge waren professionell gehalten, keine reißerische Propaganda, vielmehr der Appell, sich doch auch einmal in die andere Seite hineinzudenken. Was zunächst unverfänglich erschien, lief allerdings unmissverständlich auf die Forderung hinaus, die Beziehungen zu Amerika gänzlich neu zu gestalten. Einem Land, dessen militante Außenpolitik mehr Menschen auf dem Gewissen habe als selbst noch der schlimmste Gulag. Die USA, ein Reich des Bösen. Möglicherweise würden das viele Leser sogar unterschreiben. In der Summe jedoch ergaben die Sophie untergeschobenen Meinungen das Bild einer radikalen Irrläuferin und dumpfen Propagandistin. Wer so daherredete, der sah im Zweifel auch Ufos. Oder verwechselte Al-Qaida mit US-Spezialkräften – Hauptsache, Amerika kam dabei schlecht weg.

Da sie sich nicht täglich auf ihrer Facebook-Seite einloggte, konnte sie nicht wissen, wie lange diese Fälschungen bereits kursierten. Nach Günthers Anruf war sie sofort ins nächste Internet-Café gelaufen, ein schäbiges Hinterzimmer in einem Spätkiosk, um ihre Accounts zu prüfen. Bei den E-Mails konnte sie allerdings keine weiteren Unregelmäßigkeiten entdecken. Wieder zurück, erwartete Helga sie mit einem Zitronentee. Sophie sagte: «Ich glaube, jetzt geht es los, Helga. Jetzt wird es ernst.»

Tags darauf bestellte sie Thorsten Mehring in seine Glaszelle ein. Wortlos reichte er ihr eine ausgedruckte E-Mail. Sie war an sämtliche Mitarbeiter des Hauses gerichtet und enthielt eine scharfe Kritik an der Amtsführung des Chefredakteurs. Sie gipfelte in dem Vorwurf, er leiste sich frauenfeindliche Witze und neige zu einem autoritären Führungsstil. Darüber hinaus sei er offenbar «gekauft» und sehe seine Aufgabe vor allem darin, Direktiven aus Washington umzusetzen. Ein Lakai der Macht, dessen Ablösung dringend geboten erscheine.

In der «Von»-Zeile der E-Mail stand ihr Name, in der Datumszeile war der gestrige Tag angegeben, 22:05 Uhr.

«Diese E-Mail stammt nicht von mir», sagte Sophie.

«Das hätte ich mir offen gestanden auch nicht vorstellen mögen», erwiderte Thorsten Mehring.

«Meine Facebook-Seite ist gehackt worden. Ich nehme an, mein Redaktions-Account ebenfalls.»

«Daran hatte ich auch schon gedacht. Obwohl – es ist schon merkwürdig.» Er löste seinen Blick nicht von ihren Augen. Vielleicht in der Erwartung, sie würde ihren senken, was sie aber nicht tat.

«Was genau ist merkwürdig, Thorsten?»

«Auch wenn du diese E-Mail nicht geschrieben hast – du könntest sie geschrieben haben.» Als suche er die Wirkung seiner Worte zu verstärken, verschränkte er die Arme vor der Brust.

Sie sah ihn misstrauisch an und wartete.

«Wenn du es nicht warst», fuhr er fort, den Kopf in den Nacken gelegt, «dann muss es jemand gewesen sein, der sich in deiner Gedankenwelt auskennt.»

Sophie nickte. «Ja, da ist was dran.»

«Du stimmst dem Inhalt der E-Mail zu?»

«Nein, das tue ich nicht.» Tat sie in Teilen doch, aber darum ging es nicht.

«Wer sollte eine solche E-Mail verschicken, deiner Ansicht nach? Ein Hacker versendet üblicherweise Spam, ist ein Betrüger oder versucht, Daten abzugreifen. Warum sollte sich jemand die Mühe machen, dich derart vorzuführen?»

«Das kann ich dir nicht sagen. Gestern rief mich ein Freund an und teilte mir mit, dass er eine erotische E-Mail von mir bekommen habe. Von meinem privaten E-Mail-Account.»

«Und? War sie von dir?» Er grinste.

«Nein, war sie nicht.»

«Dann gibt sich da jemand offenbar richtig Mühe mit dir. Und du hast keine Vorstellung, wer das sein könnte?» Sein Tonfall hatte etwas Kindliches, als hielte er sie nur eingeschränkt für zurechnungsfähig.

Die Frage war berechtigt. Bekam sie jetzt die Quittung für die Veröffentlichung der CD? Von wem? Irgendwelchen Geheimdiensten? Wenn ja, warum diese Mühe? Was hatte sie denn schon erreicht mit ihrer Tat?

«Nicht die geringste, Thorsten.»

«Nun, ich würde dich bitten, mit der IT-Abteilung Kontakt aufzunehmen, damit die deinen Computer in Augenschein nehmen. Vielleicht finden sie ja den Urheber.»

«Geht in Ordnung. Danke für dein Verständnis.»

Er geleitete sie zur Tür. «Und wenn es irgendetwas geben sollte, was ich für dich tun kann – lass es mich wissen. Keine Umwege über Dritte oder dergleichen.»

SECHZEHNTES KAPITEL

BERLIN-MITTE

Verbrauchte und heiße Luft strömte Sophie aus dem spärlich beleuchteten Underground-Club «C-Base» in Berlin-Mitte entgegen, in einer Sackgasse mit Kopfsteinpflaster im zweiten Hinterhof. Dort hatte sich ein Publikum wie auf einem Indie-Rock-Konzert versammelt, plaudernd und mit Bierflaschen in der Hand, während auf einer Bühne, vor der Projektion überdimensionaler Satellitenschüsseln, ein russischer Journalist mit Rasputin-Bart radebrechend auf Englisch vortrug, mit welchen technischen Tricks er die Internetzensur in seiner Heimat umging. Ihm folgte ein Wiener Medienforscher mit Nickelbrille und Elvis-Tolle, der über die neuesten Überwachungsprogramme der Großen Fünf berichtete, der im Spionagebereich eng vernetzten englischsprachigen Geheimdienste aus den USA, Kanada, Großbritannien, Australien und Neuseeland. Ohne Pause folgte ein Vortrag dem nächsten, unterlegt mit Elektrobeats und PowerPoint-Folien im Sekundentakt. Paranoia gepaart mit Wachsamkeit, programmatisch vereint unter der Frage des Abends: «Whatever happened to privacy?» Schließlich ergriff ein junger, schlanker Mann das Wort, ganz in Schwarz gekleidet, im Gesicht eine karnevalsgroße Zorro-Brille mit breiten, ebenfalls schwarzen Bügeln. «Hi, ich bin Ronald», sagte er und wechselte ins Englische. «Ich bin vom Tor-Projekt.»

Mehr Understatement ging nicht. Ronald Asmussen, etwas jünger als Sophie, Amerikaner, einer der wichtigsten Vordenker und Aktivisten im Umfeld von Datenverschlüsselung und IT-Sicherheit. Und kurzzeitig Weggefährte von Marc Lindsey, wie Sophie erfahren hatte. Wie auch andere Aktivisten der libertären Hacker-Szene, vereint in ihrem grenzenlosen Misstrauen gegenüber Big Brother, lebte er seit einiger Zeit in der Hauptstadt, um den Nachstellungen amerikanischer Sicherheitsbehörden zu entgehen. Das Tor-Projekt, dessen Entwicklung maßgeblich seine Handschrift trug, war ein verschlüsseltes Computerprogramm, das den Geheimdiensten die Überwachung deutlich erschwerte.

Ronald Asmussen erzählte von seinem Alltag. Von Fremden, die ihn beschatteten, bis hin zu Spuren von Eindringlingen in seiner Wohnung. Für ihn Beispiele einer Zermürbungstaktik, die an die Methoden der Stasi erinnerten. Dennoch fühle er sich in Berlin deutlich wohler und sicherer als in Kalifornien, wo er zuletzt gelebt habe. Unaufgeregt und sachlich trug er vor, ein kühler Analytiker. Genau das, was Sophie jetzt brauchte. Alles, was sie über ihn gelesen hatte, bestärkte sie in ihrem Eindruck, er befinde sich auf einer ähnlichen Odyssee wie sie selbst. Einer Reise, deren Route andere bestimmten. Gleichzeitig kamen die Einschläge näher. So tragisch, grausam und sinnlos das Massaker in Gourrama auch war, hatte es in einer anderen Welt stattgefunden, einer Welt weit weg von Sophies Leben und Alltag. Doch langsam spürte sie eine Schlinge um den Hals: Obwohl sie ihre Facebook-Seite vollständig gelöscht und vom Netz genommen hatte, war ihr Profil wieder aktiv. Wurden unter ihrem Namen auch weiterhin fragwürdige Texte und Kommentare veröffentlicht, die auf den ersten Blick aus ihrer Feder hätten stammen können.

Nach seinem Vortrag ging Sophie auf Ronald Asmussen zu, der sie freundlich empfing. Am Telefon war er stets kurz angebunden, weil er wusste, dass er abgehört wurde. Ein Handy benutzte er schon lange nicht mehr. Wer etwas von ihm wollte, den bestellte er an einen öffentlichen Ort wie diesen, mit viel Krach und Radau im Hintergrund. Eine Zumutung für jeden Abhördienst.

«Die Welt ist klein», sagte er, als er Sophie die Hand schüttelte.

«Wir leben in derselben Stadt, aber wir lernen uns erst über den Umweg Marokko und Marc Lindsey kennen», ergänzte Sophie.

«Und auf dem Rücken verdammt vieler Toter.»

Er bat sie in ein Nebenzimmer, wenig mehr als eine rußgeschwärzte Rumpelkammer. Ein ehemaliger Kohlenkeller, der Ronald Asmussen vorübergehend als Büro diente. Fensterlos und ohne Heizung, von der Decke hingen zwei nackte Glühbirnen. Alle paar Tage wechselte er die Arbeitsstätte, um seinen Verfolgern die Arbeit zu erschweren. Im Netz bewegte er sich wie ein Fisch im Wasser, meist war er den Geheimdiensten einige Längen voraus. Selbst wenn die seine beiden Laptops beschlagnahmen würden: Sein Wissen war in den Weiten und Tiefen des Internets gut aufgehoben, zugänglich nur für Eingeweihte. Seine tragbaren Computer dienten ihm lediglich als Impulsgeber, wie er sagte, und waren so codiert, dass sich die Festplatten bei unbefugter Benutzung von selbst löschten. Er sehe nicht ein, das Internet Terroristen und Überwachungsdiensten zu überlassen, hatte er in Interviews zu Protokoll gegeben.

«Ich habe Ihren Artikel über Gourrama gelesen», sagte Ronald Asmussen und bat Sophie, auf einer hochkant gestellten Bierkiste Platz zu nehmen. «Mit Wörterbuch. War viel Arbeit, hat sich aber gelohnt. Hatte mir gleich gedacht: Das würde Marc interessieren. Und kurz darauf stellen Sie Marcs CD ins Netz. Ich wollte das erst gar nicht glauben.»

Er warf ihr einen anerkennenden Blick zu und nahm seinerseits Platz auf einem Stuhl mit abgebrochener Lehne. «Keine Sorge, ich frage Sie nicht, woher Sie die hatten, obwohl ich eine Vermutung habe. Es würde mich übrigens wundern, wenn Marc nicht noch ganz andere Informationen zusammengetragen hätte, weit mehr als nur diese eine CD.»

Er nahm seine papierene Zorro-Brille ab, faltete sie und warf sie in die Ecke. Stahlblaue Augen sahen sie an, weitaus strahlender als ihr eigenes Mittelmeerblau. Sein Gesicht war nahezu vollmondrund, seine weiche Haut von keinem Flaum getrübt, auch zeigte sie kaum Falten. Seine kräftigen, fast zu groß anmutenden Hände standen in merkwürdigem Kontrast zu seiner übrigen, fast jungenhaften Erscheinung. Obwohl er müde und erschöpft wirkte, schien seine Energie in der Luft zu knistern. Sophie trat der explodierende Wagen Marc Lindseys vor Augen, überlagert von Bildern der Himmelstreppe unter Beschuss. Möge ihm und mir dieses Schicksal erspart bleiben.

Ausführlich legte sie den Grund ihres Besuches dar,

ihre Bitte um Hilfe und Expertise. Die gefälschten E-Mails, das gekaperte Facebook-Profil – was könne sie dagegen tun? Er nickte und bat um ihre Zugangsdaten. Zwar könne er sich auch einhacken, aber das täte er ungern. Da ihre Passwörter längst hinfällig seien, spiele Diskretion keine Rolle mehr. Sobald er herausgefunden habe, wer ihr nachstelle, werde er sich melden. Im Übrigen empfehle er ihr dringend, alle Bargeldbestände von ihrem Konto abzuheben. So, wie die Dinge lägen, sei nichts auszuschließen. Auch nicht der Versuch, sie finanziell zu ruinieren. Für die Geheimdienste eine effektive und leicht zu bewerkstelligende Methode, im Zweifel deklariert als Terrorbekämpfung.

Mit ernster Miene verabschiedete sich Sophie und bahnte sich einen Weg durch die hämmernden Beats. Ein DJ SoKo hatte für den weiteren Verlauf des Abends Stellung bezogen, die Ersten bewegten sich bereits auf der Tanzfläche.

***

Der Mann und die Frau sprachen Sophie an, als sie die Eingangstür zum Hausflur öffnete. Sie wiesen sich als Polizisten aus, eine Frau mittleren Alters, deren Mimik eingefroren war, und ihr Adlatus, ein junger Mann mit auffallend schmalen Augen. Sie nahmen Sophie in ihre Mitte – offenbar für den Fall, dass sie fliehen sollte. Die beiden redeten abwechselnd, eine kurze Ansprache mit verteilten Rollen. Langsam, ein wenig mechanisch, doch waren ihre Aussagen präzise, der Ton entschlossen.

Sophie wollte sich zunächst weigern, mit aufs Revier zu gehen, allerdings kündigte die Beamtin für diesen Fall den Gebrauch von Handschellen an. Die Frage nach dem Grund ihres Einsatzes beantworteten sie nicht.

Sophie erschien es leicht surreal, sich wenig später im Verhörraum eines Polizeireviers wiederzufinden. Die beiden hatten ihr gegenüber Platz genommen. Auf dem Tisch vor ihr standen eine Lampe, ein Telefon, ein Aufnahmegerät sowie eine Plastikflasche mit Wasser, daneben einige ineinandergesteckte weiße Plastikbecher. Drei Seiten der sie umgebenden Wände waren aus Beton, links war die Tür, die Wand ihr gegenüber aus gespiegeltem Glas. Sie hatte wenig Zweifel, dass deren Rückseite durchsichtig war und von dort aus weitere Anwesende der Befragung folgten. Die Beamtin, die sich als Claudia Müller vorgestellt hatte, schaltete das Aufnahmegerät ein und stellte die erste Frage: «Warum haben Sie Ihr Konto leer geräumt?»

«Ist das verboten?»

«Bitte beantworten Sie die Frage.»

«Einfach so.» Sophie war auf ihren Auslandsreisen schon ein paarmal in schwierige Situationen geraten und wusste intuitiv, wie sie sich am besten verhielt – abwarten und auf Zeit spielen, bis sie eine Ahnung hatte, worum es eigentlich ging.

«Sie haben mehr als 10 000 Euro abgehoben», sagte ihr Kollege, Jan Rossmann.

«Möglich, ja.»

«Warum?»

«Ich hatte Lust, einkaufen zu gehen.»

«Betreiben Sie Onlinebanking?», fragte die Polizistin.

«Nein. Aus Sicherheitsgründen. Ich vertraue dem Internet nicht.»

«Daran gemessen sind Sie dort aber recht präsent. Auf Facebook beispielsweise.»

«Das sind Millionen andere auch.»

Jan Rossmann beugte sich leicht nach vorne. Sophie nahm Schuppen auf seinem Hemdkragen wahr.

«Wenn Sie online keine Bankgeschäfte tätigen – wie verschaffen Sie sich dann einen Überblick über Ihre Kontobewegungen?», fragte er.

«Indem ich auf den monatlichen Auszug warte.»

Die beiden Polizisten sahen sich an. «Sind Sie dermaßen altmodisch?», fragte Claudia Müller.

«Ich höre auch keine Musik über Kopfhörer.»

«Sie haben», sagte Jan Rossmann, «Ihr Geld vor zehn Tagen abgehoben. Waren Sie seither wieder bei Ihrer Bank?»

«Nein.»

«Sie haben also», hakte er nach, «keinen Überblick über etwaige Zahlungseingänge oder Überweisungen seither?»

«So ist es.»

«Wie erklären Sie», fragte Claudia Müller, deren Lippen aus wenig mehr zu bestehen schienen als zwei Strichen, «dass vor sieben Tagen 20 000 Euro auf Ihrem Konto eingegangen sind und vor drei Tagen 15 000?» Ihr Gesicht, stellte Sophie fest, zeigte noch immer keinerlei Mienenspiel. Es sah aus wie eine Maske.

«Das wundert mich. Zahlungen in der Größenordnung erhalte ich normalerweise nicht.»

«Normalerweise?»

«Wenn Ihnen der Begriff nicht zusagt, lassen Sie ihn einfach weg.»

«Sie haben also keine Ahnung, wer Ihnen diese Beträge überwiesen haben könnte?»

«Ich weiß nicht einmal, dass sie sich auf meinem Konto befinden.»

Jan Rossmann warf seiner Kollegin einen kurzen Blick zu, sie nickte. «Es handelt sich dabei um Auslandsüberweisungen, aus Marokko, auf den Namen Hassan Maliki.»

Sophie erstarrte einen Moment, fing sich aber wieder. «Das ist unmöglich. Das kann nicht sein.»

«Wieso.» Die Frage der Polizistin hörte sich an wie eine Feststellung.

«Weil Hassan Maliki nicht mehr lebt.»

«Erzählen Sie uns, wie er gestorben ist. Was ist da geschehen. Sie waren ja dabei.» Die Schuppen rieselten wie Schnee.

«Er starb bei einem amerikanischen Luftangriff auf das Dorf Gourrama.»

«In Ihrem Zeitungsartikel ist keine Rede von einem amerikanischen Luftangriff.»

«Diese Informationen habe ich später nachgereicht.»

«Auf der Grundlage einer CD, die Ihnen offenbar erst nach Veröffentlichung des Artikels zugekommen ist.» Die Bleistiftlippen der Polizistin hatten etwas Unheimliches, dermaßen blutleer erschien ihr Gesicht.

«Warum haben Sie Facebook gewählt, um sich an die Öffentlichkeit zu wenden?» Jan Rossmann fuhr sich mit der Hand durchs Haar und löste damit einen Nieselregen aus. «Warum sind Sie nicht Ihrer Zeitung treu geblieben? Ich meine – wir schließen uns ja in unserer Freizeit auch nicht einer Miliz an.»

Seine Kollegin warf ihm einen missbilligenden Blick zu. Sophie schwieg, weil sie glaubte, mit dieser Reaktion sei die Frage vom Tisch.

Mitnichten.

«Fragen Sie den Chefredakteur», sagte sie.

«Worauf Sie sich verlassen können», erwiderte Claudia Müller.

«Aber wir hätten auch gerne», beharrte Jan Rossmann, «Ihre Sicht der Dinge.»

«Es hat sich so ergeben.»

«Geht es auch konkreter?» Der Tonfall der Beamtin war scharf.

«Die Entscheidung darüber, welche Texte eine Zeitung veröffentlicht und welche nicht, liegt in letzter Instanz bei der Chefredaktion.»

«Und die wollte nicht», stellte Claudia Müller fest.

«Sie hatte andere Prioritäten.»

Beide Polizisten lehnten sich in ihren Stühlen zurück, wie auf ein Zeichen. Vielleicht waren sie auch erschöpft von ihrem Gerede. Sophie hatte noch immer keine Vorstellung, was dieses Verhör bezwecken mochte, wenngleich sie eine dunkle Vorahnung beschlich.

«Könnte es nicht sein», fragte die Polizistin, die das Verhör an sich zu ziehen schien, «dass die Quellen für Ihre Anschuldigungen nicht belastbar waren?»

«Nun, ich war bei dem Angriff auf Gourrama selbst dabei, und die Videoaufnahmen lassen an Deutlichkeit nichts zu wünschen übrig. Sollten Sie aber mit der Berichterstattung der *Woche* nicht einverstanden sein, steht es Ihnen selbstverständlich frei, einen Leserbrief zu schreiben.»

«Wenn Ihr Begleiter, der marokkanische Staatsangehörige Hassan Maliki, bei diesem Angriff ums Leben gekommen ist, wie erklären Sie dann, dass er Ihnen Geld überwiesen hat?»

«Dazu kann ich Ihnen allein deswegen nichts sagen, weil mir kein Kontoauszug vorliegt. Im Übrigen ist der Name Hassan Maliki gesetzlich nicht geschützt, soweit ich weiß. Jeder könnte als Hassan Maliki eine Barüberweisung vornehmen, auf welches Konto auch immer.»

Ohne weiteren Kommentar zog Claudia Müller ein Schriftstück aus ihrer Mappe und legte es ihr vor. Einen Kontoauszug, rot unterstrichen ihre Abbuchung, die beiden Überweisungen zu ihren Gunsten, vorgenommen auf den Namen Malikis, und schließlich eine Überweisung in Höhe von Euro 35 000, vor zwei Tagen, auf ein Konto in Paris.

«Wie Ihnen bekannt sein dürfte», setzte sie ihre Befragung fort, «ist der Inhaber dieses Kontos ein gewisser Dschibril Maghroub. Ein Algerier, der im Verdacht steht, Geld für Al-Qaida im Maghreb zu waschen. Woher kennen Sie diesen Mann?»

Die Blicke, die auf Sophie ruhten, waren geradezu voyeuristisch. Für beide stand ihre kriminelle Verstrickung außerfrage. Glaubten sie ernsthaft, Sophie überrumpeln und zu einem Geständnis verleiten zu können?

«Weder kenne ich diesen Mann, noch habe ich an ihn eine Überweisung veranlasst.»

«Weil Sie kein Onlinebanking betreiben», ergänzte die Beamtin.

«Und ich, wie ich schon sagte, diesen Mann nicht kenne.»

Nunmehr schaltete sich der Adlatus wieder in die Befragung ein: «Sie halten nichts von Onlinebanking, und Sie kennen diesen Mann nicht. Also kann die Überweisung auch nicht von Ihnen ausgegangen sein. Ist ja logisch, oder?»

«Ich hätte es kaum besser formulieren können.»

«Dann erklären Sie uns doch bitte», sagte dessen Vorgesetzte nun, «wer auf Ihr Konto hätte zugreifen können. Gibt es irgendjemanden, der Ihre Zugangsdaten besitzt?»

«Von welchen Zugangsdaten reden Sie?»

Die blutarme Beamtin räusperte sich: «Jemanden, dem Sie eine Vollmacht für Ihr Konto erteilt haben.»

«Nein.»

«Nein?», insistierte der Adlatus.

«Nein heißt nein.»

«Gibt es jemanden, dem Sie anderweitige Zugangscodes anvertraut haben? Etwa für Facebook oder Ihre E-Mails?», setzte er nach.

Sophie zögerte. Sie hatte Ronald Asmussen ihre Passwörter für Facebook, Twitter und E-Mail genannt, seit ihrem Besuch bei ihm aber nichts mehr von ihm gehört. Er sei gegenwärtig «auf Reisen», hieß es aus seinem Umfeld. Asmussens Namen jedoch in dieser Runde zu erwähnen, hielt sie für keine gute Idee. Es gab keinen Grund, ihn ans Messer zu liefern.

«Nicht, dass ich wüsste.»

«Nicht, dass Sie wüssten», echote Claudia Müller. «Um uns diese Nichtigkeit mitzuteilen, müssen Sie so lange überlegen? Das geht Ihnen nicht spontan über die Lippen? Sie sind doch sonst so schlagfertig.»

«Ich möchte niemanden überfordern, indem ich zu schnell rede.»

«Werden Sie nicht unverschämt», entfuhr es ihrer Kontrahentin in einem Tonfall, der in Spielfilmen dem Lagerkommandanten vorbehalten war. «Sie räumen Ihr Konto leer, und wenig später gehen zwei Zahlungen ein, die anschließend an einen Top-Terroristen weitergeleitet werden. Das ist ein bisschen sehr viel Zufall auf einmal, finden Sie nicht?»

Sophie schwieg, löste aber ihren Blick nicht von dem der Beamtin.

«Warum sagen Sie nichts? Hat es Ihnen die Sprache verschlagen?», setzte die nach.

«Ob und was ich sage, ist doch sowieso egal. Sie haben sich Ihr Bild längst gemacht.»

«Man könnte Ihr Schweigen auch als Schuldeingeständnis deuten.»

«Wie gesagt, Hassan Maliki ist tot. Das allein bringt das Kartenhaus Ihrer vermeintlichen Indizien zum Einsturz.»

«Sie sagen, Hassan Maliki sei tot», merkte der Adlatus an, «erhalten aber von ihm eine Überweisung. Einmal angenommen, er wäre gar nicht tot. Sondern er hat diesen Angriff auf das Dorf überlebt, genau wie Sie. Weil die Angreifer gar nicht wollten, dass Sie sterben. Weil Al-Qaida Sie braucht. Weil Sie mit denen unter einer Decke stecken, genau wie Hassan Maliki. Als deren finanzielle Helfershelfer.»

Sophie schüttelte nur den Kopf. Was, in Gottes Namen, hatten die sich da ausgedacht?

Unbeirrt fuhr Rossmann fort: «Die Sache mit der Himmelstreppe, Ihr pathetischer Artikel, das Video, das angeblich amerikanische Piloten zeigt – Respekt, Frau Schelling. Eine großartige Inszenierung, ein brillantes Ablenkungsmanöver.»

«Dieses Video …»

Bevor Sophie weiterreden konnte, fiel er ihr ins Wort: «… beweist gar nichts, das können Sie an jedem Heimcomputer zusammenbasteln.»

Das allerdings verschlug Sophie die Sprache.

Claudia Müller setzte nach: «Wir wissen, dass Sie nicht die Wahrheit sagen. Wir wissen, dass Sie Ronald Asmussen kennen. Wir gehen davon aus, dass er zu Ihren E-Mails und Ihren sonstigen Accounts Zugang hat. Sie aber behaupten, keine Passwörter weitergegeben zu haben.»

Sophie fing sich wieder und beschloss, nichts mehr zu sagen. Anfangs hatte sie geglaubt, das Verhör müsse auf einem Missverständnis beruhen. Stattdessen hielt man ihr vor, sie würde Terroristen unterstützen. Was hatten die Polizisten gegen sie in der Hand? Nichts als Behauptungen und Fantastereien. Allerdings sah sie es nicht als ihre Aufgabe an, deren Irrtümer zu widerlegen. Sollten sie Beweise haben, dass Hassan Maliki noch lebte, wäre sie die Erste, die sich darüber freuen würde.

Sie fragte, ob sie gehen könne. Das wurde ihr verwehrt.

Sie werde die Nacht in der Zelle verbringen, das Verhör werde morgen fortgesetzt.

«Ich bestehe auf einem Anwalt», sagte Sophie.

Der Adlatus reichte ihr das Telefon. «Sie haben einen Anruf», sagte er.

***

Die kleine, düstere Zelle enthielt eine Pritsche, einen schmalen Tisch, zwei Stühle, eine Toilette ohne Klobrille, ein Waschbecken. Das Fenster war vergittert, das Mondlicht fiel schräg auf die weiß gekachelte Wand gegenüber der Pritsche, auf der Sophie mit hochgezogenen Beinen ihren Gedanken nachhing. Sie dachte an ihre unbekannten Helfer in Marokko, die ihr das Leben gerettet hatten. Auch dort war sie in gewisser Weise inhaftiert gewesen, ohne sich aber bedroht gefühlt zu haben. An diesem Ort war das anders. Die gegen sie erhobenen Vorwürfe wogen schwer. Und wer weiß, vielleicht lag genau darin der tiefere Sinn dieser Aktion. Sie unter Verdacht zu stellen. Ihr Angst zu machen.

Wer aber hatte ihr Konto manipuliert? Identitätsdiebstahl war längst keine Seltenheit mehr. Dass Hassan tot war und sie diesen Dschibril Soundso nicht kannte, wusste die Polizei wahrscheinlich. Wieso machten sie sich nicht die Mühe, herauszufinden, wer ihr Konto manipuliert hatte?

Irgendwann musste sie eingeschlafen sein. Sie wachte auf, als die Zellentür geöffnet und ihr eine Beamtin ein Tablett mit Frühstück auf den Tisch stellte, ohne dabei viele Worte zu verlieren. Schwarzbrot mit etwas Butter und einer roten Marmelade, deren Geschmacksrichtung sich Sophie nicht erschloss. Der Kaffee war dünn und lauwarm, sie kippte ihn angewidert nach wenigen Schlucken in den Ausguss.

Als sich das Schloss der Zellentür erneut öffnete, saß sie gerade auf der Toilette. Sie rief «Einen Moment, bitte!», was die Frau mit dem Schlüsselbund in keiner Weise kümmerte. Die Tür flog auf, ihr Anwalt trat ein, wünschte einen guten Morgen und zog sich, nachdem er die Situation erfasst hatte, wieder auf den Gang zurück. Die Rücksichtslosigkeit der Beamtin machte Sophie dermaßen wütend, dass der Anwalt sie beruhigen musste.

Er war ein Bekannter ihres Bruders, den sie vom Verhörraum aus angerufen hatte. Abgesehen von der schräg verlaufenden Nase, die Sophie an den schiefen Turm von Pisa denken ließ, war nichts an ihm auffällig. Der ganze Vorgang sei bedauerlich, betonte der Jurist, aber aus Sicht der Polizei geboten aufgrund des vorliegenden Straftatverdachts. Für die Ermittlungsbehörden sei das gestrige Verhör allerdings wertlos. Die vernehmenden Polizisten hätten versäumt, sie auf ihr Recht hinzuweisen, von Anfang an einen Anwalt hinzuzuziehen. Er empfehle ihr dringend, keine weiteren Aussagen zu tätigen; er werde entsprechend Mitteilung machen. Ohne richterlichen Beschluss könne sie maximal 48 Stunden festgehalten werden. Sie müsse sich darauf einstellen, möglicherweise noch eine weitere Nacht in dieser Zelle zu verbringen. Das liege im Ermessen der Beamten.

Aufgrund eines Gerichtstermins könne er leider nicht bleiben, sagte er, und reichte ihr zum Abschied die Hand. Sie möge sich nach ihrer Freilassung einen Termin in der Kanzlei geben lassen.

***

Als Sophie das Polizeigebäude verließ, zitterten ihr die Knie. Die Botschaft, die man ihr mit auf den Weg gegeben hatte, war unmissverständlich: Wir behalten dich im Auge. Vermutlich war sie auch nur deswegen freigekommen. Weil sie aus Sicht der Ermittler draußen mehr Erkenntnisse zu liefern versprach. Der Gedanke, dass sie allen Ernstes unter Terrorverdacht stand, verwirrte sie. Sie betrat die erstbeste Bäckerei, kaufte ein Croissant und einen Tee, stellte sich an einen Tisch und versuchte, ihre Gedanken zu ordnen.

Sie war keine Chronistin mehr, sondern Darstellerin in einem ganz anderen Drama. Sie kannte das Drehbuch nicht, wusste aber, dass die Regisseure auf dem besten Wege waren, ihre Zukunft zu zerstören. Ihre Existenz. Und – sie hatte dem nichts entgegenzusetzen. Seit sie Schülerin war, hatte sie die Welt schreibend geordnet. Zunächst für sich, später für ihre Leser. Jetzt stand sie vor den Trümmern. Was sollte sie tun? In dieser Bäckerei herumzustehen, machte sie noch unglücklicher. Sie lief auf die Straße und hielt ein Taxi an.

In ihrer Bankfiliale bediente sie zunächst eine Auszubildende, der die Gesichtszüge entglitten, als sie ihre Kontodaten aufrief. Sophie verlangte, den Filialleiter zu sprechen, der kurz darauf erschien und sie mit einer Miene in sein Büro geleitete, als gelte es, Gefahrgut zu sichern. Sophie erkundigte sich nach den Überweisungen. Vor allem nach jener auf das Konto in Paris. Wie das angehen könne. Sie habe sie nicht getätigt. Kommentarlos überreichte ihr der Filialleiter eine Kopie des Überweisungsträgers. Die Unterschrift sah täuschend echt aus. Sophie fragte, ob es möglich sei, den überwiesenen Betrag von der französischen Bank zurückzufordern. Dazu könne er nichts sagen, entgegnete der Filialleiter. Möglicherweise geschehe das bereits.

»Was soll das heißen?»

Die Nachfrage schien ihn zu erstaunen. Sie wisse doch, dass ihr Konto gesperrt worden sei? Von der Staatsanwaltschaft?

Die Nachricht versetzte Sophie einen weiteren Hieb. Nein, das wisse sie nicht.

«Dann sind Sie jetzt informiert …»

«Und was ist mit den Daueraufträgen, etwa für die Miete?»

«Dazu kann ich Ihnen im Moment nichts sagen. Jedenfalls haben Sie keinen Zugriff mehr auf Ihr Konto.»

«Mehr fällt Ihnen dazu nicht ein? Was geschieht mit meinen Gehaltseingängen?»

Der Filialleiter zuckte mit den Schultern: «Fragen Sie die Staatsanwaltschaft.»

Sophie verlangte, ein neues Konto zu eröffnen.

«Das geht leider nicht. Unser Haus hat einen Ruf zu verlieren. Solange die Ermittlungen andauern, sind uns rechtlich die Hände gebunden.»

Zornig erhob sich Sophie: «Dann gehe ich eben zu einer anderen Bank!»

Der Filialleiter nickte, den Kopf leicht zur Seite gelegt. «Versuchen Sie Ihr Glück», sagte er und öffnete ihr mit einem angedeuteten Lächeln die Tür.

SIEBZEHNTES KAPITEL
BERLIN, PRENZLAUER BERG

Schnell erkannte Sophie, dass sie bei den Banken auf einer schwarzen Liste geführt wurde. Der Gedanke, auf absehbare Zeit kein Konto eröffnen zu können, nirgendwo, lastete wie ein Fluch auf ihr. Ein Mensch ohne Bankverbindung existierte nicht. Das System hatte Sophie ausgespuckt, für unwürdig befunden, Teil der Gesellschaft zu sein. Gewiss hatte sie einen Rechtsanspruch auf ein Konto, den hatte theoretisch jeder. Ihn durchzusetzen allerdings, kostete Zeit und Geld, und bis dahin stand ihr Leben nicht still. Die ersten Mahnungen würden schnell kommen.

Die Zeitung weigerte sich, ihr Gehalt bar auszuzahlen. Das sei nicht vorgesehen und auch nicht üblich. Sie hatte sich krankgemeldet, weil sie die Blicke von Kollegen und Vorgesetzten nicht länger ertrug. Mit ihrem Bruder hatte sie nur einmal kurz telefoniert – sie wollte ihn mit ihren Problemen nicht mehr als nötig behelligen. Immerhin war er selber Polizist und der Gedanke nicht abwegig, dass auch er Schwierigkeiten bekommen könnte.

Von Tag zu Tag aß Sophie weniger. Sie hatte einfach keinen Hunger. Was immer ihr Helga vorsetzte, sie stocherte lustlos darin herum.

«Was ist los, Sophie?», fragte Helga und legte ihr die Hand auf den Unterarm. «Normalerweise isst du doch gerne Fisch.»

Sophie zog ihren Arm zurück. «Ich mag nicht. Lass mich einfach.»

«Was magst du nicht?»

«Essen. Reden.»

Helga seufzte und schob ihren Teller beiseite.

«Wenn du nichts sagst, kann ich dir nicht helfen, Sophie.»

«Niemand kann mir helfen. Ich bin erledigt.»

«Na, hör mal. Du bist der mutigste Mensch, den ich kenne. Du lässt dich nicht unterkriegen.»

«Du kennst mich doch kaum.»

«Aber gut genug, um zu wissen, dass in dieser Wohnung keiner vor die Hunde geht. Nicht, solange ich hier bin. Hier, versuch mal den Cabernet, wenn du schon nichts essen magst.»

Helga schenkte ein und reichte ihr das Glas. Sophie stellte es ab, ohne davon zu kosten. Den verständnisvollen und besorgten Blick, der auf ihr ruhte, ertrug sie nicht. Erregt sprang sie auf, wobei ihre Oberschenkel schmerzhaft gegen den Tisch schlugen. Rotwein schwappte auf die Decke.

«Lass mich einfach in Ruhe!», polterte Sophie und fiel zurück auf den Stuhl.

Helga holte tief Luft und atmete hörbar aus. «Schon gut», sagte sie. «Ich lass dich ja.»

Kopfschüttelnd verließ sie die Küche. Sophie hörte, wie Helga die Fernsehnachrichten einschaltete und sich in den Sessel warf. Der sonore Tonfall des Sprechers ging Sophie auf die Nerven. Hohle Phrasen, Gerede, während anderswo Menschen zugrunde gingen. Krachend warf sie die Küchentür zu. Es kam ihr vor, als würde sich ihr Körper mit Luft füllen und sie jeden Moment explodieren. Schneller und flacher wurde ihr Atem, sie begann zu hyperventilieren. Riss das Fenster auf, aber die kalte Luft, die in die Küche strömte, traf sie wie ein Schlag. Sie knallte es wieder zu, suchte sich abzulenken, lief auf und ab, sammelte schließlich das Geschirr ein, das benutzte wie das unbenutzte, stellte es in die Spüle, stieß ihren Kopf an der offen stehenden Schranktür und schrie vor Wut und Schmerz. Sie schlug sich mit beiden Fäusten gegen den Schädel, fluchte und tobte. Nahm den erstbesten Teller und schleuderte ihn von sich. Noch einen und noch einen, auch das Weinglas, bis sich Essensreste und Rotwein in breiten Schlieren über die weiße Wand zogen. Helga kam in die Küche gerannt, was Sophie kaum innehalten ließ. Helga stellte sich vor ihr in den Weg und rief: «Hör auf damit! Sofort!»

Sophie ließ die Hände sinken.

«Und? Fühlst du dich jetzt besser?», fragte Helga.

Sophies Herz klopfte, und ihre Augen suchten nach Halt.

«Wenn du nicht aufhörst, rufe ich die Polizei», teilte ihr Helga mit.

«Die Polizei!» Sophie lachte bitter. «Das soll ja wohl ein Witz sein. Als ob sich die Bullen dafür interessieren. Die haben ganz andere Sorgen. Terror! Da sind sie ganz Ohr, das kann ich dir sagen.» Sie griff nach der Flasche Rotwein, die ihr Helga sofort wieder entriss.

«Keine Sorge, ich will nur etwas trinken.»

Misstrauisch lockerte Helga ihren Griff. Sophie setzte

die Flasche an und trank gierig. Sie sackte auf den Stuhl, der Raum um sie herum begann, sich zu drehen.

«Vielleicht werfe ich mich gleich selbst an die Wand», sagte sie.

Helga stand da, die Arme verschränkt.

«Was ist los mit dir?»

«Gib mir noch mal ein Glas! Ich will mich betrinken.»

Helga beäugte sie mit verzogenem Mund, tat ihr aber den Gefallen und nahm zwei frische Gläser aus dem Schrank. Sophie schenkte ein und trank.

«Ach, Helga. Ich fühle mich einfach … Sag mal – warst du jemals glücklich?»

«Was soll das denn jetzt? Alles muss raus, Schlussverkauf?»

Sophie sah sie an.

«In der ersten Zeit mit Horst – ja, das war schön», sagte Helga bedächtig. «Nach dem ersten Kind allerdings wurde alles anders. Da hat er das Interesse an mir verloren. Nannte mich nur noch ‹Muttchen› und wollte von körperlicher Nähe nichts mehr wissen. Nicht mit mir jedenfalls. Wie das zweite Kind entstanden ist, kann ich dir auch nicht sagen.»

Sophie seufzte. «Bindungen, Kinder – für mich war das nie was. Ich wollte lieber frei sein. Über den Dingen stehen. Am liebsten habe ich mich als Adler gesehen. Dem nichts entgeht, der über allem kreist. Ich dachte immer, das reicht mir.»

«Für mich hört sich das eher nach Ausrede an. Um sich bloß nicht festzulegen.»

«Wahrscheinlich hast du sogar recht. Manchmal

komme ich mir selbst vor wie der Esel aus der Fabel, der sich für keinen der Heuballen um ihn herum entscheiden mag – bis er am Ende verhungert.»

«Immerhin hat dich niemand so verletzt wie Horst mich», bemerkte Helga bitter. «Seither lasse ich keinen Mann mehr an mich heran. Nur noch so.» Sie entkorkte eine weitere Flasche Wein. «Manchmal gehe ich in die Saphire Bar die Straße runter und lasse mich abschleppen. Keine großen Worte, einfach nur die schnelle Nummer. Ich will verstehen, was Horst daran so wichtig ist. Mit Unbekannten rumzumachen. Ich habe es bis heute nicht herausgefunden. Ist schon komisch: Je unnahbarer du dich gibst, umso mehr sind sie hinter dir her. Ich will mich aber nicht mehr verlieben. Verletzt werden.»

«Tja», erwiderte Sophie, «das war auch mein Motto. Aber das ist ja nun gründlich schiefgelaufen.» Sie schluckte. «Was soll ich nur tun, Helga? In mein altes Leben kann ich nicht zurück, und das neue ist zu Ende, bevor es überhaupt angefangen hat.»

«Nichts ist vorbei, Sophie. Willst du es denen wirklich so einfach machen? In Selbstmitleid versinken, saufen und anderer Leute Küchen versauen? Hast du wirklich nicht mehr drauf?»

Ohne es zu wollen, wurde Sophie sarkastisch. «Was würdest *du* mir denn empfehlen», fragte sie, «wo *du* doch so gut durchblickst? Was sollte ich zum Beispiel wegen der Kontosperrung tun, *deiner* Meinung nach?»

«Ich denke, du solltest pragmatisch vorgehen. Suche dir jemanden, dem du vertraust. Und dann lässt du deine

Überweisungen und Zahlungseingänge über dessen Konto laufen.»

«Und wer sollte so dumm sein, sich darauf einzulassen?»

«Weiß nicht. Jemand, der dich mag? Der selber noch ein paar Rechnungen offen hat mit der Obrigkeit? Weil sie ihm die eigenen Kinder weggenommen hat, zum Beispiel?»

Sophie sah sie überrascht an. «Das meinst du jetzt nicht ernst, oder?»

«Warum denn nicht? Was habe ich denn zu verlieren? Meinen großartigen Job im Café? Ich bitte dich. Im Zweifel fahre ich eben Taxi. Habe ich dir nicht erzählt, dass ich den Schein habe? Musste mir ja mein Studium selber finanzieren.»

Damit hatte Sophie nicht gerechnet. Ob das so einfach gehen würde, das eigene Gehalt über ein anderes Konto laufen zu lassen? Dennoch, Helgas Vorschlag war so erfrischend einfach, dass sie erstmals wieder Hoffnung zu schöpfen begann.

* * *

Als es am nächsten Morgen an der Haustür klingelte, war Sophie gerade mit der Großreinigung der Küche beschäftigt. Sie würde Farbe einkaufen und die Wände neu streichen, hatte sie beschlossen. Helga öffnete die Tür, Sophie hörte Wolfgangs Stimme. Er stellte sich Helga vor.

«Wolfgang!», rief Sophie und trat auf den Flur. «Das ist ja eine Überraschung!»

«Also – ehrlich gesagt, bin ich beruflich hier.»

«Wieso? Ist jemand ermordet worden?»

«Kommen Sie doch erst mal rein», forderte Helga den Besucher auf und schloss die Tür hinter ihm. Sie lotste ihn in die Küche und fragte, ob sie etwas anbieten dürfe. Tee oder Kaffee?

«Nein, danke», erwiderte Wolfgang und blickte irritiert auf die Reste der Schlieren an den Wänden. «Was ist denn hier passiert?»

«Schwer zu sagen», flötete Sophie. «Mäuse?»

Wolfgang erkundigte sich etwas förmlich, ob Helga über die Probleme, denen sich Sophie ausgesetzt sehe, informiert sei. Nachdem er sich vergewissert hatte, offen sprechen zu können, holte er seinen Laptop aus der Tasche. Fragte, wo Helga für gewöhnlich ihren aufbewahre. Unterschiedlich, erwiderte sie, häufig auf der Kommode im Flur. Er bat sie, ihn zu holen. Anschließend verklebte er Kamera und Mikrofon und empfahl Helga, den Computer in einer Schublade aufzubewahren, am besten unter einer dicken Lage Wäsche, Pullover oder dergleichen. Die erstaunten Fragen beantwortete Wolfgang, indem er beiden einen Screenshot aus Sophies gekapertem Facebook-Account zeigte: seine Schwester, nackt auf dem Flur in Helgas Wohnung, auf dem Weg ins Badezimmer.

«Hast du – hast du dich selbst da eingeloggt?», fragte Sophie bestürzt.

«Nein. Das waren Kollegen aus einer anderen Abteilung. Du weißt, dass sie dich im Visier haben. Die gute Nachricht ist: Die sind selber nicht überzeugt, dass du mit Terroristen zu tun hast. Warum würdest du dann erotische E-Mails verschicken oder Nacktfotos ins Netz stellen? Das ergibt keinen Sinn. Es sei denn, du wärest vollkommen durchgeknallt. Also liegt der Verdacht nahe, dass da jemand mit brachialen Methoden versucht, dir um jeden Preis am Zeug zu flicken, dich fertigzumachen.»

«Und? Haben deine Kollegen jemanden im Verdacht?»

«Selbst wenn ich es wüsste, dürfte ich dir das nicht sagen. Ich kann nur über das reden, was der gesunde Menschenverstand nahelegt. Und ich habe grünes Licht, Ihnen mitzuteilen, Helga, dass Sie in Ihrer Wohnung vorerst nicht mehr ins Internet gehen sollten. Sie riskieren sonst, selbst kompromittiert zu werden. Lassen Sie keinen Laptop und kein Handy einfach herumliegen. Andernfalls ließe sich das meiste von dem, was sich hier abspielt, filmen und abhören.»

Sophie legte ihre Hände auf Helgas. «Es tut mir leid, dass ich dich da mit reingezogen habe.»

«Na ja, was heißt reingezogen», entgegnete sie. «Du stehst ohne Klamotten im Internet, nicht ich.»

«Wenn du willst, ziehe ich wieder in meine Wohnung.»

«Meinetwegen kannst du gerne bleiben. Ich will nur nicht, dass meine Kinder irgendwann mal Schwierigkeiten bekommen.»

Wolfgang ergriff das Wort: «Ich glaube, da kann ich Sie beruhigen. Wer immer es darauf abgesehen hat, Sophies Ruf zu ruinieren, will nichts von Ihnen. Sie sind eher, wenn ich so sagen darf, ein Beifang. Wie sich das Ganze allerdings weiterentwickelt, das kann niemand wissen.»

* * *

Ronald Asmussen aufzuspüren, erinnerte Sophie an eine Schnitzeljagd. Im «C-Base», wo sie ihm erstmals begegnet war, wusste niemand, wo er sich gerade aufhielt. Ihn in seiner bisherigen Wohnung anzurufen, war aussichtslos. Sie probierte es trotzdem: kein Anschluss unter dieser Nummer. Nach einer langen Odyssee durch mehrere Stadtteile, bei der Glück, Zufall und Intuition ihre Verbündeten waren, stand sie schließlich in einem düsteren, abgewetzten Treppenhaus inmitten einer ehemaligen Fabrikanlage. Designer, Künstler, Architekten hatten die verwaisten Lagerhallen in Beschlag genommen, allenthalben entstanden neue Büros, Werkstätten, Lofts. In der dritten Etage drückte sie wiederholt auf einen Klingelknopf ohne Namensschild, bis eine ältere Frau mit Schrubber in der Hand die Tür öffnete. Misstrauisch beäugte sie Sophie und ließ sie erst hinein, nachdem Ronald Asmussen aus weiter Ferne «Okay» gebrummt hatte. Das Loft umfasste eine halbe Etage und diente einem Bildhauer als Werkstatt und Wohnung. Zahlreiche Skulpturen säumten die Wände. Ein Frauenkopf aus Marmor beeindruckte Sophie. Seine Züge verrieten Unbeugsamkeit, ja Trotz, aber auch Scheu und Vorsicht. Sophie taufte sie für sich «Die Widerspenstige». Der Blickrichtung nach zu urteilen, wachte sie über Ronald Asmussen. Der lungerte auf einer Couch und hatte große Mühe, sich verständlich auszudrücken. Der Grund erschloss sich ohne Umschweife – zu Füßen des Sofas lag eine leere Flasche Whiskey. Auf seinem Schoß hielt er eine alte Spielkonsole von Atari. An zwei Drehknöpfen verschob er die senkrechten Striche zur Linken und zur

Rechten des Bildschirms nach oben wie nach unten. Damit verhinderte er, dass der Punkt, der sich langsam zwischen den Strichen hin- und herbewegte, ins Leere fiel. Eine Art Tischtennis, wobei es jedes Mal, wenn der Punkt, der Ball, auf einen Balken traf, «Plong» machte.

«Kennen wir uns?», fragte Ronald Asmussen. Sophie stand neben der Couch und blickte abwechselnd auf ihn und den Bildschirm.

«Wir haben uns kürzlich im ‹C-Base› kennengelernt. Ich brauchte da und brauche jetzt Ihre Hilfe», sagte Sophie.

«Da sind Sie bei mir an der falschen Adresse.»

Den Eindruck bekam sie auch. Es gelang dem Verschlüsselungsexperten kaum, sich aufrecht zu halten. Immer wieder kippte er langsam zur Seite und wäre von der Couch gefallen, würde er nicht im letzten Moment ruckartig zurückschnellen. Dabei stöhnte er, als habe er eine Herkules-Anstrengung vollbracht. Hartnäckig versuchte Sophie, ihn in ein Gespräch zu verwickeln, doch ohne Erfolg. Sie hatte nicht die Absicht, zu gehen und später wiederzukommen – wer weiß, wo er sich dann herumtrieb. Die Lage, in der sie sich befand, war ernst genug und duldete keinen weiteren Aufschub. Sie beschloss, radikale Maßnahmen zu ergreifen. In der kleinen, zum übrigen Loft hin offenen Küche betätigte sich die Frau, eine Türkin in geblümtem Rock mit Schürze und Kopftuch, die kaum Deutsch sprach und den Eindruck erweckte, gerade erst aus einer entlegenen Region Anatoliens eingeschwebt zu sein, mittlerweile als Köchin. Misstrauisch beäugte sie den Dampfkochtopf auf dem Herd, der bereits seit Sophies Ankunft bedrohlich zischte und brodelte. Den Gerüchen nach zu urteilen, befand sich darin ein Huhn. Sophie lächelte freundlich, schnappte sich eine Schüssel und füllte sie mit kaltem Wasser. Ronald Asmussen hielt noch immer den Atari in Händen, in kurzen Abständen ertönte ein «Plong». Sein Kopf allerdings war nach hinten gefallen, der offene Mund beschallte den Raum mit kraftvollem Gerassel. Sophie nahm ihm das museale Gerät ab und schaute sich nach Wertgegenständen und Kunstwerken in unmittelbarer Nähe des Sofas um, entdeckte aber keine. Entschlossen schüttete sie das Wasser dem Schnarchenden ins Gesicht.

Ronald Asmussen schoss in die Höhe, als hätte er in eine Steckdose gegriffen. Seine Arme ruderten in der Luft, sein Gesicht fragte: Wo bin ich? Was soll das? Er schüttelte sich und schien nicht sofort zu erfassen, dass da nur Wasser über ihn gelaufen war. Gleichzeitig ertönte ein lauter Knall, der das Mysterium der Heimsuchung in den Augen des Amerikaners noch verstärken mochte. Sophie richtete ihre Blicke besorgt Richtung Küche, dann nach oben, zur Decke. Dort klebte, sehr zum Erstaunen der drei Anwesenden, ein beinahe fertig gegartes Huhn am Putz und machte keinerlei Anstalten, seinen Platz zu räumen. Wie angenagelt verharrte es stumm in der für ihn ungewohnten Vogelperspektive. Die ebenso verängstigte wie panische Urheberin dieses Missgeschicks, die offenbar die Wirkung eines falsch eingestellten Dampfkochtopfs unterschätzt hatte, warf erst ihre Hände in Richtung Himmel, dann sich selbst zu Boden, wo sie ein Stoßgebet verrichtete, das in zahlreichen Variationen um das Wort Allah kreiste.

«Heilige Scheiße», murmelte Ronald Asmussen und schlurfte zur Küche, trocknete sich flüchtig mit einem Geschirrhandtuch ab. «Das ist Kunst, Mann. Richtige Kunst.» Er reichte der vor sich hin schimpfenden Türkin das feuchte Tuch. «Okay, Ayşe», sagte er. «Ist alles gut. Really tamam. Machst du uns einen Tee?»

Er ließ sich auf einen Stuhl fallen und massierte seinen Kopf. «Was ist hier eigentlich los?», fragte er.

Sophie nannte ihm einige Stichworte. Neulich im «C-Base», Marc Lindsey. Ihre gefälschten E-Mails, der gekaperte Facebook-Account. Ronald Asmussen, die Haare wild zu Berge stehend, sah sie mit zusammengekniffenen Augen an. Langsam schienen sich die Bilder in seinem Kopf zu einem vollständigen Puzzle zu fügen. «Ja, ja», sagte er, «ja, ja.» Er ziehe sich jetzt erst mal um. Der Weg ins Badezimmer fiel ihm schwer, er schwankte und stützte sich an der Wand ab.

Ayşe hatte Wasser aufgesetzt und beobachtete Sophie aus den Augenwinkeln. Sophie setzte sich an einen Tisch und wartete ab. Er macht es wie du, dachte sie. Kommt erst mal anderweitig unter. Bei einem Freund, Verbündeten, Mäzen, was auch immer. Auf der Flucht? Sie hörte Ronald Asmussen, der unter lauten Flüchen duschte. Kalt duschte, der Geräuschkulisse nach zu urteilen. Er musste sich ordentlich die Kante gegeben haben. Warum? Sinnlose Sauferei passte nicht zu ihm. Einer wie er war angewiesen auf einen klaren Kopf. Die einzige Gewissheit war das Huhn an der Decke, das unerschütterlich über ihnen thronte. Ganz schön widerspenstig, befand Sophie.

Ronald Asmussen warf sich auf den Stuhl ihr gegenüber. Er musterte sie stumm und erweckte den Eindruck, ihm könnten jeden Moment die Augen zufallen. Ayşe servierte ihnen wortlos einen Tee, abgesehen davon, dass sie noch immer leise Allah beschwor.

«Ich weiß jetzt wieder, wer Sie sind», sagte er.

«Das freut mich. Dann wissen Sie auch, dass ich Antworten brauche.»

«Da sind Sie nicht die Einzige.»

Wieso nur wirkte er so fahrig?, fragte sich Sophie. «Haben Sie herausgefunden, wer meine E-Mails und meinen Internet-Zugang manipuliert hat?», fuhr sie fort.

«Das können Sie sich doch wohl selber denken, oder?»

«Hören Sie ...» Sophie hielt kurz inne. «Die Sache ist die. Mein Konto ist gekapert worden. Irgendwelche Überweisungen sind dort eingegangen und weitergeleitet worden, angeblich an fragwürdige Adressaten. Mit dem Ergebnis, dass ich unter Terrorverdacht stehe und mein Konto gesperrt worden ist. Ich habe darauf keinen Zugriff mehr. Verstehen Sie, was ich Ihnen sage?»

Er sah auf seine Fingernägel. «Tut mir leid, das zu hören.»

Sophie wusste nicht, ob das Zynismus war.

«Sie sind der Einzige, von dem ich glaube, dass er mir helfen kann.» Sie beobachtete ihn scharf.

Ronald Asmussen seufzte und blickte ins Leere. «Selbst wenn Sie wüssten, wer dahintersteckt, selbst wenn Sie dessen oder deren Namen und Telefonnummer hätten, die Anschrift und sonst noch was – was nützt Ihnen das? Glauben Sie, Sie könnten mit diesem Wissen zur Polizei gehen? Glauben Sie, die würde Ihnen helfen?»

Sophie kam es vor, als wäre er seit ihrer letzten Begegnung ein anderer geworden. Weshalb dieser Wandel? Was war mit ihm geschehen?

«Okay», sagte sie. «Natürlich sind Sie mir gegenüber zu nichts verpflichtet.»

Er schwieg, und Sophie tat es ihm gleich. Trank ihren Tee und wartete ab.

«Erzählen Sie mir von Marc Lindsey», sagte sie schließlich.

«Warum? Was wollen Sie wissen?»

«Was er für ein Mensch war.»

«Ein Egomane. Er tat nur, was ihm richtig erschien.»

«Und was hatten Sie mit ihm zu tun?»

«Wir waren uns ähnlich.»

«Aber dann haben sich Ihre Wege getrennt.»

«Er war ein Egomane.»

«So wie Sie? Und das vertrug sich nicht.»

«Wenn Sie meinen.»

«Ist so eine Angewohnheit von mir. Den Dingen auf den Grund zu gehen.»

Ronald Asmussen erhob sich und ging ein paar Schritte auf die «Widerspenstige» zu. Er wendete sich von ihr ab, als sei ihm der Anblick unangenehm. Vielleicht musste er sich auch nur ein wenig die Beine vertreten.

«Je weniger wir wissen, umso besser ist es für uns», sagte er.

«Wissen ist Macht, dachte ich immer.»

«Das dachte Marc auch. Und jetzt ist er tot.»

«Was ist geschehen, Ronald Asmussen? Seit unserer letzten Begegnung. Ich erkenne Sie nicht wieder.»

Er reagierte nicht. Sophie blickte in sein rundes Gesicht, dessen Züge beständig zu wechseln schienen zwischen Übermut und Resignation. Schlaff hingen seine Schultern. Fast erweckte er ihr Mitleid. Es war sinnlos, ihn zu bedrängen, und sie beschloss zu gehen. Da geschah es. Das Huhn, das so lange hoch oben ausgeharrt hatte, landete mit lautem «Plopp!» auf dem Boden.

«Allah kahretsin!», fluchte Ayşe und stürzte sich auf das Tier, beförderte es umgehend und mit spitzen Fingern in die Mülltonne, als beleidige seine bloße Gegenwart jedwede Vernunft.

ACHTZEHNTES KAPITEL

WUSTROW, MECKLENBURG, DEUTSCHLAND

Robert McMullen war sich darüber im Klaren, dass er schwitzte wie in der Sauna. Nicht nur unter den Achseln, auch auf Brust und Rücken spürte er die Nässe. Zwischen den Beinen und an den Füßen. Auf seiner Stirn bildeten sich Schweißperlen. Noch zögerte er, ein Taschentuch zur Hilfe zu nehmen. Es wäre ein sichtbares Eingeständnis seiner Schwäche. Ihre messerscharfen Augen sezierten ihn, und er ahnte, was sie dachte: Was für ein fettes Schwein. Diese Frau, die vom Alter her seine Tochter sein konnte, kam nicht aus Langley, von der CIA, sondern aus Fort Meade, von der NSA. Offiziell war sie ihm lediglich «beigestellt», gewissermaßen eine Kollegin. Was, zum Teufel, hatte sie vor? Wollte sie ihn fertigmachen?

Vera Cochrane. Der Name passte zu ihr. Sperrig, ohne Lautmalerei. Fast zwei Meter war sie groß, schlank, muskulös. Ehemals Basketball-Spielerin. Ein hübsches Gesicht, vermutlich Lesbe. Warum sonst würde sie ihre Brüste unter ein korsettähnliches Top zwängen, das aus ihnen Pfannkuchen machte? Hosenanzug, braun wie ihre Haare. Kein äußerer Makel, aber kalt wie ein Fisch.

«Okay», sagte sie. «Wir müssen uns was einfallen lassen, wie schon gesagt.»

Sie stand in der Tür seines Büros, die Arme vor der Brust verschränkt. Sein Angebot, Platz zu nehmen, hatte sie abgelehnt. Wie ein dummer Junge saß Robert McMullen hinter seinem Schreibtisch und wusste nicht, wohin mit sich. Auch weil er Angst hatte vor Frauen, wie ihm widerwillig aufging.

«Das werden wir», beeilte er sich zu versichern.

«Gut. Wir haben also allen Grund zu der Annahme, dass Marc Lindsey umfangreiches Quellenmaterial zusammengestellt hat. Es dürfte die Aktivitäten der JSOC im Ausland dokumentieren, ebenso Drohnenangriffe und militärische Undercover-Operationen. Weit über Marokko hinaus. Es wäre eine Katastrophe, wenn diese Informationen an die Öffentlichkeit gerieten.»

«Demzufolge suchen wir nach USB-Sticks oder einer externen Festplatte?»

«Wir suchen nach ein paar Stecknadeln im Heuhaufen, so ist es.»

«Und die Spuren führen zu der Deutschen, Sophie Schelling?»

«Es ist eine Spur. Unsere Agenten haben jeden Stein in den USA umgedreht. Jeder, der Marc Lindsey auch nur eine E-Mail geschickt oder seinen Namen gegoogelt hat, ist von uns unter die Lupe genommen worden. Bei Mary Robertson haben wir jeden Winkel ihrer Wohnungen in Davidson und Boston durchsucht, sogar bei ihrem Mann und ihren entferntesten Verwandten waren wir. Nichts.»

«Verstehe. Nur haben wir das Appartement der Schelling bereits auf den Kopf gestellt und nichts gefunden.»

Vera Cochrane schnaubte verächtlich. «Ja, wie die Elefanten im Porzellanladen. Natürlich ist sie seither auf der Hut.»

Robert McMullen überhörte die Missbilligung. «Ihrer Auffassung nach könnte Marc Lindsey vor seinem Tod die gesuchten Unterlagen an seine Freundin weitergeleitet haben? Und über Mary Robertson sind die dann nach Berlin zu dieser Journalistin gelangt?»

«Haben Sie eine bessere Erklärung? Offenkundig war das auch der Weg, den die CD mit den Aufnahmen aus Marokko genommen hat. So steht es jedenfalls in Ihrem Bericht.»

Robert McMullen verspürte kalte Wut, was ihn noch hilfloser machte.

«Nehmen wir an, sie hätte besagtes Material. Warum ist sie damit noch nicht an die Öffentlichkeit getreten?»

Die Agentin machte eine Bewegung, als trommle sie mit den Händen: «Sie wartet auf den richtigen Zeitpunkt.»

«Ich würde sagen, sie hat das Material nicht … Noch nicht.»

Das Lächeln, das sie ihm zuwarf, kam angeflogen wie ein vergifteter Pfeil. «Sie meinen, das liegt irgendwo herum, postlagernd? Könnten Sie Erfolge vorweisen, wäre ich offen für Ihre Hinweise. Leider ist das Gegenteil der Fall. Sie verschicken erotische Mails und versuchen gleichzeitig, diese Frau als Terroristin darzustellen. Weniger ist mehr, würde ich sagen. Die Deutschen jedenfalls sind misstrauisch geworden.»

«Dann konzentrieren wir uns doch auf das Wesentliche.»

«Und das wäre?»

«Wir setzen sie so sehr unter Druck, dass sie in Panik gerät.»

«Das reicht mir nicht, Mister McMullen. Ich will eine

vollständige Liste ihrer Verwandten, Bekannten, Freunde, Kollegen. Ich will ein Dossier über jeden, der ihr in den letzten zehn Jahren die Hand geschüttelt hat. Ich will wissen, was sie vorhat, noch bevor sie selbst es weiß.» Sie wandte sich zum Gehen. «Ich darf auf Ihre Unterstützung zählen?»

***

«Zwischenzeit» nannte Sophie ihre Lage, in der sie sich wider Willen einzurichten bemühte. Ihre Zukunft erschien ihr offen wie bei einem Neugeborenen. Irgendwer zog im Hintergrund Fäden, die ihr Leben aus der Bahn warfen, ohne dass sie in der Lage wäre, darauf zu reagieren. Der Feind war unsichtbar. Umso mehr klammerte sie sich an das Normale, das Alltägliche, Gewöhnliche. Sie ging einkaufen, besorgte den Haushalt mit nie gekannter Inbrunst und war gerne bereit, Wolfgangs Wagen aus der Werkstatt zu holen. In der Redaktion ließ sie sich nach wie vor nicht blicken, sie war noch immer krankgeschrieben. Was sollte sie auch dort. Wohin würde das alles führen? Meist zog sie es vor, darüber nicht nachzudenken. Mit Mühe gelang es ihr, die Tag für Tag neu aufkeimende Unruhe, ihre Magenschmerzen und das Gefühl von Hoffnungslosigkeit, das sie in ruhigen Momenten überkam, zu beherrschen.

Sie nahm den Audi ihres Bruders am S-Bahnhof Bellevue entgegen, in einer Autowerkstatt, die sich, wie viele andere Geschäfte und Betriebe auch, gleich unterhalb des Gleisbetts befand, eingefasst von einem halbrunden

Torbogen. Sobald ein Zug darüber hinwegrumpelte, donnerte und vibrierte es auch im Innern. Die Inhaber der Werkstatt schien das nicht weiter zu stören. Zwei libanesische Brüder, die einst unter Mordverdacht standen, aufgrund der Ermittlungsergebnisse ihres Bruders aber entlastet worden waren. Sie zeigten ihre Dankbarkeit, indem sie seine Autos seit Jahren zuverlässig reparierten oder warteten. Einer der beiden hatte sogar seinem jüngsten Sohn den Namen Wolfgang gegeben. Auch wenn ihr Bruder es niemals zugeben würde, war er stolz darauf. Die freundliche und zugewandte Art, mit der sie bedient wurde, machte Sophie Mut. Auch diesen beiden hätte das Schicksal um ein Haar böse mitgespielt, doch heute ging es ihnen gut. Warum sollte dir das nicht auch gelingen?, fragte sie sich und verdrängte die naheliegende Antwort: Weil du dich mit den Falschen angelegt hast.

Sophie saß selten am Steuer und brauchte etwas, um sich an das Automatikgetriebe zu gewöhnen. Mit der überbordenden Elektronik, den digitalen Sensoren, Anzeigen und Schaltflächen, setzte sie sich gar nicht erst auseinander. Sehnsüchtig erinnerte sie sich an ihren 2 CV, den sie als Studentin gefahren hatte. Liebend gerne hatte sie mit der Kupplung gespielt, die Gänge hoch- und wieder runtergeschaltet – dieser Kombi dagegen fuhr sich wie von selbst. Das war sicher bequem, nur lag ihr wenig an Bequemlichkeit. Sie kaufte ein kleines Geschenk für ihre Schwägerin Evelyn und holte anschließend Helga ab, die vor dem Hauseingang auf sie wartete.

«Ich hoffe, du wartest noch nicht so lange», sagte sie zur Begrüßung.

«Alles im grünen Bereich», erwiderte Helga und strich ihr über die Schulter. «Manchmal fehlt mir das schon, so ein Handy. Macht das Leben einfacher, wenn man sich kurz absprechen kann.»

Sie gerieten in den Berufsverkehr und in zahlreiche Staus, bis sie die Autobahn im Norden Brandenburgs verließen und auf eine Landstraße einbogen. Verkehr und Häuser verloren sich, sie fuhren entlang schnurgerader Alleen, gesäumt von Eichen, Kastanien und Obstbäumen. Zu beiden Seiten erstreckten sich Felder und Seen, immer wieder unterbrochen von kleineren Nadel- oder Mischwäldern.

«Ich finde es sehr nett von deinem Bruder und deiner Schwägerin, dass sie uns zum Essen einladen», sagte Helga.

«Das ist es auch. Außerdem kommt Wolfgang auf diese Weise wieder an seinen Wagen. Er kann sehr pragmatisch sein.»

«Na klar, ist doch in Ordnung. Wie heißt deine Schwägerin noch mal?»

«Evelyn.»

«Und das ist ihr Wochenendhaus, wo wir jetzt hinfahren?»

«In Wustrow, ja. Sehr hübsch, direkt am See. Ideal zum Ausspannen.»

«Kannst du gut mit den beiden?»

«Wir sind sehr unterschiedlich. Ich bin eher der Globetrotter, sie stehen auf Scholle und Familie.»

«Na ja, ich bin auch ganz gerne draußen.»

«Dann wird dir ihr Garten gefallen. Sie haben da einen Backofen aus Lehm, der wirklich ganz fantastisch ist.

Kann man alles mit machen: Pizza, Braten, Brot, was du willst.»

Helga seufzte. «Und sonst? Wie fühlst du dich so?»

«Solange ich nicht ernsthaft nachdenke, geht es. Mehr oder weniger.»

«Das mit dem Geld ist kein Problem. Was ich habe, reicht erst mal für uns beide.»

«Danke, Helga. Die Daueraufträge erledige ich vorerst per Bareinzahlung. Die zehn Riesen, die ich abgehoben habe, dürften eine Weile reichen.»

«Auf mein Konto wollen deine Chefs nicht überweisen?»

«Der Verlag sagt, dass er das nicht machen könne. Aus rechtlichen Gründen müsse ich der Kontoinhaber sein, sonst rieche das nach Geldwäsche oder Steuerbetrug. Also geht das Gehalt weiterhin auf mein Konto, ohne dass ich darauf zugreifen könnte.»

«Und dein Anwalt? Hat der einen Plan?»

«Der meint, wenn deutsche Behörden die Kontosperrung veranlasst hätten, ließe sich da sicher was machen. Dann würde sie früher oder später aufgehoben. Sollten aber die Amerikaner ihre Finger im Spiel haben und auf einen ihrer zahlreichen Antiterror-Paragrafen verweisen, werde der Vorgang gänzlich unberechenbar.»

«Und dieser Ronald Asmussen? Was ist mit dem?»

«Hat Angst vor seiner eigenen Courage.»

«Da hast du ja einen echten Volltreffer gelandet.»

«Das kannst du laut sagen.»

Sie fuhren an Kuhweiden entlang.

«Fahr nicht so schnell», sagte Helga.

Sophie nahm den Fuß vom Gaspedal. Die Straße war abschüssig, und sie merkte schnell, dass der Motor allein die Geschwindigkeit nicht drosselte. Sie überholte eine Gruppe Rennradfahrer und drückte sanft aufs Bremspedal.

«Ich will dir ja nicht zu nahe treten», setzte Helga nach, «aber du fährst wirklich zu schnell.»

Sophie verzog die Stirn. Erneut trat sie aufs Bremspedal und bemerkte, dass sie bereits den Anschlag erreicht hatte. Der Tacho allerdings signalisierte das Gegenteil. Eben noch war sie 70 Stundenkilometer gefahren, jetzt lag sie bereits bei 80. Die Nadel kannte nur eine Richtung, nach oben. 90, 100, 110 – unerbittlich. Sophie drückte mit ganzer Kraft gegen das Bremspedal, ohne die geringste Wirkung zu erzielen. Instinktiv griff sie nach der Handbremse. Tatsächlich fiel die Anzeige leicht, um dann allerdings wieder Fahrt in die entgegengesetzte Richtung aufzunehmen.

«Was ist los?», fragte Helga irritiert.

«Ich habe den Wagen nicht mehr unter Kontrolle. Ich bremse, aber er reagiert nicht.»

«Was erzählst du denn da?! Das gibt es doch gar nicht. Tritt endlich mal auf die Bremse!»

«Das tue ich doch die ganze Zeit!» Mit Wucht pumpte sie das Pedal, bis auch Helga die Handbremse anzog. Doch es geschah nichts.

«Was ist das für eine Scheiße!» Helgas Stimme überschlug sich fast.

Innerlich hatte Sophie bereits umgeschaltet auf Autopilot. Das machte sie gerne, in kritischen Situationen.

Blendete den Verstand aus, bis die Gefahr überstanden war. Danach erst drohte ihr der Zusammenbruch. Sie flogen an einem Wald vorbei, Weide und Wiese schlossen sich an. Entlang der Straße gab es keine Leitplanke. Sophie zog das Lenkrad scharf nach rechts, um den Wagen aufs Feld zu jagen. Dort könnte er ausrollen, zur Not würde sie so lange im Kreis fahren, bis der Sprit verbraucht war. Das mochte dauern, war aber besser, als gegen einen Baum zu rasen.

Das Lenkrad aber reagierte nicht. Ganz gleich, in welche Richtung sie es zog – der Wagen blieb auf dem Asphalt. Mit leisem Entsetzen stellte Sophie fest, dass sie weder die Geschwindigkeit noch die Richtung bestimmen konnte. Sie hob die Hände, um den Verdacht bestätigt zu sehen: Der Wagen fuhr gänzlich ohne ihr Zutun, auch in Kurven. Und wurde noch mal schneller.

«Sophie, ich habe Angst!»

Sophie schwieg. Sie versuchte, die Tür zu öffnen, während der Fahrt. Vielleicht konnten sie sich auf die Straße werfen. Bei dem Tempo eine verwegene Idee, aber ein selbstbestimmter Tod wäre ihr immer noch lieber, als von unsichtbarer Kraft gegen eine Eiche geschleudert zu werden. Nur noch ein paar hundert Meter trennten sie vom nächsten Waldgebiet.

130.

Die Tür ließ sich weder entriegeln noch bewegen. Auch die Fenster blieben geschlossen. Helga stand kurz vor einem hysterischen Anfall, während Sophie immer ruhiger wurde. Es gab nichts mehr, was sie tun konnten, abgesehen vom Gebet. Sophie legte eine Hand auf Helgas Knie, um sie zu beruhigen. Das Unglück erschien kaum mehr abzuwenden. Eine innere Stimme sagte ihr: Es ist nicht deine Schuld. Du kannst nichts dafür. Helga schrie und schlug mit beiden Fäusten gegen die Tür, versuchte, sie zu öffnen, und erreichte nichts.

140.

Die Bäume flogen an ihnen vorbei. Sophie nahm Helga in den Arm, gegen deren Willen. Doch wurden ihre Bewegungen schwächer, bis sie aufgab. Helgas Kopf fiel auf Sophies Brust, sie atmete schwer und schluchzte. Wie absurd, dachte Sophie. Keine Hand am Lenkrad, kein Fuß auf dem Gaspedal, doch der Wagen findet seinen Weg, ist nicht zu stoppen.

145.

Sie rasten auf den vor ihnen fahrenden Volvo zu, vermutlich war es ein Volvo. Sophie zog Helga an sich und legte ihr die Hand über die Augen. Das ist es jetzt. Wir krachen in diesen Wagen, murmelte sie. Doch wie um sie beide zu verhöhnen, zogen die Puppenspieler, an deren unsichtbaren Fäden sie hingen, den Audi links an dem Volvo vorbei, um ihn anschließend wieder auf die rechte Fahrspur zurückzuführen. Sogar den Blinker betätigten sie dabei.

150.

Die Reifen quietschten, als ihr Gefährt in eine lang gezogene Linkskurve einbog. Sophie achtete kaum noch auf die Landschaft. Helga klammerte sich an sie und wimmerte leise. Sophie strich ihr übers Haar. Beide waren sie angeschnallt. Ihr ging durch den Kopf, ob der Tod schneller käme, wären sie es nicht.

160.
Kurz vor Wustrow kreuzten sich zwei Straßen. Dort spätestens endete ihre Fahrt. Aus den Augenwinkeln nahm sie bereits den Kirchturm des kleinen Ortes wahr. Ein Fahrer, der ihnen entgegenkam, betätigte die Lichthupe.
170.
Die Kreuzung. In Sichtweite. Und dann, ohne Vorwarnung, flogen sie nach vorne, schossen ihnen die Airbags ins Gesicht. Unter lautem Geschrei der Bremsen schlingerte der Wagen über die Straße, verlor rapide an Geschwindigkeit – wie ein Raubvogel, dem die Beute entfallen war. Es roch nach verbranntem Gummi, Qualm zog in die Fahrerkabine. Abrupt kam der rote Kombi zum Stehen, ein paarmal noch schwang die Karosserie hin und her. Sophie befreite sich von ihrem Airbag. Anschließend half sie Helga dabei, die ohnmächtig geworden war.

***

Der Abend hätte gemütlich werden können. Der Tisch war festlich gedeckt, im Kamin züngelten die Flammen, Kerzenlicht brannte. Evelyn redete beruhigend auf Helga ein, die apathisch auf einem Stuhl hockte, unter Schock. Sie hatte eine Decke um Helga gelegt und massierte ihr die Schulter. Der Wagen stand auf dem Hof, wohin Sophie und ihr Bruder ihn geschoben hatten. Sie wusste ihn daran zu hindern, den Motor wieder anzulassen.

So ruhig und sachlich wie nur möglich hatte sie Wolfgang geschildert, was vorgefallen war. Leicht fiel ihr das nicht, weil sie immer noch zitterte und das Glas Wasser vor sich auf dem Tisch nur mit beiden Händen zum Mund führen konnte.

Ihr Bruder allerdings erweckte den Eindruck, als zweifle er an ihrem Verstand. Ein Cyber-Angriff? Da soll jemand die Kontrolle des Wagens übernommen haben, wie bei einem ferngesteuerten Spielzeugauto? Das erzähle mal besser nicht der Polizei, empfahl er ihr mit großer Geste. Das hätte er ja noch nie gehört, so einen Quatsch. Cyber-Angriff auf dem Acker! Journalistin und ihre Freundin entgehen knapp dem Tod im Bullenauto!

Marc Lindsey, entgegnete Sophie nur. Die Parallele erkenne ja nun ein Blinder mit Krückstock.

«Erstens, meine liebe Sophie …» Wenn er so anfing, wurde er meist pädagogisch. «… gibt es nicht die geringsten Beweise für deine Verschwörungstheorien. Das hast du selbst gesagt. Der kann genauso gut besoffen durch die Gegend gefahren sein.»

Sophie nickte müde. Wozu mit ihm diskutieren.

«Und zweitens, schalte doch mal deinen Verstand ein.»

«Ist ja gut, Wolfgang.»

«Herrgott noch mal!» Seine Arme fuchtelten ziellos in der Luft. «Dieser Amerikaner ist in Los Angeles ums Leben gekommen.»

«Ach nee.»

«Er ist tot, und ihr lebt. Erkennst du den Unterschied?»

«Wir sind gerade mal davongekommen.»

«Ja, aber ihr lebt! Überleg doch mal! Wenn es ein Cyber-Angriff war, wie du glaubst, warum haben die Urheber dann bei euch auf die Bremse getreten und bei dem Ami nicht?»

«Woher soll ich das wissen. Programmierfehler? Personalwechsel?»

Der Anblick war bizarr. Evelyn massierte Helga, die langsam wieder zu sich fand. Wolfgang dozierte, die Ellenbogen auf den Tisch gestützt, während die Hände die zwei Hälften einer Kugel formten. Schon als Kind glaubte er, alles zu wissen. Allerdings verfügte er über einen untrüglichen Instinkt, und seine Frage war berechtigt: Warum diese Vollbremsung? Weil die Macher am Joystick noch Pläne hatten mit Sophie? Wollte man sie lediglich einschüchtern, ihr Angst machen? Wozu diese Mühe?

Die weit aufgerissenen Augen ihres Bruders verrieten ihr, dass er mit sich rang. Diese Geschichte hörte sich ungeheuerlich an und hätte vor keinem Untersuchungsrichter Bestand. Doch wusste er, was in Marokko vorgefallen, was dort mit ihr geschehen war. Nicht zu vergessen der Tote im Hotel Westin Grand. Wolfgangs Ruf als Ermittler konnte besser nicht sein. Er dachte in jede Richtung, selten übersah er das entscheidende Detail. Dieser Vorgang aber verunsicherte ihn, passte in kein Raster. Gewöhnlich gab es Täter. Und die hinterließen ihre Handschrift oder hatten ein Motiv, im besten Fall beides. Ermittlungen waren, wie er zu sagen pflegte, eine Frage des gesunden Menschenverstandes. Er glaubte an Intuition, Spurensicherung, den menschlichen Faktor. Sein Credo: Niemand war vor den eigenen Abgründen gefeit. Hass, Rache, Neid. Begehren, Gier, Langeweile, Affekt. Der Blutkreislauf der Gewalt. Jeder konnte sich jederzeit darin wiederfinden. Jeder war zu allem fähig. Wolfgang hatte genügend Geschichten erzählt, abends am Kamin.

Gerade deswegen haderte er mit sich. Dieser Vorfall erschütterte seine Gewissheiten. Ein Mastermind, der über Tod oder Leben entschied? Wer sollte das sein? Und vor allem: Wie machte der das? Mit welchen technischen Mitteln? In wessen Auftrag? Wie gerne würde er glauben, seine Schwester hätte einfach einen über den Durst getrunken und die Kontrolle über das Fahrzeug verloren. Oder die Libanesen hätten einen Terroranschlag ausgeheckt.

Das war das Gute an Geschwistern. Sie verstanden sich auch ohne viele Worte.

«Danke, Evelyn», sagte Helga und richtete sich etwas auf.

«Kinder, also ich weiß nicht!», rief Sophies Schwägerin und rieb sich die Hände. «Ich finde, wir sollten jetzt erst mal aufhören mit dieser furchtbaren Sache. Die läuft uns nun wirklich nicht davon. Ihr müsst doch einen Mordshunger haben – Sophie? Helga? Papperlapapp, jetzt wird gegessen. Dazu gibt's einen Selbstgebrannten von unseren Nachbarn. Ganz vorzüglich! Keiner fährt heute noch irgendwohin. Also, Wolfgang, du kümmerst dich um die Getränke, ich mach das Essen warm.»

Auf dem Weg in die Küche drehte sie sich noch mal um. «Hört mal, ihr beiden. Ihr lasst euch hoffentlich nicht unterkriegen, hört ihr? Das darf ja wohl nicht wahr sein! Was bilden sich diese Leute denn ein! Nicht mal mehr in Wustrow soll man sicher sein?! Dafür war ich doch nicht auf den Montagsdemos! Das darfst du dir nicht bieten lassen, Sophie. Und du auch nicht, Helga. Ich mach da gerne mit bei euch, wenn ihr wollt.»

NEUNZEHNTES KAPITEL
BERLIN, DEUTSCHLAND

Sophie hatte darauf bestanden, ihren Bruder in das Fraunhofer-Institut in Moabit zu begleiten, eine erste Adresse im Bereich Informationstechnologie. Wolfgangs Audi stand aufgebockt auf einer Hebebühne, in einer vor Messgeräten überbordenden Werkshalle. Sie diente der Erprobung neuer Sicherheitstechniken, auch zur Abwehr von Cyber-Angriffen auf Fahrzeugcomputer. Einer der zuständigen Programmierer, gekleidet wie ein Arzt in weißem Kittel, doch anhand der schlaksigen Bewegungen und dicken Brillengläser als Computerfreak auszumachen, war ganz in seinem Element. Hingebungsvoll erklärte Olaf Schöneburg, der Sophie an den Comic-Helden Charlie Brown erinnerte, seinen Besuchern die Lage: «Cyber-Angriffe auf Autos, aber auch auf Schiffe oder Flugzeuge, auf Transportmittel allgemein, gehören zu den am meisten unterschätzten Risiken im digitalisierten Alltag. Computersysteme sind das Rückgrat jedweder Motorisierung. Zündung, Getriebe, Motor, Bremsen, die Fahrzeugzelle, das Lichtsystem – Autos bestehen heute aus Chips und Bytes. Im Gegensatz zu normalen Computern oder Laptops allerdings gibt es für Fahrzeuge bislang so gut wie keine Schutzprogramme gegen Viren oder Hacker. Nichts ist leichter, als ein Auto zu kapern – sofern ich über das technische Know-how verfüge. Die Signale etwa, die der elektronische Zündschlüssel aussendet, wenn ich aus einigen Metern Entfernung im Gehen die Fahrzeugtür entriegele, sind mühelos abzufangen. Für einen Datendieb ist es kein Problem, anschließend selbst die Tür zu öffnen und den Wagen zu starten. Den Schlüssel braucht er dafür nicht. Das ist die einfachste Variante des Cyber-Angriffs, die für Autoversicherer zunehmend ein Problem wird.»

«Und die komplexeren Varianten? Wie sehen die aus?», fragte Sophie.

«Da sind der Fantasie schlichtweg keine Grenzen gesetzt. Haben Sie einen iPod?», erkundigte sich Schöneburg.

Sie schüttelte den Kopf.

«Gut für Sie. Ich könnte Ihren iPod ohne Weiteres mit einer Malware infizieren. Als Trojaner reicht mir ein einziger Download irgendeines Musikprogrammes. Nutzen Sie anschließend diesen iPod während der Fahrt, habe ich, etwa über Bluetooth, Zugriff auf die Bordelektronik. Das geht natürlich auch mit einem Handy oder Tablet. Mit jedem internetfähigen Gerät. Auch über Satellit kann ich die Bordelektronik aushebeln. Navigationssysteme bieten, neben Musik-Downloads, die besten Angriffsflächen für Hacker. Gegenwärtig basteln Ingenieure am fahrerlosen Auto. Eins kann ich Ihnen versichern: Ich für meinen Teil würde mich da niemals reinsetzen. Das ist ja geradezu eine Einladung für Kriminelle, etwa nach dem Motto: Die Bremsen funktionieren erst wieder, nachdem Sie Ihr Vermögen auf unser Nummernkonto auf den Bahamas überwiesen haben.»

Sophie sah Wolfgang von der Seite an, der seine Fingerkuppen rhythmisch aufeinanderstoßen ließ. Sie konnte sehen, wie es in seinem Kopf arbeitete.

«Eine besonders raffinierte Masche», fuhr Schöneburg fort, «haben wir neulich am Simulator erprobt. Der Bordcomputer glaubte, das Auto befinde sich auf der Autobahn, und beschleunigte auf 200. Tatsächlich aber befand sich das Fahrzeug im virtuellen Stadtverkehr und hätte höchstens 50 Kilometer die Stunde fahren dürfen.»

Sophie stieß Luft durch ihre Nase aus: «Wie bei uns.»

Der Programmierer blickte sie forschend an. «Das ist allerdings bemerkenswert. Ein solcher Angriff erfordert ein hohes Maß an technischer Expertise. Das ist nichts für Anfänger, das können Sie mir glauben.»

«Wer käme denn dafür infrage, Ihrer Ansicht nach?», erkundigte sich Wolfgang. «Für einen Cyber-Angriff während der Fahrt?»

«Einige wenige Computerexperten, dann natürlich das Militär und die Geheimdienste. Namentlich die amerikanischen. Nicht ohne Grund üben NSA und CIA erheblichen Druck auf Autohersteller in den USA aus, ihnen Zugang zu allen Verschlüsselungstechniken zu gewähren, die den Nutzer eines Fahrzeuges als legitimiert ausweisen. Mit anderen Worten, sie wollen keine perfekte Sicherung.»

«Und was ist jetzt mit dem Audi. Haben Sie irgendwelche Hinweise auf eine Manipulation von außen?», fragte Wolfgang.

«Nein. Einige Dioden im Bereich der Bremssteuerung sind durchgebrannt, das ist ein Indiz, kann aber ebenso gut normaler Verschleiß sein. Ein Cyber-Angriff ist im Nachhinein faktisch nicht nachzuweisen.»

«Sie haben mir gestern erzählt, dass Sie einen der Wissenschaftler vom MIT in Boston kennen, die den explodierten Mercedes von Marc Lindsey untersucht haben», warf Sophie ein.

«Ja, es gibt nicht viele zivile Fachleute auf diesem Gebiet. Man redet miteinander.»

«Und?»

«Der Wagen war dermaßen zerstört, dass er zur Spurensicherung kaum noch taugte.»

«Aber Ihre Kollegen vom MIT haben etwas gefunden?»

«Im explodierten Motor, in der Tat. Winzige Reste eines verflüssigten Sprengstoffs.»

«Also Mord.»

«Ich bin kein Jurist. Doch von allein wird der Sprengstoff kaum seinen Weg in den Benzintank gefunden haben. Das MIT hat die Behörden entsprechend informiert, aber geschehen ist nichts.»

«Der Motor ist explodiert, obwohl Marc Lindsey ohnehin tot war. Was für einen Sinn hat das?», fragte Sophie.

«Keinen», schaltete sich Wolfgang ein. «Es ist eher eine Duftmarke. Die Botschaft lautet: Uns reicht es nicht, dass du tot bist. Wir wollen sicherstellen, dass du auch wirklich zur Hölle fährst.»

***

In dem Stehimbiss unweit des Instituts war die Fensterscheibe beschlagen, der Verkehr strömte als endloses Band über die Hauptstraße, begleitet von gelegentlichen Hupgeräuschen, die Ungeduld ebenso verrieten wie

Rechthaberei. Wolfgang balancierte die beiden Kaffeetassen an den Tisch, stellte sie ab. Schweigend versenkten sie Milch und Zucker in der schwarzen Brühe. Sophie kannte ihren Bruder gut genug. Er war ebenso ratlos wie sie, auf leise Art wütend und bemüht, Haltung zu bewahren.

«Was wirst du jetzt tun?», fragte Sophie.

Er nahm einen Schluck, dachte nach. «Ich weiß es nicht. Was sollte ich denn tun, deiner Meinung nach?»

«Mir helfen.»

«Und wobei?»

Sophie überlegte und merkte, wie ihr der Boden unter den Füßen entglitt. Ihr Mund fühlte sich trocken an, und Tränen schossen ihr ins Gesicht. «Wolfgang, ich …»

Sie warf sich in seine Arme. Er hielt sie fest. «Ich kann nicht mehr …», schluchzte Sophie. «Ich kann einfach nicht mehr. Das alles wird mir zu viel … Was habe ich denn getan, um Himmels willen? Was habe ich denn getan? Ich komme mir vor wie Hiob in der Bibel. Überlebe ein furchtbares Massaker, versuche mich an der Wahrheit und muss erleben, wie meine Existenz zerstört wird. Und als Krönung dann dieser Cyber-Angriff. Was kommt als Nächstes, Wolfgang? Was kommt als Nächstes? Werden die erst Ruhe geben, wenn ich tot bin?»

Ihr Bruder zog einen der beiden Stehhocker des Cafés mit dem Fuß heran, für Sophie. Anschließend holte er den zweiten Stuhl und setzte sich ihr gegenüber.

«Hör zu, Sophie», sagte er und nahm ihre Hände in seine. «Das hier ist eine verdammt üble Geschichte. Und die bittere Wahrheit ist: Du und ich, wir können daran nichts ändern. Nicht das Geringste. Weißt du, was auf der Dienststelle los wäre, wenn ich einen Mordversuch an meiner Schwester melden würde? Mithilfe eines Cyber-Angriffs? Das ist nicht die Welt, in der wir zu Hause sind, Sophie. Ganz abgesehen davon, dass es keinen gerichtsverwertbaren Beweis für diesen Angriff gibt. Und den wird es auch nie geben. Das ist ja das Perfide.»

«Was soll ich denn nur machen, Wolfgang? Was soll ich denn machen?» Sophie wischte die Tränen aus ihrem Gesicht und ignorierte die Blicke der Bedienung.

«Sophie, ich … ich kann dir das nicht sagen. Ich an deiner Stelle würde wahrscheinlich die Notbremse ziehen. Aussteigen aus der Geschichte. Was nützt dir die Wahrheit, wenn sie dich am Ende umbringt. Du kannst gegen diese Leute nicht gewinnen. Sende ihnen ein Zeichen, dass du verstanden hast, und sie werden dich in Ruhe lassen.»

«Was macht dich da so sicher?»

«Selbst die Mafia hat ihren Ehrenkodex.»

Lang und anhaltend atmete Sophie aus. «Warum haben sie uns nicht getötet, Helga und mich?»

«Das Thema hatten wir schon. Vielleicht reichte ihnen der Warnschuss.»

«Oder sie brauchen mich noch.»

Wolfgang nickte starr und sah durch sie hindurch. Das tat er, seit sie denken konnte, wenn er nicht weiterwusste. Nach einer Weile schlug er vor zu gehen. Draußen vor der Tür fragte er seine Schwester, ob sie ihn begleiten wolle. Zu den beiden Libanesen am S-Bahnhof Bellevue. Dort werde er sein künftiges Auto abholen, einen dreißig Jahre alten Mercedes Diesel, garantiert frei von digitaler Elektronik. Den Audi habe er bereits an einen Kollegen verkauft. Sophie schüttelte den Kopf, danach stand ihr jetzt nicht der Sinn. Auch wenn sie keinerlei Vorstellung hatte, was sie den Rest des Tages anstellen würde. Als sie sich verabschiedeten, nahm ihr Bruder sie noch einmal in die Arme. «Das wird schon, Sophie», sagte er. «Das wird schon. Wir sind ja auch noch da.»

Sophie hatte fast schon den Eingang zur U-Bahn-Station Turmstraße erreicht, als Wolfgang sie noch einmal von Weitem rief. Sie drehte sich um und sah ihn, das Handy am Ohr. Er winkte sie zu sich heran, mit ernstem Gesicht. Als sie vor ihm stand, zog er sie an die Häuserwand. Wie um ihr Halt zu geben.

«Die Heimleitung hat angerufen, Sophie. Unser Vater ist soeben verstorben.»

Sophie rutschte die Wand hinunter und ging in die Hocke. Verbarg ihr Gesicht hinter den Knien. «Nicht auch das noch», murmelte sie. «Nicht auch das noch.»

* * *

Ihr Vater lag auf seinem Bett in der Seniorenresidenz. Vom Mittagsschlaf war er nicht mehr erwacht. Ruhig und friedlich lag er da, mit blassem, eingefallenem Gesicht. Sie hatten ihm die Hände in Bauchhöhe gefaltet. Nur das Ticken seiner alten Kuckucksuhr unterbrach die Stille des Zimmers. Während Wolfgang auf dem Gang mit einem Bestattungsunternehmer telefonierte, öffnete Sophie den Kleiderschrank. Ohne Grund, vielleicht in der

Annahme, darin Spuren zu finden. Erklärungen, Bilder, stille Seufzer, die ihr den eigenen Vater näherbrachten. So fremd waren sie einander gewesen. Der Kleiderschrank verströmte einen Geruch, wie er wohl alten Menschen eigen war. Schleichender Verfall. Gerade wollte sie die Tür wieder schließen, in der Gewissheit, dass der Inhalt kaum mehr für eine Kleidersammlung taugte, als ihr Blick auf den Schrankboden fiel. Rechts hinten, in der Ecke, befand sich ein Päckchen. Sophie beugte sich hinunter und nahm es in die Hand. Eine Sendung aus den USA. Den Absender kannte Sophie nicht, irgendjemand in North Carolina. Dem Poststempel nach zu urteilen, war das Päckchen schon vor Längerem verschickt worden, an ihren Vater. Es brauchte einen Moment, bis der Groschen fiel: Mary Robertson. Mit dem noch ungeöffneten Päckchen in der Hand lief sie zur Heimleitung und versuchte herauszufinden, wie es in den Kleiderschrank geraten war. Sie erfuhr, dass es wohl einige Zeit auf dem Tisch gelegen habe. Eine Pflegerin habe die Sendung beim Aufräumen in den Schrank gelegt, und dort sei sie wahrscheinlich vergessen worden.

Sophie konnte es kaum fassen. Mary Robertson hatte tatsächlich die Anschrift ihres Vaters verwendet, um ihr eine Botschaft zukommen zu lassen. Fast ahnte sie, was sich in dem Päckchen befand. Nicht weniger als eine Zeitbombe.

***

Auf Ronald Asmussen wirkte der Quellcode gehackter Computerprogramme anregend, elektrisierend, erotisch nahezu. Sein geübtes Auge erkannte in den endlosen Zahlenreihen die Verteidigungslinien der Schutzprogramme, die er auf breiter Front überrannt hatte. Die eigentliche Kunst bestand weniger darin, in die Hochsicherheitstrakte besonders geschützter Computersysteme einzudringen und darin zu lesen wie in einem offenen Buch. Die Herausforderung war eine andere: nicht als Eindringling erkannt und gejagt zu werden oder die Selbstabschaltung des Systems auszulösen – wie die Brücke über dem Festungsgraben mittelalterlicher Burgen, die hochgezogen wurde, sobald sich der Angreifer zeigte. Vor allem nicht autorisierte Downloads erwiesen sich als problematisch, weil sie in der Regel stillen Alarm auslösten und der Hacker zurückverfolgt wurde an die Quelle, seinen Rechner, um ihn juristisch oder anderweitig zur Rechenschaft zu ziehen.

Wie ein Parasit hatte er sich im Rechenzentrum der CIA in Virginia eingenistet, nachdem es ihm tatsächlich gelungen war, sich als berechtigter Nutzer einzuloggen. Ein Meisterstück an Identitätsdiebstahl, die Krönung seiner bisherigen Laufbahn. Soweit er wusste, hatte es einen vergleichbaren Fall noch nicht gegeben. Immerhin durchpflügte er die Datenbanken in Langley, und zwar im Namen des stellvertretenden Chefs der NSA. Der eine Geheimdienst tat sich an den Informationen des anderen gütlich, was irgendwie Sinn ergab und bislang noch keinen Verdacht erregte. Im Zweifel bekämen sie bei der CIA ohnehin erst einmal kalte Füße – aus Sorge, die NSA könnte in höherem Auftrag handeln. Paranoia hatte auch ihre guten Seiten. Und selbst wenn sie Verdacht schöpften und auf die Idee kämen, ihm nachzustellen, führten alle Datenspuren ins Hauptquartier des britischen Geheimdienstes GCHQ, deren Server er für seinen Angriff nutzte. Die Pudel probten den Aufstand! Mit grimmiger Genugtuung lud er gewaltige Datenmengen herunter, wobei sein besonderes Augenmerk der US-Botschaft in Berlin galt. Sie war verantwortlich für seine Verhaftung in London, sie hatte die Erpressung eingefädelt, ihm die Pistole auf die Brust gesetzt.

Fast wäre er darüber in die Knie gegangen. Die kalte Dusche, die Sophie Schelling ihm verpasst hatte, war das Beste, was ihm in der Situation geschehen konnte. Ein Weckruf zur rechten Zeit. Und sie stand offenbar demselben Gegner gegenüber.

Seit Tagen filterte er die Daten und siebte sie nach Stichworten. Bei Robert McMullen stutzte er. Er verfügte über zwei Wohnungen in Berlin. Eine offizielle, in der überwachten Siedlung für ranghohe amerikanische Diplomaten und Agenten in Zehlendorf. Und eine zweite, inoffizielle, die ihm offenbar als Refugium diente, in der Niebuhrstraße in Charlottenburg.

Ronald Asmussen verschloss die Holztür des Dachstuhls, in der allerlei Gerümpel aufbewahrt wurde, Camouflage für seine Hochtechnologie. Es war höchste Zeit, sich die Beine zu vertreten. Warum sich bei der Gelegenheit nicht ein klein wenig umhören, spionieren?

***

Sophie hatte ihren Bruder noch nie auf sein Revier begleitet, zur Mordkommission. Das etwas düster anmutende Polizeigebäude unweit des KaDeWes, in dessen Eingangsbereich eine Tafel der gefallenen Kameraden im Ersten Weltkrieg gedachte, roch nach Linoleum und Scheuerwachs. Im Treppenhaus hallten die Stimmen nach, sodass Sophie sich in einem Klangraum wähnte. Einen kurzen Moment, als ihr Bruder mit dem Pförtner sprach und sie als seine Schwester vorstellte, schloss sie die Augen, suchte in Gedanken das Happy End, als wäre sie in ein Hörspiel geraten.

Mit einem Anflug von Bedauern entschuldigte sich ihr Bruder wortreich, dass sein Arbeitsplatz in der dritten Etage dem Ambiente aus Fernsehserien so gar nicht entspreche. Im Grunde gehe es hier zu wie in jeder anderen Behörde, auch der Nervenkitzel sei nicht wesentlich höher. Sophie gab ihm im Stillen recht, allenthalben graue Betriebsamkeit. Eine Geräuschkulisse, in der gedämpfte Diskretion mit lauten Zwischenrufen konkurrierte. Nachlässig gekleidete Beamte hasteten über die Flure, auch die Frauen ließen wenig Eleganz erkennen. Street wear, wohin sie schaute. Und der Kaffee war tatsächlich so schlecht, wie es das Klischee verlangte. Die eingesetzte Bürotechnik allerdings schien ihr auf dem neuesten Stand zu sein, und das war das Einzige, was Sophie umtrieb.

Wolfgang führte seine Schwester in einen Nebenraum, wo sie die Tür schließen konnten und niemand sie behelligte. «So ganz verstehe ich dich nicht, Sophie. Erst bist du am Boden zerstört, aber seit du dieses Paket gefunden hast, erlebe ich dich wie ausgetauscht, Vaters Tod hin oder her.»

«Ja, tut mir leid. Natürlich bin ich traurig. Aber wir wussten beide, in welchem Zustand er sich befand.»

Wolfgang nickte kurz, aber sie spürte wohl, dass er sie vermutlich für abgebrühter hielt als so manchen Kollegen in der Mordkommission.

«Okay», sagte Sophie. «Ich kopiere als Erstes die Datenträger. Du bist sicher, dass ich eine Kopie bei euch aufbewahren kann?»

«In meinem Schreibtisch, ja.»

«Und da geht niemand ran, kein Kollege, keine Putzfrau?»

«Würde mich wundern.»

«Gut. Dann wollen wir mal.» Sie schloss die handgroße, externe Festplatte an den Rechner an und öffnete sie. Auf dem Bildschirm erschienen reihenweise Icons mit Dateinamen. Wahllos klickte sie einige an. Sie blickte auf amtliche Dokumente, Fotos, darunter solche von Soldaten in der Wüste, Texte von Marc Lindsey, Notizen. Einige Dateien trugen die Kennung «Morocco». Wieder klickte sie auf die Symbole, überflog die Inhalte. Zwei- oder dreimal las sie «Gourrama», das mittlerweile hinlänglich berüchtigte Sonderkommando JSOC fiel ihr ins Auge, ein geologisches Gutachten zur Grenzregion von Marokko und Algerien.

Sophie erkannte schnell, dass ihr Mary Robertson nichts weniger als das Vermächtnis Marc Lindseys überlassen hatte. Sein Lebenswerk, für das er teuer bezahlt hatte. Von seiner Vertrauten altmodisch auf den Weg gebracht, mithilfe der Post, über den Umweg des Kleiderschranks ihres verstorbenen Vaters.

Sie zog zwei Kopien auf USB-Sticks, die sie eigens für diese Zwecke gekauft hatte. Eine dritte Kopie würde sie später manipulieren. Ihr schwebte vor, ein paar Dokumente als Fassade zu belassen, den Stick ansonsten aber mit Belanglosigkeiten zu füllen. Falls sie jemals gezwungen werden sollte, irgendetwas vorzuzeigen, gegen ihren Willen.

«Danke für deine Geduld, Wolfgang. Lass uns den ganzen Vorgang doch mal wie einen Mordfall betrachten.»

«Warum das?»

«Weil ich deinen Rat brauche. Mary Robertson schickt mir also diesen Nachlass von Marc Lindsey. Gleichzeitig versucht jemand, mir eine Drohung zukommen zu lassen, mithilfe eines Cyber-Angriffs. Helga ist natürlich auch betroffen, aber höchstwahrscheinlich nicht das Ziel. Welchen Zusammenhang siehst du zwischen diesen beiden Vorgängen?»

«Dem Nachlass und dem Angriff, meinst du?»

«Genau das.»

Wolfgang überlegte. «Sie haben dich nicht getötet.»

«Sondern im letzten Moment auf die Bremse getreten. Warum?»

Sophie verschränkte ihre Hände hinter dem Kopf. «Was hältst du denn davon: Sie wollten mich gar nicht töten. Jedenfalls so lange nicht, bis sie haben, was sie interessiert.»

«Diese Dateien?»

«Um die geht es doch wohl.»

Wolfgang rieb sein Kinn. «Woher sollten die Amerikaner wissen, dass Mary Robertson ein Päckchen mit brisantem Inhalt an dich verschickt hat?»

«Das können sie nicht wissen. Sie haben aber möglicherweise mitbekommen, dass Mary Robertson und ich uns in Hamburg begegnet sind. Sollte also Marc Lindsey der Nachwelt irgendetwas hinterlassen haben, was die nicht veröffentlicht sehen wollen, dann liegt es doch nahe, sie und mich unter die Lupe zu nehmen. Oder etwa nicht? Zumal sie mich sowieso im Visier haben, wegen Gourrama und der CD, die ich ins Netz gestellt habe.»

Ihr Bruder nickte bedächtig.

«Ich habe über deine Worte nachgedacht, Wolfgang. Von wegen die Notbremse ziehen, aus der Geschichte aussteigen, auch die Mafia habe ihren Ehrenkodex. Ich glaube nicht, dass es funktioniert. Selbst wenn ich mit diesem Material zur Botschaft gehe und hoch und heilig verspreche, so was nie wieder zu tun – ich weiß einfach zu viel. Warum sollten sie mir vertrauen? Niemand vertraut einem Junkie. Und ich bin ein Junkie. Wenn ich einmal Lunte gerochen habe, lasse ich nicht mehr locker. Selbst wenn ich wollte, es ginge nicht. Das ist Teil meiner DNA. Und das wissen diese Leute. Das sind Profis. Genau wie du und ich.»

«Du warst schon immer ein Dickkopf», sagte ihr Bruder nicht ohne Anerkennung. «Das bedeutet, dass du in Schwierigkeiten geraten wirst, in noch viel größere als die, in denen du sowieso schon steckst.»

«Ja. Ja … Aber weißt du, ich bin trotzdem euphorisch.»

«Das sind Selbstmörder häufig.»

«Mag sein. Allerdings habe ich seit Langem mal wieder das Gefühl von Oberwasser. Gleichzeitig sind diese Daten meine Lebensversicherung, so, wie ich das sehe. Solange die andere Seite nicht hat, was sie sucht, wird sie mich kaum umbringen. Sonst hätte sie den Cyber-Angriff zu Ende geführt. Erst einmal geht es darum, mir Angst zu machen. In der Hoffnung, ich knicke ein und gebe ihnen, was sie haben wollen.»

«Du bist ganz schön hart drauf.»

«Liegt in der Familie, fürchte ich. Hilfst du mir, wenn du kannst?»

Wolfgang nickte. Sophie erkannte wohl, dass ihr Bruder kein Widerstandskämpfer war. Doch reichte es vollauf, dass sie die Götter zum Tanz bat. Irgendjemand musste ja am Ende die Scherben zusammenkehren.

* * *

Wie gewohnt stand Helga hinterm Tresen ihres Cafés, nahm Bestellungen entgegen oder bediente die stählerne, silberfarbene und fensterbreite Kaffeemaschine, die eigens in Italien angeschafft worden war und zischte oder klackte, vor allem, wenn die Hebel umgestellt wurden und weißer Dampf aus irgendwelchen Düsen entwich. Das Café war gleichzeitig Restaurant und Konditorei, beliebt bei Freiberuflern, die dort frühstückten und anschließend ihre Laptops einschalteten. Das Inventar wirkte fast ein wenig unterkühlt – ein Kunstgriff, hatte Helga Sophie verraten, damit die Leute nicht ewig blieben und neue Gäste eine Chance auf einen Sitzplatz bekamen.

Sophie saß an einem der wenigen Zweiertische und beobachtete ihre Freundin, die sich wie in Trance bewegte. Den Kunden gegenüber war Helga freundlich, zugewandt, interessiert, nicht anders als üblich. Und doch war da dieser feine Riss in ihren Bewegungen, als liefen Bild und Tonspur nicht vollständig synchron. Sie stand, so schien es, noch immer unter dem Schock der gemeinsamen Höllenfahrt. Tags darauf hatte Sophie ihre alte Wohnung wieder bezogen, auch wenn ihr das schwerfiel. Im Augenblick hielten sie es beide für besser – in der Hoffnung, Helga dadurch zu schützen.

Dennoch bestellte Sophie bereits den zweiten Kaffee, was natürlich diesem Anliegen zuwiderlief. Helga war in kurzer Zeit ihre wichtigste Vertraute geworden, sie brauchte ihren Rat und das Gespräch mit ihr. Und auch Helga war offenbar froh über ihre Anwesenheit. Gelegentlich blickte sie hinüber und sagte etwas, wie: «Na, Sophie? Heute mal Eile mit Weile?»

Sophie lächelte und hielt die kleine Spitze für ein gutes Zeichen. Als mal nicht viel zu tun war, setzte sich Helga zu Sophie und sagte: «Na, komm schon, spuck aus.»

«Was meinst du?», wunderte sich die Angesprochene.

«Ich sehe dir doch an, dass du es kaum abwarten kannst, mich vollzutexten.»

Sophie zögerte einen Moment, beugte sich zu ihr hinüber und flüsterte: «Ich habe dir von Mary Robertson erzählt, der Freundin von Marc Lindsey. Die hat mir seinen Nachlass zukommen lassen. Sein publizistisches

Vermächtnis. Das Material ist dermaßen umfangreich, dass ich gar nicht weiß, wie ich das in den Griff bekommen soll. Im Augenblick ertrinke ich fast in den Informationen.»

Helga spitzte den Mund und ließ einen Pfiff ertönen, der wohl Anerkennung signalisierte. «Und was gedenkst du, jetzt zu tun?», fragte sie ebenso leise.

«Ich werde erst mal in Ruhe alles durcharbeiten. Eigentlich bräuchte ich dringend Hilfe, aber ich kann niemanden engagieren für diese Geschichte. Das wäre zu heikel.»

«Niemanden außer mir, willst du sagen.»

«Nicht einmal dich. Nach allem, was geschehen ist.»

Helga blickte ihr forschend in die Augen. «Ich gebe zu, dass mich diese Raserei neulich ziemlich schockiert hat. Das steckt mir immer noch in den Knochen. Jedenfalls … ich bin schon der Meinung, dass du deinen Weg weitergehen solltest. Und ich helfe dir gerne, solange ich mir dabei nicht die Finger verbrenne.»

Sophie schwieg. Damit hatte sie nicht gerechnet.

«Ich habe die nächsten Tage frei», fuhr Helga fort. «Wenn du willst, leiste ich dir bei der Lektüre Gesellschaft.»

«Meinst du das ernst?»

«Sonst würde ich es dir wohl kaum anbieten. Außerdem kannst du ein bisschen Coaching ganz gut vertragen, meinst du nicht? Du neigst zu Eigenbrötlerei.»

«Danke für die Blumen!»

«Du weißt, dass ich recht habe. Hast du irgendwelche Pläne, was deine Zeitung betrifft?»

«Nein, ich …»

«Siehst du, genau das meine ich. Du ziehst dein Ding durch und denkst nicht an die Folgen. Du meldest dich krank und lässt den lieben Gott einen guten Mann sein. Das kann böse für dich enden, Sophie.»

«Mit der Zeitung habe ich längst abgeschlossen.»

«Ich weiß. Allerdings machst du da einen großen Fehler.»

«Also, Helga, das geht jetzt aber …»

«Das ist der Deal: Ich helfe dir, und danach meldest du dich zum Rapport bei deinen Chefs. Betrachte es einfach als Übung in Demut. Sophie, die meisten Journalisten, die hier herumsitzen, weil ihre Stellen in den letzten Jahren eingespart wurden, würden alles geben für deinen Job.»

ZWANZIGSTES KAPITEL

WUSTROW, MECKLENBURG, DEUTSCHLAND

Frühabendliche Nebelschwaden legten sich wattegleich über den Plätlinsee, herbstlich kühle Luft hielt durch die geöffnete Verandatür Einzug in das Wochenendhaus von Sophies Bruder und Schwägerin, wohin sie sich gemeinsam mit Helga zurückgezogen hatte. Im Kamin brannte ein knisterndes Feuer, sie aßen Sandwiches. Ein Kollege von Wolfgang hatte das Haus auf Abhörwanzen und Kameras überprüft und keine gefunden.

«Die frische Luft tut gut», sagte Helga. «Mir schwirrt allmählich der Kopf.»

«Was hältst du von einem Spaziergang?», fragte Sophie.

«Später vielleicht. Ich bin jetzt zu sehr drin in der Geschichte. Wenn ich nicht wüsste, wer du bist und wer dieser Marc Lindsey war, ich würde mich schlichtweg weigern, das alles auch nur zur Kenntnis zu nehmen. Ich meine, in was für einer Welt leben wir denn.»

«Die Phase habe ich schon hinter mir.»

«Vor allem, es hängt alles mit allem zusammen. Das geht mir einfach nicht in den Kopf. Dieselben Typen, die schon in Afghanistan und im Irak reihenweise Leute umgebracht haben, machen einfach weiter. Und niemand hält sie auf, im Gegenteil. Das ist ein richtiger Geheimbund.»

«Ab und zu gibt es doch jemanden, der ein Gewissen hat.»

«Und was nützt ihm das?», fragte Helga bitter. «Anschließend ist er tot, im Gefängnis oder kaltgestellt.»

Sophie kaute und nickte. Sie zog es vor, den Gedanken nicht zu vertiefen. Wie gerne würde sie sich mit Marc Lindsey austauschen, diesem Wahnsinnigen. Die Dokumente und Quellen, die er zusammengestellt hatte, waren eine einzige Anklageschrift. Macht und Lüge verhielten sich zueinander wie Geschwister, aber es kam selten vor, sie in flagranti beim Inzest zu erwischen. Genau das leisteten die Dateien, die Mary Robertson ihr hatte zukommen lassen.

Es brauchte viel Zeit, die auf unzählige Dokumente verteilten Puzzleteile zusammenzufügen. Doch nicht immer griffen die jeweiligen Bruchstücke, Protokolle, Schicksale aus mehreren Ländern ineinander. Die großen Linien zu erkennen, sie herauszufiltern aus der Fülle des Materials, verlangte Intuition ebenso wie Aufmerksamkeit und Glück. Angefangen mit dem Soldaten Steve Herbenick. Nach endlosen Umwegen und Sackgassen wurde Helga und Sophie klar, was der wiederum mit dem einstigen Unteroffizier Jonathan Stuart zu tun hatte – und wie eine Halskette aus menschlichen Knochen in Afghanistan letzten Endes nach Marokko führte, nach Gourrama. Dank eines Videos. Marc Lindsey hatte Stuart zwei Stunden lang interviewt, er war Kronzeuge der Anklage. Je länger der erzählte, umso sichtbarer stand ihm die Erleichterung ins Gesicht geschrieben. Der Mann redete sich das Gewissen von der Seele, ohne Zurückhaltung, ohne Selbstzensur. Hätte er das nicht getan, vielleicht wäre er in einem letzten Akt der Verzweiflung Amok gelaufen.

Der Unteroffizier machte auf dem Bildschirm den Eindruck eines nachdenklichen und intelligenten Endzwanzigers. Meist blickte er an der Kamera vorbei. Zu Beginn gab er fast entschuldigend zu verstehen, dass seine Dienstzeit in Afghanistan aus ihm einen anderen Menschen gemacht habe. Dem es nur mit großer Mühe gelungen sei, in ein normales Leben zurückzufinden. Ein Leben, in dem das, was er gesehen und erlebt hatte, schlicht und einfach nicht vorgesehen war.

Ich war völlig verwirrt, als mir mein unmittelbarer Vorgesetzter und Gruppenleiter, Staff Sergeant Calvin Kutner, eines Abends auf der Bagram Airbase unweit von Kabul seine Souvenirs zeigte: menschliche Finger in einer Schachtel. Dort sollten sie, wie er mir sagte, ungestört verwesen, bis nur noch die Knochen blieben. Anschließend wollte er sie auffädeln zu einer Halskette. Die Finger waren jenen afghanischen Zivilisten abgehackt worden, die meine künftige Einheit vor meiner Ankunft erschossen hatte. Ohne Grund, abgesehen von Langeweile und Verrohung, die häufig einhergehen mit unregelmäßigen Kampfeinsätzen. Kutner war ein Machoinfanterist, wie er im Buche steht, ein Cowboy ohne Sinn für Recht oder Gesetz, ein Soziopath. Sein Oberkörper war über und über mit Totenköpfen und gekreuzten Gebeinen tätowiert, und er ließ keinen Zweifel, dass jeder Totenkopf für einen von ihm getöteten Iraker oder Afghanen stand. Ich hatte allerdings nicht den Eindruck, dass es sich dabei um Soldaten oder Aufständische handelte.

Alle Welt wusste von den Exzessen Kutners und seiner Kumpel. Er machte ja auch keinen Hehl daraus. Mehr noch, häufig drehten sich die Gespräche um nichts anderes, beim Essen, beim Sport, in den Baracken. Nicht allein in unserer

Einheit, sondern unter den 3800 Soldaten des gesamten Regiments. Es war ein offenes Geheimnis, dass einige Typen Einheimische nur so zum Spaß umbrachten. Fast jeder wusste davon, aber kaum jemand hat versucht, diesem Treiben Einhalt zu gebieten. Einer von ihnen war der einfache Soldat Steve Herbenick. Er schrieb mehrere Eingaben an seine Vorgesetzten und machte sie auf die Verbrechen aufmerksam. Als Kutner davon Wind bekam, dachten er und seine Kumpane laut und in seiner Gegenwart darüber nach, wie leicht man doch im Duschraum oder beim Sport einem Unfall zum Opfer fallen könne. Ganz zu schweigen von dem Risiko, auf Patrouille versehentlich für einen Aufständischen gehalten zu werden.

Steve Herbenick hatte auch seinen Eltern von den Vorkommnissen in Afghanistan berichtet. Sein Vater, ein pensionierter Marine, bemühte daraufhin mehrere Militärdienststellen, die ihn allerdings ins Leere laufen ließen. Bis zu dem Zwischenfall in Dschalalabad geschah rein gar nichts. Unsere Einheit bekämpfte dort, in der Provinzhauptstadt unweit des Khyber-Passes, eine Gruppe Aufständischer. Am Ende ergaben sich die letzten Kämpfer, denen die Flucht nicht mehr gelungen war. Sieben Mann, keiner älter als ich. Kutner ließ die Männer zu einem Steinbruch ein paar Meilen entfernt bringen. Ich war selbst glücklicherweise nicht dabei, aber ich hatte schon bei ihrem Abtransport keinen Zweifel, was mit ihnen geschehen würde. Die Welt hätte es vermutlich nie erfahren, wären Kutner und seine Leute nicht so dumm gewesen, sich gegenseitig mit den Leichen zu fotografieren und die Aufnahmen anschließend zu posten. Ein Bild zeigt, wie Kutner auf das Gesicht eines Toten uriniert. Auf einem anderen sieht man feixende Soldaten vor einem entblößten Gesäß, in dem eine Dynamitstange steckte. Daneben ein Exemplar des Korans. Sie benutzten eine Zigarette, um die Zündschnur zu entflammen.

Es kam zum Gerichtsverfahren, und obwohl Steve Herbenick auf keinem der Fotos zu sehen war, wurde er wegen Mordes zu lebenslanger Haft verurteilt. Er und noch zwei weitere arme Schweine. Die wirklichen Täter kamen mehr oder weniger ungeschoren davon: ein paar Wochen Arrest, Bewährungsstrafen, Degradierung. Kutner wurde nahegelegt, den Armeedienst zu quittieren. Kurz darauf heuerte er bei der privaten Sicherheitsfirma Blackfield Inc. an, die weltweit Söldner einsetzt, meist im Auftrag amerikanischer Behörden und der Armee. Unsere Einheit empfand den Prozess als ausgesprochen ungerecht. Die vorherrschende Meinung war: Das ist doch gang und gäbe, das kommt überall vor – uns aber geht man an den Arsch. Und warum? Wem haben wir's zu verdanken? Diesem Milchgesicht Klugscheißer Schwanzlutscher Herbenick.

Zwei Tage benötigte Helga, bis sie herausfand, mehr oder weniger aus Zufall entdeckte, dass Calvin Kutner auch beim Einsatz in Gourrama dabei war. Soweit aus den Unterlagen ersichtlich, befehligte er die Kämpfer am Boden. Ein späteres Foto, aufgenommen in einem Militärbiwak, zeigte ihn mit einer golden schimmernden Kette auf der nackten Brust. Die Vergrößerung ließ erkennen, dass sie aus aufgefädelten Gewehrkugeln bestand, viele von ihnen deformiert. Sophie wurde schlecht, als ihr aufging, woher die wohl stammten.

Gourrama: Die beiden Hubschrauber, die den Angriff

geflogen hatten, gehörten eindeutig der US-Luftwaffe. Was folgte daraus? Eine Kooperation der regulären Streitkräfte mit einer Söldnereinheit von Blackfield? Aus welchem Grund? Warum erledigte die Armee das nicht selbst? Um sagen zu können: Damit haben wir nichts zu tun? Oder war Blackfield einfach nur gut vernetzt im Pentagon? Ging es darum, die Kriegsführung zu privatisieren? Waren Söldner besser geeignet, solche Einsätze durchzuführen?

Sophie war wie besessen von diesen Fragen und brauchte gerade deswegen frische Luft. Nachdem auch Helga erkannte, dass sie nichts mehr aufnehmen konnte, machten sie doch noch einen Spaziergang.

***

Ronald Asmussen bemerkte die Gefahr, als er in seinem Verhau das Abendbrot einnahm, ein paar geschälte Karotten und geviertelte Tomaten, reichlich gesalzen und gepfeffert. Zu seiner Überraschung hatte er feststellen müssen, dass Robert McMullens Wohnung in der Niebuhrstraße nicht allein als Rückzugsort diente, sondern gleichzeitig eine getarnte Einsatzzentrale war. Daraufhin beschloss er zu handeln. Klingelte bei den Nachbarn, einem älteren Ehepaar, der Mann bettlägerig, und gab sich als Student auf Wohnungssuche aus. Sie kamen ins Gespräch, das Paar hatte lange in Florida gelebt, kurzum, am nachfolgenden Tag saß er in deren Wohnzimmer, es gab Kaffee und Kuchen, und Ronald Asmussen befestigte unbemerkt kaum sichtbare Wanzen an der Halterung der Blumenkästen auf dem Balkon, die das Abhören McMullens erlaubten.

Ein Transponder übermittelte die Signale auf seinen Computer. Und was er da hörte, gefiel ihm überhaupt nicht: «We got'em!» Kurz darauf fiel ihr Name, Sophie Schelling. Und ein Ort wurde genannt, den auszusprechen die Amerikaner sich schwertaten. Wustrow. «Wasthrow. In Mecklenbörg-For … damn … pommern? What the … yeah … McPomm. All right. No problem. We are on our way.»

Zwei Gedanken schossen Ronald Asmussen durch den Kopf. Wie hatten die Burschen Schelling ausfindig gemacht? Die war nicht dumm und würde nicht mal eben so ins Netz gehen oder ein Mobiltelefon benutzen – aber selbst wenn sie offline war, reichte eine einzige Funkverbindung, um ihren Laptop zu orten. Es brauchte nur jemand an der Tür zu stehen, Handy in der Hosentasche. Oder eine App den Kühlschrank, die Heizung, was auch immer von außen zu betätigen. Oder irgendwo im Haus war ein Computer ohne ihr Wissen im Ruhemodus online. Schon war sie festgenagelt, mithilfe der IP-Adresse ihres Laptops. Und die hatten die Agenten mit Sicherheit.

Was jetzt? Selber hinfahren, sie warnen? Das brauchte zu viel Zeit. Die Bullen anrufen? Sie würden das Gespräch aufzeichnen, sein Akzent ihn möglicherweise verraten. Er war schon halb auf der Flucht, zusätzlichen Ärger konnte er nicht brauchen.

Also schickte er eine E-Mail an die Einsatzzentrale der Berliner Polizei, die dort über den Umweg zwischengeschalteter Rechner und garantiert ohne Chance auf

Rückverfolgung einging. Darin teilte er mit, die bekannte Journalistin Sophie Schelling werde bedroht. In Wustrow. Eine Horde gewaltbereiter Hooligans sei dorthin unterwegs und habe es auf sie abgesehen.

* * *

Der wolkenlose Sternenhimmel spiegelte sich im ruhig daliegenden See, als suche er sein Ebenbild. Sophie saß neben Helga auf der Bank eines Stegs, der wie ein Dolch in die Vollmondnacht hineinstach. Schlafende Enten trieben an ihnen vorbei, vom Wind bewegt, die Köpfe im Gefieder verborgen. Frösche quakten, in der Ferne bellte ein Hund. Spätabendliche Ruhe lag über dem idyllischen Ort, doch Sophie kämpfte gegen die jähe Einsamkeit, die sie befallen hatte. Mit großer Heftigkeit wurde sie von ihren Erinnerungen heimgesucht – wie sie mit Hassan Maliki unter dem Sternenzelt gesessen hatte, in seinem Heimatort, dessen Besuch sie beinahe mit dem Leben bezahlt hätte. Was würde sie geben, wäre er jetzt mit Helga an ihrer Seite. Er fehlte ihr, er fehlte ihr sehr. Fast sehnte sie Sturm und Regen herbei, um ihre Gedanken zu vertreiben. Warum starben immer die Guten viel zu früh, während die Verderber der Welt sich eines langen Lebens erfreuten?

«Woran denkst du?», fragte Helga.

«An die vielen guten Gelegenheiten, die ich nicht genutzt habe.»

Sophie sah das Lächeln auf Helgas Gesicht.

«Geht dir auch so, ja?»

«Ich habe dir schon mal gesagt: Es gibt nicht nur verpasste Chancen», erwiderte Helga, «die einem zusetzen können. Was ist mit den Möglichkeiten, die man frohen Mutes und entschlossen ergreift? Die sind auch nicht ohne, das kann ich dir sagen. Ich verweise da auf meinen Göttergatten Horst, diese Krone der Schöpfung.»

Sophie lachte lauthals. Daran erkennt man gute Freunde, dachte sie. Sie bringen dich zum Lachen, selbst wenn dir das Wasser bis zum Hals steht.

«Ich verstehe immer noch nicht, was genau in Gourrama gelaufen ist», sagte Helga. «Wir haben viele Details, aber noch nicht das Gesamtbild.»

«Das stimmt. Da ist zum Beispiel dieses geologische Gutachten aus dem Grenzgebiet von Marokko und Algerien.»

«Und wer hat das erstellt?»

«Ölfördergesellschaften. Exxon und Shell. Sie haben ein riesiges Öl- und Gasfeld entdeckt, im Grenzgebiet zwischen Algerien und Marokko.»

Helga warf einen Kieselstein nach einem Erpel, der quakend einer Ente nachstellte. «Aber was könnte das mit dem Angriff auf Gourrama zu tun haben?»

«Ich bin mir nicht sicher. Wenn ich Marc Lindsey richtig verstanden habe, wollte die Regierung in Rabat die Explorationsrechte nicht an Shell und Exxon abtreten, sondern an ein chinesisches Konsortium, das deutlich bessere Konditionen geboten hatte. Und kürzlich hieß es in den Nachrichten, dass Algerien den Amerikanern den Zuschlag erteilt hat für die Ausbeutung eines Öl- und Gasfeldes an der Grenze zu Marokko.»

«Und was hätte Gourrama damit zu tun?»

«Vielleicht wollte man damit die Regierung in Rabat unter Druck setzen.»

«Meinst du? Also, wenn ich der König wäre, würde ich sagen: Auf die paar Dutzend tote Hungerleider kommt es mir nicht an, davon haben wir genug. Solange ihr meinen Palast nicht bombardiert, lässt mich eure Botschaft kalt. Wie auch immer die lauten mag. Und außerdem, glaubst du nicht, dass Washington bei solchen Fragen intelligentere Methoden zur Verfügung stünden? Wirtschaftlicher Druck, zum Beispiel?»

Sophie überlegte. «Tja … mag sein. Aber warum diese alberne Terrorgeschichte mit Said Attar? Um eine falsche Fährte zu legen? Oder haben sich die Amerikaner wieder mal geirrt? Marcs Unterlagen enthalten genügend Beispiele für Drohnenangriffe und Militäreinsätze, bei denen unschuldige Zivilisten bombardiert oder sonst wie getötet wurden, weil man sie für Terroristen hielt. Als ich mit Hassan unterwegs war, hieß es im marokkanischen Fernsehen, es seien Al-Qaida-Kämpfer in der Nähe der Grenze gesehen worden. Hassan glaubte, die Regierung verbreite diese Nachricht aus innenpolitischen Gründen. Und weil sie sich in Washington interessant machen wolle.»

«Und du denkst, das könnte überdrehten Geheimdienstlern für einen Angriff gereicht haben?»

Sophie nickte nachdenklich und blickte schräg über den See in Richtung des Wochenendhauses. Irgendwie hatte der Anblick etwas Unschuldiges, wie aus einer anderen Welt. «Wahrscheinlich gibt es nicht die eine, die alles auflösende Erklärung. Die Amerikaner lassen Drohnen über Nordafrika fliegen. Gleichzeitig haben sie ihre eigenen Interessen in der Region, nicht zuletzt wirtschaftliche. Dann kommt die Regierung in Rabat ins Spiel. Die ruft: Terror! Terror!, um sich Washington anzudienen. Möglicherweise auch mithilfe von Fehlinformationen. Und irgendwann wird das Ganze zum Selbstläufer, drückt irgendwo jemand im falschen Moment auf den falschen Knopf. Es passiert einfach.»

«Hört sich an wie eine Räuberpistole.»

«Ist es auch. Aber wer weiß, vielleicht steckt noch viel mehr dahinter.»

Helga atmete laut, sie wusste erkennbar nicht, wohin mit ihren Händen. «Sag mal, Sophie – warum eigentlich stellt man dir nach wegen dieser Dateien. Ich meine, du oder Marc oder sonst wer könnte alle relevanten Informationen doch längst im Netz deponiert haben. Selbst wenn sie dich – entschuldige, bitte: umbringen würden, hätten sie noch lange keine Gewissheit, dass du keine Kopie gezogen hast, die an anderer Stelle irgendwo auftaucht. Bei Wikileaks meinetwegen.»

Sophie stimmte ihr zu. Gewissheiten gäbe es in diesem Spiel keine. Doch nicht einmal Marc hatte seine Dokumente ins Internet gestellt. Warum? Weil er sie noch nicht bearbeitet, in die richtige Form gebracht hatte? Weil er möglicherweise Informanten schützen wollte? Weil es einer Dramaturgie bedurfte, um die Öffentlichkeit zu erreichen?

Sophie sah starr zum Wochenendhaus. Leise sagte sie: «Helga, du hattest doch das Licht ausgemacht, oder? Im Haus, meine ich.»

Helga blickte auch in Richtung Haus. «Ja, wieso?»

«Ich bilde mir ein, ab und zu Lichtkegel zu sehen. Wie von einer Taschenlampe. Siehst du?»

Beide starrten ins Dunkel. Tatsächlich tanzten Lichtflecken auf und ab.

«Sieht mir verdammt nach Einbrechern aus», murmelte Helga.

«Und wahrscheinlich ist ihre Muttersprache nicht Deutsch.»

«Aber wie sollten die uns denn ausfindig gemacht haben?»

«Keine Ahnung», antwortete Sophie. «Wenn sie Autos manipulieren können, können sie möglicherweise auch Gedanken lesen. Jedenfalls kommt mir da gerade eine Idee.»

Kurz darauf eilte Helga zum Haus des Bürgermeisters, während Sophie über Nebenwege zurückschlich. Vorsichtig erkundete sie, wo die Eindringlinge ihren Wagen abgestellt haben mochten – sofern sie nicht einen kilometerlangen Marsch durch den Wald zurückgelegt hatten. An einem Feld am Dorfausgang entdeckte sie einen BMW älterer Bauart mit verdreckten Berliner Nummernschildern; kein Einheimischer würde dort parken. Nachdem sie sich vergewissert hatte, ungestört zu sein, ließ sie die Luft aus den Reifen. Dann näherte sie sich dem Ferienhaus über das Nachbargrundstück. Sie kauerte sich hinter einen Holzstapel und versuchte herauszufinden, was im Haus vor sich ging. Gelegentlich flackerten Lichter auf, nicht hell genug, um Einzelheiten zu erkennen, doch genug für einen Überblick. Sophie machte drei Personen aus, bei einer war sie so gut wie sicher, dass es sich um eine Frau handelte, schlank und ziemlich groß. Sie sah, wie die Fremden Gegenstände in eine Tasche packten.

Sie musste nicht lange warten, bis sie von der Straße her Lärm vernahm. Das anschwellend ratternde Motorengeräusch eines Treckers, Bremsen, die quietschten, Autotüren, die geschlagen wurden. Stimmen, klar und sonor, Männerstimmen. Sophie lief geduckt seitwärts zur Terrasse, wo sie einen Lichtschalter betätigte. Der vordere Teil des Gartens erstrahlte taghell. In Richtung See konnten die Eindringlinge kaum flüchten. Auf den Grundstücken der Nachbarhäuser gingen nunmehr ebenfalls die Lichter an, zahlreiche Hunde begannen zu bellen. Sophie schlug sich durch die Büsche zur Dorfstraße, wo sie auf den Bürgermeister und die Mitglieder der Freiwilligen Feuerwehr traf. Helga hielt sich im Hintergrund und winkte ihr.

«Hallo, Gerhard!», rief sie dem Bürgermeister zu, einem Architekten ihres Alters.

«Hallo, Sophie!»

Sein Tonfall ließ erkennen, dass er sich hier als Retter sah. Sophie hingegen trieb die Frage um, ob die Agenten gegebenenfalls schießen würden.

Die Haustür ging auf, und die drei ungebetenen Besucher traten vor das Haus. Eine groß gewachsene, gertenschlanke Frau mit braunen kurzen Haaren, gekleidet in einem Overall, das Gesicht ausdruckslos. An ihrer Seite zwei Männer, beide im Anzug und kleiner, einer glatzköpfig. Sie hielten keine Tasche in Händen, nichts, sie mussten alles dringelassen haben. Die Frau ergriff das

Wort, auf Englisch; sie schien keinen Gedanken darauf zu verschwenden, ob man sie verstand oder nicht.

Der Bürgermeister verlangte, die Papiere der drei zu sehen. Die lehnten ab. Sie besäßen diplomatische Immunität und seien niemandem Rechenschaft schuldig, nicht einmal der Polizei.

Der Glatzkopf machte eine Handbewegung, als greife er nach einer Pistole unter seiner Jacke. Vielleicht täuschte Sophie sich auch, und er suchte lediglich seinen Ausweis. Angesichts der vielen Zeugen war sie zu der Überzeugung gelangt, dass Gewalt für die Agenten keine Option war. Ein Massaker konnten sie kaum begehen.

Und wenn sie einfach das Weite suchten, den Revolver im Anschlag? Auch keine Option, sofern sie keinen Eklat auf höchster Ebene riskieren wollten.

Gerhard, ein guter Freund ihres Bruders, ließ sich nicht beirren. Sie seien sehr wohl verpflichtet, sich auszuweisen. Andernfalls würde man sie hier festhalten, bis die Polizei einträfe, was Stunden dauern könne. Immerhin habe man sie auf frischer Tat bei einem Einbruch ertappt.

Die gertenschlanke Frau trat vor und behauptete, im Vorbeifahren hätten sie angenommen, dass in dem Haus ein Feuer ausgebrochen sei. Deswegen hätten sie gehandelt.

Einige der Umstehenden brachen in Gelächter aus. Sophie machte ihrerseits einen Schritt auf die Frau zu und sagte: «Entweder zeigen Sie uns Ihre Papiere, und zwar sofort, oder aber das hier wird ganz großes Kino. Mit Polizei und Presse und allem, was die Öffentlichkeit interessiert.»

«Wagen Sie es nicht …», zischte die Frau und starrte sie wutentbrannt an. Doch Sophie ließ sich nicht beirren, und kurz darauf reichte sie ihr tatsächlich ihren Ausweis.

«Das werden Sie bereuen», fauchte sie.

Sophie warf einen Blick darauf. «Die Dame heißt Vera Cochrane und arbeitet an der US-Botschaft in Berlin», rief sie den Umstehenden zu. «Solltest du keine Einwände haben, Gerhard, würde ich sagen: Sie können jetzt gehen, Vera Cochrane. Danke für Ihre Kooperation. Leinen Sie aber bitte Ihre Bulldoggen an. Das hier ist ein Naturschutzgebiet.»

EINUNDZWANZIGSTES KAPITEL
BERLIN, DEUTSCHLAND

Es kostete Sophie große Überwindung, an ihren Arbeitsplatz zurückzukehren. Ohne Helgas Bedingung wäre sie diesen Weg nicht gegangen. Andererseits mochte ihr die Zeitung für ihre weiteren Pläne von Nutzen sein, einen Versuch zumindest war es wert. Sie übersah die neugierigen Blicke der Kollegen; kaum jemand fragte sie ehrlich, wie es ihr ging. Eigentlich sollte sie froh sein, über jeden Ausflug in ihr altes Leben, hielt doch die Gegenwart wenig Erfreuliches für sie bereit. Das Konto war noch immer gesperrt, ihre Ersparnisse würden nicht mehr lange reichen. Amerikanische Agenten hatten sie im Visier, Gourrama interessierte niemanden mehr. Sofern sie die Geschichte nicht anders anpackte, ihr einen andern Fokus verlieh, eine andere Drehung gab.

«Und was genau schwebt dir vor?», erkundigte sich Thorsten Mehring, während er in den Schubladen seines Schreibtisches kramte.

«Hit the main story hard. Eine gemeinsame Veröffentlichung mit dem *Guardian* in London, *Le Monde* in Paris und der *New York Times*.»

«Heißt was konkret?»

«Die unglaubliche Verrohung von Soldaten und Söldnern bei ihren Einsätzen in Afrika und Asien.»

«So, so. Wo habe ich nur … Was ist eigentlich aus deinem Interview mit CNN geworden?»

«Keine Ahnung.»

«Es ist nie gesendet worden.»

«Das wundert mich nicht.»

«Mich ehrlich gesagt auch nicht.» Sein Lächeln zeigte makellose, medizinisch geweißte Zähne.

«Thorsten, lass uns doch mal eine andere Ebene finden.»

«Ich bin ganz Ohr. Wenn ich dich richtig verstehe, willst du also behaupten …»

«Entschuldige bitte, dass ich dir ins Wort falle. Genau das meine ich. Richtig oder falsch verstehen, behaupten wollen – solche Wendungen sind doch im Grunde nichts als Ausflüchte. Die Fakten sprechen für sich. Du kannst alles in Ruhe nachlesen, das Dossier auf deinem Schreibtisch benennt sämtliche Quellen, sie sind in Kopie beigefügt, dank der hervorragenden Arbeit von Marc Lindsey. Der diese Recherche mit seinem Leben bezahlt hat. Du weißt, dass mein Konto gesperrt ist. Ich werde auf Schritt und Tritt beobachtet, ständig stellt mir jemand nach, die machen nicht mal mehr ein Geheimnis daraus, dass sie hinter mir her sind.»

«Besagte amerikanische Agenten.»

Sophie seufzte. «Thorsten, bitte. Ich habe den Eindruck, dass du die Sache noch immer nicht ernst genug nimmst und an dir abprallen lässt. Ich kann verstehen, dass diese Geschichte … also, die ist schon nicht ohne. Das passt nicht so recht … Ich meine, man mag sich das gar nicht vorstellen. Aber es ist passiert. Es ist wahrhaftig geschehen. Ich war dabei.»

Wieder tauchte Thorsten Mehring kurzzeitig ab,

durchwühlte die Schubladen. «Hier …!», rief er und schnellte empor. «Ich wusste doch, dass ich es irgendwo habe. Das Redakteursstatut. Hast du auch bekommen, als Teil deines Arbeitsvertrags.»

«Thorsten, was soll das?»

«Du warst wochenlang krankgeschrieben und dennoch ziemlich rege. Das ist laut Statut nicht vorgesehen. Auch nicht im Arbeitsvertrag.»

Sophie hielt es nicht länger auf ihrem Stuhl, sie stand auf. Begann, in dem Bürokubus auf und ab zu laufen. «Hör zu, wenn du mir arbeitsrechtlich kommen willst, dann tu das. Aber nicht hier und jetzt. Diese Geschichte ist gleichermaßen ein Skandal und ein Scoop. Wir können das nicht länger ignorieren, auch auf die Gefahr hin, damit das eine oder andere Weltbild herauszufordern.»

Der Chefredakteur rieb seine Hände, als wasche er sie in Unschuld. «Darum geht es doch gar nicht, Sophie. Ich ändere meine Haltung jederzeit, wenn es dafür gute Gründe gibt. Ich sage dir, was wir machen. Die Rechtsabteilung wird sich diese Unterlagen ansehen und uns sagen, was juristisch geht und was nicht. Sollte es sich um illegal erworbene Materialien handeln, sind uns die Hände gebunden. Du warst ja dabei, als uns Anwalt Berger die Rechtslage erläutert hat.»

Am liebsten hätte Sophie das Büro sofort verlassen. Es war sinnlos, mit ihm zu reden. Ihm passte die ganze Richtung nicht, noch weniger ihre Person. «Thorsten, nichts für ungut, aber diese Geschichte findet ihren Weg. Du kannst sie dabei befördern oder dich querstellen. Entwickelt sie sich allerdings zu Breaking News, und du hast sie verschlafen, kann dir die Rechtsabteilung auch nicht mehr helfen.»

Er bedachte sie mit einem herablassenden Blick: «Willst du mir drohen?»

«Ich hätte dich gerne mit im Boot, Thorsten.»

* * *

Kaum war Sophie vor das Verlagshaus getreten, fielen ihr erneut die beiden Männer ins Auge. Sie machten nicht einmal einen Hehl daraus, ihr nachzustellen. Einmal hatte sie die beiden auf offener Straße angesprochen, woraufhin die Männer die Richtung wechselten, ohne sie eines Blickes zu würdigen. Mal verfolgten sie Sophie zu Fuß, mal mit dem Auto. Um Helga nicht zu gefährden, mied sie das Café, in dem sie arbeitete. Innerhalb kurzer Zeit hatte sich Sophie angewöhnt, ständig über die Schulter zu blicken. Sie fühlte sich zunehmend bedrängt und stellte zu ihrem eigenen Schrecken fest, dass sie auf bestem Weg war, sich einer ungezügelten Selbstkontrolle zu unterwerfen. Mittlerweile überlegte sie, ob und wann sie vor die Tür trat. Obwohl sie sich dagegen wehrte, bestimmten Angst und Vorsicht ihren Alltag. Zum Arbeiten kam sie kaum noch, weil sie nicht wagte, ihre Unterlagen und Papiere auszubreiten, die sie seit dem Vorfall in Wustrow immer bei sich trug.

Vera Cochranes Methoden waren wenig subtil und dennoch wirkungsvoll, wie Sophie einräumen musste. Oft schon hatte sie überlegt, juristisch dagegen vorzugehen, verwarf den Gedanken jedoch immer wieder. Ihre beiden Verfolger würden sich jederzeit mühelos herausreden. Im Zweifel besaßen sie ohnehin Diplomatenpässe. Ihr Bruder hatte ihr gesagt, dass Vera Cochrane eine leitende Beamtin der NSA war.

Sophie lief die Torstraße entlang, als neben ihr ein Fahrzeug scharf bremste. Der Fahrer lehnte sich zur Beifahrerseite und rief: «Steigen Sie ein! Machen Sie schon!»

Sophie erkannte Ronald Asmussen sofort. Sie trat an das Auto heran. «Wieso?», fragte sie. «Warum sollte ich das tun?»

«Das erkläre ich Ihnen gleich. Steigen Sie ein, schnell!»

In dem Moment sah sie einen schwarzen VW-Bus, der mit hoher Geschwindigkeit auf Asmussens Wagen zufuhr. Sophie riss die Tür auf und warf sich auf den Beifahrersitz.

Die Reifen quietschten bereits. Ronald Asmussen drückte aufs Gaspedal, als gäbe es keine Geschwindigkeitsbegrenzung. Zwei Mal schoss er bei Rot über die Ampel, fuhr durch eine Parklücke auf dem Mittelstreifen, auf der Gegenspur weiter und gleich noch einmal in eine Lücke, der VW-Bus raste vor ihnen vorbei. Dann nahm Asmussen einen Zickzackkurs in ruhigere Wohnstraßen, behielt aber den Rückspiegel fest im Blick. Sophie ihrerseits hielt den Kopf nach hinten gewandt, bis Ronald Asmussen den Straßenrand ansteuerte.

«Sie sind weg», sagte er.

«Wow. Was war das denn?»

«Na ja, in erster Linie knapp.»

Sophie klappte die Blende herunter und besah sich kritisch. «Wieso sind die hinter mir her?», murmelte sie.

Ronald Asmussen warf ihr einen überraschten Blick

zu. «Die Frage meinen Sie nicht ernst, oder? Sie sind haarscharf Ihrer Entführung entgangen.»

«Und wie kommt es, dass Sie zur rechten Zeit am rechten Ort waren?»

«Sagen wir so: Ich weiß in etwa, was in der amerikanischen Botschaft vor sich geht. Vera Cochrane hat einen Narren an Ihnen gefressen, das kann ich Ihnen versichern. Wenn das hier der Irak wäre, hätten Sie längst eine Kugel im Kopf.»

Sophie seufzte. «Okay … Und warum wollten die mich – entführen?»

«Um sie einzuschüchtern. Oder aber, und das halte ich für wahrscheinlicher, um sie auszuschalten. Eine Spritze mit einem Betäubungsmittel, und wenn Sie wieder zu sich kommen, liegen Sie in irgendeiner Gefängniszelle irgendwo in einem willfährigen Land, wo Sie lebendig verrotten.»

«Ich will das gar nicht hören.»

«Kann ich mir vorstellen. Gehe ich recht in der Annahme, dass Sie in den letzten Tagen auf Schritt und Tritt verfolgt worden sind?»

Sophie nickte.

«Das ist Teil der Strategie. Aus dem Lehrbuch der Geheimdienste. Um zu sehen, wie Sie reagieren. Sie haben offenbar keinen Alarm geschlagen?»

Sie schüttelte den Kopf.

«Tja – selbstbewusst eben. Leider auch etwas dumm.»

«Wieso das denn?» Die eigene Stimme kam ihr schwach und fremd vor.

«Weil die Agenten nunmehr wissen, dass Sie keine nennenswerten Vorsichtsmaßnahmen getroffen haben. Bis jemand Ihr Verschwinden bemerkt hätte, wären vermutlich Tage vergangen. Genau das wollten die herausfinden.»

«Und deswegen spielen Sie Robin Hood?»

«Ich habe eine Rechnung offen mit den Geheimdiensten. Verbündete können da nicht schaden.»

«Als ich Sie bat, mir wegen meiner Kontosperrung zu helfen, haben Sie mich ins Leere laufen lassen.»

Ronald Asmussen verzog das Gesicht. «Ich habe meine Hausaufgaben gemacht», sagte er. «Und der Polizei Hinweise gegeben über die ‹Hooligans›, die Ihnen in Wustrow nachgestellt haben.»

Sophie sah ihn misstrauisch an. Er trommelte mit den Daumen auf das Lenkrad und sagte schließlich: «Ich habe verschiedene Botschaftsquellen angezapft. Ich bin relativ gut informiert über das, was die vorhaben und was nicht.»

«Das kann man leicht behaupten, nicht wahr. Wer sagt mir, dass Sie nicht für die andere Seite arbeiten?»

Mit der linken Hand kratzte er seinen Kopf. Es sah merkwürdig ungelenk aus, als bildeten seine Finger ein Greifeisen. «Ich verstehe, dass Sie diese Frage stellen, obwohl Sie wissen, dass ich es nicht tue. Die Antwort lautet: Selbst wenn ich für die Botschaft arbeiten wollte, ginge es nicht. Für die bin ich der Feind.»

«Und warum?»

«Das muss Sie im Augenblick nicht interessieren. Sie sollten sich lieber um Ihre Sicherheit Gedanken machen.»

«Eins nach dem anderen. Nennen Sie mir einen Grund – warum sollte ich Ihnen vertrauen?»

«Das müssen Sie doch gar nicht. Sie können aussteigen, und wir sehen uns nie wieder. Ich könnte mir aber vorstellen, mit Ihnen zusammenzuarbeiten. Wir haben gemeinsame Interessen.»

«Inwiefern?»

«Marcs Unterlagen. Gourrama. Die Hintergründe. Sie sind mit dem Internet nicht allzu gut vertraut. Sie wissen nicht, was geht und was nicht. Wie man eine Kampagne lanciert, etwa über Twitter. Wie man Öffentlichkeit herstellt. Wie man Algorithmen so manipuliert, dass Ihre Geschichte in den sozialen Netzwerken einschlägt.»

Eine innere Stimme mahnte Sophie zur Vorsicht. Immer wieder waren Menschen auf dramatische Weise in ihr Leben getreten – mit fatalen Folgen.

«Ich werde es mir überlegen», sagte sie. «Kann ich Sie irgendwie erreichen?»

Er zog ein Seniorenhandy aus seiner Jackentasche. Große Tasten, vorbezahltes Guthaben. «Meine Nummer ist eingespeichert», sagte er und überreichte ihr das Telefon. «Benutzen Sie es nur für einen einzigen Kontakt, danach werfen Sie es weg. Nennen Sie mir Zeit und Ort des Treffens, das genügt. Ihr Anruf darf nicht länger als eine halbe Minute dauern. Oder schicken Sie mir eine SMS. Eine, nicht mehr. Andernfalls können sie uns orten.»

«Wer sagt Ihnen, dass ich mich mit Ihnen treffen will?», fragte Sophie.

«Sie wären unprofessionell, wenn Sie es nicht täten. Soll ich Sie noch irgendwo hinfahren?»

***

Auf Umwegen näherte sich Sophie dem Paul-Lincke-Ufer in Kreuzberg. Nachdem sie sich mehrfach versichert hatte, dass ihr niemand gefolgt war, klingelte sie an Günthers Tür. Er war gerade damit befasst, eine Auslandsreise vorzubereiten, was ihn aber nicht daran hinderte, Sophies Geschichte anzuhören. Die Kontosperrung, der mutmaßliche Entführungsversuch, die Unterlagen Marc Lindseys.

«Verdammte Schweinerei», kommentierte er, nachdem sie geendet hatte. «Warum bist du nicht vorher zu mir gekommen?»

Sophie zuckte entschuldigend die Achseln.

Günther stellte sich an die Fensterfront, die Hände hinter dem Rücken verschränkt, und ließ seinen Blick über die Stadt schweifen. «Ich wusste, dass du in Schwierigkeiten geraten würdest. Aber gleich in solchen Dimensionen – das hätte ich nicht gedacht.»

Sophie stellte sich neben ihn. «Was meinst du, wie oft ich mich schon verflucht habe, überhaupt nach Marokko gefahren zu sein. Hätte ich es nicht getan, wäre Hassan Maliki noch am Leben. Wahrscheinlich würde ich mich furchtbar schuldig fühlen, wenn ich nicht gerade so viele Probleme am Hals hätte.»

Günther legte seinen Arm um sie. «Was geschehen ist, ist geschehen. Einen Weg zurück gibt es nicht. Also lass die Vergangenheit ruhen und konzentriere dich auf die Gegenwart. Im Rahmen meiner Möglichkeiten werde ich dir beistehen. Jetzt brauchst du erst mal einen Ruheraum, nicht wahr?»

«Meinst du, ich könnte ein paar Tage bei dir unterkommen?»

«Ich halte das für keine gute Idee, Sophie. Hier wärest du nicht wirklich in Sicherheit. Und ich möchte nicht wie du auf irgendeiner schwarzen Liste der Finanzbehörden in Washington landen. Ich habe zu viele Konten, die mir ans Herz gewachsen sind. Bevor ich irgendwelche Risiken eingehe, müsste ich ein paar Vorsichtsmaßnahmen treffen.»

«Hättest du denn einen Tipp, wo ich mich einquartieren könnte?»

Er zog sie noch enger an sich. «Es sollte ein Ort sein, wo du ungestört arbeiten kannst, wenn ich das richtig sehe?»

Sophie nickte.

«Darf es etwas komfortabler sein, oder legst du Wert auf Kellerambiente?»

«Machst du dich lustig über mich?»

Günther fuhr ihr mit dem Zeigefinger über die Wange und löste sich von ihr. Schritt das Fensterpanorama ab und erzählte ihr von seinem alten Freund und Geschäftspartner, Friedrich Wegener. Auf ihn sei Verlass, er werde ihn sofort anrufen und um Unterstützung bitten. Ihr neues Domizil garantiere eine gewisse Anonymität, dort könne sie bis auf Weiteres unterkommen. Leider sei er die nächsten Tage verhindert, aber nach seiner Rückkehr sollten sie sich in Ruhe unterhalten. Für den Fall, dass sie Geld benötige, möge sie Wegener einen entsprechenden Hinweis geben.

Sophie war gerührt und auf einmal sehr traurig. Sie empfahl ihm, besser nichts am Telefon zu besprechen. Und wenn er sich mit jemandem treffe, sollten alle Beteiligten ihre Handys in Alufolie wickeln.

Schließlich fragte sie: «Warum tust du das, Günther?»

«Ach, Kindchen, stell nicht solche Fragen. Was soll ich dir denn darauf antworten. Weil ich selber erfahren habe, wie es ist, mit dem Rücken zur Wand zu stehen? Weil das, was dir geschieht, einfach nicht sein darf? Such dir aus, was dir gefällt.»

ZWEIUNDZWANZIGSTES KAPITEL
BERLIN, HOTEL DE ROME

Sophie glaubte an einen Irrtum, als das Taxi vor dem Hotel de Rome unweit des Gendarmenmarktes hielt. Eine der nobelsten Adressen, Marmor in der Empfangshalle und gewölbeähnliche, meterhohe Decken. Renaissancestil, vor langer Zeit Hauptsitz einer Bank. Heute Treffpunkt erfolgreicher Geschäftsleute und reicher Müßiggänger. Kaum hatte Sophie das imposante Gebäude betreten, als ein Mann in schwarzem Anzug und mit weißen Baumwollhandschuhen auf sie zutrat: «Frau Schelling, nehme ich an? Mein Name ist Friedrich Wegener. Sehr erfreut.» Der Endsechziger reichte ihr die Hand, die sie vorsichtig ergriff, mit Rücksicht auf dessen Handschuhe. Sorgfältig poliert wirkte seine Halbglatze. Sophie wusste nicht recht, was sie von ihm halten sollte: Auf den ersten Blick wirkte er wie ein Kammerdiener, Conférencier, Kutscher. Seine Manieren waren tadellos, mühelos verwickelte er sie in ein harmloses Gespräch. Wären da nicht seine Gesichtszüge – wie gemörtelt, eingefroren. Seine Augen erinnerten an eine versteckte Kamera, die unentwegt filmte, ohne etwas von sich selbst preiszugeben. Merkwürdig asexuell erschien er ihr. Ein Eunuch aus Passion? Die hohe Stimme, sein Entengang. Als sie sich vor dem Fahrstuhl versehentlich berührten, reagierte er, als habe er einen Stromschlag erhalten.

Wegener führte sie einen langen Gang entlang, die Wände ausgestattet mit bordeauxfarbenen Stofftapeten und Schwarz-Weiß-Fotos aus der ehemaligen Schalterhalle der Bank, in der sich heute die Rezeption befand. Die Menschen auf diesen Bildern, aufgenommen in den Dreißigerjahren, wirkten statisch und nicht weniger entrückt als ihr Begleiter, der ihr den Weg wies zu ihrer – Suite, wie sie erstaunt feststellte. Exklusive Möbel, eine Pantry-Küche mit Bar. Separates Schlafzimmer mit französischem Bett und Kissenbergen. Das Badezimmer war wenig kleiner als ihre Wohnung.

«Sagen Sie mal, Herr Wegener: Das ist doch ein Scherz, oder?»

Mit Nachsicht sagte er, ein Flüstern fast: «Gnädige Frau, wir beide kennen Günther Sternberg gut genug, um zu wissen, dass er meint, was er sagt.»

«Ja, aber das kann ich unmöglich bezahlen.»

«Das ist auch, soweit ich verstanden habe, nicht vorgesehen. Im Gegenteil, Herr Sternberg hat mich angewiesen, Ihnen uneingeschränkt Kredit zu gewähren.»

Unwillkürlich kamen Sophie die Tränen. Sie riss sich aber sofort zusammen.

«Wenn Sie mir die Frage gestatten: Woher kennen Sie beide sich?», fragte sie.

«Bitte haben Sie Verständnis, dass ich die Beantwortung Ihrer Frage Herrn Sternberg überlassen möchte.»

«Natürlich. Nur sagte der mir, ich sollte mich diesbezüglich an Sie wenden.» Das stimmte nicht, aber es reizte sie, herauszufinden, ob der Mann tatsächlich eine wandelnde Maske war.

«Aus der Bankenwelt. Früher einmal war ich Anlageberater.»

Sophie nickte und ließ es dabei bewenden. Bis ins kleinste Detail war die Suite durchkomponiert, in den Farben und der Anordnung der Möbel. Tatsächlich wirkte das Ensemble anregend und belebend. Man konnte gar nicht anders, als sich in dieser Umgebung wohlzufühlen. Sophie spürte ihren Geist wieder erwachen. Eine würdigere Zentrale für ihren Kampf gegen das Imperium konnte es kaum geben.

«Ich weiß nicht, ob Günther Sternberg erwähnt hat, dass ich gegenwärtig, wie soll ich sagen, auf meine Sicherheit achten muss.»

«Selbstverständlich bin ich informiert. Von mir abgesehen weiß niemand, dass Sie hier residieren. Die Rezeption ist angewiesen, jede Anfrage Ihre Person betreffend abzuweisen. Offiziell logieren Sie nicht im Haus. Im Grunde brauchen Sie die Suite nicht zu verlassen. Alle Bestellungen, die Sie im Restaurant aufgeben möchten, können Sie über mich tätigen. Ich werde mein Bestes tun, um Ihre Anonymität zu wahren. Sollten Sie Wünsche haben, gleich, welcher Art, lassen Sie es mich nur wissen.»

Selbstverständlich könne sie Besucher empfangen, wahlweise in ihren Räumlichkeiten oder in einem separaten Büro. Es wäre empfehlenswert, betonte er, ihn darüber in Kenntnis zu setzen. Dadurch sei gewährleistet, dass kein Unbefugter Zutritt erhalte.

Sophie erklärte sich einverstanden, woraufhin sich Friedrich Wegener mit einer Verbeugung von ihr verabschiedete. Sie loggte sich in den hoteleigenen Laptop ein und googelte dessen Namen. Nichts. Sie gab den Begriff Anlageberater ein, was sich ebenfalls als Sackgasse erwies. Anschließend kombinierte sie «Anlageberater» mit «Verbrechen», auf Deutsch und auf Englisch.

Sie brauchte nicht lange zu suchen, um fündig zu werden. Die Fotogalerie zeigte einen Mann in Handschellen, abgeführt in New York. Der deutsche Consultant hatte einen zweistelligen Millionenbetrag an der Börse verzockt, das Geld seiner Klienten. Zehn Jahre Gefängnis, acht abgesessen. Damals hatte er noch volles Haar und hieß Anselm Börner. Angestellt in derselben Firma wie Günther Sternberg. Der war auch auf einem der Fotos zu sehen, einem Gruppenbild, halb versteckt im Hintergrund.

Sophie seufzte und schlenderte zum Kühlschrank, der gefüllt war mit einer Batterie Dom Perignon. Sie entkorkte eine Flasche und schenkte sich ein. Lehnte am Tresen, sah aus dem Fenster und suchte ihre Gedanken zu ordnen. Sie sah der schnellen Abfolge von Sonne und Wolken über jenem Platz zu, wo am 10. Mai 1933 die große Bücherverbrennung stattgefunden hatte. Im Hintergrund die Flaniermeile Unter den Linden mit der Humboldt-Universität.

Der Himmel über Berlin färbte sich rot – nicht anders als der über Gourrama. Sie schaltete den Fernseher ein. Die Nachrichtensendung interessierte sie nicht, gerade wollte sie weiterzappen, als auf einmal, ein paar Sekunden nur, das Bild des Hirten Baschir auf dem Bildschirm erschien. Sein Konterfei in der Wüste, aus der Vogelperspektive, am Boden sehr viele Menschen. Sie demonstrierten gegen Terror und Gewalt, verlas die Sprecherin, und die Plane mit seinem Gesicht sei so groß, dass sie es ins Guinnessbuch der Rekorde geschafft habe.

Sophie freute sich für die Bewohner von Gourrama. Auch Baschir gehörte zur Familie, zur großen Menschheitsfamilie. Gerade er.

***

Farbige Stecknadeln verteilten sich über der Pinnwand, die Sophie angefordert hatte. Unter jeder Nadel steckte eine Karteikarte mit Informationen über die wichtigsten Akteure, soweit vorhanden mit Foto. Rote und blaue Linien, gezogen mit Filzstift, stellten deren Verbindungen zueinander und zu den verschiedenen Institutionen dar, die für den Fall Gourrama von Bedeutung waren.

Calvin Kutner, Exsoldat und Söldner mit perversen Neigungen: Kette aus menschlichen Fingerknochen, Kette aus Kugeln, die mit dem Messer aus Frauenkörpern entfernt worden waren. Söldner der Sicherheitsfirma Blackfield Inc. Leitete den Bodeneinsatz in Gourrama.

Blackfield Inc.: Hauptsitz unweit von Langley, dem Hauptquartier der CIA in Virginia. Spezialisiert auf verdeckte Operationen, Drohnenangriffe, Cyber-Krieg. Mehrere hundert Mitarbeiter, unklare Besitzverhältnisse. Vermutlich private wie öffentliche Geldgeber und Investoren. Darunter das Amerikanische Zentrum für das 21. Jahrhundert, eine Denkfabrik mit Sitz in Washington, finanziert von der US-Regierung. Hat Blackfield wiederholt millionenschwere Forschungsaufträge erteilt. Leiter des Think Tanks ist Scott McKinley, vormalig NATO-Oberbefehlshaber in Kabul, der nach seinem Interview mit Marc Lindsey vom Präsidenten abgelöst worden war.

JSOC: Joint Special Operations Command, Gemeinsames Kommando für Spezialeinsätze. Künftiger Kommandeur Patrick Gallagher III., bislang Chef des JSOC in Afghanistan. Verheiratet mit Victoria Gallagher, im US-Außenministerium lange Zeit zuständig für das Irak-Dossier, jetzt für die Ukraine.

Shell, Exxon: Haben neue Geschäftsführer für Nordafrika benannt, der eine ein Neffe, der andere ein Bruder des marokkanischen Königs. Angeblich steht ein Vertrag vor dem Abschluss, der Blackfield Inc. die Sicherung der Öl- und Gasfelder in Marokko überträgt, in Kooperation mit der Armee. Die Grenze zu Algerien soll zusätzlich durch einen Elektrozaun gesichert werden. Auftragsvolumen: rund eine Milliarde Dollar.

Ein Foto, ausnahmsweise nicht aus den Beständen Marc Lindseys, sondern dem Internet entnommen: Scott McKinley auf dem roten Teppich des Palastes in Rabat, dem König die Hand schüttelnd, in die Kamera lächelnd, neben ihnen die Außenminister beider Länder.

Banque du Maroc: Hat soeben den Sohn des amerikanischen Vizepräsidenten in ihren Aufsichtsrat berufen. Zwei Sitzungen im Jahr, die Teilnahme dotiert mit jeweils einer Million Dollar.

Sophie starrte auf die Pinnwand. Ihre Recherchen reichten bereits für einen internationalen Skandal, Marc Lindsey sei Dank. Aber noch immer passten nicht alle

Teile des Puzzles zusammen. Gab es einen Zusammenhang zwischen dem Angriff auf Gourrama und den wirtschaftlichen Interessen von Blackfield, Exxon und Shell? Wenn ja, wie weit nach oben reichten die Verbindungen? Oder war der Angriff mehr oder weniger ein dummer Zufall gewesen, ein bedauerlicher Irrtum im Krieg gegen den Terror? Hatte da einfach ein Cowboy den Finger zu schnell am Abzug gehabt, auf der Grundlage falscher oder ungenügender Informationen?

Anfechtungen hatte Sophie schon viele erlebt. Diese Pinnwand aber drohte, sie zu erschlagen.

***

Sophie gegenüber saß Helga in der durchgestylten Bebel Bar des Hotels, die mediterranes Flair mit Lounge-Gefühl zu vereinen suchte. Mittlerweile kommunizierten sie über Fahrradkuriere. Gerade hatten sie gegrillten Thunfisch mit scharf marinierten Tomaten zu sich genommen, vorzüglich zubereitet, doch Sophie fiel es nach zwei Tagen mit sich allein und ihren Gedanken schwer, sich zu öffnen. Helgas gute Laune schien dagegen ungebremst. Sie konnte sich gar nicht sattsehen an dem Luxusambiente.

«Sieh es doch mal so», sagte sie aufmunternd zu ihrer Freundin. «Deine Arbeit hätte dich auch in ganz andere Gefilde entführen können. In Richtung Sarg oder Zelle, meinst du nicht? Im Knast warst du ja schon, und der Tod war uns auch ziemlich dicht auf den Fersen. Insofern ist das doch mal eine schöne Abwechslung, finde ich.»

Sophie bestellte einen Cocktail mit Absinth. «Hast du darauf geachtet, ob dich jemand verfolgt?»

«Na klar. Es hat Vorteile, im Café zu arbeiten, man entwickelt ein Gespür für Menschen und Gesichter. Ich weiß genau, ob jemand hinter mir her ist oder nicht.»

Sophie spießte das letzte Stück Tomate mit der Gabel auf. «Und? Ist jemand hinter dir her?»

«Am Anfang schon. Jetzt aber nicht mehr. Auf dem Weg hierher bin ich Umwege gefahren. Über mich werden sie dich nicht finden.»

«Irgendwann aber doch. Irgendwann ist die Party hier vorbei.»

«Du solltest dich nicht hineinsteigern in Pessimismus. Klar ist deine Lage schwierig. Big Brother ist hinter dir her, und wie lange du deinen Job noch hast – also, wenn deine Lebenserwartung daran geknüpft wäre, solltest du schleunigst dein Testament machen.»

Sophie verzog die Mundwinkel zu einem angedeuteten Lächeln.

Helga legte ihre Hand auf Sophies Arm. «Deine Geschichte, angefangen mit Gourrama, ist so irrwitzig, dass sie dich vermutlich immer begleiten wird», sagte sie. «Dennoch, du wirst nicht untergehen, Sophie. Gute Menschen treffen immer wieder auf gute Menschen. Die Geheimdienste und diese Cochrane können dich nicht einfach umbringen.»

«Da bin ich mir nicht so sicher.»

Helga lehnte sich zurück und orderte einen Singapore Sling.

«Ich sage dir mal, wie ich das sehe», fuhr sie fort. «Du

hast gar keine andere Wahl als die Vorwärtsverteidigung. Den Angriff, will ich sagen. Es wäre falsch, wenn du einfach nur abwarten und auf bessere Zeiten hoffen würdest. Sonst starrst du wie das Kaninchen auf die Schlange und bist bald erledigt. Hau ihnen die Fakten um die Ohren. Setz sie unter Druck, scheuch sie auf – sie werden Fehler machen, und du wirst kleine Siege erringen.»

«Das ändert nichts an meiner Lage.»

«Warum nicht? Du schaffst neue Realitäten. Und damit bekommst du Schritt für Schritt wieder Bewegungsfreiheit.»

* * *

Nach seiner Rückkehr aus Paris suchte Günther Sophie in ihrer Suite auf. Stellte als Erstes die Pinnwand zur Seite und erkundigte sich, ob alles nach ihrer Zufriedenheit sei, der Service auch nichts zu wünschen übrig lasse?

Sophie lachte herzlich.

Er begann, im Zimmer auf und ab zu laufen. Sein manchmal allzu affektierter Habitus – die Welt: eine Federboa – war nüchterner Sachlichkeit gewichen. Fast dozierte er, sein Tonfall auf eine Weise entschlossen, dass der ehemalige Bankmanager wieder sichtbar wurde. «Mir ist die ganze Zeit immer wieder derselbe Gedanke durch den Kopf gegangen», sagte er. «Dieses gestörte Verhältnis zwischen dir und deiner Zeitung. Da hast du eine exklusive, auf tragische Weise recherchierte Geschichte im Angebot, aber deine Zeitung bremst dich aus. Mir kommt das so vor wie ein Unternehmer, der sagt: ‹Ist ja prima, dass Sie ein Markenprodukt im Angebot haben, aber wir setzen lieber weiter auf Ramsch.›»

Er suchte ihren Blick. «Eigentlich sollten Zeitungen Hintergründe liefern. Das tun sie aber nicht. Überall steht derselbe Quatsch, den ich längst im Internet gelesen habe. Durch deine Erfahrungen ist mir das zum ersten Mal so richtig bewusst geworden.»

«Weil Qualität Kosten verursacht, Günther. Ein Meinungsartikel ist schnell geschrieben. Recherche braucht Zeit und kostet Geld.»

«Du würdest mir also zustimmen, wenn ich sage: Da besteht eine Marktlücke?»

«Ja, natürlich. Das ist allgemein bekannt. Nur mag sie niemand füllen, weil völlig offen ist, ob sich das am Ende auch rechnet.»

«Sophie, da muss ich dir widersprechen. Dieser Niemand steht vor dir.»

Er führte aus, wie er sich das vorstellte: eine Enthüllungsplattform, die Nachrichten und Analysen veröffentlicht, die in den weich gespülten Medien untergehen. Geschichten wie die aus Gourrama. Geschichten wie die von Marc Lindsey. Geschichten wie jene, die Hassan Maliki in seiner Zeitschrift veröffentlichte. Wie hieße die noch gleich?

«*Outland*», warf Sophie ein.

Ja, was für ein schönes Wort. Es mache neugierig, wecke Lust auf Neues, verheiße einen Blick hinter die Kulissen. Ein guter Mann, dieser Marokkaner.

«Leider ist er tot. Genau wie Marc. Ich möchte darin ehrlich gesagt nicht meine Ahnenreihe sehen.»

Günther nickte. «Du kannst dich nicht auf Dauer verstecken. Du musst in die Offensive gehen.»

«Das meint Helga auch», sagte Sophie und richtete sich auf. «Na schön, spielen wir das Ganze doch mal durch. Da gibt es also die von dir ins Spiel gebrachte Enthüllungsplattform, und da gibt es mich. Fangen wir an mit den Finanzen. Warum willst du dein Geld verbrennen?»

Günther widersprach. Er gehe davon aus, dass sich das Projekt rechne, auch wenn es einen längeren Atem benötige. Man müsse es nur richtig anpacken. Auf Englisch, mit regionalen Ausgaben auf Deutsch, Spanisch, Russisch und so weiter. Und was spreche dagegen, eines Tages eine eigene Nachrichtenredaktion aufzubauen?

«Weißt du», fuhr er fort, «als du mir vor meinem Abflug nach Paris erzählt hast, was sie mit dir alles angestellt haben, da sagte mir mein Instinkt: Das ist es. Da musst du ansetzen. Ich habe die ganze Zeit darüber nachgedacht, wie es weitergehen könnte, und mittlerweile bin ich mir sicher, dass ich so falsch nicht liege.»

«Wovon redest du?»

Jetzt setzte sich Günther neben sie. «Wenn du so willst, habe ich dir eine Art – Musenkuss zu verdanken.»

«Günther, bitte. Worauf willst du hinaus?»

«Sei nicht so ungeduldig! Es fällt mir schwer, das zu beschreiben. Ich möchte nicht, dass du einen falschen Eindruck von mir gewinnst.» Er lehnte sich zurück und schien seine Glieder zu richten, bis der Körper in eine neue Form gefunden hatte. «Ehrlich gesagt, überlege ich mir schon seit Längerem, ein größeres Projekt anzugehen. Die Lesepatenschaften sind schön und gut, aber doch etwas kleinteilig.» Alles in allem fehle ihm eine ernsthafte Herausforderung. Er habe bereits verschiedene Ansätze verfolgt, sie aber immer wieder verworfen. «Mir hat immer das gewisse Etwas gefehlt, verstehst du, dieser Funke, der überspringt. Und bei dieser Sache nun bin ich wie elektrisiert. Ich bin tatsächlich Feuer und Flamme für die Idee einer Enthüllungsplattform – die mir ohne deine Heimsuchung mit Sicherheit nicht gekommen wäre.»

Die Intensität seines Blickes, die ungestüme Begeisterung verunsicherten Sophie. Für vernünftig hielt sie sein Anliegen nicht. Andererseits, die Menschen, die wirklich etwas bewegten, waren oft genug Besessene. Außenseiter. Und hatte sie etwas zu verlieren?

«Okay», sagte sie. «Ich verstehe. Was genau schwebt dir vor?»

Günther stand wieder auf.

«Lass es mich so sagen – ich verstehe mich als Unternehmer und als Mäzen. Eine Bauchlandung würde mich nicht ruinieren. Mein unternehmerisches Ziel ist eine schwarze Null. Inhaltlich gibt es für mich keine Tabus. Ich würde vorschlagen, dass wir mit Marc Lindseys Vermächtnis anfangen. Wir werden es scheibchenweise ins Netz stellen, eine Enthüllung nach der anderen. In Verbindung mit Gourrama. Die Einzelheiten können wir später besprechen.»

Er habe nicht die Absicht, sich in redaktionelle Belange einzumischen. Ihm wäre es am liebsten, wenn sie die inhaltliche Leitung übernehmen und ein kleines Team zusammenstellen würde, das den Launch der Webseite vorbereite. Je früher, desto besser.

«Gut. Gut, gut, gut.» Sophie hatte Mühe, ihre Gedanken zu ordnen. Sein Angebot kam vollkommen unverhofft.

«Sag laut, was du denkst», forderte er sie auf.

«Ich muss das alles erst mal verstehen. Mir ist, ehrlich gesagt, noch immer nicht ganz klar, warum du das tun willst. Geld zu spenden, ist das eine. Aber du siehst dich ja gleichzeitig als Unternehmer und Mäzen. Und willst mich gewissermaßen zur Generaldirektorin machen.»

«Du bist mir nichts schuldig, ich dir allerdings auch nichts», entgegnete er. «Ich stelle dich ein, weil ich dir vertraue, weil ich überzeugt davon bin, dass du eine hervorragende Journalistin bist. Okay, solltest du deinen Job nicht gut machen, fliegst du, Freundschaft hin oder her.»

«Was, wenn sie dein Vermögen beschlagnahmen. Deine Konten sperren?»

«Ich habe Vorsorge getroffen. Im Übrigen hast du eine Sache noch nicht so ganz verstanden, meine Liebe. Je bekannter du bist, je mehr Einfluss du hast, umso riskanter wird es für deine Widersacher, Hand an dich zu legen. In dem Fall hassen sie dich, aber erst mal tun sie dir nichts. Sie warten, bis du Schwäche zeigst. Dann erst schlagen sie zu.»

Sie ließ sich zurückfallen. «Du bist verrückt, aber – warum nicht. Ich kläre das mit den Rechten für den Titel ‹*Outland*›. Darauf lässt sich aufbauen.»

Sie hielt inne und sah ihn forschend an.

Unwillkürlich ließ er sich in einen Sessel sinken.

«Scheiß drauf, Günther», sagte sie. «Packen wir's an.»

***

Uuuuu. Sophie stand am Fenster der Suite und sah hinaus in den herbstblauen Himmel über Berlin. Ihre Augen folgten den Spuren zweier Kondensstreifen, die sich in großer Höhe kreuzten. Das Geräusch ging ihr nicht aus dem Kopf, es wurde lauter und intensiver, sosehr sie auch versuchte, sich abzulenken. Sie stellte die beiden Flipcharts auf, die helfen sollten, ihre Gedanken zu sortieren. Auf dem Tisch stand ein Drucker, der unentwegt Marc Lindseys Dokumente ausspuckte, die anschließend von Helga thematisch geordnet und abgelegt wurden. Dabei pfiff sie die Melodie von *Lili Marleen*, in einer Endlosschleife.

Uuuuu. Sophie hatte das Gefühl, eine unsichtbare Hand geleite sie zurück nach Gourrama. Wieder hörte sie die Drohne, als schwebe sie genau über ihr. Als stünde sie erneut inmitten des Dorfes unter seinen Bewohnern. Als wäre Hassan an ihrer Seite, gleich neben den Vorhängen. Baschir im Arganbaum kam ihr in den Sinn, dessen zerfetzte Eingeweide. Ihr inneres Auge sah die Himmelstreppe, zu deren Füßen Ronald Asmussen das Internet durchpflügte, schweigsam und mit finsterer Miene, vor sich eine dampfende Tasse Kaffee. Andreas Merck hatte es sich im rostroten Rokokosessel bequem gemacht, spielte linkshändig mit den Quasten entlang der Sitzfläche und machte sich mit der Rechten Notizen. In ein Notizheft, bewusst altmodisch – Ronald Asmussen hatte darauf bestanden, dass in diesem «war room» keine unnötige Elektronik eingesetzt werde, die im Zweifel Datenspuren hinterlasse. Ein Handy hatte niemand dabei, der Stecker des Zimmertelefons war herausgezogen. Der

Name der Enthüllungsplattform stand fest, *Outland*, am Layout feilten sie noch. Sophie war nicht glücklich, dass Ronald Asmussen eine so prominente Rolle spielte, aber sein Wissen war unentbehrlich.

Uuuuu. Sie hörte Andreas Mercks Frage wie aus weiter Ferne. Um sich herum sah sie die Kugeln einschlagen, die Hubschrauber über sich kreisen. «Stellen – wir – Gourrama – in – den – Mittelpunkt?»

Der Schuss, der sie fällte.

«Alles okay mit dir?», fragte Helga.

Sophie nickte. Sie hörte sich «ja» sagen. Gleich darauf fragte sie: «Was, wenn sie uns alle töten?»

Erstaunt blickten sie drei Augenpaare an.

«Wenn sie uns alle töten», wiederholte Sophie, und es war ihr, als spreche jemand anderes.

Andreas Merck ging auf sie zu und nahm sie in den Arm. «Mach dir nicht so viele Gedanken», sagte er. «Es ist alles unter Kontrolle.»

«Hey, Sophie!» Ronald Asmussen prostete ihr mit seiner Kaffeetasse zu. «Komm mal her. Ich hab da was für dich.»

Helga warf ihr einen aufmunternden Blick zu.

Sophie sah lange Zahlenreihen und Buchstabenkombinationen auf dem Bildschirm seines Laptops. Quellcodes, erklärte er. Er hatte sich Zugang verschafft zum Finanzministerium und dem Büro für Homeland Security. «Das war eine ganz schöne Bastelarbeit, das kann ich dir versichern. Jedenfalls habe ich es geschafft. Dein Konto ist seit – na ja, gut fünf Minuten wieder freigeschaltet.»

«Wie meinst du das?» Sophie stand noch immer wie unter Drogen. Uuuuu. Das Geräusch ließ sie nicht los.

«Ich meine damit, dass du nicht länger auf der Terrorliste stehst.»

Helga und Andreas Merck eilten herbei und warfen abwechselnd anerkennende Blicke auf den Bildschirm und auf Ronald Asmussen.

«Wie hast du das denn geschafft?», fragte Helga. «So ein kleines Gerät, und damit setzt du gleich zwei Behörden außer Gefecht?»

Die Drohne näherte sich Sophie auf Augenhöhe. «Weg!», rief sie.

«What?», entfuhr es Ronald Asmussen.

«Schon gut … ich … war gerade mit meinen Gedanken woanders», sagte Sophie. «Entschuldigt, ich … musste gerade an die vielen Toten denken. In Gourrama.»

«Die sollten wir in der Tat in den Mittelpunkt stellen», sagte Andreas Merck. «Die Frauen, denen die Kugeln mit dem Messer wieder entfernt werden. Dieses Bild ist unglaublich stark, stärker noch als die Aufnahmen aus dem Hubschrauber.»

«Auf jeden Fall posten wir den Angriff. Aber …» Sie überlegte. «Wir brauchen einen weniger brutalen Einstieg. Ich möchte vermeiden, dass die Geschichte ins Leere läuft, wie beim letzten Mal.»

«Dein Konto», warf Helga ein.

«Was ist damit?»

«Na ja, das ist doch eine Riesensauerei. Allein der Gedanke: das eigene Konto gesperrt – das ist doch ein Albtraum. Damit packst du die Leser.»

Andreas Merck nickte. «Keine schlechte Idee.»

«Okay. Ich könnte erzählen, wie es mir ergangen ist,

nachdem ich die Geschichte das erste Mal gepostet hatte. Das Verhör, die Nacht in der Zelle, die Kontosperrung.»

«Den Cyber-Angriff auf Wolfgangs Auto nicht zu vergessen», ergänzte Helga.

«Den lassen wir weg», sagte Sophie. «Dafür haben wir keine Beweise.»

«Die Sache mit dem Konto ist wirklich gut», betonte Andreas Merck. «Wenn die Öffentlichkeit erst einmal angebissen hat, lassen wir die Kerze von beiden Seiten her brennen, Marokko und Amerika.»

«Deutschland nicht zu vergessen», warf Ronald Asmussen ein. «Ramstein in Rheinland-Pfalz. Der größte amerikanische Militärflughafen außerhalb der USA und Sitz des ‹Air and Space Operations Center›, kurz AOC. 650 Soldaten und 1500 Computer auf 5000 Quadratmetern modernster Technik. Das AOC ist die Steuerzentrale des US-Luftkrieges in Afrika, im Kampf gegen Islamisten. Und gegen unliebsame Regimes. Gourrama ist über Ramstein gelaufen, darauf verwette ich meinen Arsch. Das AOC ist aber nur das ausführende Organ. Die Befehlszentrale liegt in den Kelley Barracks der US-Kaserne in Stuttgart. Jede einzelne Militäraktion in Afrika wird von dort angeordnet oder abgesegnet. Auch Gourrama. Das ist amtlich, Leute.»

«Das wusste ich nicht», gestand Sophie. «Wir sollten herausfinden, was die Verantwortlichen in Berlin dazu meinen», sagte sie, an Andreas Merck gewandt.

«Offiziell wissen die von nichts», antwortete Ronald Asmussen an seiner Stelle. «Ist wahrscheinlich auch besser so. In militärischer Hinsicht sind die Amerikaner immer noch Besatzungsmacht.»

«Dann werden wir uns ja mit dieser Geschichte noch mehr Freunde machen», nuschelte Andreas Merck.

«You bet.»

«Also Ramstein und Stuttgart», echote Sophie. «Finde ich gut. Das nimmt dem Thema die Exotik. Ich schlage vor, eine Spur dorthin zu legen, ohne sie im Detail weiter zu verfolgen. Wenn wir Glück haben, nehmen sich die Medien der Sache an, und dieser Teil wird ein Selbstläufer.»

* * *

Der Weg zur Wahrheit führt über die Lüge – diese Einsicht trieb Sophie ebenso um wie die Bilder von den Toten, die ihr immer wieder unvermittelt vor Augen traten. Oft Baschir, oft Said Attar. In ihrem ersten Artikel für *Outland* hatte sie dargelegt, was ihr seit Sperrung ihres Kontos widerfahren war, einschließlich der Gleichgültigkeit hiesiger Behörden. Ausdrücklich dankte sie dem Minister für Homeland Security für die Souveränität seiner Entscheidung, ein offenkundiges Missverständnis ausgeräumt, einen Justizirrtum korrigiert zu haben.

Unter tatkräftiger Mitwirkung von Mary Robertson brauchte es etwa drei Tage, bis die Geschichte in den USA Fahrt aufnahm: Deutsche Journalistin Opfer der übermächtigen Homeland Security! Minister entschuldigt sich – zum ersten Mal überhaupt! Dessen Behörde sah sich zu der Mitteilung veranlasst, man könne den Bericht weder bestätigen noch dementieren. Kein Kommentar. Was sollten die auch sagen? Stimmt, wir sperren die Konten unbescholtener Bürger im Ausland? Stimmt nicht, unsere Behörde wurde Opfer eines Hackerangriffs? *Buzzfeed*, die Hauspostille von Marc Lindsey, erkannte in *Outland* offenbar einen Gleichgesinnten und ging der Frage nach, ob es einen Zusammenhang geben mochte zwischen der Kontosperrung und dem Angriff auf jenes marokkanische Dorf, worüber die Deutsche ja schon vor einiger Zeit berichtet hatte.

Sophie war ebenso euphorisch wie nervös.

DREIUNDZWANZIGSTES KAPITEL
BERLIN, HOTEL DE ROME, SOUTERRAIN

Der Krisenstab hatte sich im Büro des Botschafters versammelt, darunter IT- und Sicherheitsexperten sowie der Pressesprecher. Robert McMullen saß am hinteren Ende des schmalen Konferenztisches, vor sich ein leeres Blatt Papier, in der rechten Hand einen Bleistift. Er gab vor, interessiert den Ausführungen Vera Cochranes zu folgen, und machte sich von Zeit zu Zeit Notizen. Washington war mittlerweile in heller Aufregung – Sophie, *who*? Wer war diese Frau? Was wollte sie? Die Cochrane wusste sich in Szene zu setzen. Zitierte den US-Vizepräsidenten, der kürzlich in Harvard erklärt hatte: Amerika müsse auch weiterhin führen, im Interesse der nationalen Sicherheit. In der Politik, in der Wirtschaft. Und Afrika komme in diesem Zusammenhang eine wachsende Bedeutung zu, im Wettbewerb mit China, im Kampf um Einfluss und Ressourcen. Wenn er Cochrane richtig verstanden hatte, waren alle Mittel recht, das Problem Sophie Schelling aus der Welt zu schaffen. Angefangen mit einem großen Lauschangriff, Agenten auf allen Etagen im Hotel de Rome.

Robert McMullen genoss jeden Augenblick. Der Stern seiner Widersacherin sank seit ihrem erfolglosen Ausflug in dieses Kaff an der polnischen Grenze. Und sie hatte ersichtlich keinen Plan. Am liebsten würde sie die Deutsche wohl umlegen. Ein Bluthund, diese Person, aber keine Schachspielerin. Er brauchte nur abzuwarten. Der Fall Cochrane war auf bestem Weg, sich von selbst zu erledigen.

Nach der Sitzung begab er sich hinüber ins Hotel Adlon, auf einen Kaffee. Auch das imponierte ihm durchaus an Sophie Schelling – ihr Faible für gediegenes Ambiente, für Häuser mit großer Vergangenheit. Er setzte sich in eine ruhige Ecke der Empfangshalle und musste nicht lange warten, bis er ihn entdeckte, in Höhe der Rezeption. Kurz darauf trafen sich ihre Blicke.

Ronald Asmussen.

* * *

In der *New York Times* war über den Vorgang auf einer hinteren Seite zu lesen. Über den öffentlich ausgetragenen Streit zwischen der Konfliktforscherin Mary Robertson und dem Dekan der Universität Harvard. Dieser hatte ihr ein «völlig inakzeptables und für das eigene Haus rufschädigendes Verhalten» vorgehalten und nicht näher bezeichnete Konsequenzen angekündigt, was für anhaltende Unruhe unter den Professoren sorgte. Im Anschluss an einen Vortrag des US-Vizepräsidenten hatte Mary Robertson gefragt, ob es einen Zusammenhang gäbe zwischen dem kürzlich geschlossenen Wirtschaftsabkommen seitens der USA mit Marokko und dem einige Monate zuvor erfolgten Hubschrauberangriff auf ein Dorf im Süden des Landes. Offenkundig war dafür nicht Al-Qaida verantwortlich, wie zunächst angenommen, sondern amerikanische Soldaten oder Söldner. Was wisse Washington über die Hintergründe dieses Vorfalls? Und was habe der zu tun mit dem Tod von Marc Lindsey, der die Videoaufnahmen des Angriffs einer deutschen Journalistin zugespielt habe? Der Vizepräsident hatte es vorgezogen, die Fragen zu überhören, was zu lautstarken Zwischenrufen führte, bis Mary Robertson schließlich vom Sicherheitspersonal des Saales verwiesen worden war.

Eine marokkanische Zeitung war mutig genug, den Bericht wörtlich wiederzugeben. Französische Medien griffen die Geschichte auf, woraufhin sie langsam zum Skandal geriet. Bei Sophies Zeitung glühten die Drähte, doch war sie dort bis auf Weiteres beurlaubt. Ihr Handy benutzte sie längst nicht mehr. Das Impressum von *Outland* verzeichnete keine Telefonnummer. Sie konnte sich aber nicht länger im Internet verstecken. Der Zeitpunkt war gekommen, sich als Spielmacherin zu bewähren, ihr eigenes Markenzeichen zu werden. Nur so war gewährleistet, dass sie die Kontrolle über die Geschichte behielt.

* * *

Friedrich Wegener, der stets wirkte, als habe er einen Stock verschluckt, nahm Sophie mit auf eine hausinterne Wallfahrt, wie er es nannte. Zu ihrem Erstaunen entdeckte sie im Souterrain des Hotels eine ganz eigene Welt, bevölkert von dienstbaren Geistern, in deren Händen alles zusammenlief, Organisation wie Verwaltung. Jeder Angestellte erweckte den Eindruck, genau zu wissen, was er tat. Küchengehilfen eilten durch die Gänge, Zimmermädchen in schwarzem Kleid mit weißer Schürze und über dem Haaransatz ein silberfarbenes Diadem drängten in Richtung der Fahrstühle für das Personal. Dezente Farbtupfer stachen hervor, Manager in Anzügen, Managerinnen in Kostümen, die jeder für sich einzelne Mosaiksteine des großen Hotelganzen zu verantworten hatten. Friedrich Wegener bewegte sich inmitten dieser von Kunstlicht erhellten Unterwelt ganz anders, flinker, entschlossener, weniger steif. Er zeigte ihr den Lieferanteneingang, den Weg in die Tiefgarage, zur Feuertreppe, den von dort zur Rezeption.

Am Schluss führte er sie zu seinem Allerheiligsten, einem Separee, das gleich neben einem Besprechungszimmer lag, die Glastür gesichert mit einem Vorhängeschloss. Einem kleinen Raum, in der Mitte zwei Stühle und ein Bistro-Tisch, Regale an den Wänden, darin aufgereiht erlesene Spirituosen, Whiskey-Raritäten ebenso wie ausgefallene Brandy-Sorten, Obstler oder Grappa, preislich überwiegend im dreistelligen Bereich. Er bot ihr einen Platz an und fragte, ob sie etwas trinken möge.

«Wasser», entgegnete Sophie, und sie bekam es, begleitet von einem angedeuteten Kopfschütteln.

«Ein interessanter Ort», bemerkte Sophie. «Sie ziehen sich gerne zurück?»

«Sagen wir so», erwiderte Friedrich Wegener: «Abgründe haben mich immer schon angezogen.»

Er betonte, die Welt hier unten sei überschaubar, ehrlich, unverstellt. Alles habe seinen Platz, seine Ordnung. Somit gäbe es auch keinen Raum für Illusionen. Für Höhenflüge. Und seit er das erkannt, sich damit abgefunden habe, fühle er sich zum ersten Mal in seinem Leben frei. Wirklich frei.

«Darum darf man Sie beneiden, Herr Wegener.»

«Kommen Sie doch zu uns. Wir können immer gute Leute gebrauchen.»

«Erst muss ich zu Ende führen, was ich angefangen habe.»

«Das habe ich früher auch geglaubt.»

Sie nickte und verengte ihre Augen. Der Mann ihr gegenüber hatte sich mit seinem Schicksal abgefunden. Das war keine schlechte Wahl.

«Ich habe gelesen, was Sie in *Outland* geschrieben haben. Gefällt mir. Und Sie haben viele Freunde, die jederzeit bereit sein werden, Ihren Nachruf zu verfassen.»

«Das wird nicht nötig sein», antwortete sie matt.

«Kennen Sie die Geschichte von Ikarus?»

«Er war zu hoch hinausgeflogen. Seine Flügel waren mit Wachs an den Armen befestigt. Die Sonne brachte das Wachs zum Schmelzen, und er stürzte ab.»

«In der Tat. Er ist abgestürzt. Weil er seine Grenzen nicht kannte.» Er reichte ihr eine Zigarre, eine echte Havanna, wie er betonte. Warum nicht, dachte Sophie. Einen Joint hätte sie auch genommen. Er schaltete die Belüftung ein. Kappte die Spitze und zündete ihre Zigarre mit einem Streichholz an.

«Früher habe ich auch an das große Ganze geglaubt», gestand er. «An Gerechtigkeit und so weiter. Ich wollte das System verändern, auf meine Weise. Aber es funktioniert nicht. Das System ist stärker. Es besiegt dich. Es macht aus dir einen anderen Menschen. Es ist immer stärker als du.»

«Warum sagen Sie das?»

«Unser gemeinsamer Freund hat mir viel von Ihnen erzählt. Sie haben so viel Talent, und Sie stehen im Begriff, es zu vergeuden.» Ausgiebig paffte er an seiner Zigarre. «Wen interessiert die Wahrheit, Frau Schelling? Und was ist das: die Wahrheit? Wie lange wollen Sie gegen Windmühlen kämpfen? Bis Sie – erledigt sind? Ein paar Leute werden den Hut ziehen vor Ihnen. Und auch die werden Sie vergessen, weil das Leben nun mal weitergeht, die Miete bezahlt sein will, die Kinder ihr Recht verlangen, der Mensch nicht gerne leidet.»

Sophie sog an der wohlschmeckenden Havanna und versuchte, nach Möglichkeit nicht zu inhalieren.

«Ja. Ich widerspreche Ihnen nicht. Im Gegenteil, ich stimme Ihnen ausdrücklich zu. Aber da ist noch was, Herr Wegener, und auch das gehört zum Leben, sosehr ich die Idylle hier unten zu schätzen weiß.»

«Und das wäre?»

«Niemand kann aus seiner Haut. Nicht einmal dann, wenn es dringend erforderlich wäre.»

* * *

Die Männer waren stets zu zweit. Wechselnde Personen, aber sie alle trugen graue Anzüge. Weder sahen sie Sophie in die Augen, noch richteten sie je ein Wort an sie. Doch wo immer im Hotel sie sich aufhielt, waren sie bereits da. Wartete sie auf den Fahrstuhl, traten die Enddreißiger hinzu. Manchmal wie aus dem Nichts. Sophie zog es vor, die Treppe zu benutzen. Auch im Frühstücksraum waren sie, in der Bar, im Fitnessraum, in den Fluren. Friedrich Wegener meinte, er habe keine Möglichkeit, gegen Gäste vorzugehen, die sich nichts zuschulden kommen ließen.

Als Sophie aufging, wie subtil dieser Psychoterror auf sie wirkte, sie sich eines Abends dabei ertappte, wie sie ihre Zimmertür verriegelte und verrammelte, die Klinke durch einen untergestellten Stuhl sicherte, beschloss sie zu handeln.

Sie nutzte ihre Kontakte zu den Zimmermädchen und erfuhr, dass Zimmer 251 offenbar den Agenten als Aufenthaltsraum diente und auch nicht gereinigt werden sollte. Eine skandalös unterbezahlte polnische Reinemachefrau, deren Klagen Sophie tags zuvor geduldig im Souterrain angehört hatte, auf der Suche nach Wegener, öffnete ihr die Tür. Die Vorhänge waren zugezogen, der Raum hatte die Atmosphäre einer schlecht belüfteten Männerpension. Die Tagesdecke war zerwühlt, aber nicht zurückgezogen – offenbar schlief hier nie jemand. Überall verteilten sich zertretene Reste von Chips und Crackern, leere Bierdosen lagen zerquetscht auf dem Fußboden, Sophie zählte zwölf. Der Fernseher lief ohne Ton, im Bild nackte Frauen, die sich vor der Kamera räkelten. Zwei Laptops zeigten Bilder von den Gängen des Hotels, mit Ausnahme des Souterrains. Entweder wussten die Burschen nichts von dessen Existenz, oder sie hatten Anweisung, sich dorthin nicht zu verirren. Entgeistert stellte Sophie fest, dass sogar in ihren Räumen

Überwachungssoftware installiert war – einschließlich des Badezimmers. Ihr erster Gedanke: Hoffentlich haben die sich keinen runtergeholt, während ich unter der Dusche stand.

Was waren das für Typen? Hatten die Interessen, die über Saufen und feuchte Träume hinausgingen? Im Zweifel, sie umzulegen? Spontan kam ihr in den Sinn, in dem Zimmer Feuer zu legen. Diesen Ort zu beseitigen. Ein für alle Mal auszulöschen. Da vernahm sie Stimmen, Männer. Sie machten sich an der Tür zu schaffen. Panisch suchte Sophie nach einer Fluchtmöglichkeit, und mit einem Satz rettete sie sich in den glücklicherweise ungenutzten Kleiderschrank.

«Und ich sag dir eins: Judas war der einzige Jünger mit Durchblick. Der hatte begriffen, wie das läuft.»

«Er wusste jedenfalls, wie man mit denen da oben umgeht.»

«Pontius Pilatus, die alte Ratte. Wenn es nach mir gegangen wäre: Ich hätte mich hochgeschleimt bis in dessen Leibgarde. Bis er mir aus der Hand gefressen hätte. Der hätte Jesus nicht ans Kreuz genagelt, das kann ich dir versichern.»

«Na ja, ob Jesus damit einverstanden gewesen wäre?»

«Nicht zu verrecken, meinst du?»

«Immerhin ist er wiederauferstanden. Ohne diesen ganzen Mist wären wir heute womöglich Muselmänner.»

«Der Ziegenficker wusste jedenfalls, wie man mit der Waffe umgeht. Mohammed? Hieß der nicht Mohammed?»

Sophie verfolgte das Gespräch mit offenem Mund. Durch die quer gestellten Lamellen der Schrankwand konnte sie die beiden beobachten. Kurzhaarschnitte, unauffällige Allerweltstypen. Welche Personalabteilung dachte sich so etwas aus?

Sie spürte, wie ihr der Schweiß über den Rücken rann.

«Jesus reloaded – ich sag dir: Nicht ohne Pumpgun.»

«Da ziehen die Baptisten nicht mit.»

«Ja, und? Bist du etwa Baptist?»

«Nee, Presbyterianer.»

Sophie hörte ein lang gezogenes Seufzen.

«Scheiße, ich häng hier ab mit ’ner schottischen Schwuchtel!»

«Wo kommen deine Leute denn her?»

«Keine Ahnung. Interessiert mich auch nicht. Hier ist hier, heute ist heute.»

«Wenn dir alles egal ist, warum hast du dir dann ein Kreuz auf den Rücken tätowieren lassen?»

«Wer sagt denn, dass mir alles egal ist? Nichts ist mir egal! Ich will kein Opfer sein, das ist das Ding. Ich lass mich jedenfalls nicht ans Kreuz nageln.»

«Okay, reg dich nicht auf.»

Der, der kein Opfer sein wollte, zündete sich eine Zigarette an.

«Ich reg mich überhaupt nicht auf. Mir geht die Nummer allerdings allmählich auf den Zeiger.»

«Welche Nummer.»

«Welche wohl. Hier abhängen rund um die Schwester.»

«Schelling.»

«Mir egal, wie die heißt. Ich würde die einfach …»

Mit Daumen und Zeigefinger der rechten Hand formte er eine Pistole.

«Cochrane weiß schon, was sie tut.»

«Cochrane! Die ist dermaßen underfucked, die kann doch gar nicht geradeaus denken.»

«Ich dachte erst, die wäre lesbisch. Aber das ist sie nicht.»

«Woher willst du das denn wissen?»

«Maggy wollte ihr an die Wäsche. Die aus der Visa-Abteilung. Hübsches Ding, aber Kampflesbe.»

«Und?»

«Cochrane hat sie angezeigt wegen sexueller Belästigung. Die ist rausflogen.»

«Grundgütiger! Das wusste ich nicht.»

«Cochrane treibt es höchstens mit ihrem Besen, im Flug.»

«Ja, und sie hat sich festgebissen an dieser ... Wie heißt die Deutsche?»

«Schelling.»

«Von mir aus. Cochrane muss die ja regelrecht hassen.»

«Sie hat Cochrane zu einem Nachtmarsch durch den Wald gezwungen. Heißt es.»

«Das hat die mit sich machen lassen? Glaub ich nicht. Wenn eine Eier hat, dann Cochrane.»

«Also, ich möchte meine nicht mit ihren tauschen.»

«Die hat Biss. Ich sag dir, die hat Biss. Anders als dieser McMullen. Der wartet immer nur ab, will sich alle Türen offen halten. Ich vermute mal, dass der in seiner ganzen Laufbahn noch keinen Schuss abgefeuert hat.»

«Der hat seine Leute, die das für ihn tun.»

«So, wie Jesus an seine Jünger glaubte. Weißt ja, wo er gelandet ist.»

«In unseren Herzen?»

«Am Kreuz! Schwachkopf.»

«Du trägst auch eins.»

«Ja. Weil ich so nicht enden werde. Ich nicht. Wenn ich wetten müsste, würde ich auf Cochrane setzen.»

«Wetten, worauf?»

«Wer sich durchsetzt von den beiden. Cochrane oder McMullen. Sieht doch 'n Blinder mit Krückstock, dass die *High Noon* spielen, innerhalb der Botschaft.»

«Okay. Du setzt auf Cochrane, ich auf McMullen.»

«Musst unbedingt den Klugscheißer spielen, was.»

«Glaub mir, McMullen hat mehr Grips als Cochrane.»

«Scheiß drauf. Auf die Zukunft der Deutschen jedenfalls würde ich keine fünf Cent wetten.»

Er verschwand aus Sophies Blickfeld. Wenig später hörte sie ihn urinieren. Die Toilette wurde gespült, er schien sich die Hände zu waschen. Derweil bediente der andere die Tastatur der beiden Laptops. Er sagte: «Schelling ist nirgendwo zu sehen.»

«Vielleicht hängt sie gerade in irgendeinem finsteren Loch und klappert mit den Zähnen.»

«Gut möglich. Lass uns mal 'ne Runde drehen. Nicht, dass uns was entgeht.»

«Würdest du die Kleine flachlegen wollen? »

«Bevor du ihr das Licht ausknipst? Na klar ... Und du?»

«Zu kleine Titten. Nicht mein Ding.»

Sie gingen. Die Tür fiel ins Schloss. Sophie gelang es nicht, ihr Versteck sofort zu verlassen, so sehr zitterte sie.

***

Das Treffen fand im Besprechungsraum des Personals im Souterrain statt. Er war abhörsicher, die Betondecke schluckte jeden Schall, und niemand würde sie hier vermuten.

«Wenn wir einander nicht vertrauen, hat das Projekt keinen Sinn», sagte der Geschäftsführer des deutschen Nachrichtenmagazins. Manager-Typ, gute Manieren, gepflegte Hände. Trug einen schwarzen Markenanzug, ein weißes Hemd, keine Krawatte. «Wir brauchen alle Informationen. Schon um sicherzugehen, dass hier keine Inszenierung vorliegt.» Sophie und Helga saßen den drei Besuchern am Tisch gegenüber. Ronald Asmussen wollte aus Sicherheitsgründen nicht dabei sein. Andreas Merck würde seinen Job verlieren, wäre er hier.

«Sie bekommen, was Sie brauchen. Wir haben alles vorbereitet», sagte Sophie. Sie spürte, dass es sie Mühe kostete, sich zu konzentrieren. Der Schock saß ihr noch in den Gliedern. Doch sie musste sich zusammenreißen, um *Outland* zu vernetzen, um ihrer Geschichte zusätzlichen Schub zu verleihen.

«Ja, aber es geht nicht in erster Linie um Marokko und Blackfield. Es geht um Sie. Die Geschichte mit der Kontosperrung und dem einsichtigen Minister. Oder haben Sie sich das ausgedacht?»

«Die Unterlagen, die Sie bisher gesehen haben – welchen Eindruck machen die auf Sie?» Helga antwortete für Sophie, die jeden Satz wie in Zeitlupe hörte. Allein der Gedanke, dass fast alles, was sie in letzter Zeit getan hatte, von diesen Agenten beobachtet worden war, noch die intimsten Verrichtungen, erschien ihr unerträglich.

«Es ist alles sehr solide», sagte Suzanne Bayonne von *Le Monde*. Äußerlich wirkte die Mittdreißigerin wie eine Studentin, ihr Markenzeichen war das Understatement. Der Erfolg gab ihr recht; sie hatte preisgekrönte Geschichten über Guantanamo veröffentlicht. Sie wusste vermutlich, dass sie bei Männern Beschützerinstinkte weckte. Sophie setzte große Hoffnung auf die Pariserin, während sie Mühe hatte, den Vertreter des *Guardian* einzuordnen. Allein die Art, wie er die Wasserflasche mit den Fingern bearbeitete, missfiel ihr. Gelegentlich massierte er den linken Mundwinkel mit der Zungenspitze, wobei er zeitgleich die Augen verdrehte, bis nur noch das Weiße zu sehen war.

«Die Sache mit der Homeland Security ist natürlich ein Scherz. Oder sagen wir besser: ein Türöffner, wenn ich mich nicht täusche. Minister entschuldigen sich nicht, schon gar nicht bei unbescholtenen Bürgern. Stimmt's, oder habe ich recht?», fragte der Engländer den Deutschen, der Sebastian Herrmann hieß.

«Wir brauchen Fakten», beharrte der.

«Ich bitte Sie. Frau Schellings Konto war doch gesperrt, oder etwa nicht?», stellte Mister Bean fest, den Blick auf Sophie geheftet, und rieb sich die Hände.

«Ja, natürlich», bestätigte sie.

«Und wie haben Sie es geschafft, das Konto wieder freischalten zu lassen?», fragte Suzanne Bayonne.

«Mithilfe eines freundlichen Telefonats nach Washington», erläuterte Helga und lachte.

«Sie haben sich eingehackt in verschiedene Computersysteme», kommentierte Sebastian Herrmann trocken. «Diese Story allerdings hat es in sich.»

«Wie ein Computerfreak sehen Sie beide nicht aus», stellte der Engländer fest. «Wie viele Mitarbeiter umfasst Ihr Team?»

Erneut ergriff Helga das Wort und lenkte die Fragen in ruhigere Bahnen. Die Runde verständigte sich auf eine Spurenlese von Gourrama bis Ramstein, würde den Tod Marc Lindseys ebenso zur Sprache bringen wie die Verbindungen zwischen Blackfield und der US-Armee, den Drohnenkrieg ausleuchten und sich Calvin Kutner zur Brust nehmen, den verrohten Söldner mit den abgetrennten Fingern in der Schachtel.

«What a guy!», trompetete der Besucher aus London und ließ seine Augäpfel rollen.

* * *

Wiederholt hatte Sophie ihren Bruder in der Tiefgarage des Hotels getroffen. Kein gemütlicher Ort, aber ungestört. Dieses Mal war Wolfgang nicht allein. Auf der Rückbank saß ein langjähriger Bekannter von ihm, ein Privatdetektiv, wie sie erfuhr, an dessen Seite sie Platz nahm. Der grüßte freundlich und stellte sich vor, Reinhard Wiedemann. Auch er ein Graumensch, dachte sie. Grauer Trenchcoat, graue Haare, gescheitelt und dünn, strähnig, eine blasse, talgige Haut, die schwarze Brille eckig, und vermutlich ein Kassenmodell. War diese Farblosigkeit Voraussetzung oder Folge seines Berufs? Doch vermittelte er beim Sprechen einen gänzlich anderen Eindruck. Sein Tonfall war entschlossen und klar, erstaunlich präsent, für ein schattenhaftes Wesen.

«Jeder Mensch hat eine Leidenschaft, für die er bezahlt», sagte er und zeigte Sophie Fotos von Vera Cochrane. In einer Diskothek? Sie saß am Rande der Tanzfläche an der Bar und blickte starr vor sich hin.

«Wo ist das?», fragte Sophie.

«Im Berghain.»

«Dem Techno-Club?»

Wiedemann nickte. Andere Bilder: Cochrane beim Griff in eine kleine Dose. Pillen, sie enthalte Pillen, kommentierte er. Cochrane, schemenhaft, in einem Raum fast ohne Licht. Einem Darkroom, erfuhr sie. Cochrane auf der Toilette, den Lidschatten nachziehend. Weitere Fotos von Cochrane an der Bar.

«Hm», machte Sophie. «Was hat sie mit ihren Haaren gemacht? Auf den Fotos sind sie lang und blond.»

«Sie trägt eine Perücke», erklärte Wiedemann. «Um nicht erkannt zu werden. Wenn Sie die Bilder genauer betrachten, werden Sie feststellen, dass Cochrane sich auch mithilfe von Make-up und Linsen, die ihre Augenfarbe verändern, ein anderes Aussehen gibt.»

«Weil sie in ihrer Position an einem solchen Ort nichts verloren hat, erst recht nicht ohne Aufpasser?»

«So ist es.»

«Dann sind diese Fotos geeignet, ihre Karriere zu beenden, sobald sie im Internet kursieren?»

Wiedemanns Kopf machte eine abwägende Pendelbewegung.

Wolfgang räusperte sich. «Wir sollten zur Kenntnis nehmen, dass Cochranes Tarnung nicht schlecht ist. Sie könnte den Spieß umdrehen und jeden, der behauptet, das sei sie auf den Fotos, wegen Verleumdung belangen.»

«Das Risiko wird sie kaum eingehen. Und das Netz ist bekanntlich anonym», widersprach Sophie.

«Ihr Bruder hat recht. Diese Aufnahmen reichen nicht, um ihr das Genick zu brechen. Allerdings ist sie häufiger im Berghain, und meine Leute behalten sie im Blick. Vielleicht schludert sie ja mal beim Schminken, oder ihre Perücke verrutscht aus Versehen.»

«Wie sollte sie?»

«Weil Cochrane gerne bis unter die Haube zugedröhnt ist.»

Die Formulierung passt nicht zu ihm, dachte Sophie. «Ecstasy?», fragte sie.

«Vermutlich.»

Sophie blätterte die Bilder noch einmal durch. «Was hat es mit diesem Darkroom auf sich?»

Während der Detektiv ein Lächeln unterdrückte, grinste Wolfgang sie unverhohlen an. «Tja, meine Liebe – da geschehen Dinge, die so gar nicht zu dir passen. Einmal so richtig kuscheln, von Mensch zu Mensch?»

VIERUNDZWANZIGSTES KAPITEL
BERLIN, BERGHAIN

Eine endlose Menschenschlange vor dem Eingang, wummernde Bässe, die ins Freie entwichen, sobald sich die Türen des Berghains öffneten und wieder ein paar Auserwählte hineingelassen wurden. Sophie musterte die Türsteher, entdeckte einen, der weniger minderbemittelt wirkte, und verwickelte ihn in ein Gespräch. Kurz darauf durfte sie eintreten, unter den wütenden Blicken derer, an denen sie sich vorbeigedrängelt hatte.

Der Klub war brechend voll, und Sophie hatte Mühe, sich einen Weg durch die Menge zu bahnen. Würde sie Vera Cochrane hier ausfindig machen? Einen Versuch war es wert, ausgestattet mit einer winzigen Kamera am Revers ihrer Jacke. Der Detektiv hatte von diesem Besuch abgeraten, ebenso ihr Bruder: Cochrane würde sie sofort erkennen, umgekehrt nicht unbedingt. Die Vorstellung aber, der Agentin den beruflichen Dolchstoß zu versetzen, hatte sie elektrisiert. Sie war eine treibende Kraft jenes Systems, das Sophie so sehr zusetzte. Der Besuch im Zimmer 251 hatte etwas in ihr ausgelöst.

Sophie holte sich einen Drink an der Bar im Erdgeschoss. Das Halbdunkel wurde regelmäßig von Lichtwellen in verschiedenen Farben geflutet, Rot, Grün, Gelb und Blau. Die Musik war ohrenbetäubend laut. Sie musterte ihre Nachbarn an der Bar, überwiegend Twenty Somethings. Sehr schöne Frauen darunter, ansehnliche

Männer. Erotik lag in der Luft, Verheißung. Deswegen kamen sie hierher, in diesen Techno-Tempel. Zwei, drei Männer traten kurz nacheinander an sie heran, tänzelten, suchten zu flirten. Sophie sah ihnen zu wie verirrten Insekten. Das hier war nicht ihre Welt.

Nach einer Weile schlenderte sie in Richtung Darkroom, einen Drink in der Hand. Der Raum war nicht übermäßig groß, wurde aber intensiv genutzt, dem Gestöhne nach zu urteilen. Sie riskierte einen Blick, sah wenig, begab sich hinein, mehrere Hände berührten sie, eine Stimme an ihrem Ohr fragte: «Ficken?» Wieder draußen, suchte sie sich einen Platz an der Wand, von wo aus sie einigermaßen gut erkennen konnte, wer hinein- oder hinausging.

Nichts. Gut eine Stunde saß sie da, wurde Zeugin von so manchem menschlichen Drama. Viele um sie herum, vor allem auf der Tanzfläche, standen ersichtlich unter Drogen. Man sah es an ihren Augen und den ekstatischen, nicht endenden, immer gleichen Bewegungen, wie aufgezogen. Sophie überlegte, die Aktion abzubrechen. Doch gab es in der oberen Etage noch einen weiteren Darkroom. Über eine Stahltreppe gelangte sie in den eigentlichen Klubraum, durchzogen von einer meterlangen Glaswand, dahinter eine weitere Bar mit Sitztresen und schließlich der Darkroom. Erneut bahnte sie sich ihren Weg durch das Gedränge und suchte sich einen Platz, von dem aus sie einen guten Überblick hatte. Sie bestellte ein alkoholfreies Bier, um nicht mit leeren Händen dazustehen.

Allmählich begann ihr der Kopf zu dröhnen von dem

Lärm. Eine halbe Stunde noch, beschloss Sophie. Länger nicht. Und dann fiel ihr Blick auf eine blonde große Frau. Nicht auffällig, davon liefen hier viele herum. Aber die Frisur kam ihr bekannt vor. Oder vielleicht doch nicht? Instinktiv folgte sie der vermeintlichen Spur und verlor sie wieder, kein Wunder, in der Menschenmenge. Da sie sich vor dem Darkroom wiederfand, ging sie vorsichtig hinein. Ein stampfender Rhythmus aus Keuchen und Begierde umschloss sie. Beinahe hatte sie sich durch den Raum hindurchgeschlängelt, als sie innehielt. War sie da nicht wieder gewesen, die blonde Frisur? Sie versuchte, im Dunkeln etwas zu erkennen, entdeckte aber nichts. Da, wo sie glaubte, etwas gesehen zu haben, zuckte jetzt ein männlicher Kopf. Sie verließ den Raum, überlegte einen Moment und beschloss zu gehen. Sie drängte sich durch die Bar, viele blonde Köpfe, aber nicht die Frisur.

Fast war sie durch, als sie eine Hand hart und brutal an der Gurgel packte und ihr den Atem nahm. Jemand dirigierte sie an die Glaswand, wo die Besucher dicht an dicht standen. Für die waren die beiden Körper, die hier miteinander verschmolzen, wohl ein Liebespaar. Die Person, die sie umfasst hielt, war größer als Sophie und schlank, sehr schlank. Sie lockerte den Griff gerade so weit, dass Sophie nach Luft schnappen konnte. Sie roch Schweiß und Lust. Mehr als röcheln konnte sie nicht; nach Hilfe rufen oder flüchten, war unmöglich.

«Du glaubst, du kannst mir nachspionieren?», hörte Sophie neben sich.

Die Stimme, die Sprache. Sie war es: Vera Cochrane.

«Noch mal entkommst du mir nicht, darauf kannst du

Gift nehmen. Du willst dich mit mir anlegen? Für wen hältst du dich eigentlich! Du hast doch keine Ahnung, um was es geht. Nichts weißt du, rein gar nichts!»

Sophie schien es, als würde sich der Griff ein wenig lockern. Mit einer Hand wühlte Cochrane in ihrer Handtasche. Anschließend verstärkte sie ihren Würgegriff und zwang Sophie, den Mund zu öffnen. Sie steckte etwas hinein. Tabletten. «Schluck, oder ich dreh dir die Luft ab», zischte Cochrane und reichte ihr eine Flasche Wasser zum Nachspülen.

* * *

Im Nachhinein konnte sich Sophie nur bruchstückhaft erinnern. An die vielen Getränke. An den Kosmos aus grellen Farben und merkwürdigen Figuren. Da war dieser Drang, die unbändige Lust, sich zu bewegen, zu bewegen, zu bewegen. Cochrane hatte sie unter Drogen gesetzt und anschließend einen wahren Veitstanz mit ihr aufgeführt. Um wahrscheinlich die Blicke auf sie zu lenken, sie bekannt zu machen, sie anzubieten.

Das Paar sei über die Fläche gefegt wie wahnsinnig, bestätigte ihr im Nachhinein ein Barkeeper, wobei Cochrane sich unter Kontrolle hatte, Sophie nicht. Sie habe geschrien, gesungen, gekotzt. Da das öfter vorkomme, habe niemand eingegriffen. Es hatte auch schon mal jemand auf dem Tanzboden einen Herzinfarkt erlitten, ohne groß Aufsehen zu erregen.

Die gelegentlichen Erinnerungsblitze an die Zeit danach versetzten Sophie in Panik. Mit aller Macht suchte sie sich der aufkeimenden Gewissheit zu widersetzen – unabhängig davon, dass ihr alles wehtat. Sie rief Helga an, die sofort zu ihr ins Hotel kam. Helga fragte, was los sei, erhielt aber keine vernünftige Antwort. Sophie war völlig apathisch. Irgendwie ahnte Helga wohl, was vorgefallen sein mochte. Und entschied sich, wie sie später sagte, für den Schlag ins Gesicht. Denn Verdrängen hatte keinen Bestand.

Sie überredete Sophie zu einem Ausflug in Friedrich Wegeners Spirituosen-Kammer im Souterrain. Dort wären sie ungestört und könnten sich hemmungslos betrinken.

«Ich schenke uns einen Whiskey ein, okay?», fragte Helga.

«Ja.»

Sophie spürte Helgas Blicke auf sich ruhen. Es war besser, mit ihr zu reden als mit sonst jemandem. Trotzdem wollte sie sich verkriechen.

«Sophie, was ist geschehen, nachdem ihr getanzt habt?»

Wahrheitsgemäß antwortete sie, dass sie das nicht mehr wisse.

«Wenn ich dich richtig verstehe, ist Cochrane mit dir …», Helga zögerte. «Sie hat dich … in den Darkroom mitgenommen.»

«Hineingeschleppt, würde ich sagen.»

«Und dann? Was war dann? Erinnere dich!»

Sophie rieb sich die Stirn mit der linken Hand. In ihr fing es an, zu brodeln. Einen Augenblick war sie unentschlossen. Dann schlug sie mit der Faust auf den Tisch. «Scheiße, was soll das heißen: Was war dann? Was wird da wohl gewesen sein! Ich kann mich an die Einzelheiten nicht erinnern, es ist alles weg, ein schwarzes Loch... Nein, nicht ganz ...» Sie schluchzte plötzlich, erlitt einen Weinkrampf. «Kannst du dir nicht denken, was da geschehen ist? Ich würde sagen, ich bin kreuz und quer durchgefickt worden, von einer ganzen Horde Paviane. Ich nehme es an, Helga, denn der Film ist gründlich gerissen. Ich weiß nicht, wie viele auf mir drauf gewesen sind. Wahrscheinlich mehr als in den letzten zwanzig Jahren zusammen. Und damit nicht genug. Cochrane hat im Darkroom auf mich gepisst. Hörst du? Sie hat auf mich uriniert. Sie hat das allen Ernstes getan. Für sie war das wohl der krönende Abschluss. Als ich zu mir kam, habe ich gestunken wie eine Kloake, alles klebte.»

Helga hielt sie in den Armen und wiegte sie. Sophie ließ es geschehen.

Irgendwann löste sich Sophie von Helga. Sie tranken beide von ihrem Whiskey, leerten schweigend die Gläser.

«Warum bist du da überhaupt hingegangen? Ins Berghain?», fragte Helga.

Sophie zuckte mit den Schultern. Wieder schwiegen beide.

«Stellt sich die Frage, wie du damit am besten umgehst», sagte Helga schließlich. «Du willst dich rächen, das sehe ich dir an.»

«Natürlich will ich das!»

Helga seufzte. «Ich kann dich ja verstehen. Aber du wirst eine Entscheidung treffen müssen. Willst du für Gourrama kämpfen, oder machst du jetzt einen persönlichen Feldzug daraus? Beides zusammen geht nicht.»

«Willst du, dass ich klein beigebe, die Geschichte auf sich beruhen lasse?»

«Ich möchte, dass du deinen Frieden findest mit dem, was geschehen ist, so furchtbar das auch war. Ich wünsche mir, dass dein Kampfgeist wieder erwacht, allerdings für die richtige Sache. Die Agentin ist nur ein Spielball.»

Sophie trank und spürte die Wirkung. Sie stand auf, lief im Kreis, drehte eine Runde, viele Runden, die Hände auf dem Rücken verschränkt.

* * *

Es gab wenige Menschen, die Sophie nachhaltig verstörten. Reinhard Wiedemann war einer von ihnen. Nicht, dass er sich etwas zuschulden hätte kommen lassen, im Gegenteil. Der Detektiv machte seinen Job, und er machte ihn gut. So sehr, dass kein Stein auf dem anderen blieb. Damit fertigzuwerden, brachte Sophie zunehmend in Bedrängnis. Diese Fotos etwa: Ronald Asmussen im Gespräch mit diesem Fettwanst. Bislang drei Treffen, zwei davon im Café des Adlons. Der Detektiv war Ronald Asmussen vom Hotel de Rome aus gefolgt und hatte ihn tagelang observiert. Robert McMullen heiße der Dicke, ein amerikanischer Diplomat. Den Namen kannte sie – aus dem Gespräch der beiden Agenten, das sie im Kleiderschrank verfolgt hatte.

Sophie beschloss, mit ihrem Bruder zu reden. Wieder trafen sie sich in der Tiefgarage des Hotels.

«Kann es sein, dass Asmussen uns verrät?», regte sie sich auf.

«Vielleicht hatte er keine andere Wahl. Wir wissen nicht, was die beiden reden», erwiderte Wolfgang.

«Man hat immer eine Wahl.»

«Wann hast du ihn das letzte Mal gesehen?»

«Asmussen? Am Tag vor unserem Treffen mit den Zeitungsleuten.»

«Also vor einer Woche. Stellt sich die Frage, was die beiden im Schilde führen. Asmussen und McMullen.»

«Im Zweifel packt er aus. Über mich, *Outland,* unser Material, was wir wissen. Aber warum? Der Countdown läuft, die Geschichte ist doch längst in der Welt.»

«Rede mit Asmussen. Finde es heraus.»

«Ich weiß nicht, wie ich ihn erreichen soll.»

«Er saß vorhin wieder im Adlon. Mit dem Amerikaner.»

«Woher willst du das wissen?»

«Wiedemann hat mir eine SMS geschickt.»

«Du hast Nerven! Und jetzt?»

«Jetzt bringe ich dich da hin.»

***

Wolfgang fuhr sie die paar hundert Meter zum Adlon. Sophie war etwas mulmig zumute. Als sie schließlich am Brandenburger Tor angekommen waren, fragte sie: «Sag mal – hast du zufällig ein Aufnahmegerät dabei?»

«Ich kann dir mein Handy geben. Das nimmt bis zu einer halben Stunde auf.» Wolfgang klatschte ihr mit der Hand auf den Oberschenkel. «Du schaffst das, Sophie!»

Sie brauchte nicht lange, um Ronald Asmussen ausfindig zu machen. Er saß mit dem Rücken zu ihr, trug wie meistens das grüne Sweatshirt. Sie spürte ihr Herz klopfen, als sie auf die beiden zuging.

«Gentlemen? Ich hoffe, ich störe nicht.»

Ronald Asmussen fuhr herum. Robert McMullen hingegen erhob sich, reichte ihr die Hand und bat sie, Platz zu nehmen. Höflich und charmant, als habe er mit ihrem Erscheinen gerechnet.

«Erlauben Sie mir, mich vorzustellen, gnädige Frau», sagte er.

«Nicht nötig, Mister McMullen.»

Sophie warf einen kurzen Blick auf Ronald Asmussen, der auf den Boden starrte.

«Wissen Sie, Frau Schelling, ich habe nie daran gezweifelt, dass sich am Ende die Vernunft durchsetzt. Immerhin sind wir doch – wie darf ich sagen: Geschäftspartner. Ihr heutiger Besuch scheint mir recht zu geben, nicht wahr?»

«Was mich betrifft, so bin ich zufällig hier. Würdest du das von dir auch behaupten, Ronald?»

«Ich ...»

«Ich verstehe, dass Sie einiges miteinander zu bereden haben», fiel ihm Robert McMullen ins Wort. «Dafür wird später noch Gelegenheit sein.» Er beugte sich mit dem Oberkörper in Richtung Sophie. Sie konnte seinen Atem spüren, der sich kalt auf ihre Haut legte. «Ich darf Ihnen zunächst einmal versichern, dass ich große Bewunderung und noch größeren Respekt für Ihre entschlossene Haltung empfinde. Sie wissen, was Sie wollen, und Sie gehen Ihren Weg. Das imponiert mir. Ihre ...» Er suchte das treffende Wort.

«Unbestechlichkeit?», sprang Sophie ihm bei, nicht, ohne Ronald Asmussen einen wenig freundlichen Blick zuzuwerfen.

«Ihre Geschäftigkeit, wollte ich sagen.»

«Aha.»

Robert McMullen schenkte ihr Kaffee ein. «Sie sind ein großes Talent», sagte er.

«Das habe ich neulich schon mal gehört. Bei einer guten Havanna.»

«Ich kann mir vorstellen, dass die Konkurrenz nicht schläft.»

«Was haben Sie denn im Angebot.»

«Was schwebt Ihnen denn vor.»

«Ein Ende der Drohnenangriffe. Ein Ende der Söldnerkriege.»

«Ich leite das gerne weiter.»

«Das wäre nett.»

Ronald Asmussens Blicke irrlichterten durch den Saal.

Robert McMullen räusperte sich. «Ich bin mir darüber im Klaren, dass Sie sehr unschöne Erlebnisse hinter sich haben.»

«Die waren in der Tat sehr unschön. Vor allem für die Bewohner eines marokkanischen Dorfes.»

«Nobody is perfect, Frau Schelling. Jeder macht mal einen Fehler.»

«Wie geht es eigentlich Vera Cochrane? Ihrer Kollegin?»

Sophie glaubte, ein leichtes Zucken seiner Augenbrauen wahrzunehmen.

«Möchten Sie noch eine Tasse Kaffee?», fragte er.

«Nein, danke, aber ich wäre Ihnen sehr verbunden, wenn Sie mich und Herrn Asmussen einen Moment allein lassen würden.»

Robert McMullen faltete seine Hände. «Bevor Sie über Ihren – Mitstreiter richten, lassen Sie mich bitte noch Folgendes sagen. So ehrenwert Ihr Engagement auch sein mag, es hat sein Ende gefunden. Ronald, mögen Sie …?»

Der Angesprochene wand sich, sprach in ein Nirgendwo, den Blick abgewendet. Marc Lindseys Material sei zu einem großen Teil illegal erworben worden. Die Verwendung somit strafbar, nach amerikanischem Recht.

«Wir haben daher mit den Medienvertretern, die Sie angesprochen haben», ergänzte Robert McMullen, «Kontakt aufgenommen, um ihnen die Rechtslage zu erläutern. Der *Guardian* ist sich, soweit ich das verfolgt habe, durchaus darüber im Klaren, dass eine Veröffentlichung unrechtmäßig erworbener Quellen nicht erst in den USA, sondern bereits in Großbritannien eine Strafverfolgung aufgrund des Verstoßes gegen zahlreiche Paragrafen zur Terrorbekämpfung nach sich ziehen dürfte. Zwar weisen die Gesetze in Deutschland und Frankreich diesbezüglich noch Lücken auf, aber sowohl *Le Monde* wie auch der *Spiegel* waren sehr empfänglich für unsere Argumente mit Blick auf die Prozesskosten in den USA – von einer möglichen Geldstrafe ganz zu schweigen. Und dann wollte es der Zufall … Ronald?»

«Nun … also … das … das nennt man Datenkorruption. Wenn Dateien auf einmal – sich selbst … überschreiben, zum Beispiel.»

«Ich meine, gehört zu haben, dass *Le Monde* gerade mit diesem Problem zu kämpfen hat.»

Sophie schnaubte verächtlich. «Es gibt Ausdrucke, Mister McMullen.»

«Ausdrucke, wovon? Von nicht existierenden Datensätzen?»

«Es gibt CDs, es gibt Sicherheitskopien.»

«Da stimme ich Ihnen ausdrücklich zu. Lassen Sie es mich so formulieren: Ihr Konto war gesperrt, jetzt ist es das nicht mehr. Unser gemeinsamer Freund ist ein wahres Genie, was solche Probleme anbelangt, nicht wahr. Und wissen Sie was: Ich bin sehr damit einverstanden, dass sich die Dinge wieder eingerenkt haben. Zu Ihren Gunsten gefügt haben. Alles andere wäre doch eher – unerfreulich.»

Sophie schenkte ihm ein kaltes Lächeln.

«Jedenfalls hoffe ich, dass Sie Ihre Lektion gelernt haben.»

«Sie wollen mir drohen, Mister McMullen?»

«Wir drohen nicht, Fräulein Sophie. Wir ziehen es vor, zu handeln. Falls erforderlich, schließen wir jedes Risiko aus.»

«Na, das ist doch ein schönes Schlusswort.»

Sie erhob sich und fasste Ronald Asmussen an die Schulter. «Wir sollten uns bei Gelegenheit mal unterhalten.»

«Ich fürchte, dass es dazu nicht mehr kommen wird», stellte Robert McMullen klar.

«Was macht Sie da so sicher?» Sie zog das Handy aus ihrer Jackentasche und drückte auf Wiedergabe. Klar und deutlich war McMullens Stimme zu vernehmen.

***

Sophie bediente sich gerade am Frühstücksbüffet, als sie ihn entdeckte. Er lungerte im Eingangsbereich herum.

«Ronald! Scheiße, was machst du hier? Willst du mir so früh wie möglich den Tag versauen?»

«Du hattest recht. Wir müssen reden.»

«Du hast Nerven!» Sie hielt einen Teller mit Brötchen, Butter und verschiedenen Marmeladensorten in der Hand und überlegte kurz, ihm den ins Gesicht zu schleudern.

«Ich kann mir vorstellen, dass du wütend auf mich bist. Aber du weißt nichts.»

«Das kannst du, ja. Dir das vorstellen. Ich glaube, ehrlich gesagt, nicht, dass du das kannst.»

Sie ließ ihn stehen und schritt zur Theke mit der Joghurtauswahl. Ihr Pulsschlag war spürbar angestiegen. Zorn und Wut stiegen in ihr auf, maßlose Enttäuschung. Sie kehrte zurück an ihren Platz und stellte fest, dass er noch immer reglos am Büffet verharrte, mit den Armen Halt auf seinem Oberkörper suchend. Dann machte er die wenigen Schritte an ihren Tisch.

«Darf ich mich setzen?»

«Nein.»

«Ich … bin nicht dumm. Ich weiß, was du über mich denkst und von mir hältst. Aber wir sollten trotzdem …»

«Fick dich. Du stehst im Licht.»

Sophie verteilte Butter auf einer Brötchenhälfte und würdigte ihn keines Blickes. Warum ihm die Beichte abnehmen? Außerdem fühlte sie sich auf unangenehme Weise unter Druck gesetzt. Einfach dadurch, dass er vor ihr stand.

Ein Kellner kam und fragte, ob er für den Herrn aufdecken solle.

«Nein, danke, das ist nicht nötig», antwortete Sophie. «Der Herr wollte gerade gehen.»

Und tatsächlich schien sich in dem Moment ein Riss durch Ronald Asmussen zu ziehen. Er machte auf dem Absatz kehrt und verließ den Ort seiner Demütigung, die Haltung gebeugt.

Doch Sophie spitzte die Lippen und pfiff dermaßen laut, dass die anwesenden Geschäftsleute, Diplomaten und sonstigen Mitesser verwundert Ausschau hielten.

«Komm zurück!», rief sie Ronald Asmussen lautstark hinterher.

Was er tatsächlich tat, wie in Zeitlupe. Er setzte sich ihr gegenüber, und, nachdem sie sich gebührend angeschwiegen hatten, fing er an. Erzählte, dass er vor einiger Zeit in London war. Um dort für sein Projekt zu werben, ein zuverlässig verschlüsseltes Internet. Eine Gruppe Investoren habe sich dafür interessiert. Er hätte sie für seriös gehalten. Alerte Business-Typen, cool, angeblich bestens vernetzt im Silicon Valley. Er habe tatsächlich an die ganz große Nummer geglaubt. «Na ja, und dann», Sophie vernahm ein Geräusch, als würde er sich anhaltend kratzen, «dann ließen sie ihre Masken fallen. Sicherheitsagenten. CIA, NSA, FBI. Die großen drei. Die haben sich nicht lange mit Höflichkeiten aufgehalten. Ich gefährde die nationale Sicherheit mit meinem Tor-Projekt. Entweder lasse ich das bleiben und arbeite stattdessen für die, oder aber ich lande in irgendeinem Loch, die nächsten fünfzig Jahre.»

«Weiter», forderte Sophie ihn auf.

«Als du mich damals besucht hast, in diesem Atelier, weißt du noch …?»

«Ja, ich erinnere mich.»

«Genau. Das mit dem Wasser war eine gute Idee, Sophie. Da bin ich endlich wach geworden. Die ersten Tage nach meiner Rückkehr aus London hatte ich regelrecht im Koma gelegen.»

«Du warst besoffen, schlicht und ergreifend.»

«Jedenfalls wurde mir klar, dass ich zwei Möglichkeiten habe. Entweder, ich gehe ins Exil, wie Edward Snowden. Ich habe darüber ernsthaft nachgedacht. Und festgestellt, dass ich dafür nicht der Typ bin. Also Variante zwei: Ich drehe den Spieß um und erpresse meine Erpresser. Ich habe so viele Datenbanken gehackt, und zwar in der allerersten Reihe, dass Big Brother ein Problem hat. Wenn die mich umlegen, sind die Dateien am nächsten Tag im Netz. Und zwar weltweit, dafür habe ich gesorgt. Verstehst du?»

«Du hast sie mit ihren eigenen Waffen geschlagen.»

«Nicht ganz. Eine Weltmacht lässt sich nicht vorführen. Das hast du ja auch schon gemerkt. Im Augenblick herrscht eine Art Waffenstillstand – ich denke mal, solange ich deren Cyber-Security sichern helfe. Immerhin muss ich keine Schweinereien erledigen. Niemanden fertigmachen, in deren Auftrag. Auch wenn sie das gerne hätten. Die und ich, wir sind wie Skorpione, die sich gegenseitig belauern. Halte ich mich an die Spielregeln, passiert mir nichts. Tue ich das nicht, werden die sich was einfallen lassen.»

«Und dieser McMullen ist was genau – dein Führungsoffizier?»

«Solange ich mich in Deutschland aufhalte, ist er mein Coach. Das ist so. Daran wird sich auch nichts ändern.»

«Hat er dir befohlen, bei uns auszusteigen?»

«Du hast ihn erlebt, im Adlon. Er ist nicht der Typ, der Befehle erteilt. Er hat eine Art, Wünsche so zu formulieren, dass sie in aller Regel auch erfüllt werden.»

«Was wissen die über *Outland*?»

Ronald Asmussen lachte. «Die Antwort kannst du dir selber geben. Die wissen, wann du zur Toilette gehst, und die wissen, was du denkst, noch bevor du selbst es weißt. Dein Leben ist für die ein offenes Buch. Wenn morgen jemand in Langley oder Fort Meade beschließt, es zuzuschlagen, dann war's das für dich. Aber noch ist nichts entschieden. Nicht, weil sie dir einen Gefallen tun wollen. Sondern mit Blick auf die möglichen Folgen, im Fall der Fälle. Du bist ja mittlerweile recht bekannt.»

«Also spielen wir in derselben Liga.»

«Nein, nicht wirklich. Ich bin der Hacker, du bist die Querulantin. Das sind zwei völlig verschiedene Kategorien. Mich können sie im Zweifel gebrauchen, dich nicht. Du bist lästig, unterm Strich aber stellt sich bei dir in erster Linie die Frage nach dem richtigen Timing und einer passenden Gelegenheit. Solange du denen keinen weiteren Ärger machst, bist du gewissermaßen auf Bewährung draußen. Sie wollen sehen, ob du aufgibst. Deswegen war dein Auftritt im Adlon nicht klug, Sophie. Ich bin hier, um dich zu warnen. Lass gut sein, lass endlich gut sein. Wenn du jetzt nicht die Reißleine ziehst, werden sie dich umbringen. Das ist der Plan B. Allein, um sicherzustellen, dass dein Verhalten keine Schule macht.»

Im Grunde überraschte Sophie nicht, was Ronald Asmussen sagte.

«Ich muss das erst mal verarbeiten. Soll ich dir was vom Büffet mitbringen?»

Ronald Asmussen schüttelte den Kopf. Als Sophie kurz darauf von der Käse-Theke einen Blick in Richtung ihres Tisches warf, war er nicht mehr da.

«Ronald …?!»

Sie stellte den Teller ab und lief hinaus auf den Gang, in Richtung Rezeption. Gerade verschwand er in der Drehtür, begleitet von zwei Männern in grauen Sakkos.

FÜNFUNDZWANZIGSTES KAPITEL
BERLIN, NIEBUHRSTRASSE

Sophie und ihre zwei verbliebenen Mitstreiter trafen sich im Souterrain, im Besprechungsraum der Hotelangestellten. Ronald Asmussens Verrat stand im Raum. Was wusste McMullen über sie und *Outland*? Vermutlich alles. Vielleicht kannte er mittlerweile sogar Marc Lindseys Material.

Die Warnung ging Sophie nicht aus dem Kopf. Sie konnte schweigen oder sterben. Zu ihrem eigenen Erstaunen verspürte sie keine Panik, nicht einmal übersteigerte Angst. Weil sie mittlerweile gelernt hatte, mit Gefahren umzugehen? Die beinahe zu ihrem Alltag gehörten? Sie dachte in jede Richtung, erwog alle Optionen. Einfach alles hinzuwerfen, wäre gleichbedeutend mit Selbstaufgabe. Allein die Vorstellung bereitete ihr körperliches Unbehagen. Es gab nur einen Weg, sagte ihre innere Stimme: Dir selbst treu zu bleiben. Auch wenn Sophie sich keineswegs als Heldin sah. Das Bild eines Piloten kam ihr in den Sinn, im Augenblick des Abschusses. Würde er nicht denken: Sie ist vollbracht, deine Mission? Genau so empfand sie ihre Lage. Genau so.

Warum Helga und Andreas Merck unnötig belasten. Sie würde später von ihrer Frühstücksbegegnung mit Ronald Asmussen berichten.

«Ich habe mit den Kollegen in Hamburg, Paris und London gesprochen. Aus der gemeinsamen Veröffentlichung wird nichts, wie McMullen gesagt hatte», erzählte Andreas Merck. «Allerdings plant der *Spiegel* einen eigenen Bericht über die Bedeutung von Ramstein und Stuttgart für den Drohnenkrieg in Afrika. Damit wollen die es aber im Moment bewenden lassen.»

Sophie machte eine Handbewegung, als verscheuche sie Fliegen. «Was also machen wir mit Gourrama? Wie geht es weiter?»

«Gourrama wird im Sand verlaufen, die große Anklage wird es nicht geben», sagte Helga. «Allein schaffen wir es nicht, die Story groß zu spielen, sie weltweit zu pushen.»

«Ich fürchte, dass Helga recht hat», warf Andreas Merck ein. «Auf dieser Schiene kommen wir nicht weiter.»

«Warum sitzen wir dann überhaupt noch hier?», erkundigte sich Sophie gereizt.

«Weil *Outland* eine großartige Idee ist», entgegnete Helga. «Wir sind die erste Enthüllungsplattform in Europa, Sophie!»

«Also haken wir Gourrama ab, nach dem Motto Shit happens? Und gehen zum nächsten Thema über?»

Andreas Merck warf seine Arme in die Höhe, als ergebe er sich. «Darüber habe ich mir die letzten Nächte den Kopf zerbrochen, das kannst du mir glauben. Und je mehr ich darüber nachdenke, umso klarer wird mir, dass die Medien der falsche Ort sind für Gourrama. Zu weit weg, zu viele offene Fragen, die niemand so genau beantwortet sehen möchte …»

«Also, ich fasse das nicht …»

«Reg dich bitte nicht auf, Sophie, sondern höre mir zu. Selbst wenn wir Gourrama über *Outland* am Leben erhalten, werden nur die üblichen Verdächtigen die üblichen Schlüsse daraus ziehen. Die große Mehrheit wird es nicht weiter kümmern.»

«Ihr redet wie Thorsten Mehring», empörte sich Sophie. «Da können wir *Outland* ja gleich mit der *Woche* fusionieren.»

«Lass Andreas bitte ausreden», bat Helga.

«Woher weißt du denn, dass er noch was sagen will? Habt ihr euch vorher abgesprochen?»

Helga verschränkte die Arme über der Brust.

«Du musst eine Wahl treffen, Sophie. Ob du mit dem Kopf durch die Wand gehst oder dich öffnest für neue Ideen», sagte Andreas Merck. «Gerechtigkeit wirst du mithilfe der Medien kaum erwirken. Aber möglicherweise mithilfe der Justiz.»

Die Vereinten Nationen hätten vor Kurzem einen Sonderberichterstatter zur Untersuchung von Drohnenangriffen berufen, den Norweger Johann Thuland, erklärte er. Hintergrund sei der weltweit immer lauter erhobene Vorwurf, die USA töteten regelmäßig Terrorverdächtige ohne Gerichtsverfahren per Drohnenbeschuss. Dabei würden in jedem Jahr Hunderte Zivilisten ums Leben kommen, weil sie zur falschen Zeit am falschen Ort waren. Da die Geheimdienste CIA und NSA an den Angriffen beteiligt seien, diese jedoch die gegen sie erhobenen Anschuldigungen weder bestätigten noch dementierten, habe sich Thuland wiederholt über deren «Kultur des Schweigens» beklagt. Fehlende Transparenz und mangelnde Kooperationsbereitschaft machten seine Arbeit «so gut wie unmöglich». Es fehle an Beweisen, um Aufklärung zu leisten und die Verantwortlichen zur Rechenschaft zu ziehen.

«Meiner Meinung nach sollten wir uns in Sachen Gourrama aus der Schusslinie nehmen und unser Material an Thuland weitergeben», schloss Andreas Merck.

Alle drei schwiegen. Sophie spürte beider Blicke auf sich ruhen.

***

Ihr Herz pochte, als sie im Wartezimmer saß. Mit jeder Minute, die verstrich, wurde Sophie nervöser. Sie versuchte, sich abzulenken, blätterte durch die ausliegenden Illustrierten. Endlich, der Aufruf.

Die Ärztin, etwa in ihrem Alter, mager, fast knöchern, grüßte und forderte sie mit einem Nicken auf, Platz zu nehmen. Sie tippte auf die Tastatur ihres Computers. Sophie setzte sich auf den Stuhl ihr gegenüber. Die Anspannung zerrte an ihr, doch wollte sie nicht den Eindruck erwecken, am Rande eines Nervenzusammenbruchs zu stehen.

Die Ärztin ließ keine Regung erkennen: «Alle Untersuchungsergebnisse liegen uns mittlerweile vor.»

Mein Gott, mach es nicht so spannend, dachte Sophie.

«Ja … Ich gehe gerade noch mal alle Ergebnisse durch, damit ich nichts Falsches sage … Nein. Nein, nein – es ist wirklich alles gut, Frau Schelling. Sie haben Glück im Unglück gehabt. Keine Verletzungen im Bereich der Scheidenwand, jedenfalls nicht mehr, keine Risse am Uterus, keine Geschlechtskrankheiten. Kein HIV. Keine

Schwangerschaft. Keine sonstigen Befunde, auch kein Pilzbefall. Keine Zystenbildung.»

Sie sagte das, als verlese sie ein Testament, was Sophie davon abhielt, ihr um den Hals zu fallen. Tief atmete sie durch, mehrfach.

«Alles gut», sagte Sophie zu sich. «Alles gut.»

Sie stand auf und bedankte sich, die Knie noch immer weich. Die Ärztin sagte: «Ich an Ihrer Stelle würde Anzeige erstatten.»

«Keine Sorge», erwiderte Sophie. «Das werde ich tun. Auf meine Weise.»

* * *

Glücklicherweise lag Robert McMullens Wohnung in der Niebuhrstraße in der obersten Etage. Darüber befand sich nur noch der Dachboden, und die Treppe dorthin war ein gutes Versteck. Zwei Abende hatte Sophie dort oben bereits ausgeharrt. Sie wusste, dass sie Geduld haben musste. Die Erkundungen des Detektivs hatten ergeben, dass ihm dieses Apartment offenbar als Refugium diente, er sich üblicherweise aber in seiner Dienstwohnung aufhielt. Eine Garantie, dass er abends hier auftauchte und nicht etwa am frühen Vormittag, gab es natürlich nicht. Doch war Sophie entschlossen, so lange zu warten wie nötig, und wenn sie ganze Tage hier oben zubringen müsste. Es war anstrengend. Lesen half nur bedingt, jedes Geräusch ließ sie aufhorchen.

Als sie kurz vor 22 Uhr im Begriff stand, ihre Mission für diesen Tag zu beenden, geschah es. Schritte kamen die

Treppe empor. Jemand machte sich an der Tür unter ihr zu schaffen. Ein kurzer Blick genügte, um zu erkennen, dass es sich um McMullen handelte und er allein war. Wie eine Raubkatze setzte Sophie an zum Sprung, jagte ihm eine Ladung Pfefferspray in die Augen und stieß ihn in die Wohnung, die Tür hinter sich zuwerfend. Er war leichte Beute, geblendet und schwer, und noch bevor er seine Gedanken sortieren konnte, lag er bereits am Boden der Küche, mit Handschellen an das Heizungsrohr gekettet.

Sophie keuchte vor Anspannung. Noch wusste McMullen nicht, wer sie war. Er hielt die Augen geschlossen und stöhnte vor Schmerz. Rieb sie an seiner Jacke und versuchte, irgendwie die brennende Flüssigkeit zu entfernen. Sophie achtete darauf, ihm nicht zu nahe zu kommen. Auch Füße und Beine konnten zur Waffe werden. Es brauchte mehrere Minuten, bis er wieder etwas erkennen konnte.

Währenddessen sah sich Sophie in den zwei Zimmern der Wohnung um. Warf einen Blick in die Schrankwand des Wohnzimmers, die vollgestopft war mit Monitoren und Elektronik. Im Schlafzimmer stand eine Kommode mit gläsernem Aufsatz, in dem sich – was war das, in Gottes Namen? Eine Puppenstube? Eine Miniaturwelt?

Sie sah wieder nach McMullen.

«Sophie Schelling …?», fragte er in einem Tonfall zwischen Lachen und Weinen. «Sie?»

«Wen haben Sie denn erwartet.»

«Ich … ich hätte nicht gedacht, dass Sie dermaßen rabiat werden können.»

McMullen suchte sich in eine bequemere Lage zu

wuchten. Sophie beobachtete ihn dabei. Sie gewann den Eindruck, er hielte das Schlimmste für überstanden.

«Ich gehe davon aus», sagte er, «dass sich diese – Begegnung einem Missverständnis verdankt.»

«Und worin sollte das bestehen? Dieses Missverständnis?»

McMullens Gesichtszüge mutierten zu einer Fratze. Offenbar versuchte er zu lächeln.

«Der fälschlichen Annahme, ich wäre Ihr Gegner.»

«Sind Sie das nicht?»

«Was sollte ich denn gegen Sie haben. Ich mache nur meinen Job. Genau wie Sie.»

«Ja, wir sitzen in einem Boot, nicht wahr. Wir haben gemeinsame Interessen. Geschäftliche Interessen. Ihre Worte.»

«So ist es, Frau Schelling. Die haben wir in der Tat.» Er rasselte mit den Handschellen an der Heizung.

«Ich habe Informationen für Sie. Nützliche Informationen. Solche, die Ihnen helfen, Ihre Konkurrentin loszuwerden.»

Robert McMullen versuchte, sie zu fixieren, musste aber noch immer ständig blinzeln.

«Ich höre Ihnen zu», sagte er schließlich.

Sophie erzählte ihm vom Berghain und den heimlichen Begierden Vera Cochranes, denen sie noch immer nachging.

McMullen setzte einen gelangweilten Blick auf. Das leise Zucken seiner Hände jedoch verriet ihn.

«Ich gehe hoffentlich recht in der Annahme, dass Sie keine enttäuschte Liebhaberin von Frau Cochrane sind?»

Sophie verzog den Mund.

«Ich bin Enthüllungsjournalistin, Mister McMullen. Vergessen Sie das nicht.»

«Natürlich, ja. Sie enthüllen», kommentierte er süffisant. «Ich weiß Ihre Aufmerksamkeit zu schätzen. Darf ich daraus ein gewisses Verständnis Ihrerseits für die Arbeit von Geheimdiensten ableiten?»

«Ich erwarte von Ihnen, dass Sie Vera Cochrane aus dem Verkehr ziehen.»

«Eine gut gewählte Formulierung. Sie werden mir immer sympathischer, Frau Schelling.»

«Dann sorgen Sie dafür, dass ich dasselbe auch von Ihnen behaupten kann.»

McMullen zeigte ein windschiefes Lächeln. «Welche Rechnung haben Sie mit Frau Cochrane offen, dass Sie sich mir auf so», er rasselte mit den Handschellen, «eindringliche Weise anempfehlen?»

Sophie konterte mit einem Hundeblick: «Weil wir dieselben Werte teilen?»

«In dem Fall, Frau Schelling, wollen Sie mir bitte die Handschellen abnehmen. Unter Partnern geht man so nicht miteinander um.»

«Ach ja, stimmt. Noch einen Augenblick, bitte.» Sie wandte sich von ihm ab und kehrte zurück zu der Kommode mit dem Aufsatz. Jetzt wusste sie auch, womit sie es zu tun hatte. Porzellanfigurinen, klein, filigran, barock.

Angeordnet waren sie auf drei übereinanderliegenden Glasböden. Offenbar thematisch, ganz unten solche, die Kindheitsmomente festhielten, aus ferner Zeit. Ein Kind im Kaufmannsladen. Eines, das einem Schmied zur Hand geht. Mutter und Kind, auf einer Bank. Kinder, eine Gans vor sich hertreibend, zwei Kinder auf einem Sofa, dergleichen. Auf der mittleren Ebene fanden sich ausschließlich Soldaten und Kriegsszenen, die, der Kleidung, den Waffen und ihrer Haltung nach zu urteilen, im 17. oder 18. Jahrhundert angesiedelt sein mochten. Oben ein Mohr, der einer lächelnden Dame mit einem Fächer wedelt. Schlemmende Dicke. Ein sitzender Elefant mit Dompteur. Eine Kutsche mit Gespann, die Pferde im Galopp. Befrackte Gentlemen, im Gespräch vertieft. Ein betrunkener Korps-Student mit Schärpe. Eine Paradiesanordnung, in wechselnden Posen?

Sie hörte McMullen aus der Küche mit ihr sprechen, aber Sophies Gedanken galten den Figurinen. Porzellanfiguren waren teuer, so viel wusste sie. Diese Sammlung musste ein Vermögen wert sein.

Ein Altar.

Mein Gott, dachte Sophie. Der Kerl war doch pervers. Keine Frau, keine Kinder, kein Sexspielzeug. Nein, Figurinen sollten es sein. Es fehlte nur noch ein Zündmechanismus für Atomsprengköpfe, in Gestalt einer Figurine. Dann stünde der endgültigen Verschmelzung der Menschheit mit einem betrunkenen Korps-Studenten oder einem wedelnden Mohr nichts mehr im Wege.

Nachdenklich ging Sophie zurück in die Küche. McMullen ventilierte heftig, der Blick unstet. Ein ganz anderer Mensch war er geworden, seit er ihren kurzen Ausflug zum Allerheiligsten wahrgenommen hatte. Demütig fast kam er ihr vor, verzagt.

«Haben Sie eine Tüte im Haus? Oder eine Tasche?»

«Warum?», fragte er unsicher.

«Ich denke, ich hole uns mal eine gute Flasche Wein. Wir sollten anstoßen, auf unsere neue Partnerschaft.»

McMullen sah sie mit flackernden Augen an. «In der Schublade, da vorne im Regal.»

Sophie entnahm ihr zwei Tüten. Die Vitrine war abgeschlossen. McMullen nach dem Schlüssel zu fragen, würde ihn nur unnötig beunruhigen. Sie lief zurück in die Küche, öffnete die Besenkammer, überhörte seine Fragen, entdeckte einen kleinen Werkzeugkasten und entnahm ihm einen Hammer.

«Kennen Sie dieses großartige Lied von Pete Seeger?», fragte Sophie und sang: «If I had a hammer, I'd hammer in the morning, I'd hammer in the evening, all over this land!» Tänzelnd summte sie weiter in Richtung Schlafzimmer. Als das Glas klirrte, mischten sich McMullens Schrei und Sophies Gesang zu einem schrägen Duett: «It's the hammer of justice, it's the bell of freedom, it's the song about love between my brothers and my sisters, all over this land!»

Sophie stapelte die Figurinen in die beiden Plastiktüten. Anschließend kam sie in die Küche zurück.

Der Mann auf dem Boden schwitzte und sah sie ängstlich, aber fast kalt an.

«Kommen wir nun zum Geschäftlichen», sagte Sophie.

«Nennen Sie … mir … Ihren Preis», presste McMullen hervor.

«Keine Sorge, ich mache Ihnen ein Angebot, das Ihnen entgegenkommen wird.» Sie machte eine Kunstpause.

«Ich will den Kopf von Vera Cochrane, Mister McMullen. Hören Sie? Auf einem silbernen Tablett. Haben Sie verstanden?»

Sein Blick spiegelte ungläubiges Staunen und Zorn.

«Geschieht das nicht …» Sophie griff sich eine Figurine, es war der sitzende Elefant mit Dompteur, und hielt sie in die Höhe. Ließ sie fallen, ein Schrei ertönte, und – das Porzellanteil landete auf ihrer linken Handfläche.

«Wagen Sie es nicht! Sonst werden Sie dafür büßen …», keuchte McMullen.

«Und Sie erst, mein Guter.» Sophie wandte sich zum Gehen. «Ihre kleinen Lieblinge sind bei mir in besten Händen. Bis Ihr Job erledigt ist.» In Höhe der Tür warf sie den Schlüssel für die Handschellen nach ihm.

Reinhard Wiedemann hatte vollkommen recht, dachte Sophie. Jeder Mensch folgte einer Leidenschaft, für die er bezahlte. Manchmal teuer bezahlte.

* * *

Robert McMullen kochte vor Wut. Was bildete sich diese Schelling ein! Glaubte sie tatsächlich, er ließe sich erpressen, weil sie ihm die Figurinen entwendet hatte? Natürlich schmerzte ihn der Verlust, mehr noch, es zerriss ihm das Herz! Diese schamlose Person kannte ihre Grenzen nicht. Sollte sie allen Ernstes noch immer nicht verstanden haben, dass er seine schützende Hand über sie hielt? Ginge es nach der Cochrane, wären ihre Überreste längst irgendwo verscharrt.

Die Schelling wollte den Showdown? Bitte sehr, den konnte sie haben.

SECHSUNDZWANZIGSTES KAPITEL

OSLO, NORWEGEN

Berit Berglund geleitete ihren Gast in den Tagungssaal des Konferenzortes Voksenåsen oberhalb von Oslo. Auf dem Weg dorthin betonte die resolute Endfünfzigerin, dass dieses Treffen ohne sie nicht stattfinden würde. «Sie haben Mut, Frau Schelling. Und Sie sind beharrlich. Das sind selten gewordene Tugenden.» Der Tonfall ließ erkennen, dass sie das nicht allein aus Höflichkeit sagte.

Größer konnte der Gegensatz kaum sein: Aus den Panoramafenstern fiel der Blick hinunter zum Oslofjord, die umliegenden Wälder tief verschneit. Im Tagungsraum waren siebzig bis achtzig Teilnehmer versammelt, Männer und Frauen. Die meisten trugen traditionelle Gewänder. Sie saßen an langen Tischen, vor sich ausgebreitet Landkarten und Notizhefte, in lebhafte Diskussionen vertieft. Stellwände hielten handschriftlich den Stand der Dinge fest.

Berit Berglund, Staatssekretärin im norwegischen Außenministerium, klatschte in die Hände und rief: «Meine Damen und Herren! Darf ich einen Moment um Ihre Aufmerksamkeit bitten? Ich möchte Ihnen Sophie Schelling aus Berlin vorstellen.»

Spontan erhob sich Beifall, Sophie blickte in freundliche, neugierige Gesichter. Einige der Anwesenden kamen auf sie zu und reichten ihr die Hand. Die Gäste stammten überwiegend aus Pakistan und Afghanistan, den beiden Ländern, über denen die meisten unbemannten Flugzeuge kreisten. Sie alle hatten Angehörige bei

Drohnenangriffen verloren: Kinder in der Schule, Händler auf dem Weg in die Stadt, Hochzeitsgesellschaften, Holzsammler, Frauen auf dem Markt. Offenbar war niemand davor gefeit, Opfer einer Drohne zu werden. Jeden konnte es jederzeit erwischen, wenn das militärische Einsatzkommando in den USA oder in irgendeiner Leitzentrale irgendwo auf der Welt zu der Auffassung gelangte, ein gefährlicher Terrorist halte sich etwa im Grenzgebiet von Pakistan und Afghanistan auf. Obwohl die Informationen oft nur auf Gerüchten beruhten und inoffiziell eine Quote von eins zu zwanzig galt. Auf einen getöteten Dschihad-Kämpfer kamen demzufolge zwanzig Unbeteiligte, die mit in den Tod gerissen wurden. Das alles war nicht neu, seit Langem schon gab es Menschenrechtsorganisationen und Bürgerinitiativen, die sich gegen den Drohnenkrieg engagierten. Allerdings interessierte es im Westen nur wenige, wenn Dunkelhäutige fernab jeder Zivilisation zu Schaden kamen.

Nach der freundlichen Begrüßung geleitete die Staatssekretärin Sophie in ein Büro, neben dem Tagungsraum.

«Schön, dass Sie den Weg nach Oslo gefunden haben.»

«Danke für Ihre Einladung.»

«Ich bitte Sie. Aus unserer Sicht sind Sie ein Glücksfall. Wir hatten bisher noch keinen so gut dokumentierten Fall wie den Angriff auf den Hirten Baschir bei Gourrama. Johann Thuland freut sich schon auf Sie. Mit Ihrer Aufnahme des Drohnenprojektils inklusive Seriennummer kann er die amerikanische Seite endlich einmal in Verlegenheit bringen. Hinzu kommen die weiteren Bilder und Ihr Augenzeugenbericht.»

«In Washington dürfte Ihr Engagement auf wenig Gegenliebe stoßen, oder?»

Über Berit Berglunds Gesicht zog ein wissendes Lächeln. «Ich muss Ihnen nicht erläutern, dass Norwegen Teil der westlichen Wertegemeinschaft ist», sagte sie. «Wir unterhalten ausgezeichnete Beziehungen zu den USA, und daran wird sich auch nichts ändern. Aber wir legen großen Wert auf unsere Eigenständigkeit, wir lehnen es ab, bevormundet zu werden, und wir erkennen natürlich, wie andere Regierungen auch, dass sich die Welt nicht länger allein nach dem Gusto Washingtons formen lässt.»

Dann erzählte sie, wie das norwegische Wirtschaftsministerium vor einigen Jahren bestrebt war, in Oslo einen zweiten europäischen Spotmarkt für den Verkauf von Rohöl einzurichten, neben Rotterdam. Ein naheliegender Gedanke, da Norwegen ein führender Erdölexporteur sei. Auch wäre Russland an dem Projekt interessiert gewesen und hätte eine Gas-Pipeline nach Norwegen verlegt. «Kaum allerdings hatten die Amerikaner von unserer Absicht erfahren, diesen Spotmarkt nicht auf Dollar-, sondern auf Eurobasis einzurichten, hat man uns seitens der amerikanischen Regierung – wie soll ich sagen: in die Zange genommen. Die Botschaft war eindeutig, und der Tonfall nicht weniger: Wenn ihr es wagt, das Dollarmonopol am Ölmarkt anzugreifen, machen wir euch fertig. Angefangen damit, dass wir so lange gegen eure Währung spekulieren, bis sie nicht mal mehr als Monopoly-Geld taugt.»

«Verstehe», sagte Sophie. «Und diese Drohnengeschichte ist gewissermaßen die Rache der Trolle für die Arroganz der Cowboys.»

Berit Berglund lachte. Ihr Oberkörper tanzte, und sie öffnete zwei Flaschen Wasser. «Sagen wir so: Seit der Ölgeschichte arbeiten wir mehrteilig. Wir sind und bleiben enge Verbündete der USA. Gleichzeitig stellen wir uns den Herausforderungen der Globalisierung und strecken unsere Fühler in alle Richtungen aus. Ohne Vorbehalte.»

* * *

Früh am nächsten Morgen, gegen sechs Uhr, erwachte Sophie. Seit der Sache im Berghain fand sie nur noch wenig Schlaf. Sie stand auf und öffnete die Balkontür ihres Zimmers. Es war eiskalt, in der Ferne funkelte das Lichtermeer Oslos. Eine friedliche, erwartungsvolle Atmosphäre, die einer Einladung gleichkam. Sie lieh sich eine Skiausrüstung an der Rezeption und begab sich auf die Loipe. Es brauchte einige Zeit, bis sie ihre Balance fand; eine wirklich geübte Langläuferin war sie nicht. Der Schnee spiegelte den Vollmond, die Orientierung fiel ihr nicht schwer. Die Loipe war zunächst abschüssig, dann ging es längere Zeit den Berg hinauf, und Sophie geriet ins Schwitzen. Es gelang ihr mehr schlecht als recht, so in Schwung zu kommen, dass sie wirklich vorwärtskam. Irgendwann hörte sie auf zu zählen, wie oft sie hinfiel. Doch hatte sie der Ehrgeiz gepackt. Mithilfe der Skistöcke, die sie einsetzte wie senkrecht aufgestellte Harpunen, gelang es ihr schließlich, Spur zu halten.

Bergab ging sie in die Hocke, bei jeder Anhöhe begann sie zu fluchen. Die Luft war glasklar und rein, niemand um sie herum störte die Idylle. Sie blieb stehen, putzte sich die Nase und horchte in die Stille. Sie meinte, einen Uhu zu hören, der den anbrechenden Tag begrüßte. Oder war es eine Eule?

Gerade wollte sie weiterfahren, als sie ein Geräusch vernahm. Einen brechenden Ast, möglicherweise. Sie blickte sich um, entdeckte aber nichts. Sie fuhr weiter, konzentrierte sich auf die Loipe, die immer wieder von anderen gekreuzt wurde. Spur halten, sagte sie sich. Mittlerweile hatte sie ihren Rhythmus gefunden und pflügte beständig durch den Schnee. Der erste Langläufer kam ihr in der Morgendämmerung entgegen und grüßte freundlich mit «Hei!». Danach wurde es wieder ruhig, bis sie ein Surren vernahm. Sie warf einen Blick hinter sich. Noch ein Läufer.

Er lief anders als der Mann, der ihr entgegengekommen war. Geduckter, den Oberkörper gesenkt, entschlossener. Als sei er in Eile und folge einem Ziel. Die Loipe machte eine Kurve, an deren Ende mehrere Spuren abzweigten. Eine steile Anhöhe führte rechts hinauf, links ging es den Abhang hinab, geradeaus erschien der Weg am leichtesten. Sophie hielt die Spur, hinein in eine dichte Nebelwand.

Wie aus dem Nichts schoss plötzlich ein Läufer von rechts an ihr vorbei und verfehlte sie knapp. Sophie hatte Mühe, sich auf den Beinen zu halten. Der Mann stürzte, was sie nicht sehen, aber hören konnte. An einigen Stellen war der Schnee vereist. Dann vernahm sie das Schnaufen des Läufers hinter ihr. Er war nur noch wenige Meter entfernt, im Nebel kaum zu sehen.

Spontan beschloss Sophie, die Flucht zu ergreifen, aus Vorsicht. Sie erreichte ein Plateau, auf dem sich unendlich viele Spuren kreuzten, und schlug sich seitwärts in den Fichtenwald. Sie hielt still und bewegte sich nicht. So dicht war der Nebel, dass sie ihren Verfolger nicht sehen, wohl aber hören konnte, wie er keuchend drei oder vier Meter neben ihr vorbeizog.

Sie hatte kaum noch Zweifel, dass er hinter ihr her war. Auf ihren Instinkt konnte sie sich meist verlassen. Im Zeitraffer lief ein Film in ihrem Kopf ab. Er handelte von Terror, Tod und Gewalt. Sie fragte sich, ob es ihr je gelingen würde, den Regisseur zum Innehalten zu bewegen, aus diesem Film auszusteigen. Sie wollte damit nichts mehr zu tun haben. Jede Faser ihres Körpers schrie ihr entgegen, Nadelstiche aus Kälte: «You can check out any time, but you can never leave.»

Nachdem sie eine Weile gewartet hatte, wollte sie sich querfeldein zum Hotel durchschlagen. Fast hatte sie die Nebelwand hinter sich gelassen, als sie Stimmen vernahm. Zwei Männer, die sich etwas auf Englisch zuriefen.

Die Kälte machte ihr mehr und mehr zu schaffen. Sie zitterte am ganzen Körper, außerdem begann sich der Nebel zu lichten. Sophie verdoppelte ihre Anstrengungen. Nachdem sie ein gutes Stück vorangekommen und nichts geschehen war, wuchs ihre Zuversicht.

Bis sie auf einer Anhöhe links einen Mann in weißem Skianzug entdeckte, mit einem Fernglas in der Hand, dessen Gläser die aufgehende Sonne reflektierten. Er gab einem anderen Mann Zeichen mit der Hand, der sich weiter vorne befinden musste. Sophie konnte ihn nicht sehen, vermutete aber, dass er irgendwo wartete. Auf *sie* wartete. Sie beschloss, sich nach rechts zu wenden, einen Abhang hinunter, in Richtung der ersten Häuser am Waldrand.

Wie konnte sie nur glauben, ihr würde nichts passieren, solange sie McMullens Figurinen verwahrte? Schmerzlich erkannte sie ihre Naivität, während sie seitlich hinabschritt. Nach einer guten halben Stunde tauchte unvermittelt Oslos Wahrzeichen vor ihr auf.

Der Holmenkollen.

Die Sprungschanze ragte in die kristallene Winterlandschaft, ein Solitär. Sophie musste an die Himmelstreppe von Gourrama denken. Freitragend erhob sich die Stahlkonstruktion gut hundert Meter in die Höhe. Sie glitt den letzten Teil des Weges hinab. Von dort an war der Schnee geräumt, und Sophie schnallte ihre Skier ab. Weiter unten entdeckte sie die Straße, die zum Hotel führte, vorbei an herrschaftlichen Villen. In der Cafeteria des Skimuseums sah sie eine Frau im Dämmerlicht, die den Boden wischte.

Sophie wollte die Skier unter die Arme nehmen und zur Straße laufen, als sie zwei Männer in weißen Skianzügen auftauchen sah. Sie hielten direkt auf sie zu, und Sophie wunderte sich über ihre fehlende Panik. Sie könnte zur Straße laufen, aber was, wenn die schneller wären? Instinktiv zog es sie in das Skimuseum, das glücklicherweise nicht abgeschlossen war. Sie warf ihre Bretter weg und eilte zu der Angestellten. Bat sie, die Polizei zu rufen. Zwei Männer würden sie verfolgen. Anstatt ihr zu helfen, bekam die junge Frau einen Wutanfall. Die Cafeteria sei noch geschlossen, sie habe hier nichts verloren!

Die beiden Männer stürmten heran. Sophie ließ das keifende Weib stehen und rannte in Richtung Fahrstuhl. Drückte auf den Knopf und sah sich nach weiteren Fluchtmöglichkeiten um. Die Frau stellte sich den Männern in den Weg und zeterte in einem fort, bis ihr einer der beiden einen Schlag verpasste, der sie augenblicklich fällte. Die Fahrstuhltür ging auf, Sophie sprang hinein. Die Tür schloss sich, während die Männer auf sie zustürzten. Ein, zwei Sekunden waren sie zu langsam, und Sophie schwebte in die Höhe. Der Blick auf die Stadt und den Oslofjord war atemberaubend, doch ihre Sinne kreisten nur um den Gedanken: Wie ihre Verfolger ausschalten? Oben angekommen, blieb sie zunächst in der Tür stehen, um den Fahrstuhl zu blockieren. Sie befand sich auf einer von Holz und Glas eingefassten Empore, wo sich bei Wettbewerben die Skispringer und ihre Betreuer aufhielten. Ihr Blick fiel auf eine Bank, die sie für geeignet hielt, die Lichtschranke im Fahrstuhl zu unterbrechen. Dazu allerdings musste sie schnell sein, die Bank hergezogen haben, bevor sich die Tür wieder schloss. Sie könnte auch einfach stehen bleiben, wo sie war. Doch führte eine Außentreppe hinauf zu dieser Empore. Vermutlich würde einer der beiden hochlaufen und der andere unten auf sie warten, falls sie mit dem Fahrstuhl wieder nach unten käme.

Sie machte einen Satz nach vorne, schnappte sich die

Bank und zurück. Zu spät, die Tür schloss sich vor ihren Augen und war auch durch Knopfdruck nicht wieder zu öffnen. Sie fluchte. Warum hatte sie nicht einfach einen Schuh quer gestellt? Sie sah sich um. In einer Ecke hingen Skistöcke. Okay, sagte sich Sophie, griff sich einen Skistock und bezog Stellung neben dem Fahrstuhl. Links von der Tür, weil die meisten, sie eingeschlossen, im Straßenverkehr zunächst nach rechts blickten. Wenn sie Glück hatte, würde nur einer der Verfolger oben auftauchen, während der andere unten auf sie wartete. Obwohl sie aufgeregt war, hatte sie sich unter Kontrolle. Ihr Verstand funktionierte. Ein Psychologe hatte ihr mal erklärt, dieses Verhalten sei typisch für Menschen, die nicht lieben könnten. Wer nicht liebe, empfinde auch keine Angst vor dem Verlust, nicht einmal den des eigenen Lebens. Sie hielt das für Unsinn. Dass die Gewalt Einzug in ihr Leben gehalten hatte und sie immer weniger schreckte, lag nicht an ihr.

Sophie hörte den Fahrstuhl surrend näher kommen. Als die Tür sich öffnete, hielt sie die Luft an. Die Hand glitt zuerst in den Raum, eine Pistole umklammernd. Ein Mann trat vorsichtig hinaus und blickte tatsächlich nach rechts. Als er den Kopf nach links drehte, rammte ihm Sophie die Spitze des Skistocks mit voller Wucht in die Wange. Der Mann schrie auf und sackte zu Boden, die Pistole fiel ihm aus der Hand. Sophie griff nach ihr und richtete sie auf den Unbekannten. Er blutete stark, sein Schrei ging über in ein Stöhnen und Wimmern. Er robbte über den Boden wie ein Fisch, den es an Land verschlagen hatte. Seine linke Gesichtshälfte war aufgerissen, er sah furchtbar aus und hatte jede Kontrolle verloren. Sophie ließ ihn nicht aus den Augen und begab sich in Richtung Sprungschanze. Dort hatte sie zwei versteckt liegende Telefone entdeckt. Das eine gab keinen Laut von sich, das andere funktionierte. Ein rotes Telefon. Sie wählte den Notruf, der überall in Europa dieselbe Nummer hatte, beschrieb einem etwas lethargisch wirkenden Mann am anderen Ende der Leitung ihre Lage und hoffte, dass er die richtigen Schritte einleiten würde. Sein «Ja, ja. Ja vel» wirkte wenig beruhigend. Dass er sie verstanden hatte, daran zweifelte sie nicht. Alle Norweger sprachen Englisch, sofern sie nicht in Windeln lagen.

Wieder hörte sie das Surren des Fahrstuhls. Sie brachte sich in Stellung, was dieses Mal nicht so einfach war. Der Verletzte robbte noch immer wimmernd über den Boden, und sie wollte nicht riskieren, ihm zu nahe zu kommen. Das Antriebsgeräusch des Fahrstuhls erstarb. Ihr blieb fast das Herz stehen, als die Tür aufging. Mit einem Blick erfasste der Ankömmling die Lage und richtete augenblicklich seine Waffe auf Sophie, die, ohne zu zögern, schoss. Er sackte zu Boden und zielte erneut auf sie. Sophie drückte wieder und wieder ab, bis alle Patronen verschossen waren.

An die Zeit danach konnte sie sich nicht erinnern. Bis sich der Raum füllte mit Polizisten in dunkelblauen Uniformen. Sie lag auf dem Boden, die Hände mit Handschellen auf dem Rücken gefesselt.

* * *

Berit Berglund empfing sie zum Abendessen in ihrem Haus in Bygdøy, einer Halbinsel im Oslofjord, gegenüber der Innenstadt. Die Staatssekretärin geleitete sie ins Kaminzimmer und stellte ihr ihren Mann Sverre vor, der sie freundlich aus der Küche grüßte und um Entschuldigung bat, weil er ihr nicht die Hand reichen könne: Er bereite gerade den Fisch zu. Sie nahmen vor dem offenen Feuer Platz, und Berit hielt sich nicht lange mit Small Talk auf.

«Wie fühlst du dich, Sophie?»

«Na ja, es ging mir schon besser.»

Berit lächelte.

«Danke für die gute Betreuung in den letzten Tagen. Deine Kollegen und auch die Psychologin haben mir sehr geholfen.»

«Das versteht sich von selbst.»

«Weißt du, ich … kenne mich selbst nicht mehr. Ich erschieße einen Menschen, ohne mit der Wimper zu zucken. Und wenn ich ehrlich bin – ich empfinde keinerlei Reue.»

«Du hast dir nichts vorzuwerfen, Sophie. Hättest du nicht entschlossen gehandelt, hätte er dich getötet. Ein klarer Fall von Notwehr.»

«Ja, aber … Ich hätte nicht gedacht, dass ich dazu fähig wäre. Und danach geht das Leben einfach so weiter. Als wäre nichts geschehen.»

Berit seufzte. «Willkommen im Club, Sophie.»

Sie tranken einen Sherry als Aperitif, und Sophie entging nicht das Geschick ihrer Gastgeberin, von schweren Themen auf leichte zu wechseln und zur rechten Zeit wieder zum Wesentlichen zurückzufinden.

«Hör zu, Sophie. Ich möchte dir ein Angebot machen. Wenn du zurückkehrst in dein altes Leben, werden sie dich über kurz oder lang erwischen. Du stehst bei denen ganz oben auf der Liste. Wenn du für uns arbeitest, stellen sich die Dinge anders dar. Zwei US-Agenten haben in Norwegen eine hiesige Staatsbürgerin getötet. Die Frau in der Cafeteria. Das ist kein Kavaliersdelikt, auch und gerade nicht unter befreundeten Staaten. Wir haben damit gewissermaßen – einen gut bei denen. Ich war so frei, den amerikanischen Diensten zu signalisieren, dass du unter unserem Schutz stehst.»

Das allerdings verblüffte Sophie. Doch bevor sie etwas sagen konnte, fuhr Berit fort: «Dein bisheriges Leben ist Vergangenheit. Aber du hast die Möglichkeit, ein neues Kapitel aufzuschlagen. Das ist, unter den gegebenen Bedingungen, keine schlechte Option.»

Sophie stellte ihr Glas ab. «Mag sein. Ich kann jetzt nichts entscheiden, Berit. In den letzten Monaten ist so viel passiert, dass ich kaum noch hinterherkomme mit meinen Gefühlen und Gedanken. Manchmal fühle ich mich wie ein moderner Odysseus. Ich brauche einfach Zeit. Kannst du das verstehen?»

Berit nickte. «Wir ziehen dich vorläufig aus dem Verkehr. Du tauchst erst einmal ab.»

Sie schenkte von dem Sherry nach. «Ich habe einen sehr aufgeschlossenen Schwager in Røros. Das ist eine bezaubernde kleine Stadt in Mittelnorwegen. Er führt ein Restaurant, und du könntest bei ihm arbeiten. Dann hättest du etwas zu tun, triffst nette Leute und lernst in Ruhe Norwegisch. Später sehen wir weiter.»

Berit senkte ihre Stimme und erzählte von einer neu gegründeten Spezialeinheit für Auslandseinsätze. Interne Bezeichnung E 39, nach der Europastraße, die Norwegen mit Dänemark verband. Ihr Auftrag: Informationen beschaffen, politische Entwicklungen beobachten, Korruption und organisierte Kriminalität bekämpfen. «Da könnte sich etwas für dich finden», stellte sie fest. «Oder du machst weiter bei *Outland*, in enger Abstimmung mit uns. Ob du am Ende nach Berlin gehst oder in Norwegen bleibst, wird sich zeigen.»

Sie hat alles schon geplant, dachte Sophie. Tut aber so, als hätte ich die Wahl.

«Was ist mit der Drohnengeschichte, Berit? Mit eurem Engagement bei den Vereinten Nationen? Wie geht es weiter mit Gourrama? Was passiert mit dem ganzen Material von Marc Lindsey?»

«Gut, dass du danach fragst. Die Drohnenangriffe bleiben für uns ganz oben auf der Agenda. Mit einer Ausnahme: der marokkanische Hirte und Gourrama sind draußen. Kein Wort darüber vor der UN oder sonst einem politischen Gremium. Das gehört zum Deal mit den Amerikanern, auch wenn wir Lindseys Material in der Hinterhand behalten. Als Teil deiner Versicherungspolice, wenn du so willst.»

Sophie brauchte einen Moment, den Schlag zu verkraften. «Was ist mit den Opfern, Berit? Sind wir ihnen nicht schuldig, die Wahrheit herauszufinden?»

Die Staatssekretärin öffnete die Mappe, die neben ihr auf der Couch lag, und zeigte ihr einige Fotos. Aufnahmen einer groß gewachsenen, blond toupierten Frau.

Aufgenommen von den Kameras im Flughafen Oslo, wie Berit sagte.

«Kennst du diese Person?»

Sophie nickte. Sie würde sie unter Tausenden erkennen.

«Vera Cochrane. Warum sie in Norwegen war, kannst du dir sicher denken. Nach Berlin wird sie nicht mehr zurückkehren. Sie arbeitet jetzt in einer Sonderabteilung der NSA für Wirtschaftsspionage. Die Amerikaner haben uns signalisiert, dass Gourrama auf ihr Konto geht. Sie habe Said Attar irrtümlich für die Nummer drei im Netzwerk von Al-Qaida in Nordafrika gehalten.»

Sophie warf die Fotos auf den Boden. «Mag sein, dass es so gewesen ist. Aber da steckt doch noch viel mehr dahinter. Was ist mit den Ölverträgen? Dem Einsatz der Söldner in Gourrama? Wer hat da was angeordnet, mit wem zusammengearbeitet?»

«Das darf uns im Augenblick nicht weiter kümmern, Sophie. Du solltest dankbar sein, dass wir einen Deal machen, dich aus der Schusslinie nehmen konnten. Du weißt doch sicher, wofür das Kürzel NSA auch steht? Never Say Anything. Ein kleiner Insider-Scherz, solange Washington die Existenz dieser Behörde nicht bestätigen mochte. Aber in deinem Fall – sollte man das wohl eher als Warnung verstehen.»

«Du meinst, wir sollten die Toten ruhen lassen?»

Berit schwieg.

«Und was, wenn ich sie wieder ausgrabe?»

Berit sah in das Kaminfeuer. «Du wirst lachen, aber das habe ich meinen Mann auch gefragt. Er sagte, und das war wirklich nicht böse gemeint: In dem Fall würdest du wohl gerade mal noch so lange leben, wie er braucht, um eine Partie Lachs zu räuchern.»

Kurz berührte sie Sophies Knie. «Und glaube mir, ihm geht das Räuchern schnell von der Hand.»

«So, die Damen», meldete sich Sverre zu Wort und zog seine Schürze aus, während er ins Kaminzimmer trat. «Wenn ich dann bitten dürfte: Das Dinner wartet auf euch. Es gibt Lutefisk, eingelegten Stockfisch.»